Neue Zeiten für Linda

Manuela Kuck

Neue Zeiten für Linda

Krug & Schadenberg

Für Christian

Prolog

Als Corinna das erste Mal zu mir sagte, ich solle mich hinsetzen und schreiben, hatte ich nur ein bitteres Lächeln für sie übrig. Erst später begriff ich, worauf sie hinauswollte. Ich begann Notizhefte zu füllen mit meiner Angst und meinem Entsetzen, als könnte ich beides dort auf dem Papier zurücklassen und mich anschließend wie erlöst erheben. Ich beschrieb das Heute und das Gestern, den Schmerz und den allmählich zu erkennenden Weg, und meine Hand umklammerte den Füller wie einen Rettungsanker. Gleichzeitig spürte ich mit jedem Satz deutlicher, daß die Befreiung nicht darin bestand, in die Vergangenheit zurückkehren zu wollen. Und wenn sie noch so schön war – es gelingt nicht. Es kann gar nicht gelingen.

Aber die Wende der Ereignisse schien so ungerecht, so verdammt ungerecht. Wie viele Kämpfe hatte es mich gekostet, zu Katharina zu finden und zu mir selbst. Alles andere hinter mir zu lassen. Jan, meine Familie, den Druck, den sie auf mich ausübten. Plötzlich hatte ich gefühlt, daß es sie gab, die Freiheit, mich zu entscheiden. Die Freiheit, Katharina zu lieben, ihre Hände auf mir und in mir zu spüren – ohne Schuldgefühle und Angst. Das war vor fast zwei Jahren gewesen.

Gerade erst hatten wir begonnen, das gemeinsame Leben im Alltag zu bewältigen und zu begreifen, daß auch wir Konflikte hatten, und nicht zu knapp. Daß es nicht genügte, sich füreinander entschieden zu haben und unter einem Dach zu leben. Daß auch wir uns Seitenhiebe verpaßten und die jeweils eigenen Bedürfnisse rücksichtslos in den Vordergrund stellten. Gerade eben hatten wir uns wieder die Hände gereicht, bereit, uns aufeinander einzulassen mit all unseren Fehlern und Schwächen. Und genau in dem Augenblick stürzte alles zusammen. Ohne Vorwarnung. Ohne den Hauch einer Chance, den Verlauf von Minuten, Stunden, Tagen im nachhinein zu korrigieren.

Nach diesem Wochenende war nichts mehr wie vorher. Die Karten waren neu gemischt, und ich hielt sie zunächst fassungslos in den Händen. Ihre Sprache war fremd und zutiefst beängstigend, und nichts hatte mich auf sie vorbereitet. Alles, was ich zuvor an Aufregungen und auch Konflikten erlebt hatte, trat auf einmal in den Hintergrund. Es war nicht unwichtig geworden, aber ich maß all dem eine ganz andere Bedeutung bei.

In den vergangenen zwei Jahren hatte ich gelernt, meine Bedürfnisse und Wünsche zu erkennen und nach ihnen zu leben, meinen Weg zu gehen, und plötzlich mußte ich eine ganz andere Lektion begreifen.

1

Ich spürte sehr genau, daß mein Lächeln den leisen Schmerz nicht überdecken konnte. Ein Wermutstropfen, dachte ich und winkte Katharina und Nadine nach, als sie vom Hof auf die Hauptstraße bogen, um nach Wolfsburg zu fahren. In weniger als zehn Minuten würde Katharina in ihrer eigenen Wohnung sein und ihre Tochter ins Bett bringen. Dann vielleicht die *Tagesschau* einschalten. Ein bißchen dem vergangenen Wochenende nachhängen. Die Waschmaschine laufen lassen.

Ich seufzte und ging ins Haus zurück. Seit gut zwei Monaten wohnte ich nun mit meinem knapp fünfjährigen Sohn Erik in diesem kleinen Bauernhaus in Velstove, das nach anstrengenden Renovierungsarbeiten mein neues Zuhause geworden war. Eine von Annas Stammkundinnen, die seit fast zwanzig Jahren in der Buchhandlung meiner Tante kaufte, war die Vermieterin. Die etwas schrullige ältere Dame wollte regelmäßig die Miete und ansonsten nur ihre Ruhe haben. Meine anfänglichen Bedenken gegen das ländliche Leben hatte ich rasch fallengelassen. Erik fühlte sich wohl, und die Leute aus der Nachbarschaft waren freundlich und unaufdringlich. Hinzu kam, daß die Miete günstig war. Und Katharina liebte dieses Haus. Sie hatte geschuftet bis zum Umfallen, gestrichen, tapeziert, Teppiche verlegt, Regale aufgebaut und tausend andere Kleinigkeiten erledigt. Es hatte weh getan, als ich das Türschild am Haus angebracht hatte, und es stand nur mein Name darauf.

Zwei alte Apfelbäume säumten die Einfahrt zum Hof; der hinter dem Haus gelegene Garten war verwildert und strömte einen üppigen Frühsommerduft aus. Es gab eine Schaukel, einen riesigen Sandkasten und jede Menge Unkraut. Alle Zimmer waren mit schlichten Holzmöbeln und bunten Teppichen eingerichtet. Nichts hier erinnerte an das Haus, in dem ich vorher mit Jan gelebt hatte. Das gepflegte Einfamilienhaus mit einem Garten, in dem die Beete so schnurgerade angelegt waren, daß einem schwindelig werden konnte, gehörte nun einem anderen jungen Ehepaar. Glas und Chrom. Blankpolierte Arbeitsflächen. Immer blitzsaubere Fenster und ein Flur, der ständig nach Zitronenreiniger roch. Jan war längst wieder in China, die Scheidung eingereicht, der erste Aufruhr in der Familie mehr oder weniger gut überstanden.

Ich setzte Teewasser auf und rief nach Erik. Es fiel mir schwer, zu glauben, daß ich mich noch vor einem Jahr verbissen daran geklammert hatte, eine moderne Ehe zu führen und zufrieden und glücklich zu sein. Plötzlich hatte ich feststellen müssen, daß ich Jans Entscheidung, für mindestens zwei Jahre in China zu arbeiten, um die Karriereleiter bei VW schneller emporzuklettern, nicht nur tolerierte, sondern seine Abwesenheit sogar in vollen Zügen zu genießen begann. Alte Erinnerungen waren aufgetaucht, und dann hatte auf einmal Katharina vor mir gestanden. Eine Wärme in den Augen, der ich mich nicht hatte entziehen können. Und dann nicht mehr hatte entziehen wollen.

Manchmal konnte ich die Angst und die Panik, die mich monatelang beherrscht hatten, noch nachschmecken. Die Auseinandersetzung mit Jan war furchtbar gewesen und auch die mit Elisabeth, meiner Mutter. Aber es gab auch die andere Seite, die Menschen, die zu mir hielten und mich unterstützten. Anna, meine Tante, meine Schwester Claudia, mein Vater Siegfried, Bettina, die plötzlich nicht mehr nur die lustige, vorlaute Kollegin war, sondern eine verständnisvolle Freundin.

Ich hob den Kopf, als Erik durch die Gartentür in die Küche kam. T-Shirt und Hose waren vollkommen verdreckt und strömten einen intensiven Geruch aus. Kuhscheiße, dachte ich, mein Sohn hat sich in Kuhscheiße gewälzt, und ich muß gleich laut loslachen. Früher hätte ich ihn zwei Stunden lang geschrubbt und desinfiziert und ihm gleichzeitig ellenlange Vorträge gehalten, heute muß ich lachen. Ich dirigierte Erik ins Badezimmer und stellte ihn unter die Dusche. Mit einer Hand hielt ich mir die Nase zu, mit der anderen schäumte ich den Jungen von Kopf bis Fuß ein.

Erik hatte die Augen seines Vaters. Es gab Momente, da sah ich plötzlich Jan vor mir – den jungenhaft grinsenden Jan, den ehrgeizigen Ingenieur, den fröhlichen Vater, den glücklichen Ehemann –, und diese blitzartig auftauchenden Szenen waren friedlich und aufwühlend zugleich. Mir wurde klar, daß mehr als nur ein paar Monate und ein vollzogener Schlußstrich nötig waren, um Abstand zu gewinnen. Ich griff nach dem großen Handtuch mit dem Benjamin-Blümchen-Motiv und rubbelte Erik trocken. Es war naiv, die Vergangenheit in Schwarzweißbildern darstellen zu wollen. Immer gab es Zwischentöne und Schattierungen, nichts war einfach nur dunkel oder hell. Ich hatte ein Leben gegen ein anderes eingetauscht, und das neue war ehrlicher und leidenschaftlicher. Und vollkommen anders. Ich war aus Jans Schatten herausgetreten.

Eines Tages, das wußte ich, würde ich mit Katharina und den Kindern unter einem Dach leben, und es würde mir egal sein, wer hinter meinem Rücken darüber tuschelte oder mir mit offener Feindseligkeit begegnete. Doch zur Zeit war ich noch nicht soweit. Meine Angst davor, gerade an der Schule, an der Katharina und ich unterrichteten, schief angeschaut zu werden oder gar Probleme zu bekommen, war groß, sehr groß sogar, und ich hätte viel dafür gegeben, gleichmütiger empfinden zu können.

Ich holte tief Luft. „Das ist ja eine tolle Sache“, sagte ich dann, aber meine Stimme klang so lahm, daß Katharina mich einen Moment irritiert ansah und dann laut loslachte.

„Ich habe dich selten so begeistert gesehen“, kommentierte sie meine Bemerkung und legte mir den Arm um die Schulter.

Wir saßen im Garten in der Sonne, während die Kinder mit den Fahrrädern über den Hof sausten. Katharina war vor einer

Minute mit der Neuigkeit herausgeplatzt, daß das Frauencafé in Wolfsburg ihre Bilder ausstellen wollte. Liebend gern hätte ich euphorischer reagiert, doch ich konnte meine Bedenken nicht einfach über Bord werfen. Stefanie und Sandra, die Inhaberinnen des Cafés, engagierten sich für viele Projekte, hauptsächlich jedoch für die Belange von Frauen, Lesben und Schwulen. Für irgendeinen guten Zweck wurde immer gesammelt, und sämtliche Gäste des Cafés wußten, daß die beiden Frauen ein Liebespaar waren. Sie machten ja auch keinen Hehl daraus. Wahrscheinlich wußten es sogar die Wolfsburgerinnen, die das Café noch nie betreten hatten. Wenn Katharina dort ihre Arbeiten ausstellte, gab das mit Sicherheit Anlaß zu Spekulationen.

Katharina ließ ihre Fingerspitzen über meinen Nacken wandern. Sie küßte mich auf die Wange und dann auf den Mund.

„Du bist diejenige gewesen, die mich ermuntert hat, soviel wie möglich zu zeichnen und zu malen“, sagte sie behutsam und schob ihren Stuhl herum, so daß wir einander gegenüber saßen. „Als ich von der Ausstellung las und meine Mappe abgab, hatte ich nicht die geringste Hoffnung, daß irgend etwas daraus werden könnte. Ein paar nette Kommentare hätten mir gereicht, verstehst du?“

Ich nickte wortlos. Katharina strahlte mich an, und von ihrer sonstigen Gelassenheit war nicht viel zu spüren. Sie schien kaum ruhig sitzen zu können. Ich hätte Lust, jetzt sofort mit ihr zu schlafen, dachte ich. Während ich augenblicklich nach den Kindern Ausschau hielt und gleichzeitig überlegte, wie lange die beiden wohl alleingelassen werden könnten, griff ich nach meiner Kaffeetasse und räusperte mich.

„Natürlich ist es toll, daß sie von deinen Arbeiten begeistert sind“, erwiderte ich dann und nahm einen großen Schluck. „Du weißt doch aber selbst, daß du mit einer Ausstellung in diesem Café nicht nur freundliche Bemerkungen ernten, sondern auch Anlaß zu Spekulationen bieten wirst.“

Katharina beugte sich zu mir vor. Ein leises, verhaltenes Lächeln schlich sich von den Mundwinkeln in ihre Augen. Sie nahm mir die Kaffeetasse ab und ergriff meine Hände. „Ich liebe dich, Linda. Und wenn du dagegen bist, daß ich in dem Café ausstelle, lasse ich es sein." Sie schaute kurz in den Garten, bevor sie mich wieder anblickte. „Aber vielleicht gelingt es dir ja, deine Befürchtungen zu überwinden."

Sie überläßt mir die Entscheidung, dachte ich, und damit auch die Verantwortung. Als hätte Katharina meine Gedanken erraten, wurde ihr Lächeln plötzlich spitzbübisch. „Denk ruhig eine Weile darüber nach."

Das Geräusch einer Wagentür, die kräftig zugeschlagen wurde, ließ uns aufhorchen. Ich stand auf und ging durch den Garten zur Vorderseite des Hauses. Bettina kam mir bereits entgegen – mitsamt ihren vier Kindern. Die Zwillinge waren jetzt drei, Julia sieben und Kevin fünf Jahre alt. Jedesmal wenn ich die Freundin inmitten ihrer Kinderschar erlebte, bewunderte ich ihre Energie und ihr Organisationstalent und war insgeheim heilfroh, nach Erik keine weiteren Kinder mehr bekommen zu haben, sah man einmal von Katharinas Tochter Nadine ab. Im vergangenen Herbst war Bettina ein weiteres Mal schwanger gewesen und hatte gegen den Willen ihres Mannes abgetrieben. Der Entschluß war ihr nicht leichtgefallen, und ich war heute noch erleichtert, daß sie nicht doch im letzten Moment davor zurückgeschreckt war. Obwohl Bettinas Mann Markus sich inzwischen doch hin und wieder dazu bequemte, die Kinder zu hüten oder einzukaufen, konnte er gewiß nicht als leuchtendes Beispiel für einen eifrigen Vater und Hausmann gelten. In der Regel blieb alles an Bettina hängen, und wenn sie einen freien Abend haben wollte, mußte sie schon drei Tage vorher alles genauestens planen.

Bettina hatte normalerweise immer ein Grinsen parat oder einen Spruch auf den Lippen. Heute wirkte sie jedoch ungewöhnlich ernst.

„Hallo, Linda, ich hoffe, ich störe nicht", sagte sie. „Ich habe gerade die Kinder von meiner Mutter abgeholt und bin direkt hierher gefahren. Ist Katharina auch da?"

„Ja. Wir sitzen hinten im Garten. Magst du einen Kaffee?"

Bettina nickte. Ich betrachtete sie prüfend von der Seite, während wir nebeneinander den Pfad entlanggingen, der um das Haus herumführte. „Alles in Ordnung?"

„Nein, ganz und gar nicht." Sie schob die Zwillinge in Richtung Sandkasten und begrüßte Katharina. Julia und Kevin waren vorn geblieben und tobten bereits mit Nadine und Erik auf dem Hof herum.

Ich holte eine weitere Kaffeetasse. Ein mulmiges Gefühl beschlich mich. Bettina war schon morgens in der Schule so verschlossen und düster gewesen. Als wir zu dritt am Tisch saßen, warf Katharina mir einen verwunderten Blick zu. Dann wandte sie sich Bettina zu.

„Gibt es ein Problem?" fragte sie ohne Umschweife.

„Ich glaube ja." Bettina hob kurz die Hände und ließ sie wieder in den Schoß sinken. „Ihr habt nichts mitbekommen, oder?"

Sie schaute von Katharina zu mir. Ihr Mund war schmal und verkniffen, und einen Moment lang hatte ich das unangenehme Gefühl, Bettina wollte uns vorwerfen, daß wir zu sehr mit uns selbst beschäftigt wären und uns nicht genügend um andere Dinge kümmerten. Ich wischte den Gedanken unwirsch beiseite.

„Was meinst du?" stellte Katharina die Gegenfrage.

„Tom", half Bettina nach.

Ich zog die Stirn in Falten. Der Kollege war seit einigen Tagen krank geschrieben. Als ich das letzte Mal mit ihm gesprochen hatte, war er sehr blaß und zurückhaltend gewesen. Fast unfreundlich. Ich überlegte, wie gut ich Tom kannte. Wir waren seit mehreren Jahren Kollegen. Er war Lehrer für Sport und Werken. Ein gutaussehender und höflicher Mann Anfang Dreißig, der beliebt war, gern organisierte und ohne viele Worte mit anpackte, wenn es nötig war. Bei meinem Umzug war er morgens der erste gewesen, der kam, und am Nachmittag der letzte, der wieder ging. Soweit ich wußte, war er nicht verheiratet.

„Ich glaube, er hat die Grippe", sagte ich. „Das habe ich jedenfalls gehört."

Katharina nickte zustimmend. „Ja, ich auch."

Bettina schüttelte den Kopf. „Es gibt ein sehr häßliches Gerücht, das schnell die Runde machen wird. Ihr wißt wirklich nichts davon?" Sie schaute uns forschend an.

Langsam wurde ich ungeduldig. „Nein. Nun sag schon, was los ist!"

„Der liebe Kollege Ulrich hat mich heute morgen angesprochen", erklärte Bettina. „Unter dem Siegel der Verschwiegenheit, versteht sich."

Katharina seufzte. „Ach, herrje." Ulrich war das reinste Klatschmaul.

Bettina holte ein Taschentuch aus ihrer Hose und putzte sich umständlich die Nase. „Er war vor zwei Tagen bei seinem Internisten, um sich ein Rezept abzuholen. Dort hat er Tom getroffen. Oder besser gesagt: gesehen. Tom sei mit leichenblasser Miene und am ganzen Körper zitternd aus der Praxis gekommen, als Ulrich die Tür öffnete, und habe ihn fast über den Haufen gerannt. Als Ulrich ihn ansprach, habe er sich umgedreht und sei davongelaufen – wie jemand, der gerade eine entsetzliche Nachricht erhalten hat und nicht will, daß ein anderer etwas davon mitbekommt."

Katharina beugte sich vor. „Was meinst du mit entsetzlicher Nachricht?"

„Aids. Tom hat Aids."

Was für eine trügerische Idylle, dachte ich und war so entsetzt, daß ich einen Augenblick lang das Atmen vergaß. Wenn jetzt jemand vorbeigeht und uns hier sitzen sieht, wie wir Kaffee trinken und die Gesichter in die Sonne halten, während die lieben Kleinen im Garten herumtoben, wird er denken, daß das Leben doch wunderschön sein kann. Und so friedlich. Ich schaute Katharina an, die sich die Haare nach hinten strich und einen Moment lang mit den Fingern die Schläfen zusammenpreßte.

„Wer ist um Gottes willen auf diese Schlußfolgerung gekommen?“ fragte sie und atmete tief aus. „Die Tatsache, daß jemand blaß aus einer Arztpraxis rennt, heißt doch noch lange nicht, daß er Aids haben muß.“

Bettina nickte zustimmend. „Natürlich nicht.“ Sie schluckte. „Aber am nächsten Tag, also gestern, hat Ulrich *zufällig* mitbekommen, wie Stefan in der kleinen Pause mit Tom telefoniert hat, und da ging es eindeutig um einen Test. Das sei doch noch kein Todesurteil, habe Stefan geflüstert, und Tom solle sich jetzt bloß nicht verrückt machen und so weiter und so fort. Und er war ziemlich fertig, als er den Hörer aufgelegt hat.“

Stefan und Tom waren eng miteinander befreundet.

„Hat Ulrich Stefan gefragt, was los ist?“ fragte Katharina.

„Nein, natürlich nicht. Ich denke, er hat das Gespräch schlicht und ergreifend belauscht und sich dann dünne gemacht.“

„Hast du mit Stefan gesprochen?“ fragte ich. Meine Stimme klang merkwürdig hohl.

„Noch nicht. Ich wollte erst mit euch reden.“

Einen Moment war es still.

„Was hast du eigentlich auf Ulrichs Vermutungen erwidert?“ fragte Katharina dann und blickte Bettina gespannt an.

Die schüttelte den Kopf. „Nicht viel. Ausnahmsweise fehlten mir echt die Worte. Ich hab’ ihm bloß gesagt, daß er damit nicht hausieren gehen soll, aber ich kann mir nicht vorstellen, daß er diesen Ratschlag beherzigen wird.“

Wir schauten in den Garten und schwiegen. Irgendwo bellte ein Hund.

„Tom und Stefan sollten wissen, was für eine Geschichte im Umlauf ist, und zwar schnell“, meinte Katharina schließlich.

Stefans Lächeln war keineswegs freundlich, geschweige denn herzlich. Er stellte seine Kaffeetasse ab und wies mit dem Kopf in Richtung Tür. Sein spitznasiges Gesicht wirkte noch hagerer als sonst.

„Laßt uns 'ne Runde auf dem Schulhof drehen", sagte er.

Ich spürte mein Herz schmerzhaft schnell klopfen, und meine Hände waren eiskalt. Katharina und Bettina gingen vor, und Stefan hielt mir die Tür auf. Der Lärm herumtobender Schülerinnen und Schüler schlug uns entgegen.

„Wir haben schon gestern versucht, dich zu erreichen", erklärte Bettina, nachdem wir eine Weile schweigend über den Schulhof gelaufen waren. „Es geht um Tom."

Stefan blieb stehen. „Das habe ich mir fast gedacht." Seine Stimme wurde schneidend. „Ich bin heute schon mal auf ihn angesprochen worden."

„Von Ulrich?" fragte Bettina.

„Woher weißt du das?" Stefan blickte sie erstaunt an, und er ballte die Hände zu Fäusten, als Bettina ihm von Ulrichs Schlußfolgerungen erzählte. „Dieser widerliche kleine Wichtigtuer! Am liebsten würde ich ihm ..."

Ich faßte nach Stefans Arm. „Was ist dran an der Geschichte?"

Stefan schnaubte und blickte einen Moment mit schmalen Augen in die Ferne.

„Nichts und doch sehr viel", meinte er schließlich. „Tom ist HIV-positiv."

„Also doch Aids!" entfuhr es Bettina.

Katharina drehte sich rasch zu ihr um und schüttelte heftig den Kopf. „Du liebe Güte – nein! Das ist ein himmelweiter Unterschied. Er trägt lediglich das Virus in sich. Die Krankheit ist nicht ausgebrochen, und es können viele, viele Jahre vergehen, bevor sich bei ihm auch nur irgend etwas zeigt."

Bettinas Augen hatten sich geweitet, und sie trat einen Schritt zurück. „Ist ja gut. Reg dich wieder ab. So genau kenne ich mich da nicht aus."

Ich war verblüfft, mit welcher Vehemenz Katharina reagierte. Aber natürlich hatte sie recht.

„Genau das ist der Punkt“, fügte Stefan hinzu. „Die meisten kennen sich da gar nicht so genau aus, aber jeder hat schon mal was Schlimmes gehört. Und selbstverständlich sind alle Aidskranken und HIV-Positiven Schwule, und zwar die von der ganz üblen Sorte, die es sowieso nicht besser verdient haben – Leder, Peitschen, dunkle Keller und so weiter.“

Bettina räusperte sich. „Tom ist nicht ... homosexuell?“

Stefan biß kurz die Zähne zusammen. „Ist das nicht scheißegal?“ Er senkte den Kopf und kickte einen kleinen Stein beiseite. „Er ist mein bester Freund. Seit vielen Jahren. Ich weiß nicht, wie er sich das Zeug eingefangen hat.“ Er hob wieder den Kopf. „Aber wenn du es so genau wissen willst – nein, Tom ist nicht schwul.“

Ich war erleichtert, als es klingelte. Die Atmosphäre war zutiefst bedrückend. Wir gingen gemeinsam zurück ins Hauptgebäude.

„Was meint ihr, wie lange wird es dauern, bis sich das Gerücht verbreitet hat, daß Tom ein aidskranker Schwuler ist?“ fragte Katharina leise, als wir vor dem Lehrerzimmer angekommen waren.

Niemand antwortete.

Ich war auf merkwürdige Weise gespalten. Einerseits klammerte ich mich an den Glauben, daß die meisten Lehrerinnen und Lehrer aufgrund ihres Berufes und ihrer Bildung offen und tolerant waren und darum bemüht, Vorurteile abzubauen. So schien mir die Ausgrenzung eines Kollegen, der ein tödliches Virus in sich trug, viel eher bei VW am Band denkbar als an einer Schule. Ich wünschte mir sehnsüchtig ein Kollegium, das zusammenhielt und die wenigen unverbesserlichen Ignoranten mit kalter Nichtachtung strafte. Doch gleichzeitig spürte ich, daß meine Zweifel dieses schöne Bild längst wie spitze Nadeln durchdrangen – warum sonst hatte ich solche Angst, daß meine Beziehung zu Katharina herauskam? Dieses Schwanken zwischen rosaroten Wunschträumen und ebenso hochstilisierten Ängsten verwischte meinen Realitätssinn, und ich spürte, daß es allmählich Zeit war, den Tatsachen ins Auge zu blicken.

Tom kehrte an die Schule zurück, und das Gerücht zog offensichtlich immer weitere Kreise und erzeugte eine unterschwellige Spannung, die langsam wuchs und der man sich nicht entziehen konnte.

„Ich finde es allmählich unerträglich", sagte Katharina, als wir nach Schulschluß gemeinsam mit Bettina und Stefan zum Parkplatz gingen. „Jeder scheint irgendwas zu wissen, hier wird getratscht und dort geflüstert, Tom will mit niemandem reden, und wir sitzen zwischen allen Stühlen."

„Vielleicht verläuft sich das Ganze nach einiger Zeit doch noch im Sand", gab Stefan zurück und setzte eine betont gleichmütige Miene auf. „Wir lassen uns auf nichts ein und reagieren mit einem kühlen Schulterzucken."

Bettina tippte sich an die Stirn. „Das ist Toms Idee, nicht wahr? Ein frommer Wunsch, aber du weißt ganz genau, daß er nicht in Erfüllung gehen wird! Schau dich doch um: Die Gerüchteküche kocht bald über. Außerdem nimmt uns ohnehin niemand mehr ab, daß wir nichts wissen, und auf die Art und Weise stacheln wir die Neugierde eher noch an."

Bevor Stefan etwas erwidern konnte, schaltete sich Katharina wieder ein. „Ich denke auch, daß es nichts mehr rückgängig zu machen gibt. Hinzu kommt nämlich, daß Tom – verständlicherweise – sehr verändert ist. Er hat sich zurückgezogen, redet kaum und stößt damit alle Leute vor den Kopf, auch jene, die etwas mitbekommen haben, sich aber wirklich dafür interessieren, wie es ihm geht." Sie hob die Hand, als Stefan sie unterbrechen wollte. „Das ist einfach nur eine Beschreibung, kein Vorwurf. Er will ja nicht mal mit uns reden, und ich bilde mir ein, daß wir uns bisher ganz gut verstanden haben. Also, es gibt an der gesamten Schule niemanden mehr, der die Geschichte von der harmlosen Grippe glaubt."

Wir blieben vor Stefans Auto stehen. Ich stellte meine Mappe ab und steckte die Hände in die Hosentaschen. „Und was wollen wir jetzt tun? Untätig zuschauen, wie es weitergeht?"

„Ich finde, wir sollten doch versuchen, Tom zu einem Gespräch zu bewegen", sagte Bettina. „Ob er nun Lust dazu hat oder nicht."

„Er will aber nicht darüber reden", wehrte Stefan ab.

„Und warum nicht?" fragte ich.

„Na, rate mal, Linda – der Junge ist ziemlich fertig." Stefan blickte mich kopfschüttelnd an und wischte sich mit dem Handrücken über die Nase.

„Aber er ist der einzige, der etwas verändern kann", gab Katharina zu bedenken. „Ich finde sogar, wir sollten noch einen Schritt weiter gehen und uns mit dem ganzen Kollegium zusammensetzen."

Stefan starrte sie entgeistert an. „Und dann?"

„Sprechen wir offen über alles. Dann ist es wenigstens kein interessantes Geheimnis mehr, und das Gerede kann aufhören."

Stefan zeigte ihr einen Vogel. „Und anschließend singen wir alle ein Joan-Baez-Lied, oder wie? Du bist ganz schön romantisch, Katharina. Mit dieser Pfadfindernummer landest du vielleicht bei vier oder fünf Leuten, aber das sind doch genau die, die auch schon vorher vernünftig waren."

Bettina legte den Kopf schief. „So blöd finde ich den Vorschlag gar nicht", sagte sie nachdenklich und schaute mich fragend an. „Wir sollten wenigstens den Versuch machen, mit Tom darüber zu reden, oder nicht? Was meinst du, Linda?"

Ich nickte. „Damit können wir einigen den Wind aus den Segeln nehmen."

„Es ist nur noch eine Frage der Zeit, bis es die ersten Eltern erfahren", fügte Katharina leise hinzu und schaute Stefan an. „Meinst du, Tom schmeißt uns die Tür vor der Nase zu?"

„Nein", antwortete Stefan mit fester Stimme. „Ich befürchte, er macht sie gar nicht erst auf."

Nach diesem Gespräch hatte ich fast ständig ein ungutes Gefühl, und ich wußte, daß es Katharina ähnlich erging. Tom hatte etwas in mein Leben gebracht, das mich nicht nur verstörte und erschreckte, sondern ein tiefes Unbehagen in mir auslöste. HIV-positiv, das war etwas, worüber man in der Zeitung las. Das bekamen berühmte Schauspieler, Sänger, Sportler, Künstler. Und meistens waren sie schwul. Manchmal fragte ich mich, ob mir die ganze Situation vor einem Jahr schon genauso nah gegangen wäre, und ich konnte nicht eindeutig darauf antworten. Wenn ich tief in mich hineinhorchte, wußte ich, daß Tom nicht nur sein eigenes Schicksal zu tragen, sondern stellvertretend für viele andere ein Spießrutenlaufen begonnen hatte. Einen mühsamen Kampf, um den ihn niemand beneidete und der durchaus auch etwas mit mir zu tun hatte. Wie würde ich mich wohl an seiner Stelle verhalten?

Anfänglich hatte ich mich gefragt, wieso Tom überhaupt an die Schule zurückgekehrt war. Es mußte unerträglich sein, verstohlen oder ganz offen von allen beäugt zu werden, und das in einer Lebenssituation, in der er Unterstützung und Verständnis brauchte. Dann begriff ich, daß ihm zu Hause die Decke auf den Kopf fiel und er sich danach sehnte, zumindest einen halben Tag lang das Gefühl zu haben, ein normales Leben zu führen. Aber genau das war so auch nicht mehr möglich. Katharinas Vorschlag, uns mit allen zusammenzusetzen, erschien mir immer einleuchtender, doch solange Tom nichts davon wissen wollte, konnten wir nichts tun.

Gut zwei Wochen vor Beginn der Sommerferien wurde ich von

der Mutter einer Schülerin aus meiner vierten Klasse angesprochen. Es war Freitag mittag, und ich hatte es eilig, nach Hause zu kommen. Katharina hatte bereits Schulschluß und holte Erik und Nadine vom Kindergarten ab. Als ich die Klassentür abschloß, stand Anitas Mutter am Treppenabsatz und lächelte mir entgegen. Frau Mertens gehörte zu den Müttern, die den schulischen Werdegang ihrer Kinder besonders aufmerksam beobachten. Bettina würde sagen: nervtötend und hysterisch. Ich unterdrückte einen Seufzer und lächelte zurück, während ich demonstrativ einen Blick auf meine Armbanduhr warf.

„Frau Mertens, was kann ich für Sie tun?“ fragte ich und ging flott die Treppe hinunter.

Frau Mertens schloß sich mir an. „Ich werde Sie nicht lange aufhalten, Frau Baum. Anita wartet am Auto auf mich. Eigentlich habe ich nur eine einzige Frage.“

Ich nickte und blieb am Ausgang stehen. Frau Mertens strich sich die langen blonden Haare aus dem Gesicht. „Wissen Sie schon, ob das nun endgültig ist mit diesem Sportlehrer?“

Einen Moment lang hatte ich keine Ahnung, wovon sie sprach. Dann dämmerte es mir.

„Wie bitte?“ fragte ich. Der Ausdruck „endgültig“ strich mit eisigen Fingern über meinen Magen.

Frau Mertens straffte die Schultern. „Nun sagen Sie bloß, Sie wissen nichts davon? Wir haben erfahren, daß ein Lehrer Aids hat. Seit Anfang der Woche liegt dem Rektor ein Brief einiger Eltern vor. Es hieß, er würde nur noch bis zu den Sommerferien bleiben.“

Ich schnappte nach Luft, dann zwang ich mich, ruhig und regelmäßig weiterzuatmen. Genau das hatten wir doch die ganze Zeit befürchtet.

„Ich weiß nichts von einem Brief und dem Ausscheiden eines Lehrers“, antwortete ich schließlich kühl, während ich innerlich zu zittern begonnen hatte.

„Nein?“ Frau Mertens sah mich erstaunt an und wich einen kleinen Schritt zurück, als sie mir in die Augen blickte. „Das ist ja merkwürdig. Na ja, dann frage ich nächste Woche im Sekretariat nach.“

Sie griff nach der Klinke und wandte sich in der halb geöffneten Tür noch einmal um. „Finden Sie es nicht bedenklich, wenn ein Lehrer mit dieser Krankheit weiter unterrichtet? Wir müssen doch schließlich an die Gesundheit unserer Kinder denken. Stellen Sie sich mal vor ...“

„Ich stelle mir so manches vor“, fuhr ich plötzlich dazwischen, und ich spürte, wie mir abwechselnd heiß und kalt wurde. „Doch ich denke nicht, daß Ihre und meine Vorstellungen viel miteinander gemein haben.“

Damit schob ich mich an Frau Mertens vorbei und eilte über den Schulhof zum Parkplatz.

Als ich in Velstove eintraf, war Katharina mit den Kindern bereits da. Die drei waren in der Küche und kochten Spaghetti mit Tomatensoße. Nadine, die gerade sechs Jahre alt geworden war, raspelte Käse, während Erik die Soße umrührte und ein ums andere Mal mit Kennermiene abschmeckte. Eine friedliche häusliche Szene.

Ich blieb in der Tür stehen, und Nadine blickte mich aufmerksam an.

„Hallo, Linda“, begrüßte sie mich. „Warum kommst du nicht rein?“

Katharina wandte mir den Kopf zu, doch ihr Lächeln verblaßte, als sie meine Miene sah.

„Es geht los“, sagte ich leise und erzählte kurz, was geschehen war. Meine Stimme bebte.

„Genau das war zu erwarten“, erwiderte Katharina nach einer kurzen Pause. Dann deckte sie den Tisch und schickte die Kinder zum Händewaschen.

„Ist das alles, was du dazu zu sagen hast?“ Ich starrte sie entgeistert an und war selbst erstaunt darüber, wie die Wut plötzlich in mir hochstieg. Ich betrat die Küche, als die Kinder sich an mir vorbeidrängeln, und ging zum Eßtisch. „Einige wildgewordene Eltern beantragen Toms Suspendierung, und dein einziger Kommentar besteht darin, zu bemerken, daß das zu erwarten gewesen war?"

Ich stand hinter meinem Stuhl und umklammerte die Lehne. Katharina zog die Augenbrauen hoch. Plötzlich lächelte sie beschwichtigend und kam auf mich zu.

„Beruhige dich, Linda", sagte sie und zog mich in die Arme. „Du weißt genau, daß ich noch eine ganze Menge mehr dazu zu sagen habe."

Ich schlang meine Arme um sie. „Entschuldige. Ich bin so aufgeregt. Ich ..."

„Ist schon gut. Wir werden mit Stefan sprechen. Und mit Tom."

Ich war beschämt, daß ich in meiner Fassungslosigkeit über Katharina hergefallen war und schmiegte mich so eng an sie, als wollte ich in sie hineinkriechen. Als Katharina mich sanft küßte, hätte ich gern von ihr gehört, daß alles wieder gut werden würde. Wie ein kleines Kind, das getröstet werden wollte. Aber ich wußte, daß dieser Wunsch töricht war.

Nach dem Mittagessen rief Katharina Bettina an.

„Bettina fährt zu Stefan", erklärte sie, nachdem sie den Hörer aufgelegt hatte. „Die beiden werden mit Tom reden. Vielleicht gelingt es ihnen, Tom zu einem Gespräch mit uns zu bewegen."

„Und was machen wir, wenn er nicht will?"

Katharina nahm meine Hände. „Dann haben wir das zu respektieren."

Den Nachmittag verbrachten wir im Garten. Katharina hackte Unkraut, während ich ihr zunächst eine Weile unschlüssig zuschaute. Schließlich holte ich mir Schleifpapier, Pinsel und Lack aus dem Keller und begann, einen der alten Gartenstühle zu bearbeiten. Langsam fiel die Erstarrung von mir ab, und mir wurde warm. Hin und wieder schaute Katharina zu mir herüber.

Am frühen Abend kamen Bettina und Stefan. Ich hatte die Kinder gerade in die Badewanne gesteckt, und Katharina kümmerte sich um das Abendessen. Einen Moment lang überlegte ich mit einem leisen Gefühl des Unbehagens, ob Stefan sich vielleicht wunderte, daß Katharina so selbstverständlich in der Küche hantierte, als wäre es ihre eigene. Dann wischte ich den Gedanken beiseite wie eine lästige Fliege und kochte Tee und frischen Kaffee.

„Habt ihr etwas erreicht?“ fragte Katharina, als die beiden an dem großen Eßtisch Platz genommen hatten.

Bettina nickte. Ihre Miene verriet Entrüstung und Erschöpfung zugleich. Ich konnte mir vorstellen, wieviel Mühe es sie gekostet hatte, ihre Empörung über das Vorgehen der Eltern nicht einfach laut herauszubrüllen. „Ich denke schon. Tom war zwar nicht gerade begeistert, als wir bei ihm auftauchten, und von einem Gespräch mit uns vieren hielt er erst mal gar nichts, aber irgendwie tut es ihm wohl doch gut, daß es einige Leute gibt, die zu ihm halten.“

Stefan fuhr sich über die Augen. „Er kommt nachher vorbei. Hat er jedenfalls versprochen. Und von dem Brief wußte er bereits. Allerdings muß ich euch vorwarnen: Er ist momentan alles andere als ein angenehmer Gesprächspartner.“

„Das werden wir sehen“, sagte Katharina. „Möchtet ihr mit uns essen?“ Ich sah, wie Stefan stutzte und sein Blick nachdenklich von Katharina zu mir wanderte. Er sagte jedoch nichts, sondern stand auf und half beim Tischdecken.

Nach dem Abendbrot begann eine zähe Warterei. Ich brachte Erik und Nadine ins Bett, während Stefan mit seiner Frau telefonierte. Anschließend saßen wir in der Wohnküche und hielten nur mühsam ein Gespräch in Gang. Inzwischen war ich fest davon überzeugt, daß Tom doch nicht mehr kommen würde, und fühlte mich abgespannt. Am liebsten hätte ich mich in meinem Bett verkrochen. Da fuhr ein Wagen vor, und wenige Augenblicke später klingelte es. Ich ging rasch zur Tür.

„Da bin ich", sagte Tom. „Die große Besprechung kann losgehen."

Seine Stimme klang bitter, und ich zuckte zusammen.

„Ich bin froh, daß du gekommen bist", erwiderte ich und bat ihn herein.

Tom setzte sich neben Stefan und blickte einmal lächelnd in die Runde. Es war kein angenehmes Lächeln.

„Also", meinte er schließlich. „Was wollt ihr mir sagen?"

Bettina verdrehte die Augen. Offenbar hatte Tom sich am Nachmittag ähnlich abweisend verhalten.

„Möchtest du etwas trinken?" fragte ich. „Kaffee, Tee, Saft? Oder ein Glas Wein?"

Tom schüttelte den Kopf. Er faltete die Hände.

„Du weißt also von dem Elternbrief", stellte Katharina ohne Umschweife fest.

„Ja", antwortete Tom. „Franzi hat mit mir gesprochen. Das habe ich Bettina und Stefan heute nachmittag schon gesagt."

Franziska Ludwig war die stellvertretende Rektorin unserer Grundschule.

„Und?" fragte ich.

„Nichts weiter. Sie hat mich lediglich über dieses Schreiben informiert, und ich habe gesagt, daß ich darüber nachdenken werde, nach den Sommerferien nicht mehr wiederzukommen."

„Und das entspricht deinen Wünschen?" fragte Katharina.

Tom verzog die Lippen zu einem dünnen Strich. „Na klar doch – dann habe ich Dauerferien. Ist doch was Feines."

Katharina blickte ihn unverwandt an. „Ach ja? Ich habe bisher gedacht, du bist gerne Lehrer und willst so lange wie möglich an der Schule bleiben."

Tom wischte ihren Einwand mit einer raschen Handbewegung beiseite. „Okay, lassen wir das Gesülze. Ist ja ganz toll, daß ihr euch so viele Gedanken macht und euch engagiert, aber die Fakten sprechen doch eindeutig für sich: Ich bin HIV-positiv. Die ersten Eltern haben das mitgekriegt und bangen nun um die Gesundheit ihrer Kinder. Man hält mich für aidskrank und schwul. Ob das nun stimmt oder nicht – allein der Verdacht reicht doch aus, mich so schnell wie möglich loswerden zu wollen. Sozusagen sicherheitshalber. Und wäre es nicht verdammt albern und heuchlerisch, mich hinzustellen und denen zu erzählen, daß ich erstens nicht schwul bin und zweitens die Krankheit noch gar nicht ausgebrochen ist? Es ist – zumindest im Moment – nicht so schlimm, man kann mir also ruhig noch die Hand geben und mir die kleinen Jungs auch weiterhin anvertrauen?" Tom blickte einmal in die Runde und verzog den Mund. „Glaubt ihr tatsächlich, daß da noch irgendwas zu ändern ist?"

„Ja", sagte Bettina laut. „Da kann jede Menge geändert werden." Sie hob die Hände. „Und sei es zunächst einfach nur am Stil unseres lieben Kollegiums."

Tom lachte bitter auf und schlug sich auf den Oberschenkel. „Stil? Du liebe Güte, deine Sorgen möchte ich haben. Mußt du eigentlich unbedingt etwas für dein soziales Gewissen tun?"

Bettina wurde blaß. Sie wollte aufstehen. Ich legte ihr kurz die Hand auf den Unterarm und schaute Tom an. „Bist du jetzt fertig mit deinen Attacken? Ich nehme mal an, du würdest gar nicht hier sitzen, wenn du hundertprozentig von deinen Argumenten überzeugt wärst, oder? Dann kannst du jetzt auch mit dieser coolen Mackertour aufhören. Trink erst mal einen Kaffee."

Einen Moment war es still. Tom starrte mich wütend und mit zusammengekniffenen Lippen an, dann lehnte er sich auf seinem Stuhl zurück und verschränkte die Hände im Nacken. Katharina spitzte den Mund und warf Stefan einen fragenden Blick zu, während Bettina aufstand und eine Tasse für Tom holte.

„Na schön", sagte Tom schließlich. „Ich werde versuchen, mich besser zu benehmen." Er nahm die Tasse entgegen und schaute mich neugierig an.

Ich atmete tief aus, und auf den Gesichtern der anderen spiegelte sich ebenfalls Erleichterung.

„Aber im Grunde habe ich doch recht", fuhr Tom dann fort. „Die Sache ist doch schon entschieden. Ich habe nur noch die Möglichkeit, ja zu sagen und zu gehen oder aber abzulehnen und mich auf einen Kampf einzulassen, für den mir ganz einfach die Kraft fehlt. Die Eltern spielen verrückt, das Kollegium benimmt sich wie eine Schar aufgescheuchter Hühner, und Franzi kann mir kaum in die Augen schauen. Was gibt's da noch zu tun?"

„Wie wäre es denn mit einem Gegenbrief?" fragte Katharina. „Wir haben letztens darüber nachgedacht, ob es nicht sinnvoll wäre, die Geheimnistuerei zu lassen und offen mit allen Kolleginnen und Kollegen zu sprechen. Es sind nämlich einige darunter, die dich sehr mögen und gern wissen möchten, wie es dir geht."

„Denkt dran – die Sommerferien stehen vor der Tür", wandte Stefan ein. „Wenn wir etwas tun wollen, müssen wir schnell handeln."

„Und was genau stellt ihr euch vor?" fragte Tom. Seine Stimme klang zurückhaltend.

„Wir veranstalten eine Kaffee- und Kuchenrunde in Velstove", erklärte Bettina in ihrer gewohnt schwungvollen Art. „Alle bekommen eine hübsche Einladung mit der zusätzlichen Bemerkung, daß wir über deine Krankheit und über deine Zukunft sprechen wollen."

„Aha. Und dann?"

„Setzen wir gemeinsam einen Brief an die Schulleitung auf, in dem wir fordern, daß du unterrichten kannst, solange du dich fit genug fühlst", antwortete Katharina.

Tom schaute einen Moment zum Fenster hinaus. „Ich kann mir nicht helfen, aber das klingt verdammt kitschig – sehr nach

Hollywood und Happy-end.“ Er schaute uns nacheinander an. „Ich glaube nicht, daß das funktioniert.“

Ich zuckte die Schultern. „Laß es doch kitschig klingen. Ich finde, wir sollten den Versuch wagen. Vielleicht fehlt nur der entscheidende zündende Funke, und ich kann mir nicht vorstellen, daß die Schulleitung einen Brief von uns einfach ignorieren wird.“

„Das bedeutet aber, daß wir als Kollegium halbwegs geschlossen auftreten müssen“, fügte Stefan hinzu. „Sonst läuft da gar nichts.“

„Stimmt, aber auf die zwei, drei Idioten, die da herumlaufen, können wir gut verzichten“, sagte Bettina und kramte einen Block und einen Stift aus ihrer Tasche. „Kann’s losgehen? Wie formulieren wir die Einladung – locker-leicht oder sachlich?“

Alle blickten Tom an.

„Ihr seid ganz schön hartnäckig“, sagte er leise. Jeglicher Zynismus war aus seiner Stimme verschwunden.

Ich lächelte. „Na klar.“

Katharina schlüpfte unter die Bettdecke. Es war weit nach Mitternacht. Ich seufzte leise, als sie mich an sich zog.

„Meinst du, wir können das Kollegium mobilisieren?“ fragte ich.

„Ich hoffe. Ich hoffe es sehr.“

Katharina streichelte mein Gesicht. Ich spürte, wie sich die Anspannung in mir langsam löste und streckte die Beine aus. Katharina küßte mich sanft aufs Ohr, dann auf den Hals. Ein träges Kribbeln kroch mir über den Rücken und wanderte dann die Beine hinab. Ich stutzte einen Moment. Irgendwie ist das nicht der richtige Augenblick, dachte ich und nahm Katharinas Hände. Sie lachte leise.

„Hast du keine Lust, mit mir zu schlafen? Oder meinst du, daß der Augenblick nicht der richtige ist?“

Ich biß mir auf die Unterlippe.

„Nicht“, flüsterte Katharina. „Du tust dir doch weh.“ Ihre Finger strichen über meinen Mund. Dann streichelte sie meinen Nacken und fuhr mir zwischen den Schulterblättern entlang, während sie mit der Zunge zärtlich meine Lippen öffnete.

„Ja, so etwas in der Art“, flüsterte ich einen langen Moment später. „Es ist nicht fair, daß wir so glücklich und unbeschwert sind, und Tom ...“

„Je glücklicher und unbeschwerter wir sind, um so besser können wir Tom unterstützen“, erwiderte Katharina.

„Meinst du?“

„Ja.“

„Na gut, dann verführ mich.“

„Schon wieder ich?“

Ich lachte und beugte mich über Katharina. Sie hat recht, dachte ich. Sie hat vollkommen recht.

2

Als ich am Donnerstag nach der letzten Stunde ins Lehrerzimmer eilte, war außer Bettina und Larissa niemand da. Larissa gab Sachkunde und Mathematik und war kurz nach mir an die Schule gekommen. Ich schätzte sie als nüchterne und besonnene Kollegin und wußte, daß sie gut mit schwierigen Klassen fertig wurde. Sie war eine große, füllige Frau mit halblangem, hellblondem Haar, das sie meist offen trug. Die beiden standen an den Ablagefächern und redeten aufeinander ein. Ich stutzte, als ich Bettinas verkniffenen Mund bemerkte und die hektischen roten Flecken auf ihren Wangen. Die Atmosphäre war angespannt. Ich trat langsam näher.

„Nun“, sagte Larissa, als ich einen Blick mit Bettina getauscht hatte, „das ist jedenfalls meine Meinung. Ihr könnt mir das unmöglich zum Vorwurf machen.“

„Und ob wir das können", gab Bettina zurück. „Außerdem kann ich mir einfach nicht vorstellen, daß du selbst an das glaubst, was du da von dir gibst."

Larissa verschränkte die Hände ineinander und zuckte die Achseln. „Es ist aber so. Vielleicht ist deine Vorstellungskraft einfach nicht groß genug. Außerdem habe ich es nicht nötig, mich dir gegenüber zu rechtfertigen."

Bettina hielt einen Moment die Luft an.

„Was ist los?" fragte ich rasch, obwohl ich längst ahnte, worum es ging.

Am Montag morgen hatten wir die Einladungen für den kommenden Freitag an dreizehn Kolleginnen und Kollegen verteilt. Auf unsere Bitte, rechtzeitig Bescheid zu geben, wenn jemand verhindert war, folgten schon in den nächsten zwei Tagen die ersten fünf Absagen. Drei befanden sich in „Terminnöten", und zwei weitere hatten unmißverständlich zu verstehen gegeben, daß sie nicht „in eine solche Geschichte" hineingezogen werden wollten. Bettina war so wütend geworden, daß ich befürchtete, sie würde einen Tobsuchtsanfall bekommen. Ich selbst hatte kaum geschlafen, und jetzt spürte ich, wie mein rechtes Augenlid zu zucken begann. Larissa also auch. Ich blickte die Kollegin an.

„Ich habe Bettina gerade gesagt, daß ich morgen nicht kommen werde. Und ich habe ihr auch meine Gründe genannt. Offensichtlich ist aber bei euch oder aber zumindest bei Bettina eine gegensätzliche Meinung nicht gefragt."

Ich biß die Zähne zusammen. „Was gibt es gegen ein Gespräch einzuwenden? Was spricht dagegen, über die Zukunft eines Kollegen zu sprechen, der mal eben von der Schule verschwinden soll, weil einige Eltern hysterisch und falsch informiert sind? Inzwischen hat sich doch die Geschichte mit dem Brief auch schon bis zu dir herumgesprochen, nicht wahr?"

Larissa verzog die Lippen zu einem dünnen Lächeln. Ihre hellgrünen Augen flackerten unruhig, aber sie wich meinem Blick nicht aus. „Ja, ich weiß davon, und ich kann die Ängste dieser Eltern gut verstehen."

„Du kannst sie verstehen?"

„Ja. Ich bin selbst Mutter, und mein Sohn hat bei Tom Sportunterricht. Die Ansteckungsgefahren sind immer noch nicht vollständig erforscht, und ich habe ein merkwürdiges Gefühl, wenn ich daran denke ..."

„... daß beide gleichzeitig zu Boden stürzen, sich dabei große Platzwunden zuziehen und dein Sohn in Toms Blut badet?" zischte Bettina und funkelte sie an.

Das Bild war grausam und grotesk, aber ich merkte sofort, daß Bettina den Nagel auf den Kopf getroffen hatte. Genau das waren die unterschwelligen Ängste von Larissa und tausend anderen. Aufklärung hin oder her. Es sollte inzwischen sogar schon Leute geben, die Angst hatten, von einer Mücke gestochen zu werden, da die ja vorher bei einem HIV-Positiven gesaugt haben könnte!

Larissa zuckte zusammen und warf Bettina einen Blick zu, in dem sich Betroffenheit und Abwehr widerspiegelten. „Du bist geschmacklos."

„Und du bist eine eiskalte Ignorantin, die zu viele Sensationsblättchen liest."

Larissa zuckte wieder die Achseln, griff dann nach ihrer Tasche, die neben ihr auf dem Boden stand, und wandte sich zum Gehen. „Denkt, was ihr wollt. Mit mir könnt ihr nicht rechnen."

Ich trat einen Schritt beiseite, um sie durchzulassen, blickte ihr dabei aber direkt in die Augen.

„Wir sollen Vorbilder für die Kinder sein", sagte ich leise. „Müssen wir nicht zu den ersten gehören, die sich von Vorurteilen und Panikmache befreien und die bereit sind, etwas zu tun?"

Larissa öffnete die Tür. „Mag sein und hört sich sehr edel an. Aber hier geht es auch um mein Kind. Und ich gehöre nun mal nicht zu denen, die so tun, als würden sie für alles und jedes Toleranz aufbringen. Dafür sage ich meine Meinung und stehe dazu, statt mich zu drücken oder nach Ausflüchten zu suchen."

Als die Tür ins Schloß gefallen war, ballte Bettina die Faust und schlug mit voller Kraft gegen die Wand. „Ich fasse es nicht! Diese blöde Kuh! Aber beim nächsten Weihnachtsbasar wird sie freundlich lächelnd Kekse für die Welthungerhilfe verkaufen. Afrika ist ja auch so schön weit weg. Ob sie wohl weiß, daß es dort die meisten Aidskranken gibt?"

Ich schaute auf meine Hände. Sie zitterten.

„Wie viele Absagen haben wir bis jetzt?" fragte ich.

Bettina rieb sich die schmerzende Faust. „Mit Larissa sechs."

„Das heißt, wenn die anderen sieben kommen, sind wir insgesamt zwölf."

Bettina nickte düster. „Ja. Das nennt sich dann geschlossen auftretendes Kollegium."

Mit einem hatte Larissa sicherlich recht: Sie gehörte zu denen, die mit ihrer Meinung nicht hinterm Berg hielten. Als ich mit Bettina das Schulgelände verließ, fiel mir plötzlich auf, daß wir ganz selbstverständlich davon ausgingen, daß die Kolleginnen und Kollegen, die nicht abgesagt hatten, der Einladung folgen würden. Ich schloß meinen Wagen auf und blickte Bettina nachdenklich an.

„Na, was geht dir durch den Kopf?"

Ich gab mir einen Ruck. „Hast du mit einigen von den anderen gesprochen?" fragte ich.

„Mit Carola. Und Kai hat mir vorhin gesagt, daß er vielleicht eine halbe Stunde später kommt. Und du?"

„Mit Gregor und Gaby."

Wir schauten uns eine Weile schweigend an. Dann atmete Bettina tief durch und schüttelte den Kopf, als wollte sie alle trübsinnigen Gedanken verscheuchen.

„Ganz so schlimm wird's schon nicht kommen", sagte sie dann, stieg in ihren Wagen und fuhr los.

Ich stieg ebenfalls ein. Von wegen Hollywood-Schnulze. Darunter stellte ich mir etwas anderes vor.

Das Wetter war schön. Katharina und ich hatten im Garten zwei Tische aufgestellt und brachten Geschirr und Kaffeekannen nach draußen, als Bettina und Stefan mit dem Kuchen eintrafen. Wenig später erschien Tom. Er stand einen Moment unschlüssig herum und vergrub die Hände in den hellen verwaschenen Jeans. Ich wollte ihn gerade bitten, noch ein paar Stühle nach draußen zu bringen, als Erik auftauchte. Er schob sein Fahrrad in den Garten. Der Lenker war verbogen. Nach einem kurzen Blick in die Runde wandte Erik sich an Tom.

„Kannst du mir helfen? Ich bin gegen ein Scheunentor gefahren."

Tom nickte. „Klar. Kein Problem." Er klemmte sich das Vorderrad zwischen die Beine, ergriff den Lenker und richtete ihn mit einem kräftigen Ruck wieder gerade.

Erik grinste. „Toll."

Ich hatte die Szene beobachtet und seufzte insgeheim. Dreimal am Tag mußte ich an Eriks Fahrrad irgend etwas reparieren, weil er immer wie ein Wilder durch die Gegend raste. Ich konnte mich jedoch nicht erinnern, anschließend jemals mit einem solch bewundernden und dankbaren Blick angeschaut worden zu sein. Ich ging in die Küche, um Milch und Zucker zu holen, und hörte auf halbem Weg das Telefon klingeln. Es war Gaby, eine Kollegin. Ihre Stimme klang atemlos.

„Tut mir leid, daß ich erst jetzt anrufe", sprudelte sie los, kaum daß ich mich gemeldet hatte. „Ich hatte fest vor, heute nachmittag zu kommen. Wirklich, das kannst du mir glauben", beteuerte sie, „aber es geht leider nicht. Mein Mann muß Überstunden machen, und ich habe niemanden für die Kinder."

„Du kannst deine Kinder mitbringen. Sie können im Garten spielen. Das ist überhaupt kein Problem."

Einen Moment war es so still in der Leitung, daß ich schon annahm, die Verbindung wäre unterbrochen. Dann räusperte sich Gaby.

„Das möchte ich nicht", entgegnete sie zögernd. „Bei so einem Thema sollten kleine Kinder nicht dabei sein."

Ich schloß die Augen. Gaby war Religionslehrerin. Gott bewahre! Ich schwankte zwischen dem Bedürfnis, unbeherrscht in den Hörer zu brüllen oder einfach aufzulegen.

„Warum nicht?" fragte ich schließlich, und ich hörte selbst, wie gepreßt meine Stimme klang. „Abgesehen davon, daß die Kinder sich ohnehin nicht für unsere Gespräche, sondern eher für den Sandkasten und die Apfelbäume interessieren, wüßte ich nicht, was wir vor ihnen zu verbergen hätten."

„Nun, da sind wir offensichtlich unterschiedlicher Meinung", erwiderte Gaby steif. „Mein Maximilian ist zehn, und er bekommt mehr mit, als mir lieb ist. Und ein solches Thema ist einfach noch nichts für ihn."

Wie sollte man auf solche Argumente reagieren? Mit Belehrungen und Vorhaltungen? Wütend oder herablassend? Ich fühlte mich hilflos und frustriert und wollte dieses Gespräch so schnell wie möglich beenden.

„Na dann noch einen schönen Tag, Gaby", sagte ich knapp und legte auf.

Als ich mich umdrehte, stand Bettina in der Tür. Ich warf ihr einen raschen Blick zu und ging dann zum Kühlschrank, um die Milch herauszuholen. Bettina rührte sich nicht von der Stelle. „Gab es noch mehr Anrufe außer diesem?" fragte sie.

„Ja. Richard. Doch bei ihm klang es echt. Er ist ja schon seit Anfang der Woche krank geschrieben. Es geht ihm einfach nicht gut."

„Also haben wir jetzt acht Absagen", stellte Bettina fest. Sie kaute auf dem Nagel ihres Zeigefingers herum. „Was machen wir nur, wenn ..."

„Ich weiß es nicht", unterbrach ich sie schnell. „Ich habe keine Ahnung." Ich schaute kurz auf meine Uhr. „Jetzt ist es drei. Die Einladung lautet auf halb vier. Wir haben noch Zeit und sollten uns nicht verrückt machen."

Bettina sah, daß ich Mühe hatte, ruhig zu bleiben, und kniff die Lippen zusammen. Mit einem knappen Nicken drehte sie sich um und ging wieder in den Garten. Ich folgte ihr einige Augenblicke später, und das Gefühl, eine lange halbe Stunde überbrücken zu müssen, legte sich bleischwer auf meine Brust.

Um kurz vor vier trafen Carola und Gregor ein. Beide waren erst seit einem Jahr an der Schule, und ich kannte sie nur flüchtig. Carola war Ende Zwanzig und ausgesprochen attraktiv. Sie hatte schulterlanges dunkles Haar, das sie meist zu einem Zopf zusammenband, und große braune Augen. Sie trug häufig lange bauschige Röcke und dazu knappe Blusen. Ich wußte von Bettina, daß Carola kürzlich geheiratet hatte und so schnell wie möglich Kinder in die Welt setzen wollte. Gregor war Mathelehrer und galt als Rudolf-Steiner-Anhänger. Gewöhnlich klang seine Stimme herzlich, und ich mochte die vielen Lachfältchen, die sich in seinen Augenwinkeln eingenistet hatten.

Katharina begrüßte die beiden und schenkte ihnen Kaffee ein. Carola setzte sich neben Bettina und schaute sich erstaunt um.

„Wo sind denn die anderen?" fragte sie.

„Hm. Daheim im Garten, im Schwimmbad, vor dem Fernseher?" Bettina zuckte die Achseln. „Irgendwo, nur nicht hier." Ihre Stimme klang beißend.

Ich schaute Tom an, der ihr gegenübersaß und meinen Blick erwiderte. Ich wagte nicht, mir vorzustellen, wie es in ihm aussah; nach außen hin wirkte er jedoch ruhig und gefaßt. Als hätte er mit einem Fehlschlag gerechnet oder ihn doch zumindest als Möglichkeit in Betracht gezogen. Ich schluckte, und mein Hals fühlte sich wund an.

„Das ist ja nicht gerade erfreulich", bemerkte Carola vorsichtig und schaute zu Gregor hoch, der seinen Stuhl zurückgezogen, sich aber noch nicht gesetzt hatte.

Gregor atmete tief aus. „Nein, wirklich nicht. Ich habe zwar mitbekommen, daß manche nicht gerade begeistert auf diese Einladung reagiert haben ..." Er warf einen Blick über die leeren Stühle und die reichlich gedeckte Kaffeetafel, „aber so wenig Resonanz hatte ich nicht erwartet." Er setzte sich und stützte die Arme auf. „Haben die denn nicht mal abgesagt?"

„Einige schon", antwortete Bettina. „Andere haben offensichtlich nicht mal das für nötig befunden. Da wir dachten, es mit erwachsenen Menschen zu tun zu haben, sind wir selbstverständlich davon ausgegangen, daß diejenigen, die nicht absagen, auch kommen. War wohl sträflich naiv von uns."

Sie erhob sich unvermittelt, als Katharina ihr einen beschwichtigenden Blick zuwarf, und verteilte Kaffee und Kuchen. Mir war der Appetit längst vergangen, doch ich nahm das Stück Marmorkuchen, das Bettina mir ungefragt auf den Teller gelegt hatte, und biß hinein. In der Stille am Tisch klang das Klappern des Geschirrs unangenehm laut. Von weitem hörte ich Erik und Nadine, die eifrig darüber fachsimpelten, ob eine Sandburg zwei oder fünf Türme haben sollte. Dann fuhr ein Auto vor. Alle hoben den Kopf. Einen Moment später eilte Anita Grohstedt ums Haus.

„Tut mir leid", rief sie schon von weitem. „Ich hatte eine besonders schwierige Klavierschülerin, die ich nicht pünktlich nach Hause schicken konnte. Die Kleine war ganz verzweifelt, weil sie mit ihren Fingerübungen nicht klarkam."

Ich starrte ihr verblüfft entgegen. Ich wäre jede Wette eingegangen, daß Anita Grohstedt, von allen nur Fräulein Mozart genannt, zu denen gehören würde, die die Einladung ignorierten. Nicht aus Böswilligkeit oder Ignoranz, sondern weil in ihrer speziellen Welt gar kein Platz war für Toms Situation oder weil ihr schlicht und ergreifend nicht bewußt war, worum es ging. Fräulein Mozart war eine ältliche Musiklehrerin, die aus dem letzten

Jahrhundert zu stammen schien. Sie trug altmodische Kostüme und hatte ihr Haar stets zu einem Knoten im Nacken zusammengebunden. Wenn man sie traf, huschte sie entweder eilig und gedankenverloren an einem vorbei oder summte mit verklärtem Gesicht eine Melodie. Ihre Sprache klang oftmals gestelzt und umständlich. Fräulein Mozarts Alter war schwer zu schätzen; ich vermutete, daß sie auf die Sechzig zuging. Sie war unverheiratet und wurde hinter ihrem Rücken entweder mit ihrem Spitznamen betitelt oder, weniger schmeichelhaft, als alte Jungfer bezeichnet. Sie duzte sich mit niemandem aus dem Kollegium.

Ich suchte Katharinas Blick. Sie lächelte leise. Wohl niemand der Anwesenden hatte mit Fräulein Mozart gerechnet.

Sie strich ihr Kleid glatt und setzte sich. „Schön ist es hier, sehr schön." Sie schaute in den Garten und lächelte unbestimmt. „So friedlich und voller Harmonie."

Ich sah, daß Bettina den Kopf zur Seite wandte und die Augen verdrehte. Offensichtlich befürchtete sie einen längeren Vortrag zum Thema „Das Blätterrauschen im Dreiklang" oder „Die Fuge im Apfelbaum". Ich unterdrückte ein Grinsen; gleichzeitig wurde mir plötzlich klar, daß Fräulein Mozarts Anwesenheit mich befangen machte. In ihrer Gegenwart über die Gerüchte zu reden und Worte wie HIV-positiv, Aids oder schwul auszusprechen schien mir merkwürdig unpassend.

„Aber der äußere Schein trügt – wie so oft, nicht wahr?" Fräulein Mozart zupfte an ihrem Kleid und schaute dann plötzlich Tom an. „Es tut mir sehr, sehr leid für Sie. Ich hoffe, daß unser Treffen etwas in Ihrem Sinne bewirken kann."

Tom erwiderte ihren Blick erstaunt und lächelte dann.

„Wie ich sehe, haben Sie mit wesentlich mehr Gästen gerechnet." Sie schaute sich um.

„Ja, das haben wir", antwortete Katharina. „Wir haben dreizehn Einladungen verteilt, und außer uns", sie wies auf Stefan, Tom, Bettina und mich, „sind lediglich Carola, Gregor und Sie gekommen. Das ist alles andere als erfreulich. Wenn ich daran denke, daß wir Tom quasi überredet haben, das gesamte Kollegium einzuladen, um zunächst einmal offen mit allen zu reden, fühle ich mich nicht sehr wohl in meiner Haut."

Das kann man wohl sagen, dachte ich. Alle schauten Tom an, der die Beine übereinanderschlug und die Hände in den Schoß legte.

„Da macht euch mal keine Gedanken", sagte er leise und räusperte sich umständlich. „Ich habe geahnt, daß es so kommen würde, und hätte die Möglichkeit gehabt, nein zu sagen." Seine Stimme klang nicht sehr sicher.

Gregor kratzte sich am Hinterkopf. „Was war denn überhaupt geplant?" fragte er zögernd. „Soweit ich weiß, hast du Aids und sollst die Schule verlassen."

Toms schüttelte den Kopf. „Ich bin HIV-positiv."

Ich beugte mich auf meinem Stuhl nach vorn und wartete gespannt darauf, daß er betonen würde, eben nicht schwul zu sein.

„Das wurde bei einer allgemeinen ärztlichen Untersuchung festgestellt", fuhr Tom fort. „Doch besondere Beschwerden habe ich nicht, zumindest im Moment nicht. Warum, so sagte ich mir, sollte ich also nicht auf der Schule bleiben?"

Er räusperte sich wieder, und ich lehnte mich zurück. Wir tauschten einen kurzen Blick.

Carola nickte bedächtig. „Und das wird dir unmöglich gemacht."

„Ja, inzwischen wird gequatscht und getratscht, was das Zeug hält, und einige Eltern sind aktiv geworden. Sie fordern, daß ich die Schule verlasse ..."

„Wir haben überlegt, die Geschichte nicht unter den Teppich zu kehren", fuhr ich fort, „sondern einen Gegenbrief einzureichen und dabei geschlossen als Kollegium aufzutreten."

Gregor nickte. „Von Geschlossenheit kann hier allerdings nicht die Rede sein."

Bettina schnaubte. „Wohl kaum."

Tom hob beschwichtigend die Hände. „Hört auf zu schimpfen! Immerhin sitzen hier sieben nette Menschen mit mir an einem Tisch. Das ist doch schon eine ganze Menge."

Ich hatte das Gefühl, daß Tom inzwischen mühsam um seine Haltung rang und kurz davor war, in seinen alten Zynismus zurückzufallen. Die ein ums andere Mal getroffene Feststellung, daß sich mehr als die Hälfte des Kollegiums einen Dreck um ihn scherte, traf ihn genauso tief wie das peinliche Schweigen am Tisch. Ob er es bereute, der ganzen Aktion überhaupt zugestimmt zu haben? Ich zuckte zusammen, als Tom plötzlich aufstand.

„Ich möchte jetzt gehen", sagte er leise. „Aber trotzdem: vielen Dank."

Er wandte sich um und ging. Stefan erhob sich ebenfalls und folgte ihm. Eine halbe Stunde später saßen nur noch Katharina, Bettina und ich am Tisch. Keine von uns sagte etwas. Irgendwann begannen wir, den Tisch abzuräumen und das Geschirr abzuwaschen, und kurz darauf fuhr Bettina nach Hause. Katharina setzte sich in den Garten. Sie wollte allein sein. Ich ging in die Küche und schrubbte die Spüle.

Die letzten Tage vor Beginn der Ferien lief ich mit versteinertem Gesicht durch die Schule. Einige von den Kolleginnen und Kollegen, die nicht nach Velstove gekommen waren, rangen sich eine nachträgliche Entschuldigung ab oder erkundigten sich nach dem Ergebnis des Treffens. Ich hielt ihr Interesse für geheuchelt und gab mir keine Mühe, dies zu verbergen. Eine unterschwellige Wut hatte sich in mir aufgestaut, und ich war verblüfft, wie wenig ich plötzlich bereit war, gute Miene zum bösen Spiel zu machen. Ich hatte es einfach satt. Immer war es mir wichtig gewesen, vom Kollegium geschätzt und gemocht zu werden. Mit meinem Engagement für Tom jedoch stieß ich viele Leute vor den Kopf, und zwar ganz bewußt und ohne Scheu.

Tom hatte sich krank schreiben lassen, und Stefan erzählte mir und Katharina am letzten Unterrichtstag, daß er nicht wieder an die Schule zurückkehren würde, obwohl die stellvertretende Schulleiterin Franziska Ludwig ihm angeboten hatte, in der Verwaltung zu arbeiten. Ich schüttelte leise den Kopf. Um ihn aufs Abstellgleis zu schieben und gleichzeitig das schlechte Gewissen zu entlasten, dachte ich.

„Und was hat er jetzt vor?“ fragte Katharina.

Wir standen auf dem Schulhof und warteten auf das Ende der großen Pause. Ich hatte eine dicke Mappe mit den Zeugnissen meiner Klasse unter den Arm geklemmt und schaute Stefan an.

„Ich hoffe natürlich, daß er sich nicht wieder einigelt“, erwiderte er. „Ich habe ihm angeboten, mit uns in die Ferien zu fahren, doch das hat er abgelehnt. Wie es danach weitergeht ... keine Ahnung.“ Stefan steckte die Hände in die Hosentaschen.

„Gibt es eigentlich in Wolfsburg schon Selbsthilfegruppen?“ fragte ich.

„Na, ich denke schon“, gab Stefan zurück. „Vielleicht sollten wir uns mal erkundigen.“

Katharina nickte. „Ich halte das für eine gute Idee. Und zwar nicht nur, um Tom zu beschäftigen.“

Das späte Morgenlicht zauberte helle Flecken in Katharinas Haar. Plötzlich machte mein Herz einen übermütigen Satz. Ich kann mir vorstellen, wie sie mit siebzig aussieht, dachte ich. Mit weißem Haar und faltiger Haut, und ihr Lächeln wird noch genauso sein wie heute.

„Ich glaube, er ist trotz allem froh“, sagte Stefan nachdenklich. „Froh, euch näher kennengelernt zu haben. Außerdem hat es ihn schwer beeindruckt, daß Fräulein Mozart gekommen ist.“

Es klingelte zum Beginn der letzten Stunde. Wir betraten gemeinsam das Schulgebäude und gingen zu unseren Klassen. Ich schaute Katharina einen Augenblick nach. Dann schloß ich das Klassenzimmer auf und ließ einen Haufen aufgeregter Kinder an mir vorbeistürmen. Das Gekreische und Getobe nahm ich nur am Rande wahr. Als wäre ich eine unbeteiligte Zuschauerin oder eine Statistin. Ich sah Tom und sein zaghaftes Lächeln vor mir und Larissa, die nicht heucheln wollte und Angst um ihr Kind hatte. Und Fräulein Mozart setzt sich zu uns unter den Apfelbaum und spricht von Harmonie und der Hoffnung, etwas tun zu können. Ich setzte mich an mein Pult und forderte die Kinder auf, ruhig zu sein. Während ich die Zeugnisse austeilte, fragte ich mich plötzlich, ob Tom eine Freundin hatte, die er angesteckt haben könnte. Oder die ihn infiziert hatte. Oder wie er sonst an das Virus gekommen war. Sex, Drogen, Blutkonserven, schoß es mir durch den Kopf. Nur noch safer Sex, dachte ich dann. Wie schützen sich eigentlich zwei Frauen, wenn eine von ihnen positiv ist? Eine Gänsehaut kroch mir über den Rücken und über die Oberarme.

Wir hatten für die Ferien nichts Konkretes geplant. Katharina wollte lediglich einige Tage zu ihren Eltern nach Kassel fahren und hatte vorgeschlagen, daß Erik und ich mitführen und wir anschließend eine Woche an der Ostsee verbringen sollten. Ich hatte in diesem Sommer wegen des Umzugs kein Geld für einen größeren Urlaub und war von Katharinas Idee sehr angetan gewesen. Doch nach der Geschichte mit Tom war mir die Lust vergangen. Am liebsten hätte ich mich in meinem Häuschen verkrochen – um zu lesen, Tagebuch zu schreiben, Musik zu hören und nachzudenken. Koffer zu packen, Reiserouten festzulegen und Proviant einzukaufen – das war das letzte, wonach mir zumute war. Aber natürlich war mir klar, daß ich mich nicht von meiner deprimierten Stimmung treiben lassen durfte. Mütter durften das eigentlich nie.

Ich seufzte. Es war früher Abend. Erik war noch draußen und spielte mit einigen Kindern aus der Nachbarschaft, und ich war mit dem Abwasch beschäftigt. Das Geschirr vom Mittagessen und vom Frühstück stapelte sich in der Spüle zu einem hohen, unappetitlichen Haufen. Früher wäre so etwas nicht vorgekommen – ich hatte nach jeder Mahlzeit die Küche geschrubbt und gewienert, als hätte sich Besuch von einem Hygieneinstitut angekündigt. Oder von meiner Mutter. Ich zuckte zusammen. Die Erinnerung an die heftige Auseinandersetzung, zu der es Weihnachten gekommen war, stieg manchmal wie ein dunkler Schatten in mir empor, obwohl das stechende Gefühl, das sich damit verband, zunehmend milder wurde und wie das Echo eines Schmerzes zu verklingen begann. Eines großen Schmerzes allerdings.

Manchmal ertappte ich mich neuerdings dabei, daß ich an meine Mutter dachte – beim Putzen zum Beispiel oder wenn ich mit meiner Schwester Claudia sprach. Und dann stieg eine Empfindung in mir hoch, die ich erst nach einiger Zeit verwundert benennen konnte: Ich verspürte eine leise Wehmut. Fast schien es, als würde ich Elisabeth vermissen, diese spröde, scharfzüngige Frau, die mein Weihnachtsgeschenk zurückgewiesen und mich voller Verachtung angeschaut hatte, als sie von mir erfuhr, daß ich eine Frau lieben würde.

Seit einem halben Jahr herrschte Funkstille zwischen uns, doch ich wußte, daß sie sich bei meinem Vater nach mir und Erik erkundigte und auch bei Claudia, die sich zwar nicht mehr häufig, aber doch hin und wieder bei unseren Eltern blicken ließ. Irgendwie war ich froh darüber. Es war keiner Mutter zu wünschen, zwei Töchter auf einmal zu verlieren, selbst wenn sie diesen Verlust selbst zu verantworten hatte. Ich wußte, daß es zumindest zur Zeit keine Möglichkeit gab, an der bestehenden Situation irgend etwas zu ändern, und ich konnte nicht einmal mit Bestimmtheit sagen, ob ich es tatsächlich wollte.

Auch vor diesem klaren Bruch hatte ich kein herzliches Verhältnis zu meiner Mutter gehabt. Ich vermutete, daß ich mir wünschte, von ihr so anerkannt und respektiert zu werden wie von Anna, ihrer älteren Schwester. Oder so liebevoll behandelt wie Katharina von ihrer Mutter Sofia. Sofia schien all die Güte und Wärme auszustrahlen, die ich an Elisabeth schon immer vermißt hatte. Katharinas Gesicht bekam immer ganz weiche Züge, wenn sie von Sofia erzählte oder auch von ihrem Vater. In ihrem Elternhaus hatte es wegen ihrer Leidenschaft für Frauen niemals Probleme gegeben. Wenn ich mitbekam, wie Katharina mit ihrer Mutter telefonierte, hatte ich oftmals einen schmerzenden Kloß im Hals. Trotzdem stand fest, daß mein bitteres Resümee kurz nach Weihnachten, meine Mutter sei für mich gestorben, keine unumstößliche Gültigkeit mehr hatte. Anscheinend konnte eine Mutter nicht einfach für tot erklärt werden.

Dafür war mein Vater Siegfried in fast rührender Weise um mich und Erik besorgt. Er hatte nicht viel Zeit, rief aber regelmäßig an und stand manchmal zwischen zwei Terminen vor der Tür. Mir war klar, daß ihm mein neues Leben nicht ganz geheuer war, allein schon was die finanziellen Einbußen anbelangte, aber er gab sich Mühe, seine eigenen Ansichten hintanzustellen. Und das rechnete ich ihm hoch an.

Ich deckte den Abendbrottisch und räumte das restliche Geschirr in die Schränke. Katharina und Nadine würden gleich eintreffen. Wir wollten das Wochenende gemeinsam in Velstove verbringen – wie die meisten anderen Wochenenden in den vergangenen Monaten auch. Ich war froh, daß Katharina nicht mehr darauf bestand, auch regelmäßig alle gemeinsam bei ihr daheim zu übernachten. Das kleine Häuschen bot einfach mehr Platz für die Kinder, und sie konnten draußen und drinnen unbeschwert herumtoben. Nur wenige Schritte abseits der Hauptstraße begannen weite Felder und der Drömling, durch den man stundenlang laufen konnte, ohne irgendeinem Menschen zu begegnen. Doch natürlich wußte ich, daß es mir nicht allein um die kinderfreundlichere Umgebung ging. Ich fühlte mich in dem Mietshaus, in dem Katharina wohnte, einfach nicht wohl und nahm an, daß die meisten Nachbarinnen und Nachbarn über unsere Liebesbeziehung Bescheid wüßten. Katharina lachte mich regelmäßig aus, wenn ich meine Befürchtungen äußerte, und ich wünschte mir immer mehr, selbst so unbekümmert damit umgehen zu können wie sie.

Wenig später trafen die beiden ein. Nadine wurde ihrer Mutter immer ähnlicher. Die gleichen Augen. Ich war sehr froh, daß Erik nicht eifersüchtig auf die Kleine reagierte. Natürlich trugen die Kinder ihre Rivalitäten und Kämpfe aus, doch das war normal. Weder Katharina noch ich machten ein Problem daraus, wenn sich die Kinder mal stritten oder auch ein paar Stunden nichts voneinander wissen wollten.

Katharina gab mir einen Kuß auf den Mund.

„Tut mir leid, wir haben es nicht eher geschafft", sagte sie und stellte ihren Korb ab. „Daniel hat noch angerufen."

„Ah ja, geht's ihm gut?"

„Ja, ziemlich. Die Uni läßt ihm nach wie vor jede Menge Freiheiten. Er klang ganz begeistert und freut sich schon aufs Wintersemester."

Nadines Vater war seit dem letzten Semester Dozent an der Universität Braunschweig und leitete als Sprachwissenschaftler ein Forschungsprojekt. Daniel rief häufig an und kümmerte sich auch regelmäßig um Nadine. Vor einigen Wochen war er in Velstove gewesen und hatte mit seiner Tochter und Erik eine Radtour unternommen. Ich mochte Daniel, und ich spürte, daß er eine tiefe Zuneigung zu Katharina empfand, die mich ein bißchen eifersüchtig gemacht hätte, wenn er nicht gerade frisch verliebt gewesen wäre.

„Wie schön", erwiderte ich. „Sind jetzt nicht demnächst Semesterferien?" Ich stellte die Salatschüssel auf den Tisch und holte das frisch aufgebackene Baguette aus dem Ofen.

„Ja, ab Mitte Juli."

Katharina setzte sich an den Tisch und lächelte. „Er hat mir einen interessanten Vorschlag gemacht."

Ich blickte erwartungsvoll hoch. „Ja?"

„Er möchte ein paar Tage mit Nadine verreisen."

„Und was hältst du davon?" fragte ich und setzte mich zu Katharina. Aus dem oberen Stockwerk war lautes Poltern zu hören. Erik und Nadine hatten das Kinderzimmer gestürmt.

„Ich find's großartig, und Nadine freut sich schon. Daniel will mit seiner neuen Freundin, die auch eine Tochter hat, für vierzehn Tage nach Tirol. In knapp zwei Wochen geht es los."

Plötzlich war mir leicht beklommen zumute. Wie würde Erik auf diese Nachricht reagieren? Der Junge wußte inzwischen, daß seine Eltern sich getrennt hatten, doch er nahm diesen Bruch nur am Rande wahr, da Jan ja sowieso in China war. Doch wenn Nadine allein mit ihrem Vater unterwegs war, wirkte er manchmal verstört und zog sich auffällig zurück. Oder malte stundenlang Bilder für Jan.

„Denkst du an Erik?" fragte Katharina.

„Ja. Ich befürchte, daß er diese Idee nicht besonders toll finden wird."

Katharina nickte. „Wir werden viel mit ihm unternehmen. Wollte deine Schwester nicht mal einen verlängerten Wochenendausflug mit ihm machen?"

„Stimmt", bestätigte ich. „Das hatte ich ganz vergessen."

Katharina beugte sich vor und nahm meine Hände. „Vielleicht können wir das Ganze ja so planen, daß die Kinder gleichzeitig weg sind. Dann hätten wir drei, vielleicht sogar vier Tage mal nur für uns. Wie wäre das?" Ihre Augen glänzten.

„Hm." Ich lächelte. „Das hatten wir noch nie, stimmt's?"

„Nein. Und ich kann mir gut vorstellen, wo wir die meiste Zeit verbringen werden."

Nach dem Abendessen spielten wir mehrere Runden *Mensch ärgere dich nicht* mit den Kindern. Ich hatte nicht viel übrig für solche Spiele und war froh, daß wenigstens Katharina Spaß daran hatte. An diesem Abend mußte ich mir besondere Mühe geben, damit Erik und Nadine nicht merkten, daß ich dauernd zur Uhr schaute und sehnlichst darauf wartete, sie ins Bett schicken zu können. Meine Gedanken schweiften immer wieder ab. Das Ende des Schuljahres lag mir wie ein großer Klumpen im Magen, und ich wollte endlich mit Katharina allein sein. Als um kurz vor acht das Telefon klingelte, hoffte und fürchtete ich gleichzeitig, daß es Tom war. Natürlich wollte ich wissen, wie es ihm ging, doch gleichzeitig hatte ich Angst, von ihm zu hören oder auch nur zu spüren, daß er über die mangelnde Solidarität innerhalb des Kollegiums nicht hinwegkam.

Erik sprang auf und rannte zum Telefon. Einen Moment war es still. Dann hörte ich, wie er jubelte: „Papa!"

3

Ich kann mich noch genau daran erinnern, daß ich schnell hochblickte, als Erik so begeistert aufschrie. Jan rief ungefähr zweimal im Monat an, um mit seinem Sohn zu sprechen, und meine ängstliche Befangenheit, wenn ich das Gespräch entgegennahm, war im Laufe der Monate zunehmend schwächer geworden. Es war uns beiden nicht angenehm, miteinander zu reden, und so beschränkten wir uns immer auf eine knappe Begrüßung, und ich reichte den Hörer sofort an Erik weiter. Es gab ohnehin nichts zu besprechen. Die finanziellen Belange waren geregelt, und die Scheidung lief.

Katharina warf mir einen kurzen prüfenden Blick zu und lächelte, als ich nur die Augenbrauen hob. Erik redete einige Minuten mit seinem Vater und schien sich über irgendwas sehr zu freuen. Plötzlich rief er aus dem Flur nach mir.

„Mama, komm mal, Papa will mit dir reden. Er ist zu Hause."

Erik hatte feuerrote Wangen und drückte mir mit blitzenden Augen den Hörer in die Hand. Dann spurtete er mit Nadine die Treppe hinauf ins Kinderzimmer. Offenbar hatten die beiden etwas Wichtiges zu besprechen. Jans Stimme klang zugleich vertraut und fremd. Er räusperte sich, als ich mich meldete.

„Ich bin in Wolfsburg“, sagte er ohne Einleitung. „Ich habe hier im Werk noch knapp zwei Wochen zu tun, bevor ich Urlaub machen kann. Ich würde dann gerne mit Erik verreisen. Wie sehen denn deine Pläne aus?“

Das scheint heute der Tag der Väter zu sein, dachte ich verblüfft. Daniel würde mit Nadine um dieselbe Zeit verreisen. Mein Herz schlug einen Purzelbaum.

„Nichts Konkretes“, antwortete ich. „Aber es wäre schön für Erik, wenn ihr zusammen Urlaub macht.“

„Nicht nur für Erik“, gab Jan mit flacher Stimme zurück, und für einen Moment konnte ich ihn vor mir sehen – mit schmalen Augen und blassen Lippen. Mühsam darauf bedacht, seine Verletztheit nicht allzu deutlich herausklingen zu lassen.

„Ja“, antwortete ich schlicht. „Wann genau soll es denn losgehen?“

Ich hörte das leise Rascheln von Papier und wußte, daß Jan in seinem Terminkalender blätterte. Er nannte mir das Juli-Wochenende, an dem er mit Erik in Richtung Frankreich aufbrechen wollte, und versprach, sich einige Tage vorher noch mal mit mir in Verbindung zu setzen. Außerdem schlug er vor, Erik am kommenden Sonntag zu einem Ausflug abzuholen. Als ich das Gespräch beendet hatte, stand Katharina hinter mir. Sie legte den Kopf an meine Schulter und schmiegte sich an mich. Ihr Mund strich über meinen Hals, und ich spürte ein vertrautes Kribbeln.

„Habe ich das eben richtig verstanden? Die Kinder sind fast zur gleichen Zeit zwei Wochen lang mit ihren Vätern unterwegs?“

Ich drehte mich um und zog sie eng an mich. „Wunderbar, nicht wahr? Ich bin wirklich gerne Mutter, aber hin und wieder eine Auszeit ist einfach phantastisch.“

„Ein Geschenk des Himmels“, fügte Katharina leise murmelnd hinzu, und ihre Hände umfaßten meine Pobacken.

In dieser Nacht liebten wir uns so lange und leidenschaftlich wie schon seit Wochen nicht mehr. Ich schob alle schweren und bedrängenden Gedanken beiseite und konzentrierte mich ganz auf Katharina, ihre Feuchtigkeit, ihr Stöhnen und mein eigenes Begehren. Ihre Zunge glitt in meine Ohren, meinen Bauchnabel, meinen Schoß, und als sie meine Beine spreizte und ihre Finger in mich stieß, hatte ich kaum noch genügend Luft, um zu schreien. Ihr Blick hielt mich fest, bis ich den Kopf nach hinten warf und erschöpft die Augen schloß. Schon fast im Halbschlaf spürte ich, wie Katharina aufstand. Langsam öffnete ich die Augen und sah sie am Fenster stehen und reglos hinausschauen. Ihre Silhouette zeichnete sich dunkel vor dem hereinfallenden Mondlicht ab. Das lange schwarze Haar fiel ihr bis über die Schultern. Sie ist wunderschön, dachte ich und schlief, in ihren Anblick vertieft, ein.

Katharina weckte mich am nächsten Morgen mit einem Kuß aufs Ohr.

„Irgendwelche Kinder toben durchs Haus", brummte sie schläfrig und kuschelte sich an mich.

„Sag ihnen, sie sollen in zwei Stunden wiederkommen", entgegnete ich und zog mir die Bettdecke bis über die Nasenspitze.

Zwei Minuten später ging die Schlafzimmertür auf, und Nadine trat ein. Ich rührte mich nicht, und ich wußte, daß Katharina sich ebenfalls schlafend stellte.

„Hm", sagte Nadine.

Ich blinzelte ein wenig und sah, daß sie uns kritisch betrachtete und offenbar nicht genau wußte, ob sie uns dieses Schauspiel abnehmen sollte oder nicht.

„Glaub' ich nicht", sagte sie dann laut. „Es ist schon ganz spät. Ihr schlaft doch nie so lange."

Katharina kicherte unterdrückt und strich mir mit langen Fingern genüßlich über die Oberschenkel. Ein Schauer fuhr mir den Rücken hinab.

„Du hast gelacht, Mama!“

„Das geht gar nicht“, erwiderte Katharina. „Ich schlafe nämlich noch.“

„Das Frühstück ist fertig. Nur gibt es heute keine Cornflakes.“

Ich hob den Kopf. „Ich habe erst gestern eine neue Packung gekauft.“

„Die hat Erik auf den Fußboden geschmissen.“

Ich gähnte und setzte mich mühsam auf. Es war halb acht – eine vergleichsweise harmlose Uhrzeit. „Na und? Heb sie wieder auf.“

Nadine schaute mich eine Weile nachdenklich an, dann schüttelte sie den Kopf. „Nein, das geht nicht – die Cornflakes sind auf dem ganzen Boden verstreut. Das knirscht so komisch unter den Füßen.“

Ich stöhnte auf. Irgendwo hatte ich mal gelesen, daß man Kinder frühzeitig mit Hausarbeit vertraut machen sollte, und ich hielt diese Empfehlung grundsätzlich für sehr vernünftig. Allerdings verstanden Erik und Nadine und höchstwahrscheinlich die meisten anderen Kinder in ihrem Alter unter Frühstück machen oder Wäsche aufhängen doch etwas anderes als ich oder irgendeine andere Mutter. Katharina und ich waren eine gute Viertelstunde beschäftigt, um die Küche wieder so herzurichten, daß wir gemütlich frühstücken konnten. Wir bemühten uns beide, gelassen zu bleiben, aber Katharina gelang das besser als mir. Sie fegte die Cornflakes zusammen und wischte die verschüttete Milch auf, während ich die Scherben von zwei Gläsern beseitigte und den Tisch neu deckte. Hin und wieder lächelte sie belustigt, und ich fragte mich, ob sie die Situation oder meine mürrische Miene komisch fand.

Eine gute Stunde später fuhren wir in die Stadt, um über den Markt zu bummeln. Ich ging ganz dicht neben Katharina und genoß ihre Nähe. Manchmal berührte ihre Schulter meine, oder sie nahm kurz meine Hand. Außenstehende würden uns für zwei gute Freundinnen halten. Als wir beim türkischen Gemüsehändler Fladenbrot und Salat kauften, schaute Katharina plötzlich hoch und warf einen Blick über meine Schulter.

„Ich glaube, ich habe eben Bettina gesehen oder besser gesagt: gehört", meinte sie.

Ich drehte mich um und entdeckte die Freundin mit ihren beiden älteren Kindern, Julia und Kevin, mitten im Gewühl. Sie schleppte einen großen Einkaufskorb und zwei prall gefüllte Taschen und blickte hoch, als ich sie rief.

Sie schimpfte wie ein Rohrspatz. „Ich hasse Wochenendeinkäufe! Jeden Samstag schleppe ich Tonnen von Lebensmitteln nach Hause, und spätestens Montag früh gibt's in meinem Kühlschrank nur noch Licht. Und die Maus kommt mir entgegengelaufen und schwenkt verzweifelt die weiße Fahne. Als hätte eine Invasion der Piranhas stattgefunden! Dabei ernähren sich die Zwillinge im Moment lediglich von Zwiebelbrot und Gummibärchen, während ich mich fast ausschließlich mit Currywurst und Pommes begnüge und zum Nachtisch mit einer mittelgroßen Portion Schokoladeneis zufriedenzustellen bin."

Bei den letzten Worten grinste sie breit und ließ ihre Taschen auf den Boden plumpsen. Bettina war rund und füllig wie eh und je, und mittlerweile machte sie sich über jede Form von Diät nur noch lustig. Katharina und ich lachten.

„Wo ist denn Markus?" fragte Katharina dann mit einem Blick auf Bettinas Einkäufe.

„Na, ratet mal. Gerade als wir gemeinsam aufbrechen wollten, kam ein Fax, und der Gute mußte an den Schreibtisch. Dafür habe ich ihm aber die Zwillinge aufgedrückt."

Bettina schaute sich nach Julia und Kevin um, die gemeinsam mit Erik und Nadine zwei Stände weiter begeistert angefangen hatten, zwölf verschiedene Honigsorten durchzuprobieren. „Wollen wir ein Eis essen gehen? Das Gedränge und Geschiebe hier macht mich irre."

Wir sammelten die Kinder ein und gingen in Richtung Eisdiele. Als wir Bettina von Eriks und Nadines bevorstehenden Urlaubsfahrten mit ihren Vätern erzählten, wurde sie nahezu blaß vor Neid. „Du liebe Güte – ich würde meine rechte Kniescheibe hergeben, um mal zwei Wochen ohne Kind und Kegel zu sein!“

Insgeheim nahm ich ihr diese Behauptung nicht ganz ab. Bettina war die geborene Mutter, und ich war davon überzeugt, daß sie es ohne ihre Familie nicht länger als zwei, drei Tage aushalten würde.

„Ich habe übrigens gestern mit Tom telefoniert“, wechselte sie das Thema. „Er will einige Tage verreisen – Freunde in Berlin besuchen – und meldet sich, wenn er zurückkommt.“

„Wie geht es ihm?“ fragte ich. Wir hatten inzwischen den Markt hinter uns gelassen und konnten nebeneinander gehen.

„Nicht schlecht. Er wirkte müde und ein bißchen deprimiert, aber ich hatte, ehrlich gesagt, nach dem Reinfall letzte Woche Schlimmeres erwartet.“

Katharina nickte. „Ich ehrlich gesagt auch.“

„Vielleicht hätte man ja doch irgendwie etwas erreichen können“, sagte ich leise und mehr an mich selbst als an die anderen gewandt.

„Ja, klar, irgendwie schon – beispielsweise hätte man mit dem Holzhammer durchs Lehrerzimmer laufen können, damit die Herrschaften aufwachen“, gab Bettina ruppig zurück. „Anders kommst du gegen diese Mischung aus Desinteresse und Vorurteilen nämlich nicht an. Und Tom ist kein Mensch, der den Holzhammer schwingt – obwohl, er könnte mich ja vorschicken.“

Sie verzog das Gesicht, aber so richtig nach Lachen war auch ihr nicht zumute. Plötzlich blickte sie angestrengt nach vorn und blieb stehen. „Was ist das denn? Wenn man vom Teufel spricht ... die lieben Kolleginnen Larissa und Stefanie.“

Ich folgte Bettinas Blick und schüttelte den Kopf. „Wo denn? Ich kann niemanden entdecken.“

„In der kleinen Bude da vorn."

Am Anfang der Fußgängerzone waren oftmals Stände von den unterschiedlichsten Vereinen und Gruppen aufgebaut – *Greenpeace*, *Brot für die Welt*, mehr oder weniger bekannte Initiativen und Parteien informierten, luden zur Diskussion ein und sammelten Spenden. Larissa und Stefanie saßen hinter einem Stand des Tierschutzvereins und ordneten bunte Broschüren zu gleichmäßig dicken Stapeln. Ein großes Plakat auf der Vorderseite des Standes wies mahnend auf die Froschwanderungen zwischen Wolfsburg und Gifhorn hin, die von vielen rücksichtslosen Rasern nicht beachtet wurden, ein anderes zeigte einen kleinen Hund, der ausgesetzt wurde, weil die Familie in den Urlaub fahren wollte. Quer über dem Stand prangte die Aufschrift: *Sag mir, wie Du Dich zu Tieren verhältst, und ich sage Dir, wie Du mit Menschen umgehst!*

Ich las den Satz dreimal, viermal, gleichzeitig hörte ich, wie Katharina scharf die Luft einsog. Bettina blickte mich von der Seite an.

„Wenn es nicht so traurig wäre, würde ich mich jetzt vor Lachen kugeln", sagte sie leise, und ihre Stimme bebte vor Erregung. „Das ist wirklich grandios. Tom würden sie am liebsten auf den Mond schießen, und für die Frösche stellen sie sich einen halben Samstag in die Fußgängerzone! Gleichzeitig wollen die uns darüber belehren, daß ein Herz für Tiere auch ein Herz für Menschen bedeutet. Klingt das nicht wunderhübsch?"

Katharina hatte sich zu den Kindern umgewandt und drückte ihnen Geld in die Hand, damit sie sich ihr Eis holen konnten.

„Stellt euch mal vor, man würde den Satz einfach umdrehen", sagte sie, als die vier johlend davonrannten. „Sag mir, wie Du Dich zu Menschen verhältst, und ich sage Dir, wie Du mit Tieren umgehst!"

„Da kann man dann nur hoffen, daß zu Hause kein Dackel wartet", fügte Bettina hinzu.

Ich starrte die Aufschrift immer noch an, als hätte ich Mühe, sie zu verstehen. Ein Strom von Gefühlen jagte durch meinen Körper, und ich spürte, wie ich abwechselnd bleich und feuerrot im Gesicht wurde. Habe ich denn früher nie genau hingeschaut? dachte ich plötzlich und spürte einen bitteren Geschmack im Mund. Das sind genau die Menschen, deren Meinung mir immer ungeheuer wichtig war und von denen ich gemocht und geschätzt werden wollte. Die ich sogar gefürchtet hatte.

Katharina berührte meine Schulter. „Linda?"

Ich schaute sie an, und ihr besorgter Blick tastete mein Gesicht ab. „Alles in Ordnung?"

„Nein", erwiderte ich. „Aber gleich."

Ich holte das Portemonnaie aus meinem Rucksack, während Bettina mich neugierig anstarrte. „Ich werde etwas spenden. Kommt ihr mit?" Ich ging schnurstracks auf den Stand zu, und nach kurzem Zögern folgten mir die beiden. Larissa goß sich gerade Kaffee aus einer Thermoskanne ein und lächelte überrascht, als ich vor ihr stand. Stefanie nickte mir nur kurz zu. Sie war eine von jenen Kolleginnen, zu denen ich noch nie einen Draht gehabt hatte. Larissas Lächeln verblaßte, als Katharina und Bettina hinter mir stehenblieben und sie aufmerksam musterten. Es war eine merkwürdige Situation, und mir fiel erst im nachhinein auf, was mich daran am meisten verwunderte: daß ich diejenige war, die die Initiative ergriff. Nicht Bettina mit ihrer unbekümmerten und direkten Art und auch nicht Katharina mit ihrer abwägenden Haltung. Nein, ich, Linda.

„Guten Morgen", wünschte ich und warf einen langen Blick auf die Plakate, bevor ich Larissa erneut anschaute. „Sieht sehr beeindruckend aus, was ihr hier so auf die Beine stellt."

Larissa öffnete den Mund, dann schloß sie ihn wieder. Sie war irritiert.

„Wir machen das schon seit fast zwei Jahren", warf Stefanie von der Seite ein und beäugte uns abwartend.

„Toll“, bemerkte Bettina von hinten, und ihr anerkennender Ton war eine Spur zu dick aufgetragen, um echt zu klingen. „Ist doch wundervoll, wenn Menschen sich für eine Sache starkmachen. Dann kommen sie nicht auf dumme Gedanken, nicht wahr?“

Ich öffnete mein Portemonnaie und entnahm ihm einen Zwanzigmarkschein. „Ich möchte etwas spenden. Ich hoffe, daß mein Beitrag notleidenden Fröschen und Hunden helfen kann.“

Larissa blickte auf das Geld und sah mir dann kurz in die Augen. Ich legte den Schein auf den Tresen. „Tierschutz ist ein wichtiges Anliegen. Und es ist einfach, sich in dieser Richtung zu engagieren – man stößt niemanden vor den Kopf und trifft überall auf Verständnis und Mitleid. Wer würde nicht diesen kleinen putzigen Hund bedauern, der einfach ausgesetzt wird?“

Larissa biß die Zähne zusammen. In ihren Augen blitzten Unsicherheit und Verärgerung auf. Ich wagte ein kleines Lächeln. Bettina tippte mir auf die Schulter.

„Sag mal“, fragte sie so laut, daß es alle Umstehenden hören konnten, „können Tiere eigentlich Aids kriegen?“

Ja, es war ein Gefühl des Triumphes, das mein Herz höher schlagen ließ, als wir uns einträchtig umwandten und davongingen. Wie bei einem sportlichen Erfolg gegen eine mächtige Gegnerin. Aber war das wirklich miteinander zu vergleichen? Waren Larissa und Co. Gegnerinnen, die bekämpft werden mußten? Oder ging es nicht vielmehr auch und gerade darum, daß ich den Mut gefunden hatte, Farbe zu bekennen – ohne Wenn und Aber? Ich hatte die Aufmerksamkeit auf mich gelenkt, ohne mich darum zu kümmern, daß eine Frau wie Larissa die erste wäre, die sich über Katharina und mich das Maul zerreißen würde, wenn sie Bescheid wüßte.

Als Katharina sich nach dem Mittagessen für eine Stunde aufs Ohr legte, war ich zu unruhig und aufgewühlt, um zu ihr unter die Decke zu schlüpfen. Erik und Nadine hatten sich mit einem

Eimer voll Murmeln in den Garten verzogen und spielten friedlich miteinander. Ich schaute ihnen eine Weile zu, dann ging ich zurück ins Haus und wanderte langsam von einem Zimmer ins andere. Im Erdgeschoß gab es eine riesige Wohnküche und ein kleines Wohnzimmer, die direkt ineinander übergingen und lediglich durch ein Regal, das als Raumteiler fungierte, abgetrennt waren. Hinzu kamen Vorratskammer, eine Toilette und mein Arbeitszimmer – ein heller, freundlicher Raum mit einem Fenster zum Garten hinaus. Im Obergeschoß befanden sich Eriks und mein Schlafzimmer, das Bad und ein Gästezimmer. Es wäre nicht besonders aufwendig, das Gästezimmer in ein zweites Kinderzimmer zu verwandeln, und mein Arbeitszimmer war groß genug für zwei. Und wenn wir damit nicht zurechtkommen sollten, konnte man im Wohnzimmer Platz für einen Schreibtisch schaffen. In Gedanken ging ich Katharinas Möbel durch, ihre Bilder, ihre Pflanzen, und erst als ich zu überlegen begann, was wir mit zwei Staubsaugern und zwei Waschmaschinen anfangen sollten, wurde mir bewußt, was ich tat. Ich plante unser Zusammenleben, als wäre es die natürlichste Sache der Welt.

Ich holte mir einen Kaffee und setzte mich auf die Terrasse. Efeu rankte sich zu beiden Seiten am Gemäuer empor, und Blumenkübel in den verschiedensten Formen und Größen begrenzten die Terrasse zum Garten hin. Ich streckte die Beine aus und schaute in den Himmel. Was noch wenige Wochen zuvor wie ein schöner ferner Traum schien, stand auf einmal direkt vor mir, und ich mußte bloß zugreifen. Ich glaube, ich sah glücklich aus, wie ich auf einmal die Augen schloß und mein Gesicht in die Sonne hielt. Mit einem Lächeln, in dem sich bestimmt vergangene Ängste und Sorgen widerspiegelten, aber auch neue Hoffnung und ein erstarktes Selbstbewußtsein.

Es gibt Situationen im Leben, die sollte man sich auf keinen Fall vorher ausmalen. Das Risiko ist zu groß, daß die Wirklichkeit nur einen faden Abklatsch dessen darstellt, was man sich genußvoll ausgemalt hat. Ich war damals gelassen und glücklich genug, um über diese Diskrepanz lachen oder zumindest schmunzeln zu können. An jenem Nachmittag sprang ich plötzlich von meinem Gartenstuhl auf, sagte den Kindern Bescheid, daß ich noch schnell etwas besorgen müßte, und fuhr zum nächsten Kiosk, um Sekt, Blumen und Pralinen zu kaufen. Ich malte mir aus, wie ich vor der schlafenden Katharina stand, ihr die duftenden Blumen aufs Kopfkissen legte und mit einem sanften Ploppen den Sekt entkorkte. Sie würde sich langsam räkeln und die noch vom Schlaf verschleierten Augen öffnen. Dann würde ein erstauntes Lächeln folgen und ein sanfter Kuß – weich und zärtlich zunächst, schließlich begieriger und wilder. Ich würde sie in meine Arme ziehen und ihr sagen, daß ich keine Angst mehr hätte, mit ihr unter einem Dach zu leben. Und wenn die Kinder im Bett wären, würden wir uns die ganze Nacht lieben, zwischendurch Sekt trinken und Spaghetti essen und Kuchen und den Umzug planen und über uns reden und unsere wundervolle Beziehung. Wir würden uns stark fühlen und glücklich und unanfechtbar. So in etwa sahen die Bilder in meinem Kopf aus.

Als ich eine gute halbe Stunde später nach Velstove zurückkehrte, standen neben Katharinas Auto noch zwei Wagen auf dem Hof, und im Garten tobten sechs Kinder herum. Bettina war da, und Anna saß am Eßtisch, als ich die Küche betrat. Schnitt, dachte ich, das ist der Schnitt zwischen Wunsch und Wirklichkeit. Aber nur was die äußeren Umstände angeht, fügte ich hinzu, als Katharina mich anschaute. Sie stand hinter dem Küchentresen und holte Kaffeetassen aus dem Schrank. Sie lächelte, als sie die Blumen in meiner Hand entdeckte und die prall gefüllte Jutetasche. In Gedanken verabschiedete ich mich mit einem halb verlegenen, halb amüsierten Kopfschütteln von meinem Phantasiegemälde.

„Haben wir bei unserem ereignisreichen Wochenendeinkauf heute morgen etwas vergessen?“ fragte sie und wechselte einen

Blick mit Anna. Die Begegnung mit den engagierten Damen vom Tierschutzverein war offensichtlich schon zur Sprache gekommen.

Ich stellte meine Einkäufe ab und gab Katharina einen Kuß. „Ich glaube schon. Ein paar Kleinigkeiten haben noch gefehlt." Dann begrüßte ich meine Tante und setzte mich zu ihr. Katharina stellte die Blumen in eine Vase. Sie lächelte.

Anna trug einen hellgrünen Leinenanzug und war dezent geschminkt. Ihr langes graues Haar hatte sie wie meist zu einem Knoten hochgesteckt. Sie wirkte ausgesprochen unternehmungslustig. Ich zwinkerte ihr zu.

„Erwartest du Robert?" fragte ich.

Anna lachte. „Du meinst, wenn ich so sorgfältig zurechtgemacht bin, kann nur ein Mann dahinterstecken?"

Ich hob abwehrend die Hände. „Aber nein, du siehst natürlich immer gut aus, aber du hast heute mal wieder ..."

„... das gewisse Etwas?"

„Genau."

Anna schlug die Beine übereinander und lächelte. „Du hast natürlich recht. Robert und ich treffen uns in München und verreisen für ein paar Tage. Toskana, Florenz und so weiter. Und ich freue mich sehr darauf. Wir haben uns jetzt fast vier Wochen nicht gesehen."

„Wundervoll!" ertönte es von der Gartentür. Bettina kam polternd herein. „Keine Hemden bügeln, keine Socken unterm Bett hervorkramen, keine Kinder, die das Haus auf den Kopf stellen." Sie ließ sich mit einem lauten Ächzen neben mir auf einen Stuhl sinken. „Ein- bis zweimal im Monat einige Tage mit einem prachtvollen Burschen verbringen – das ist es einfach! Es bleibt gar keine Zeit, seine Macken kennenzulernen. Jeder gibt sich Mühe, seine Schokoladenseite zu präsentieren, und wenn die anfängt, dahinzuschmelzen, verabschiedet man sich voneinander."

Bettina verdrehte genüßlich die Augen, und Anna betrachtete sie mit einem leisen Lachen.

„Auf die Dauer wäre das doch gar nichts für dich", wandte Katharina ein, als sie an den Tisch trat und Kaffee einschenkte. „Was würdest du denn den ganzen Tag ohne deine Rasselbande und ihr Chaos machen?"

„Wahrscheinlich eine Kontaktanzeige nach der anderen aufgeben – liebevoller Muttityp möchte ihre hausfraulichen Fähigkeiten endlich rundum zur Geltung bringen. Wenn du zu dusselig bist, eine Waschmaschine zu bedienen, nicht weißt, was ein Pfund Butter kostet, und den Küchenherd für die neuzeitliche Variante des Orakels von Delphi hältst, dann melde dich. Bitte keine Fotos mitschicken – das weckt nur unnötige Erwartungen!"

Ich mußte so lachen, daß ich mich an meinem Kaffee verschluckte. Katharina drückte unter dem Tisch meine Hand. Später sagte sie mir, daß sie mich zum ersten Mal seit Wochen wieder fröhlich gesehen hätte.

Anna war die erste, die sich nach unserem Kaffeeklatsch verabschiedete. Sie winkte, als sie ins Auto stieg, und warf mir eine Kußhand zu. Anna war einundsechzig Jahre alt und traf sich mit ihrem langjährigen Freund Robert, der zwölf Jahre jünger war. Ein unkonventionelles Paar – in jeder Hinsicht. Ohne Anna hätte ich es höchstwahrscheinlich nicht geschafft, mich von Jan zu trennen. Sie hatte mir einen Spiegel vorgehalten und dafür gesorgt, daß ich hineinschaute.

Bettina sammelte eine gute Stunde später ihre Kinder ein und rauschte so plötzlich davon, wie sie aufgetaucht war. Erik und Nadine rannten dem Wagen johlend bis zur Hauptstraße hinterher. Dann wurde es von einer Minute zur anderen fast gespenstisch still. Ich schloß die Haustür und ging nach hinten in den Garten. Katharina saß auf den Terrassenstufen und blickte in die Ferne. In den Händen hielt sie einen Bleistift und einen Malblock. Auf einmal klopfte mein Herz so laut, daß ich davon überzeugt war, sie müßte es hören. Ich setzte mich zu ihr. Katharina legte einen Moment ihren Kopf auf meine Schulter, dann fing sie an zu zeichnen. Ein paar Striche und Schraffuren, und ich erkannte unseren Garten, üppig blühend.

„Was geht in dir vor?“ fragte Katharina unvermittelt in die Stille hinein.

„Ich denke daran, wie unsinnig es ist, zwei Waschmaschinen zu haben“, sagte ich langsam.

Katharina hielt inne und wandte mir ihr Gesicht zu.

„Ich habe heute mittag Blumen für dich gekauft und Sekt und Pralinen“, fuhr ich fort, und mein Gaumen war ganz trocken. „Ich möchte mit dir feiern – auf den bevorstehenden Umzug anstoßen. Ich finde, hier ist genug Platz für uns vier.“

Katharina legte den Block beiseite und nahm meine Hände. „Ist das der einzige Grund?“

„Nein, es gibt viele Gründe – meine Sehnsucht nach dir, die Sache mit Tom, Larissa, die Geschehnisse der vergangenen Wochen. Das alles hat einiges in mir in Bewegung gebracht.“

„Inwiefern?“ Katharinas Augen waren aufmerksam. Sie wollte es mal wieder ganz genau wissen.

Ich drückte ihre Hand. „Natürlich, die Ereignisse hätten auch genau das Gegenteil bewirken können – nämlich daß meine Ängste und Bedenken noch größer werden.“

Katharina nickte.

„Aber seit heute morgen nicht mehr“, fuhr ich fort. „Die Zeiten sind vorbei, in denen ich mein Leben von anderen bestimmen lasse. Erst recht, wenn es sich dabei auch noch um Leute handelt, die Mitgefühl und Engagement im Grunde nur heucheln, um sich selbst ins rechte Licht zu rücken ...“

Ich war noch längst nicht fertig, doch Katharina zog mich an sich, um mich zu küssen. Ich spürte ihr Herz klopfen, und meine Hände zitterten, als ihr Mund meine Lippen verschloß. Ich war von tiefstem Glück erfüllt.

Wir begannen noch am selben Tag mit den Umzugsvorbereitungen. Wir gingen durch die Zimmer, planten, schrieben Maße auf und waren aufgekratzt und albern wie junge Mädchen. Bereits am nächsten Morgen begannen wir mit dem Packen, und zwei Tage später liehen wir uns Bettinas VW-Transporter und fuhren zwischen Wolfsburg Tiergartenbreite und Velstove so lange hin und her, bis es in Katharinas Wohnung nur noch Staubmäuse und ein paar Spinnweben gab. Wir rückten Möbel, packten Kisten aus, renovierten die alte Wohnung und brachten zwei Tage, bevor die Kinder mit ihren Vätern in den Urlaub fuhren, das neue Namensschild an der Tür an.

Niemand aus dem Kreis unserer Freundinnen und Freunde schien sich über unseren Entschluß zu wundern – sie waren höchstens erstaunt darüber, daß wir nicht bereits im Frühjahr zusammengezogen waren. Das etwas flaue Gefühl, das sich in meinem Magen breitmachte, als ich mit der Vermieterin sprach, erwies sich als vollkommen unbegründet. Sie zuckte mit den Schultern, unterschrieb Katharinas Anmeldebescheinigung, und das war es auch schon. Kaum ein Mensch schien sich sonderlich dafür zu interessieren, daß hier nun zwei Frauen mit ihren Kindern unter einem Dach lebten, was mich sehr froh machte, obwohl mir natürlich klar war, daß uns die meisten einfach für Kolleginnen und gute Freundinnen hielten. Wir machten zwar kein Geheimnis aus unserer Beziehung, aber wir banden auch niemandem auf die Nase, daß wir in einem Bett schliefen.

Bei dem Gedanken an Jan wurde mir allerdings beklommen zumute. Wie würden wir uns begegnen, wenn er Erik abholte und mitbekam, daß wir hier zu viert lebten? Immerhin war die Scheidung noch nicht ausgesprochen, und auch wenn alle wesentlichen Punkte von unseren Anwälten geregelt waren, konnte ich nicht ausschließen, daß er vielleicht doch am Sorgerecht für Erik rütteln wollte. Jan würde nicht ewig in China bleiben, und die Verletzung, die er durch unseren Bruch erfahren hatte, war sehr groß.

Rucksack und Reisetasche für den Urlaub waren gepackt. Erik wartete ungeduldig im Hausflur, daß sein Vater endlich kam, während ich nervös immer wieder zum Fenster hinaussah und im Geist ein ums andere Mal überprüfte, ob der Junge auch alles dabeihatte. Am Abend zuvor hatte Daniel Nadine abgeholt. In Kürze würden Katharina und ich zwei Wochen lang völlig frei von Mutterpflichten sein.

Jan fuhr hupend vor und stieg aus, während Erik ihm entgegenlief. Ich ging ihm langsam nach. Jan schaute mich kurz an, bevor er Erik an sich drückte. Sein rechter oberer Wangenmuskel zuckte.

„Alles klar?“ fragte er und gab mir die Hand. Dann reichte er mir einen Zettel. „Hier ist die Telefonnummer des Hotels. Du kannst uns dort ab übermorgen erreichen. Wir melden uns, wenn wir eingetroffen sind.“ Seine Stimme war höflich und sachlich.

„Danke“, sagte ich. „Und viel Spaß.“ Ich umarmte Erik zum Abschied und wandte mich um.

„Linda?“

Ich blieb stehen und atmete zweimal tief durch, bevor ich mich wieder umdrehte. Einen winzigen Moment lang sah ich Jans ganze Verunsicherung und auch seinen Schmerz. Dann blinzelte er und schob sich die Sonnenbrille über die Augen. Ein jungenhaftes Grinsen hellte den Rest seines Gesichts auf.

„Ich komme schon klar mit dem Jungen. Mach dir keine Sorgen“, sagte er, und wir wußten beide, daß es darum gar nicht ging.

„Ich weiß.“

Ich winkte dem Wagen nach. Nein, ich machte mir keine Sorgen. Jetzt nicht mehr.

Jede Minute unserer Zweisamkeit war kostbar, und wir genossen sie. Wir fuhren spätabends noch essen oder ins Kino, schliefen am anderen Morgen bis zehn und unternahmen ausgedehnte Stadtbummel in Braunschweig und Hannover.

An einem Morgen wachten wir beide gleichzeitig um fünf Uhr auf. Wir schauten uns an, und ich sah in Katharinas Augen, wie die Zeit stehenblieb. Mitten in einem Lidschlag. Ich entdeckte meinen Blick in ihnen, und ich weiß bis heute, daß ich niemals zuvor mehr Nähe empfunden habe als in diesem Moment. Wir standen auf, tranken einen Kaffee und setzten uns auf die Fahrräder. Eine ganze Stunde fuhren wir durch den frühen Morgen, das erste zarte Sonnenlicht auf den Gesichtern, und erst als wir hungrig zurückkehrten, fiel mir auf, daß wir noch kein Wort miteinander gesprochen hatten.

Wir arbeiteten stundenlang im Garten, liebten uns laut und hemmungslos am Vormittag und diskutierten halbe Nächte über Frauen- und Männerbeziehungen, die Unterschiede zwischen Erotik und Lust, Katharinas Bilder, Tom und tausend andere Themen. Katharina zeichnete und malte, ich schrieb immer häufiger in mein Tagebuch. Ich wußte sehr gut, daß dieses intensive, glückselige Beisammensein die Ausnahme war – so etwas wie Flitterwochen –, und daß der Alltag uns bald wiederhaben würde. Und der war manchmal grau und zäh.

Wenige Tage bevor die Kinder zurückkehrten, meldete sich Tom. Kurz darauf stand er mit einem großen Kuchenpaket vor der Tür und wirkte etwas verlegen, als wir ihn hocherfreut begrüßten. Er sah frisch und munter aus und erzählte begeistert von seinen Freunden in Berlin und über neue Therapiemöglichkeiten, von denen er erfahren hatte. Das hörte sich gut an. Ich war erleichtert.

„Und was hast du sonst so vor?" fragte Katharina.

„Du meinst – beruflich?" Das klang ein wenig ironisch.

Katharina nickte und ging nicht auf seinen Ton ein. „Zum Beispiel."

„Ich mache bei einem Aids-Projekt mit. Ist wohl besser, ich gehe ohne Umwege auf die Sache zu. Das Thema lautet übrigens: 'Der Tod kommt nicht auf leisen Sohlen.'"

Ich ließ die Kuchengabel, die ich gerade zum Mund führen wollte, sinken.

Tom lächelte mich an. „Ziemlich direkt, ich weiß. Das hat mich auch erst ein bißchen geschockt. Aber ich habe da neulich mit einem Typen gesprochen, dessen Worte ich nach einigem Überlegen sehr einleuchtend fand. Der meinte nämlich, irgendwie seien wir ja alle ständig unterwegs in Richtung Tod – den Aidskranken sei das nur eben sehr deutlich bewußt. Und die HIV-Positiven wüßten auch, was die Stunde geschlagen hat. Gleichzeitig hätten wir aber auch die Chance, uns gründlich vorzubereiten auf diese letzte Reise. Gründlicher vielleicht als andere."

Ich schluckte. Es war beängstigend und anrührend zugleich, wie offen und unkompliziert Tom über den Tod sprach oder gerade dabei war, es zu lernen.

Er nahm sich ein zweites Stück Kuchen und zuckte mit den Achseln. „Ich kann morgen von einem Bus überfahren werden oder einen Herzinfarkt bekommen oder in drei Jahren Magenkrebs."

Katharina faßte nach meiner Hand und lächelte ihn an. „Du hast recht. So gesehen wird in der Tat jeder einzelne Augenblick in ganz besonderer Weise wichtig."

Tom besuchte uns von da an regelmäßig. Meist sah er so gesund aus, daß ich die kindliche Hoffnung hegte, er hätte den Erreger gar nicht und alles wäre nur ein böser Traum. Dann wieder war er sehr blaß und still, und ich hatte Angst um ihn. Einmal träumte ich, daß sein Rücken voller Melanome wäre, und ich versuchte, sie abzukratzen. Jedesmal wenn ich einen großen Fleck beseitigt hatte, wuchs an anderer Stelle ein neuer nach, und Tom rief unablässig in einem merkwürdigen Singsang: „Unterwegs – auf zur letzten Reise, unterwegs – auf zur letzten Reise." Als ich aufwachte, nahm Katharina mich in die Arme und wiegte mich wie ein kleines Kind.

Erik und Nadine kehrten braungebrannt und gut genährt aus den Ferien zurück. Daniel und auch Jan hingegen sahen ein wenig müde aus. Vielleicht lag es daran, daß sie beide eine lange Autofahrt hinter sich hatten. Oder aber sie hatten in den letzten zwei Wochen festgestellt, daß das Zusammensein mit Kindern seinen fröhlichen Picknickcharakter durchaus verlieren kann, wenn die gemeinsame Zeit länger dauert als ein paar Stunden oder ein Wochenende und keine Mutter in der Nähe ist. Auf jeden Fall verabschiedeten sich beide Väter auffallend schnell.

Katharina und ich grinsten unverhohlen und mit einer gewissen Portion Schadenfreude, als Nadine erzählte, wie sie einmal quer über den Restauranttisch gekotzt hatte und Daniel dann ganz blaß und still geworden war. Unser Mitgefühl hielt sich in Grenzen.

Innerhalb von zwei Stunden waren wir wieder Mütter – mit Haut und Haaren. Es ging laut und turbulent zu. Die Stille hatte sich in irgendwelche dunklen Ecken verzogen, und ich ahnte, daß sie so bald nicht wieder hervorkommen würde.

4

Nichts schien sich verändert zu haben. Die gleichen roten Backsteingebäude, die schnurgerade grüne Hecke, die die Wege säumte, die allmorgendliche Mühe, einen Parkplatz zu bekommen, das Geschrei und Gewusel, der Geruch. Die Kolleginnen und Kollegen. Nur Tom fehlte. Aber kaum jemand verlor ein Wort darüber.

Seit die Schule vor gut zwei Wochen wieder begonnen hatte, wartete ich darauf, daß sich mein alter Schwung einstellte, die Freude am Unterrichten, der Spaß mit den Kindern. Oder zumindest so etwas wie ein ganz normales Alltagsgefühl. Doch es tat sich nichts. So glücklich ich mit meinem Privatleben war, so lustlos ging ich meiner täglichen Arbeit in der Schule nach. Alles schien mir seltsam eintönig und farblos. Ohne Tiefenschärfe. Banal.

Selbstverständlich war mir klar gewesen, daß ich mich nach der Geschichte mit Tom von vielen Kolleginnen und Kollegen distanzieren und auf so manches gelassener reagieren würde, was mich früher aufgebracht oder lange beschäftigt hätte. Doch wie sehr nun auch das Unterrichten, meine eigentliche Arbeit, innerlich in die Ferne gerückt war, beunruhigte mich in zunehmendem Maße, und ich verstand es nicht so recht. Waren mir die Kinder und ihre Entwicklung nicht mehr wichtig? Ein erschreckender Gedanke. In den letzten Jahren hatte ich zwar viel von dem begeisterten Idealismus meiner Studienzeit verloren, aber niemals zuvor war ich so frustriert und, ja, desinteressiert gewesen. Ich sehnte mich nach der letzten Unterrichtsstunde, nach dem Wochenende und rechnete schon jetzt nach, wie viele Tage es noch bis zu den Herbstferien waren. Eine Einstellung, die mir bisher fremd gewesen war.

„So eine Phase gibt's immer mal wieder", meinte Bettina, als ich ihr in einer gemeinsamen Freistunde von meiner hartnäckigen Unlust erzählte. „Kommt bei mir zirka achtmal im Jahr vor."

Ich schüttelte den Kopf. „Bei mir eben nicht. Das ist es ja. Ich habe immer gern unterrichtet, weißt du? Auch wenn's mal Ärger oder Probleme gab – wenn ich in meiner Klasse war, standen die Kinder im Mittelpunkt. Und so kurz nach den Ferien habe ich mich immer wie aufgetankt und absolut motiviert gefühlt."

„Ausgesprochen lobenswert, aber irgendwann erwischt es eben doch jeden mal. Und die Sache mit Tom tut wohl ein übriges." Bettina nickte nachdrücklich. „Larissa und Co. haben dich ziemlich geschockt."

„Ja, haben sie. Aber warum kann ich das nicht beiseiteschieben, wenn ich vor meiner Klasse stehe?"

Bettina zuckte die Achseln. „Das mußt du dir selbst beantworten."

Ich hatte bereits nach der vierten Stunde Schluß und fuhr einkaufen. Anschließend holte ich die Kinder ab. Nadine war nun ein stolzes Schulkind, was Erik gar nicht paßte, da er nun noch ein Jahr ohne seine Freundin in den Kindergarten gehen mußte. Als Katharina um ein Uhr kam, aßen wir gemeinsam zu Mittag.

Nadine schlang ihr Essen hinunter. „Ich habe nicht viel Zeit", erklärte sie und hob keck die Nase. „Ich muß nämlich zwei Hausaufgaben machen."

Erik tippte sich an die Stirn. „Angeberin!"

Katharina faßte nach der Hand ihrer Tochter. „Nadine, bitte! Du kannst ganz normal essen und schaffst trotzdem noch deine Hausaufgaben. Meinst du nicht?"

Erik verdrehte die Augen, und ich konnte mir das Lachen kaum verkneifen.

„Nächstes Jahr kommst du auch in die Schule", sagte ich zu meinem Sohn und schaute ihn betont ernst an.

„Ja, aber ich kann dann nach vier Wochen schon lesen!"

Bevor das Geplänkel zu einem Streit ausarten konnte, schickten wir die Kinder zum Händewaschen und dann zur Mittagsruhe in ihre jeweiligen Zimmer. Noch in den Ferien hatten wir diese Ruhephase über die Mittagszeit konsequent eingeführt und die besten Erfahrungen damit gemacht. Nicht immer blieb es so still, wie wir es uns vorstellten, aber eine Mütze voll Schlaf oder Zeitunglesen, manchmal auch Schmusen war meist eine gute Stunde ungestört möglich.

„Legst du dich hin?" fragte ich, während wir gemeinsam den Tisch abräumten.

Katharina schüttelte den Kopf. „Ich möchte mich lieber mit meinen Skizzen beschäftigen."

„Du malst sehr viel im Moment."

„Stimmt." Katharina stellte die Teller in die Spüle und drehte sich dann zu mir um. „Es macht mir großen Spaß. Aber das ist nicht der einzige Grund."

Ich trat zu ihr. „Und was für einen Grund gibt es noch?"

Katharina lächelte. „Erinnerst du dich daran, daß wir vor einigen Monaten mal über diese geplante Ausstellung im Frauencafé sprachen?"

Ich kniff die Augen zusammen und überlegte einen Moment. „Ja, das ist aber schon eine ganze Weile her. Und irgendwie ist die Sache dann im Sande verlaufen."

„Anderes war plötzlich wichtiger. Tom zum Beispiel."

„Ja."

Katharina gab mir einen Kuß auf die Nasenspitze. „Es ist eine weitere Ausstellung geplant. Stefanie und Sandra sind nach wie vor an meinen Arbeiten interessiert."

Auf einmal konnte ich mich gut an meine erste Reaktion auf Katharinas Mitteilung, sie würde ihre Bilder gern ausstellen, erinnern. Damals war mir ganz und gar nicht wohl bei dem Gedanken gewesen. Es wäre einem öffentlichen Coming-out gleichgekommen, und dafür fühlte ich mich nicht stark genug. Katharina hatte mich nicht bedrängt, sondern mir die Entscheidung überlassen.

Ich horchte in mich hinein. „Ich denke, du solltest es machen", sagte ich langsam.

„Sind deine alten Befürchtungen weg?" Katharinas Stimme klang erfreut und verwundert zugleich.

Ich atmete tief ein. „Nein, nicht ganz. Und dennoch ..." Ich schwieg einen Moment und lehnte meinen Kopf an ihre Schulter. „Ich glaube, ich habe jetzt mehr Distanz, was die Meinung anderer über uns angeht. Oder ich messe ihr weniger Gewicht bei. Sonst würden wir wohl auch noch nicht zusammen wohnen."

„Stimmt. Und das wäre sehr schade."

Ich hob den Kopf wieder. „Sag mal, hast du der Schule schon deine neue Adresse mitgeteilt?"

„Na klar, schon längst. Ich habe einen Zettel im Sekretariat abgegeben, und das war's. Warum?"

„Ist das nicht merkwürdig? Ich habe ganz vergessen, dich zu fragen, ob irgendwer irgendwie komisch darauf reagiert hat."

Katharina lachte. „Wie nennt man das noch gleich? Rasante Entwicklung einer lesbischen Identität?"

Ich stieß sie in die Seite. „Das klingt ja furchtbar wissenschaftlich."

Katharina küßte mich und streckte sich dann. „Du weißt doch, bei mir muß alles einen Namen haben. Kommst du mit ins Arbeitszimmer?"

Wir gingen nach nebenan. Unter dem Fenster standen sich jetzt zwei Schreibtische gegenüber. Auf dem einen herrschte eine überschaubare Ordnung. Hefte, Notizbücher und Nachschlagewerke auf der einen Seite, in der Mitte eine Schreibunterlage und verschiedene Stifte, rechts eine Vase mit Blumen und zwei Fotos von Katharina und den Kindern. Mein Arbeitsplatz. Bei Katharina sah es etwas anders aus. Sie liebte, wie sie sagte, die kreative Unordnung, über die ich meist hinwegschaute. Aber leider sah es oftmals im Schlafzimmer und in Katharinas Hälfte des Kleiderschrankes ganz ähnlich aus, und ich war verwundert, daß eine attraktive Frau, die so viel Wert legte auf Kleidung und Stil, derartig schlampig mit ihren Sachen umging. Und nicht selten ärgerte ich mich darüber.

Katharinas und meine Vorstellungen von Ordnung waren höchst unterschiedlich, obwohl ich im Gegensatz zu früher längst nicht mehr so pingelig war. Katharina hielt es für die reinste Zeitverschwendung, täglich aufzuräumen, sie tat dies einmal in der Woche, und dann sehr gründlich. Ich argumentierte dagegen, daß ich lieber jeden Tag ein wenig Ordnung schaffte, statt mich einmal in der Woche stundenlang mit nichts anderem zu beschäftigen. Meist gelang es uns, friedlich miteinander zu diskutieren, aber beileibe nicht immer. Und manchmal mußte ich laut lachen – ausgerechnet im Zusammenleben mit einer Frau gab es das sogenannte Ordnungsthema!

Ich setzte mich in einen der beiden kleinen Korbsessel, die gleich neben der Tür standen, und ließ meinen Blick über die hohen Regale schweifen, die zwei Wände des Raumes einnahmen und fast bis unter die Decke mit unseren Büchern, Kunstbänden, Ordnern und Fotoalben gefüllt waren.

„Mußt du Unterricht vorbereiten?“ fragte Katharina und setzte sich an ihren Schreibtisch. Sie griff nach einem Anspitzer.

„Ja, eigentlich schon.“

Katharina blickte hoch. „Immer noch keine Lust auf die Schule?“

„Immer weniger. Und langsam erschreckt es mich. Ich habe das Gefühl, daß der Zug abgefahren ist, verstehst du?“

Katharina schaute mich an. „Ausgebrannt?“

Ich schüttelte den Kopf. „Nein, das ist der falsche Ausdruck. Ich fühle mich frisch und munter und gutgelaunt, so lange ich nicht in der Schule bin. Am liebsten würde ich ...“

Katharina lächelte. „Im Lotto gewinnen und alles hinschmeißen?“

Ich seufzte. „Ja, so ungefähr.“

„Red doch mal mit Anna.“

„Gute Idee. Vielleicht sollte ich es sofort tun.“

Am späten Mittag war der Andrang in Annas Buchhandlung nicht sehr groß. Meine Tante saß dann meistens in ihrem Büro, erledigte Telefonate und Schreibkram und gönnte sich in Ruhe eine Tasse Kaffee. Oder sie packte große Bücherkisten aus. Als ich eintraf, stellte sie sofort eine zweite Tasse auf den Tisch, und ich kam ohne viel Umschweife zur Sache. Anna hörte mir schweigend zu und lächelte aufmunternd, als ich schließlich schwieg und einen Schluck Kaffee trank.

„Also, Linda, mich erstaunt das nicht besonders“, sagte sie.

„Nein?“ Ich hob verwundert die Augenbrauen. „Du weißt doch, wie wichtig mir mein Beruf immer war. Plötzlich ist diese

Lieferbare Bücher

- [ ] **Susie Bright**
Susie Sexperts Sexwelt
für Lesben
... damit Schuldgefühle sich schnellstens davonmachen, Spaß und Kreativität an ihre Stelle treten.
DM 29,80 | SFr 27,50 | öS 218,-
ISBN 3-930041-01-4

- [ ] **Susie Bright**
Susie Sexperts liederliche Lesbenwelten
Ein erotischer Reiseführer durch die realen und phantastischen Dimensionen lesbischen Lebens.
DM 29,80 | SFr 27,50 | öS 218,-
ISBN 3-930041-05-7

- [ ] **Leslie Feinberg**
Träume in den erwachenden Morgen
Von Butches und Femmes – das Kultbuch ***Stone Butch Blues*** *endlich auf deutsch!*
DM 48,- | SFr 44,50 | öS 350,-
ISBN 3-930041-09-x

- [ ] **Manuela Kuck**
Lindas Entscheidung
Linda, glücklich verheiratet, ein Sohn, gerät ins Schleudern: Sie muß sich zwischen Jan und Katharina entscheiden.
DM 39,80 | SFr 37,- | öS 291,-
ISBN 3-930041-11-1

- [ ] **Manuela Kuck**
Neue Zeiten für Linda
Linda und Katharina sind glücklich miteinander. Doch eines Tages klingelt das Telefon, und nichts ist mehr wie zuvor ...
ca. DM 39,80 | SFr 37,- | öS 291,-
ISBN 3-930041-13-8

- [ ] **Jenifer Levin**
Kippwende
Ein faszinierender Roman um Frauen und Sport – auch für notorische Sportmuffel.
DM 44,- | SFr 41,- | öS 321,-
ISBN 3-930041-06-5

- [ ] **Ines De Nil**
Zarte Sachen | Tender Matters
Visueller Widerspruch – Fotografien zum Thema Körper und Gefühle.
DM 49,80 | SFr 46,- | öS 364,-
ISBN 3-930041-07-3

- [ ] **Terri de la Peña**
Chicana Blues
Der Coming-out-Roman zu Tortilla Chips und Avocado-Dip.
DM 39,80 | SFr 37,- | öS 291,-
ISBN 3-930041-04-9

- [ ] **Viola Roggenkamp**
Von mir soll sie das haben?
Sieben Porträts von Müttern lesbischer Töchter
Selbst lesen, die Mütter lesen lassen – und dann miteinander reden.
DM 34,- | SFr 31,50 | öS 248,-
ISBN 3-930041-08-1

- [ ] **Nancy Toder**
Die Wahl des Glücks
Eine klassische Liebesgeschichte: eine glaubwürdige Handlung, überzeugende Heldinnen, Erotik.
DM 39,80 | SFr 37,- | öS 291,-
ISBN 3-930041-02-2

- [ ] **Carla Tomaso**
Wie töte ich meine Mutter?
Ein frecher Roman um eine liebenswerte Anti-Heldin auf der Suche nach der Frau ihres Lebens.
DM 34,- | SFr 31,50 | öS 248,-
ISBN 3-930041-10-3

- [ ] **Sonja Schock**
Und dann kamst Du ...
und ich liebte eine Frau
Ein Buch, das Frauen ermutigt, ihren lesbischen Gefühlen nachzugehen.
DM 34,- | SFr 31,50 | öS 248,-
ISBN 3-930041-12-x

- [ ] **Verführungen**
Erotische Geschichten
Erzählungen über lesbisches Begehren und die Kunst, Frauen zu verführen.
ca. DM 29,80 | SFr 27,50 | öS 218,-
ISBN 3-930041-14-6

Preisänderung vorbehalten. Stand: März 1998

Datum | Unterschrift

Ihre Buchhandlung hält unsere Bücher für Sie bereit. Sollte es bei Ihrer Bestellung Probleme geben, wenden Sie sich bitte direkt an den Verlag.

☐ Bitte senden Sie mir Ihr kostenloses Gesamtverzeichnis.

Lobende Worte, konstruktive Kritik und erfüllbare Wünsche:

Absenderin (bitte deutlich schreiben)

Bitte frankieren

Verlag
Krug & Schadenberg
Heimstr. 19
10965 Berlin

ganze Lust verschwunden und auch die Begeisterung, so als hätte es sie nie gegeben. Ich habe Mühe, mich auf die Kinder zu konzentrieren, fast habe ich das Gefühl, als wären sie mir egal, und du findest das nicht erstaunlich?"

Anna stützte die Ellenbogen auf dem Schreibtisch auf und verschränkte die Hände ineinander. „Ich glaube, du unterschätzt, was im Verlauf des letzten Jahres alles geschehen ist. In welch kurzer Zeit du so ziemlich alles verändert hast, was dein bis dahin angeblich ja glückliches Leben ausgemacht hat. Das einzige, was davon nicht berührt wurde, war dein Beruf. Bis jetzt. Du hast dich um hundertachtzig Grad gedreht, und es ist doch einsichtig, daß du mittlerweile jeden Bereich neu und anders betrachtest. Oder einfach Lust hast, auch hier etwas zu ändern. Die Arbeit mit Kindern ist sicherlich nicht deine einzige Begabung."

Ich schaute schweigend in die dunkelgrauen Augen meiner Tante.

„Für mich ist diese Lustlosigkeit ein deutliches Signal", fuhr Anna fort. „Ein Signal, deinen Beruf als Lehrerin zu überdenken und dich vielleicht nach Neuem umzuschauen." Sie wiegte bedächtig den Kopf. „Und mitten in dieser Umbruchzeit kommt noch die Geschichte mit Tom dazu. Ein großer Teil des Kollegiums hat ihn schlichtweg im Stich gelassen, und das kannst du nicht vergessen. Und du willst es auch nicht."

„Aber Katharina und Bettina oder auch Stefan waren und sind genauso empört wie ich. Sie haben jedoch nicht die Probleme, die ich jetzt habe", wandte ich nachdenklich ein. „Bin ich so schlecht im Fach Problembewältigung?"

Anna lehnte sich in ihrem Sessel zurück und lachte. „Du weißt genau, daß das ausgemachter Unsinn ist!"

„Woran liegt es dann?"

„Du hattest offensichtlich die größten Illusionen. Du hast dein Herz an den schönen Traum von Solidarität, Toleranz und Hilfsbereitschaft gehängt und hast natürlich auch Parallelen gesehen zwischen dir und Tom. Tom, der zum Außenseiter gemacht wurde. Dann ist die Seifenblase zerplatzt, und übrig blieb die Realität. Eine Realität, die dir überhaupt nicht gefällt und mit der du dich nicht – wie früher – arrangieren willst. Also bleibt dir nichts anderes übrig, als etwas zu unternehmen."

„Na, ich habe eher das ungute Gefühl, daß ich mich am liebsten einfach nur verkrümeln würde, jetzt, wo die rosaroten Wolken endgültig verschwunden sind."

„Das sehe ich aber ganz anders", erwiderte Anna mit fester Stimme. „Du hast klar Position bezogen innerhalb deines Kollegiums, du wohnst inzwischen mit Katharina zusammen, du lebst ein Leben, das dir noch vor einem Jahr oder auch vor sechs Monaten undenkbar erschien, und nun muß auch dein Beruf einer Überprüfung standhalten. Hört sich doch wundervoll an und ganz und gar nicht nach 'verkrümeln', wie du es nennst." Sie lächelte herzlich.

Ich lächelte zurück. „So nett, wie du es beschreibst, hört es sich wirklich wundervoll an."

„Früher bist du weggelaufen, Linda. Dann endlich stehengeblieben, und nun gehst du ziemlich direkt auf die Dinge zu."

Ich blickte verlegen zur Seite. Komplimente von meiner Tante waren etwas ganz Besonderes. „Na ja, aber wohl eher im Schneckentempo."

„Ja und? Rom wurde auch nicht an einem Tag erbaut."

Ich schaute zum Fenster hinaus. Es war eine große Erleichterung, meine Gefühle plötzlich sortiert vor mir zu sehen und die Hintergründe erklären zu können. Nein, ich war nicht träge oder feige, und ich wollte mich auch nicht aus der Wirklichkeit davonschleichen, die auf einmal, bar aller idealistischen Wunschvorstellungen, vor mir stand. Anna sah in meiner Berufsmüdigkeit eine folgerichtige Entwicklung, einen logischen Prozeß, und ich gab ihr recht. Diese Erkenntnis tat gut, doch was ließ sich konkret damit anfangen?

„Na ja“, ich wandte mich wieder meiner Tante zu, „Neuorientierung klingt ja gut und schön, aber auch ein bißchen unrealistisch.“

„Warum?“

„Ich kann nicht einfach meinen Job hinschmeißen. Immerhin bin ich Beamtin – ein Privileg, nach dem sich Tausende sehnen würden –, und ich kann es mir nicht leisten, nur aus Spaß an der Freude irgendwas anderes zu machen. Ich brauche mein Gehalt und eine ordentliche Portion Sicherheit. Schließlich bin ich Mutter und auch kein junges Mädchen mehr.“

Anna lachte wieder. Dann erklang die Türglocke. Anna stand auf und ging nach vorn. Ich folgte ihr langsam. Eine junge Frau holte zwei bestellte Bücher ab. Als sie das Geschäft wieder verlassen hatte, drehte Anna sich zu mir um. In ihren Augenwinkeln stand immer noch ein kleines belustigtes Lächeln.

„Du bist also kein junges Mädchen mehr. Das stimmt natürlich.“ Sie blickte mich plötzlich ernst an. „So ganz spontan kannst du selbstverständlich nicht entscheiden. Aber die Gedanken sind frei. Was würdest du denn gerne machen, wenn du nicht mehr Lehrerin wärst?“

Ich seufzte. „Im Moment könnte ich mir vieles vorstellen, aber konkret habe ich mich nie damit beschäftigt.“

„Dann tu das doch – laß deine Phantasie schweifen, mach dir Gedanken, und dann sehen wir weiter.“

Als ich die Buchhandlung verließ, fühlte ich mich um einiges leichter, während ich gleichzeitig spürte, daß ich die Lösung des Problems nicht aus dem Ärmel schütteln würde. Ich hatte noch nie zu den Frauen gehört, die auf die locker-leichte Art Entscheidungen trafen.

Eine gute Woche später feierte Bettina ihren fünfunddreißigsten Geburtstag. Ihr Wunsch, entweder eine rauschende Ballnacht zu erleben oder aber allein mit einer Flasche Sekt den Sternenhimmel zu betrachten, ließ sich nicht verwirklichen. Wie üblich trafen ab nachmittags Verwandte, Freundinnen und Bekannte ein. Die meisten kündigten sofort mit einem strahlenden Lächeln an, nur „auf ein halbes Stündchen zum Gratulieren“ vorbeizukommen, um sich dann stundenlang bewirten zu lassen.

„Wenn ich diesen Spruch noch ein einziges Mal höre, bohre ich mich unangespitzt in die Decke!“ zischte Bettina mir zu, als sie in die Küche zurückkam, wo wir seit fast zwei Stunden ununterbrochen für Nachschub an Kaffee, Kuchen und Geschirr sorgten.

Bettinas Mutter und Katharina kümmerten sich um die Kinder, während Markus „die Gäste unterhielt“, wie er es nannte.

„Ich weiß gar nicht, warum du dir das Jahr für Jahr antust“, bemerkte ich. „Es ist doch immer das gleiche. Die Herrschaften genießen deine Gastfreundschaft, und du rennst dir die Hacken ab.“

„Während Markus seinen Hintern platt sitzt und von Atmosphäre schaffen spricht“, ergänzte Bettina spitz.

In der Tat, dachte ich, Markus ist wirklich ein Ehemann zum Abgewöhnen. Bettina schaute mich plötzlich scharf von der Seite an und grinste dann breit. „Ich gehe jede Wette ein, daß deine Gedanken eben alles andere als freundlich waren.“

Ich lachte. „Na ja, du weißt selbst, daß dein Gatte nicht gerade als leuchtendes Vorbild taugt – auch wenn er sich hin und wieder mal Mühe gibt.“ Ich legte der Freundin kurz den Arm um die Schulter. „Ach, sag mal, hat sich Anna schon gemeldet?“

Bettina nickte und zog ein schiefes Gesicht. „Sie hat angerufen, um mir ‘nur kurz zu gratulieren’, aber bei ihr habe ich natürlich darauf bestanden, daß sie nachher noch vorbeikommt.“

Katharina steckte den Kopf zur Tür herein. „Ich brauche dringend einen starken Kaffee. Gibt’s den hier?“ Sie trat ein und seufzte. „Es ist arg hektisch.“

„Hast du die Kinder ihrem Schicksal überlassen?“ fragte ich.

„Nein, ich habe Markus gesagt, daß er mich ablösen soll.“

„Und das hat er getan?“ Bettina schaute sie verblüfft an.

„Ich glaube schon. Er ist jedenfalls ziemlich schnell aufgesprungen, als ich erwähnte, daß ich nur kurz im Bad war und anschließend aus seinem Arbeitszimmer Kindergeschrei und das Wimmern eines malträtierten Computers gehört hätte.“

Bettina kicherte. „Er fällt immer wieder darauf rein. Dabei schließe ich bei solchen Gelegenheiten grundsätzlich sein Zimmer ab.“

Ich hatte eigentlich vorgehabt, frühzeitig wieder nach Hause zu fahren. Es fiel mir schwer, die vielen Menschen zu ertragen, und ich wußte, daß es Katharina ähnlich erging. Ich nahm mir vor, noch auf Annas Eintreffen zu warten und dann langsam, aber sicher den Rückzug anzutreten. Freitag abend. Ein langes Wochenende. Die *NDR-Talkshow*. Auf dem Sofa kuscheln ...

Anna traf eine knappe Stunde später gemeinsam mit Tom ein.

„Schön, daß ich dich noch antreffe“, sagte sie, nachdem sie Bettina gratuliert und sich zu mir in die Eßecke im Wohnzimmer gesetzt hatte.

„Ja. Ich hatte gehofft, du würdest früher kommen.“

„Tut mir leid, aber ich habe es nicht eher geschafft. Ich hatte noch ein langes Gespräch mit einer Vertreterin.“ Anna lächelte mitfühlend. „Du siehst ganz schön müde aus.“

„Bin ich auch. Es war eine anstrengende Woche. Außerdem sind die Kinder erkältet, und Bettinas Geburtstagsfeiern zeichnen sich immer durch viel Trubel aus.“

Anna nickte und senkte die Stimme. „Ich werde auch nicht allzu lange bleiben. Hast du Lust, nachher noch einen längeren Spaziergang mit mir zu machen?“

„Velstove am Abend? Aber ja, gerne. Wenn die Kinder im Bett sind, können wir uns aufmachen.“ Ich blickte meine Tante erwartungsvoll an, aber Anna zwinkerte mir nur noch kurz zu und wandte sich dann einer jungen Frau zu, die sich rechts neben sie gesetzt hatte.

Es verging kaum ein Tag, an dem ich nicht an das Gespräch mit Anna zurückdachte und an ihren Rat, alternative berufliche Vorstellungen zu entwickeln – einfach mal so zum Spaß. Doch so einfach war das gar nicht. Ich war erstaunt, wie wenig mir das „Was wäre, wenn ..."-Spiel lag – die Wünsche und Ideen, die mir durch den Kopf spukten, hatten kaum eine Chance, Gestalt anzunehmen, denn sofort mischte sich ungefragt eine skeptische Stimme ein. Und obwohl ich genau wußte, daß dafür hauptsächlich mein ausgeprägtes Sicherheits- und Vernunftdenken verantwortlich war, konnte ich mich nicht davon lösen.

Meine Vermutung, daß Anna den gemeinsamen Spaziergang nicht ohne Hintergedanken vorgeschlagen hatte, sollte sich als richtig erweisen. Als wir wenig später gemeinsam nach Velstove fuhren und die Kinder im Bett waren, lümmelte sich Katharina mit einer Zeitschrift auf die Couch, und Anna und ich brachen auf. Wir nahmen einen kleinen Feldweg, der von der Hauptstraße abbog und verließen das Dorf. Ich betrachtete den Himmel, der mit hellvioletten Wolken betupft war, hinter denen das restliche Dämmerlicht hervorlugte. Fröstelnd steckte ich die Hände tief in die Hosentaschen. Es war eine gute Idee gewesen, den dicken Wollpullover anzuziehen. Anna hängte sich bei mir ein, und eine Weile liefen wir schweigend nebeneinander.

„Stell dir vor", sagte sie plötzlich in die Stille hinein, „Robert hat mir einen Heiratsantrag gemacht."

Ich war so verblüfft, daß ich ruckartig stehenblieb und Anna beinahe ins Straucheln gebracht hätte. „Entschuldigung. Aber ..." Ich blickte sie sekundenlang reglos an, bevor ich mich aus meiner Erstarrung löste und weiterging. „Wirklich?"

Anna lachte. „Ja, wirklich. Er meint, über neun gemeinsame und glückliche Jahre würden einen solchen Schritt nahelegen."

„Und was meinst du?" Ich hatte Mühe, mir meine Tante als verheiratete Frau vorzustellen, aber das konnte natürlich auch an meiner mangelnden Phantasie liegen.

Anna zog die Schultern hoch. „Um ehrlich zu sein, ich bin etwas verwirrt und weiß nicht so recht, wie ich reagieren soll. Bislang war ich glücklich mit unserer Beziehung und ihren besonderen Umständen. Ich brauche meine Freiräume und Robert auch."

„Würde sich denn an euren Lebensbedingungen viel ändern?"

„Das ist genau der Punkt." Anna wandte mir ihr Gesicht kurz zu. „Robert betont zwar, daß sich nichts ändern muß, aber ich denke schon, daß er mich häufiger sehen möchte. Oder vielleicht so allmählich das Bedürfnis hat, das Vagabundenleben etwas einzuschränken. Mehr gemeinsame Zeit, mehr Alltag."

„Aber das möchtest du nicht?"

Anna seufzte leise. „Ich versuche, es herauszufinden. Im Moment schwanke ich zwischen dem Wunsch, alles so zu lassen, wie es bisher war, und der Erkenntnis, daß es keinen Status quo gibt – nirgendwo. Auch nicht bei Robert und mir. Vielleicht sollte ich mich offenhalten für neue Entwicklungen."

Ich lächelte. Ich kannte keinen offeneren Menschen als meine Tante. Allerdings auch keinen eigenwilligeren. Für einen Moment schwiegen wir. Dann drückte Anna meinen Arm.

„Wie ist es dir in den letzten Tagen ergangen?" fragte sie.

„Ich sprudele nicht gerade über vor Ideenreichtum", gab ich bedächtig zurück. „Es gibt keine konkreten Überlegungen, oder besser gesagt: ich weiß recht genau, was ich nicht will, aber ich habe große Mühe, herauszufinden, was ich will."

Anna nickte. „Ich verstehe. Sag mal, als erprobte Beamtin hast du doch die Möglichkeit, dich für einen gewissen Zeitraum beurlauben zu lassen, oder?"

„Ja. Ich weiß zwar nicht genau, wie oft und in welchen Abständen, aber ein Jahr Pause könnte ich wohl ohne große Probleme einlegen."

Ich schaute meine Tante gespannt von der Seite an. In der Dämmerung konnte ich Annas Gesichtszüge nur undeutlich erkennen. Plötzlich stieg eine leise Ahnung in mir hoch – wie eine zarte, schimmernde Seifenblase, die vor meiner Nase hochschwebte und jeden Moment zu platzen drohte. Ich atmete tief ein und schaute nach vorn. In der Ferne waren die ersten Häuser zu erkennen. Wir gingen langsam weiter.

„Wie du weißt“, nahm Anna den Faden wieder auf, „bin ich weit davon entfernt, mir im üblichen Sinn Gedanken über mein Alter zu machen. Ich habe nie zu den Frauen gehört, die mit vierzig angstvoll den Wechseljahren entgegensehen und jenseits der Sechzig das Bedürfnis haben, sich zur Ruhe zu setzen. Trotzdem – wie schon gesagt“, Anna lächelte, „alles entwickelt und verändert sich. Ich möchte mehr Zeit für mich und meine Hobbies haben. Mehr fotografieren. Häufiger mal Ferien machen. Und irgendwann muß ich gründlich darüber nachdenken, was mit meiner Buchhandlung geschieht, wenn ich – sagen wir mit fünfundsiebzig – andere Vorstellungen habe. Außerdem plane ich einige Umstrukturierungen, bei denen ich gut Hilfe gebrauchen könnte. Kurzum: Was hältst du davon, dich zunächst für ein Jahr beurlauben zu lassen und gemeinsam mit mir in der Buchhandlung zu arbeiten? Vielleicht hast du Spaß daran, vielleicht auch nicht. Das werden wir dann sehen.“

Wir waren wieder vor dem Haus angelangt und standen uns gegenüber. Ich wußte nicht, was ich sagen sollte. Die Bemerkung, daß ich diesen Vorschlag für eine wundervolle Idee hielt, erschien mir zu banal, für einen Freudentanz fühlte ich mich zu alt. Bei diesem Gedanken mußte ich lächeln. Ich streckte die Arme aus und umarmte Anna.

„Das ist ein großartiges Angebot“, sagte ich. „Und ich glaube, daß wir ein gutes Team werden können. Aber“, ich trat einen Schritt zurück, „kannst du dir denn eine Angestellte überhaupt leisten?“

Anna nickte. „Gute Frage – normalerweise kann ich mir gerade mal so hin und wieder eine Aushilfe leisten. Mein Geschäft ist klein und die Konkurrenz groß. Aber da demnächst eine Lebensversicherung fällig wird, die ich mir in monatlichen Raten auszahlen lassen will, kann ich sozusagen den größten Teil meines Gehalts an dich weitergeben. Du würdest ähnlich wie jetzt als Lehrerin verdienen, aber nicht um ein Uhr mittags Feierabend machen können. Es wäre ein Ganztagsjob."

Ich fingerte den Schlüssel aus der Hosentasche. Auf einmal war ich sehr aufgeregt und konnte es kaum abwarten, mit Katharina zu reden. Es gab vieles vorzubereiten, zu besprechen und zu bedenken. Wann konnte ich die Schule verlassen? Wer holte wann die Kinder ab? Wie würde die Nachricht im Kollegium aufgenommen werden? Angst – hatte ich Angst vor diesem Schritt? Ich hielt inne, während Anna schon ins Wohnzimmer ging und Katharina begrüßte. Nein. Ein mulmiges Gefühl beschlich mich, aber das gehörte wohl dazu, wenn man eine solche Entscheidung fällte.

Bettina schüttelte den Kopf. „Ich geb's allmählich auf, mich bei dir noch über irgendwas zu wundern, Linda." Sie räumte Unterlagen aus ihrem Fach im Lehrerzimmer und verstaute sie in ihrer Tasche. „Aber komm bloß nicht auf die Idee, demnächst nach Sizilien oder Weißrußland auszuwandern. Dafür könnte ich dann kein Verständnis mehr aufbringen."

Ich stand abwartend neben Bettina. Sie wird mich vermissen, dachte ich.

„Mach dir keine Gedanken, wir bleiben doch weiterhin Freundinnen", sagte ich behutsam.

„Quatsch keine Opern!" fuhr Bettina mich an. „So schnell wirst du mich sowieso nicht los. Und mit Larissa und Co. werde ich gut allein fertig. Aber sag mal", sie änderte schlagartig ihren rüden Ton, „wann soll es denn überhaupt losgehen? Was hat Franzi gesagt?"

Ich war vor einer halben Stunde bei der Schulleitung gewesen und hatte mit Franziska Ludwig gesprochen. Mein Herz klopfte immer noch bis zum Hals.

„Die war total baff", antwortete ich.

„Kann ich mir vorstellen!"

„Aber: Es kann schneller gehen, als ich zu hoffen gewagt hatte."

„Und das heißt?"

„Mit ein bißchen Glück brauche ich nicht mal bis zum Ende des Halbjahres zu warten, sondern kann schon nach den Herbstferien umsatteln. Unsere Kollegin Veronika, die ursprünglich drei Jahre Mutterschaftsurlaub machen wollte, hat nach knapp einem Jahr die Nase gestrichen voll und möchte lieber heute als morgen wieder arbeiten. Sobald sie meinen Unterricht übernehmen kann, darf ich mich verabschieden."

Bettina schnaubte heftig. „Was hast du denn für Gründe genannt?"

Ich zuckte mit den Achseln. „Ich habe ihr ganz einfach die Wahrheit gesagt. Daß ich dringend eine Pause brauche, mal etwas anderes machen will und als Lehrerin im Moment nicht allzuviel tauge."

„Dann müßten sich achtzig Prozent des Kollegiums beurlauben lassen."

Ich lachte. „Du übertreibst mal wieder schamlos. Im übrigen legt sich Franzi wohl besonders für mich ins Zeug, weil sie annimmt, ich sei nervlich ein bißchen am Ende."

Bettina kniff die Augen zusammen. „Du meinst, sie denkt, du würdest unter der Trennung von Jan leiden?"

„Ich glaube schon."

„Sieht sie nicht, wie glücklich du bist?" Bettina grinste. „Und daß eine andere Dame des Kollegiums, mit der du zufälligerweise seit einigen Monaten unter einem Dach lebst, oftmals mit ähnlich roten Backen durch die Gegend läuft?"

Ich stieß sie mit dem Ellenbogen in die Seite und nahm meine Tasche. Wir gingen gemeinsam nach draußen. „In der Schule bin ich in letzter Zeit eben nicht gerade mit glücklicher Miene herumgelaufen." Ich straffte meine Schultern. „Wie dem auch sei, ich bin froh, diesen Schritt gemacht zu haben, und ich hoffe, daß es bald klappt."

Bettina faßte kurz nach meinem Arm. „Ich würd's an deiner Stelle vielleicht genauso machen." Wir blieben voreinander stehen, als wir den Parkplatz erreicht hatten.

„Wir grillen heute abend. Tom hat sich angesagt. Magst du nicht vorbeikommen?" fragte ich nach einigen Sekunden des Schweigens.

„Machst du Witze? Dann müßte Markus ja vier Kinder hüten."

Ich verdrehte die Augen. „Na und? Du warst auch schon mal kämpferischer, was deinen Gatten angeht."

Bettina schloß ihren Wagen auf und warf die Tasche auf den Rücksitz. „Ich weiß", gab sie ungewohnt zahm zurück. „Aber es ist so wahnsinnig ermüdend, Tag für Tag dieselben Geschichten zu erzählen. Das geht mir ja bei den Kindern schon auf den Geist. *Spül den Dreck unter dem Wasserhahn ab und schmier ihn nicht in das Handtuch! Bitte die Klospülung betätigen, auch wenn die Schüssel mit Inhalt noch so interessant aussieht! Nasse Wäsche nicht in den Wäschekorb schmeißen!*"

Ich winkte lachend ab. „Ich weiß genau, was du meinst. Man wird schlichtweg zum Papageien."

„Genau. Es mag ja sozioentwicklungsgeschichtlich tatsächlich keinen Unterschied machen, ob du mit einem dreijährigen oder einem achtunddreißigjährigen Kind sprichst, aber ich komme mir trotzdem immer wieder ein wenig albern vor, wenn ich Markus zum tausendsten Mal erzähle, daß sein lockiges Haupthaar ganz reizend ist, ich es jedoch schlichtweg widerlich finde, wenn sich beim Duschen seine Strähnen um meine Knöchel wickeln, weil er einfach nicht kapiert, daß jeder seinen eigenen Dreck wegzumachen hat. Auch unter der Brause. Verstehst du? Wie ist es möglich, die Bitte 'Dusche säubern' nicht zu verstehen und umzusetzen?"

Ich hielt mich mittlerweile vor Lachen mit beiden Händen an der Wagentür fest.

„Was mache ich mit einem solchen Typen? Schlag was vor!" Bettina stieg ein und kurbelte das Fenster herunter. „Vielleicht sollte ich lesbisch werden – hilft das? Und wem hilft es?"

Ich lachte noch lauter. Natürlich wußte ich, daß das Thema im Grunde gar nicht komisch war, aber da ich auch nur halbherzige Ratschläge anzubieten hatte und Bettina die großen und kleinen Stolpersteine ihres Lebens immer mit Humor zu nehmen versuchte, hatte es wenig Sinn, den feministischen Zeigefinger zu heben. Die reine Lehre hatte oft den großen Nachteil, am praktischen Alltag von Frauen völlig vorbeizugehen.

Ich stieg jetzt ebenfalls ein. „Die Lösung für dieses Problem werden wir jetzt nicht finden. Aber vielleicht schaffst du es ja doch, am Abend noch vorbeizukommen. Ich würde mich freuen."

Ich besorgte unterwegs Grillfleisch, Salat und Brot. Während ich durch den Supermarkt ging, mußte ich immer wieder an Bettinas Bemerkungen denken, und dann gluckste ich in mich hinein.

Katharina schloß leise die Tür.

„Du räumst jetzt nicht mehr auf", sagte sie zu mir und bugsierte mich aufs Bett. „Das hat alles Zeit bis morgen."

Ich hob abwehrend die Hände. „Du bist unmöglich. Die Essensreste und die fettigen Teller ..."

Katharina verschloß meinen Mund mit einem langen Kuß. Dann hob sie den Kopf und lächelte herausfordernd. „Du willst doch wohl nicht allen Ernstes behaupten, daß dir die fettigen Teller wichtiger sind als die Möglichkeit, jetzt und sofort wilden Sex mit mir zu haben?" Sie umschlang meine Taille und zog mich auf sich. „Doch wenn du unbedingt willst, dann schlafen wir eben erst zusammen und du kümmerst dich danach ums Aufräumen." Ich biß Katharina in den Hals. „Ich kann mir nicht helfen, aber diese Einstellung klingt verdammt mackerhaft. Und ich muß sofort an Markus denken."

Wir lachten. Dann zogen wir uns gegenseitig aus. Ich fröstelte, als Katharina mit den Fingerspitzen an der Innenseite meiner Oberschenkel entlangfuhr.

„Liebst du mich wirklich?" fragte sie, und ihre Stimme klang heiser.

„Mehr als ich sagen kann."

So müßte es immer bleiben, dachte ich später. Große und kleine Augenblicke. Nähe. Zärtlichkeit. Verantwortung für einen gemeinsamen Alltag. Ich lächelte, als Katharina ihr verschwitztes Gesicht an meinen Hals drückte und leise seufzte.

5

Anfang Oktober, wenige Tage nach Beginn der Herbstferien, rief mich Franzi an, um mir mitzuteilen, daß mein Urlaubsantrag genehmigt sei. Veronika konnte gleich nach den Herbstferien meine Stelle übernehmen. Wenn ich wollte, brauchte ich gar nicht mehr an die Schule zurückzukehren – allenfalls um meine Sachen abzuholen. Ein Jahr ohne Schule! Vielleicht auch länger. Ich legte den Hörer auf und starrte abwechselnd kopfschüttelnd und dann wieder mit unbewegter Miene in den Spiegel an der Flurgarderobe. Dann fing ich plötzlich an zu lachen.

Schon am nächsten Tag begann ich, in Annas Buchhandlung zu arbeiten. Katharina war mit den Kindern für drei Tage nach Kassel gefahren, um ihre Eltern zu besuchen, so daß ich mir meine Zeit frei einteilen konnte. Plötzlich war ich wieder Schülerin, mußte zuhören, nachfragen, mir alles mögliche erklären lassen, doch Anna war eine gute Lehrerin, und es machte Spaß, auch wenn mir manchmal der Kopf rauchte. Die romantische Vorstellung, wie im *Literarischen Quartett* mit Reich-Ranickí lediglich eifrig zu lesen und dann gemütlich über die neuesten Trends zu plaudern, konnte ich mir sofort abschminken: Es gab weitaus mehr zu tun, als mit Kundinnen und Kunden angeregt zu diskutieren. Anna war ein wandelndes Lexikon, und zwar nicht nur bezüglich ihrer Steckenpferde Theodor Fontane, Doris Lessing und lateinamerikanische Gegenwartsliteratur. Sie hatte ein Gedächtnis wie ein Elefant und schien kaum etwas von dem, was sie einmal gelesen hatte, wieder zu vergessen. Darüber hinaus ging sie mit ihrem Computer um, als wäre sie damit aufgewachsen, während ich schon stolz war, wenn ich auf Anhieb in das *Verzeichnis lieferbarer Bücher* gelangte.

Was mir von Anfang an erstaunlich leicht von der Hand ging und sogar Spaß machte, war die Schreibtischarbeit – Buchhaltung, Ablage und sonstiger Bürokram –, und niemand freute sich darüber mehr als Anna. Denn genau damit tat sie sich schwer. Sie konnte stundenlang überaus geduldig eine unentschlossene Kundin beraten, ohne daß es ihr auch nur einen Moment zuviel wurde, aber wenn sie Lieferscheine prüfen und abheften mußte, sah man ihr sofort an, wie lästig ihr diese Arbeit war.

„Sowie du vernünftig eingearbeitet bist, möchte ich, daß du dich mit der Frauenliteratur beschäftigst", sagte Anna bereits am zweiten Tag. „Ich möchte diesen Bereich ausbauen, ich habe da nicht ganz soviel zu bieten, fürchte ich."

Das stimmte. Allerdings hatte Anna bisher andere Schwerpunkte gehabt.

„Es sollten Bücher sein, die dich interessieren oder die Damen vom Frauencafé, die aber auch Claudia und Bettina ansprechen. Eine bunte Mischung also", fuhr sie fort. „Belletristik, Ratgeber und auch Sachbücher."

Wir waren vorn im Laden, und ich ließ meinen Blick über die Geschichtsbücher schweifen, bevor ich meine Tante wieder anschaute.

„Und wie genau funktioniert das?" fragte ich. „Einen Bereich ausbauen?"

„Zunächst mal schaust du in die Verlagsprogramme, die ich dir gestern gezeigt habe und verschaffst dir einen Überblick. Dann könntest du mit Vertreterinnen und Vertretern sprechen und dich beraten lassen. Der Frauenbuchladen in Braunschweig ist sicherlich auch bereit, dir den einen oder anderen Tip zu geben. Und", Anna lächelte, „lesen solltest du und dir deine eigene Meinung bilden. Aber ein bißchen Zeit hat die ganze Sache ja noch. Von heute auf morgen wird niemand zur Buchhändlerin." Anna tippte sich plötzlich an die Stirn. „Apropos Karriere – ich habe gestern bei meinem abendlichen Spaziergang um den Schillerteich Nicole getroffen."

Nicole war eine Arbeitskollegin und Freundin meiner Schwester.

„Wußtest du, daß Claudia befördert worden ist?"

Ich blickte verblüfft hoch. „Nein, das wußte ich nicht. Allerdings haben wir uns in letzter Zeit nicht so häufig gesehen." Das war schlichtweg eine Untertreibung, wie mir auf einmal klar wurde. Der Kontakt zu meiner Schwester hatte in den letzten Monaten ziemlich gelitten, und ich konnte nicht sagen, woran es lag und warum es mir vor allen Dingen erst jetzt auffiel.

„Nun", Anna nickte anerkennend, „sie übernimmt eine leitende Funktion in ihrer Abteilung."

Meine Schwester war seit vielen Jahren Übersetzerin für Englisch und Spanisch im VW-Werk. Ich freute mich für sie. Allerdings fand ich es schon merkwürdig, daß sie mich noch nicht angerufen hatte, um mir von dieser Neuigkeit zu berichten. Am Abend telefonierte ich erst mit Katharina und den Kindern, die am nächsten Tag aus Kassel zurückkehren wollten. Anschließend wählte ich Claudias Nummer, doch bevor die Verbindung zustande kommen konnte, legte ich wieder auf und griff nach meiner Jacke. Wir haben uns ewig nicht gesehen, dachte ich, und wenn das kein Anlaß ist, einen Blumenstrauß vorbeizubringen!

Wenig später stand ich vor Claudias und Joachims Tür. Die

beiden wohnten in einem gepflegten Mehrfamilienhaus am Rande der Innenstadt. Im Flur roch es nach „Meister Proper", und ich fragte mich, ob meine Schwester mit der Hausreinigung dran gewesen war. Claudia öffnete nach dem zweiten Klingeln und blickte mich erstaunt an.

„Hallo, Schwesterherz", begrüßte ich sie fast überschwenglich und hielt ihr die Blumen entgegen. „Ich komme zum Gratulieren."

Claudia runzelte die Stirn, dann lächelte sie zögernd und wischte sich die Hände an der Jeans ab. „Hallo, welch seltener Besuch." Sie trat beiseite, um mich hereinzulassen.

Wir gingen ins Wohnzimmer. Der Staubsauger lag auf dem Boden – Claudia war offensichtlich mitten im Hausputz, was bei ihr nicht häufig, aber immerhin regelmäßig vorkam.

„Ist Joachim nicht da?" fragte ich und setzte mich auf das breite Plüschsofa.

„Nein. Er ist heute dran mit Einkaufen", gab Claudia zurück und nahm mir gegenüber in einem Sessel Platz. Sie betrachtete ihre Fingernägel.

Ich fingerte eine Weile an den Knöpfen meiner Hemdbluse herum. Eine merkwürdige Stimmung lag in der Luft, und ich fühlte mich seltsam unbehaglich. Warum reden wir über Belanglosigkeiten wie zwei Fremde? dachte ich verwundert. Bevor das Schweigen zu bedrückend wurde, beugte ich mich vor. „Nun erzähl doch mal! Du bist also befördert worden?"

„Woher weißt du das eigentlich?" fragte Claudia. Ihr Blick war prüfend. Sie hatte die Beine übereinandergeschlagen und sich zurückgelehnt. Die Haltung hätte entspannt wirken können, doch ich wurde das Gefühl nicht los, daß Claudia ausgesprochen verkrampft war. Meine Beklommenheit wuchs.

„Nicole und Anna sind sich über den Weg gelaufen", erwiderte ich knapp. Die Frage, warum sie mich nicht mal angerufen hatte, verkniff ich mir. Dann hob ich plötzlich den Kopf und räusperte mich. „Was ist eigentlich los? Du bist ziemlich einsilbig und siehst nicht gerade glücklich aus. Ich hatte geglaubt, du würdest nach diesem Karrieresprung jubelnd durch die Wohnung tanzen."

Claudia winkte ab. „Ach, ich bin nur ein bißchen müde. Außerdem – ist doch halb so wild."

„Halb so wild?" gab ich verblüfft zurück, denn ich wußte nur zu gut von den Hierarchiekämpfen im VW-Werk. Mit dreißig Jahren (und noch dazu als Frau) eine leitende Stelle zu bekommen war alles andere als eine Lappalie.

Claudia wurde verlegen. „Na ja ... Klar, ich freue mich schon." In ihren Mundwinkeln zuckte ein kümmerliches Lächeln.

Ich betrachtete sie ungläubig. Diese Zurückhaltung paßte nicht zu Claudia. Sie war zwar alles andere als eine verbissene Karrierefrau, aber sie mochte ihren Job und hatte bisher auf jede Verbesserung ihrer Position begeistert reagiert. Außerdem konnte ich mich nicht daran erinnern, daß wir jemals zuvor ein so bleischweres und zähes Gespräch geführt hatten.

Ich gab mir einen Ruck und hielt ihren Blick fest. „Was ist los? Soll ich lieber gehen?"

Meine unverblümte Frage war ihr offensichtlich unangenehm. Claudia fuhr sich mit einer Geste durch die Haare, die mir nur allzu bekannt vorkam. Ich tat das manchmal auf ähnliche Weise – wenn ich Zeit gewinnen wollte, verwirrt war oder nach den richtigen Worten suchte. Sie öffnete den Mund und wollte gerade etwas sagen, als Geräusche an der Tür sie unterbrachen. Joachim kam mit lautem Getöse herein.

„Meine Güte", stöhnte er, „der Einkaufszettel hatte es aber in sich!" Er war mit Tüten und Taschen bepackt und stolperte in seiner bekannten linkischen Art ins Wohnzimmer. „Wenn du das nächste Mal befördert wirst, sollten wir einen Party-Service beauftragen ..."

Er schaute hoch, entdeckte mich und lächelte befangen. „Ach, hallo."

Die beiden tauschten rasch einen Blick miteinander, den ich eher spürte als sah, und noch während ich ihn zu deuten versuchte, zuckte Joachim die Schultern und schleppte die Einkäufe in die Küche. Ich schaute ihm nach und wandte mich dann langsam wieder Claudia zu.

„Würdest du mir das bitte erklären?" sagte ich leise, und meine Stimme klang heiser.

Ein übler Verdacht war in mir aufgestiegen, und ich hoffte inständig, daß er sich in Wohlgefallen auflösen würde. Doch der Zusammenhang zwischen Claudias kühler Reserviertheit und den Vorbereitungen zu einer Party, von der ich offensichtlich nichts wissen sollte, ließ nicht viel Spielraum für harmlose Erklärungen.

Claudia wandte plötzlich den Kopf ab und schaute zum Fenster hinaus.

„Es hat sich so viel verändert in den letzten Monaten", sagte sie leise, und als sie mir ihr Gesicht wieder zudrehte, sah ich, daß ihre Augen feucht waren.

„Von wem sprichst du?"

„Von dir natürlich", erwiderte sie erregt und wischte sich mit einer unwirschen Bewegung über das Gesicht. „Es ist gar nicht so einfach, damit klarzukommen."

„Womit?" Ich merkte, wie mein Mund trocken wurde.

„Damit wir uns richtig verstehen: Ich habe nichts gegen Frauen, die Frauen lieben, verstehst du? Oder gegen Schwule. Aber ... du hast dich so verändert. Alles hat sich so verändert. Ich erkenne dich kaum noch wieder. Du lebst anders, du liebst anders, und ich bin überhaupt nicht mehr wichtig für dich."

Sie hatte die Worte hastig und erregt hervorgestoßen, und ich gab mir alle Mühe, ruhig zu bleiben. Wenn man den vorwurfsvollen Ton einmal beiseite ließ, hatte sie ja recht mit ihrer Einschätzung, auch was unser Verhältnis anging. Wir hatten uns in letzter Zeit nicht viel umeinander gekümmert, was mir kaum aufgefallen war und für sie offensichtlich ein Problem darstellte.

„Wenn du mich sehen oder sprechen möchtest, warum kommst du dann nicht vorbei?" hielt ich ihr entgegen.

Claudia lachte kurz und freudlos auf. „Ganz einfach: Bei dir kommt zunächst Katharina, dann noch mal Katharina, die Kinder, Anna, Bettina, dein persönlicher Kram und wieder Katharina ..."

„Nun ist es aber gut!" fuhr ich erbost dazwischen. „Das ist ja albern. Du hast auch deine Beziehung, deinen Job und tausend andere Sachen. Die Prioritäten haben sich ein wenig verschoben. Das passiert manchmal im Leben. Was sollen plötzlich diese Eifersüchteleien?"

„Das hat nichts mit Eifersucht zu tun – ich sagte schon, du hast dich grundlegend verändert, und du kannst nicht erwarten, daß alle jeden einzelnen deiner Schritte toll finden!"

Ich schüttelte langsam den Kopf. „Das tue ich ja gar nicht. Doch du hast sie zu respektieren. Und wenn dir irgend etwas nicht paßt, dann sag es mir, und zwar nicht erst nach wochenlangem Gemaule." Ich hob die Hand, um nicht unterbrochen zu werden. „Und jetzt, bitte schön, erklär mir, was all das mit deiner Beförderungsfeier zu tun hat!"

In der bedrückenden Stille, die dann eintrat, wünschte ich mir inständig, daß ich gleich aus einem bösen Traum aufwachen und erleichtert feststellen würde, daß nichts von all dem wirklich war. Ein kleines zittriges Lachen würde mir in die Kehle steigen, und mit einer forschen Handbewegung könnte ich den Traum wegwischen. In Claudias dunklen Augen flackerte es auf.

„Ich passe nicht in diesen Rahmen, nicht wahr?" fragte ich leise. „Abteilungsleiter, Kolleginnen und Kollegen, die stolzen Eltern wahrscheinlich und dazwischen ich – vielleicht sogar mit Katharina. Das könnte zu ganz bestimmten Rückschlüssen führen und damit deiner Karriere schaden, nicht wahr? Zumal einige Jan kennen und vielleicht von unserer Trennung wissen."

Für den Bruchteil einer Sekunde konnte ich genau nachvollziehen, was in Claudia vorging, was sie befürchtete, und ihre Gefühle stülpten sich über meine eigenen wie eine altbekannte und doch fremd gewordene Haut. Ich schüttelte sie schnell wieder ab. Dann stand ich auf und atmete tief durch.

„Warum hast du nicht einfach versucht, mit mir zu reden? Wir hätten sicherlich eine Lösung gefunden. Meinst du nicht?"

Claudia senkte den Kopf. „Ich weiß es nicht." Sie wich meinem Blick aus. „Es tut mir leid. Vielleicht brauche ich einfach noch Zeit."

Ich ging zur Tür. „Natürlich. Und viel Erfolg im Job."

Während ich nach Hause fuhr, mußte ich dauernd daran denken, wie Claudia während des letzten Weihnachtsfestes hinter meinem Stuhl gestanden und mich vor den Angriffen unserer Mutter hatte schützen wollen. Wie blaß und erschrocken sie gewesen war. Wie empört. Wochen-, ja monatelang hatte sie unser Elternhaus nur sporadisch besucht und sich über Elisabeths Engstirnigkeit und Intoleranz aufgeregt und ereifert. Jetzt war ihre eigene Grenze erreicht. Interessenskonflikt nannte man das wohl. Wehmut und Bitterkeit stiegen in mir hoch, und so sehr ich mich auch bemühte, es gelang mir nicht, meine Gefühle zu beschwichtigen. Wieder eine Illusion, die einfach so zerplatzt war.

Katharina ließ sich aufs Sofa fallen und zog mich neben sich. Ich schlang die Arme um ihre Taille. Es war später Abend. Wir hatten gemeinsam gegessen und die Kinder ins Bett gebracht.

„Nun erzähl mal", sagte sie.

„Es macht Spaß, in der Buchhandlung zu arbeiten, und es ist anstrengend."

Katharina zog an meinem Ohr. „Du weißt genau, daß ich etwas anderes meine."

Ich setzte mich auf. „Ist so deutlich zu merken, daß ich etwas auf dem Herzen habe?"

„Ziemlich. Und es scheint nichts Angenehmes zu sein."

Ich nahm Katharinas Hand und erzählte ihr von dem Gespräch mit Claudia. Katharina zog die Augenbrauen hoch, als ich geendet hatte.

„Oh", sagte sie zögernd. „Das hört sich aber gar nicht gut an."

„Nein."

„Doch du solltest die Geschichte nicht überbewerten."

Ich ließ ihre Hand los und schürzte die Lippen. „Ah ja." Meine Stimme klang ironisch, und ich tat nichts, um diesen spitzen Ton abzumildern. Hin und wieder gab es Situationen, da empfand ich Katharina als belehrend, und der Impuls, mich dagegen zu wehren, ließ sich nicht unterdrücken. „Claudia hat auf einmal Probleme mit ihrer lesbischen Schwester, will ein wichtiges Ereignis nicht gemeinsam mit ihr feiern, und ein dreißig Jahre altes, nahezu ungetrübtes Verhältnis geht den Bach runter, aber ich soll das nicht überbewerten! Ausgezeichneter Ratschlag!"

Meine Verärgerung schlug in eine hell auflodernde Wut um, die ich nur teilweise begriff und die mich umklammerte wie ein Stachelhalsband. Katharina ließ mich nicht aus den Augen. Sie atmete ruhig und gleichmäßig. Dann griff sie so schnell nach meinen Händen, daß ich sie nicht zurückziehen konnte.

„Was ist denn mit dir los?" fragte sie sacht.

„Du kannst das nicht verstehen – du hast keine Schwester!" fuhr ich sie an, aber gleichzeitig spürte ich, wie meine Wut verrauchte und Scham und Verwunderung Platz zu machen begann. Ich senkte einen Moment den Kopf. „Es tut weh, verstehst du?"

„Natürlich. Aber vielleicht kannst du besser damit umgehen, wenn du dir klarmachst, daß Claudia zunächst mal schlicht und ergreifend eifersüchtig ist und nicht so gut mit Veränderungen zurechtkommt. Im übrigen denke ich nicht, daß sie bei ihrer Haltung bleiben wird."

Ich schloß die Augen und lehnte meinen Kopf an Katharinas Schulter.

„Ich weiß, du bist enttäuscht von ihr."

„Es gab so viele Enttäuschungen in letzter Zeit", gab ich leise zurück. „Zu viele."

„Meine Mutter würde jetzt sagen: Die Spreu trennt sich vom Weizen." Katharina gab mir einen Kuß und schaute mich liebevoll an.

„Meine Mutter würde sagen: Das hast du dir alles selbst zuzuschreiben. Auf mich wolltest du ja nicht hören", entgegnete ich schließlich.

Ich weiß, ich hörte mich in diesem Augenblick sehr verbittert und zynisch an. Und voller Selbstmitleid. Wie eine griesgrämige und lebensunfrohe Frau. Wie meine eigene Mutter. Glücklicherweise hielt der Moment nicht lange an, denn meine Stimmung konnte noch so grau und verhangen sein, eines wußte ich immer: Um nichts in der Welt hätte ich irgend etwas rückgängig machen wollen oder bereut. Die Zeit der Unsicherheit war vorbei. Falsche Rücksichtnahme und Anpassung um jeden Preis paßten nicht mehr zu mir. Wenn andere nicht damit zurechtkamen, war das letztlich nicht mein Problem. So stärkte ich mir selbst den Rücken, und ich spürte, wie er immer kräftiger wurde.

Als wir später im Bett lagen und ich diese Gedanken laut aussprach, schluckte ich ein wenig. Die kämpferische und selbstbewußte Linda war gewöhnungsbedürftig, auch für mich. Vielleicht entwickelte ich ja auch nur ein kräftige Portion Trotz. Katharina jedenfalls lachte, und es war ein glückliches Lachen. Sie umschlang mich mit Armen und Beinen, und ihr Mund war weich und feucht. Als sie sich auf mich rollte, stieg mir ihr Duft in die Nase wie der würzige Geruch von heißem Zucker, der in der Pfanne geröstet wird und zu zartem Karamel zusammenfließt.

Mit dem Ende der Herbstferien änderte sich mein Lebensrhythmus schlagartig. Katharina und die Kinder gingen früh aus dem

Haus, während ich morgens mehr Zeit hatte und die Mittagspause nutzte, um Besorgungen zu machen oder Erik und Nadine abzuholen, wenn Katharina länger in der Schule war. Dafür gab es nur noch einen freien Nachmittag in der Woche, und auch samstags mußte ich alle vierzehn Tage ins Geschäft. Meine Freizeit war eingeschränkt, und mir war bewußt, daß ich ohne Katharina nur mühsam zurechtgekommen wäre. Sie verlor kein einziges Wort darüber, daß sie diejenige war, die sich jetzt häufig allein um zwei Kinder kümmern mußte. Dafür übernahm ich stillschweigend die großen Putzarbeiten, für die Katharina so gar keinen Blick hatte.

Mein Alltag war rundherum anstrengender geworden. Aber ich vermißte die Schule nicht einen einzigen Tag. Ich fühlte mich lebendig, voller Energie und Tatendrang wie schon lange nicht mehr, und es tat mir gut, mit Anna zusammenzuarbeiten und auf einem völlig neuen Gebiet gefordert zu werden. Es war ein ruhigeres Arbeiten und ein einsameres, und das gefiel mir gut. Ich vermißte nichts, auch wenn ich hin und wieder an die Pausen mit Bettina dachte oder an einige Schülerinnen und Schüler, die mir besonders am Herzen gelegen hatten.

Wenige Tage nach meinem unerfreulichen Besuch rief Claudia mich zu Hause an. Sie drückte ihr Bedauern über unser letztes Gespräch aus, aber die Situation war nicht bereinigt. Wir gingen so vorsichtig und verhalten miteinander um, daß es steif und fremd wirkte. Konnte man eine Beziehung auf Eis legen und zu gegebener Zeit wieder hervorholen, um einen neuen Anlauf zu wagen? Ich wußte es nicht, aber ich wünschte es mir in diesem Moment.

Ich sitze nach einem anstrengenden Tag am Schreibtisch. Es ist später Abend. Die Kinder schlafen. Corinna war vorhin noch da. Ich denke wieder fast ein Jahr zurück. Ich denke an diese Wochen und Monate, in denen ich mich freistrampelte von alten Beschränkungen und Grenzen und trotz allem Zögern und Zaudern, das immer mal wieder Besitz von mir ergriff, versuchte, mir näherzukommen.

6

„Wir müssen uns jetzt wirklich beeilen, sonst kommen wir zu spät“, drängte Katharina und blickte die Treppe hinauf.

Ich schloß die Schlafzimmertür und kam rasch herunter. Ich grinste. „Du bist ja richtig ungeduldig. Lampenfieber?“

Katharina trommelte mit den Fingerspitzen auf das Treppengeländer und warf mir einen gespielt drohenden Blick zu. „Wenn wir mehr Zeit hätten, würde ich dir glatt noch den Hintern versohlen!“

Ich lachte und küßte sie auf die Nasenspitze, bevor ich ins Wohnzimmer ging, um mich von Tanja zu verabschieden, die heute abend die Kinder hütete. Eine halbe Minute später saßen wir im Auto und fuhren in Richtung Innenstadt.

Seit knapp zwei Wochen wurde Katharina von Tag zu Tag nervöser, aber wenn man sie darauf ansprach, wurde sie entweder verlegen oder gespielt unwillig. Ab heute abend hingen Katharinas Bilder – eine Auswahl ihrer Kohlezeichnungen und Aquarelle – gemeinsam mit den Fotocollagen einer anderen Frau für mindestens vier Wochen im Frauencafé. Die kleine Ausstellung bedeutete Katharina sehr viel, denn dieser erste Schritt in die Öffentlichkeit verlieh ihren Arbeiten einen neuen, halbprofessionellen Charakter und spornte sie an, ihrer Begabung mehr Raum zu geben.

Das Frauencafé hatte sich inzwischen zu einem Forum für Künstlerinnen gemausert, die sonst keine oder nur geringe Chancen hatten, an die Öffentlichkeit zu gehen – weil sie „nur“ im Nebenberuf oder aus Spaß künstlerisch tätig waren, sich keiner zeitgemäßen Richtung anpassen wollten oder Themen bearbeiteten, die als nicht populär galten. Die Resonanz in Wolfsburg und Umgebung war beachtlich, was bedeutete, daß hin und wieder ein kleiner Artikel in der Zeitung erschien und die Künstlerinnen sogar das eine oder andere ihrer Werke verkaufen konnten. Fast immer kam ein Teil des Erlöses einem frauenbezogenen Projekt zugute.

Heute abend nun sollten Katharina und die Fotografin Isabell mit ihren Werken vorgestellt werden, und ich hatte dafür gesorgt, daß unsere Freundinnen und Freunde dabei sein würden. Ich hatte keine Lust mehr, mir darüber Sorgen zu machen, ob aufgrund der Ausstellung über unsere Beziehung gegrübelt oder gar hergezogen werden würde. Zwar war ich noch nicht soweit, daß ich mich achselzuckend darüber hinwegsetzen würde, aber ich hegte die berechtigte Hoffnung, daß es nicht mehr lange dauern würde.

Anna, Bettina, Stefan und Tom waren bereits da, als wir eintrafen. Das Café war dicht gefüllt. Die Inhaberinnen Stefanie und Sandra schenkten Sekt aus, und es wurde fotografiert.

„Alles Gute! Ich halt' dir die Daumen“, flüsterte ich und drückte Katharinas Hand, bevor sie nach vorn zum Tresen ging.

Eine Freundin von Stefanie und Sandra bat kurz darauf um Aufmerksamkeit. Während sie das Publikum begrüßte und die Ausstellung mit wohlwollenden Worten eröffnete, spürte ich mein Herz wie rasend klopfen.

„Fast wie 'ne Oscar-Verleihung, nicht wahr?“ murmelte Bettina neben mir und kicherte albern, als ich sie in die Rippen boxte.

„Manchmal bist du ein richtiges Schandmaul“, gab ich knurrend zurück.

„He, seid doch mal ruhig!“ zischte es plötzlich hinter uns.

Wir drehten uns gleichzeitig um. Eine große schlaksige Frau mit kurzem blondem Haar warf uns kopfschüttelnd einen giftigen Blick zu. Ich hob beschwichtigend die Hände. „Schon gut. Es war nicht unsere Absicht, Sie zu stören.“

Die blaßblauen Augen der Frau weiteten sich verblüfft. „Aus welchem Häkelverein kommt ihr denn?“ Sie stemmte die Hände in die Hüften.

„Häkelverein?“ Ich verstand kein Wort; ich wußte nur, daß mir die Frau in ihrer ganzen provozierenden Art unangenehm war.

Bettina schaltete schneller. „Offensichtlich ist es hier üblich, sich zu duzen. Du hast wohl eine Regelverletzung begangen.“ Ihr Ton war süffisant.

Ich wandte mich wieder um. „Was ist das denn für ein Blödsinn?“

„Andere Menschen, andere Sitten.“ Bettina wies mit einer knappen Kopfbewegung nach vorn, bevor ich auf die letzte Bemerkung etwas erwidern konnte. „Schau mal, wie Katharina strahlt!“

Das tat sie wirklich. Und sie sah phantastisch aus in dem dunkelblauen Hosenanzug und mit ihren hochgesteckten Haaren. Sehr schön und sehr weiblich.

Zwei Stunden später waren die meisten Gäste zum gemütlichen Teil übergegangen. Ich brachte Anna zu ihrem Auto; Tom und Stefan hatten sich bereits verabschiedet. Katharina saß an einem Tisch mit Isabell und einigen anderen Frauen zusammen, als ich zurückkam und nach Bettina Ausschau hielt. Katharina hob die Hand und winkte mich heran.

„Komm doch mal zu uns“, sagte sie fröhlich und zog mich auf den Stuhl neben sich.

„Irgendwie ist mir Bettina abhanden gekommen“, erwiderte ich.

Katharina legte unter dem Tisch eine Hand auf meinen Oberschenkel und massierte ihn mit kreisenden Bewegungen, während sie mir mit unschuldiger Miene zuzwinkerte. Sie ist ganz schön dreist, dachte ich und begann, unruhig mit den Füßen zu scharren.

„Wahrscheinlich steht sie am Klo Schlange.“ Katharina nahm die Hand von meinem Oberschenkel und streichelte mir kurz über den Rücken. Dann hob sie den Kopf und blickte eine Frau an, die gegenüber am anderen Ende des Tisches neben Stefanie stand und an ihrem Rotwein nippte. „Das ist übrigens Corinna.“

Corinna war mittelgroß und kräftig. Sie trug schwarze Jeans und ein grünes Baumwollhemd. Als sie sich umwandte und Katharina anschaute, sah ich, daß ihre Augen fast den gleichen moosgrünen Farbton hatten. Ihr Haar war kurz, und in das Kastanienbraun mischte sich zahlreiches Grau. Ihr Gesicht war kantig und wirkte fast hager. Sie nickte Katharina und mir kurz zu. Ihr Lächeln war offen und unbefangen. Ich schätzte sie auf Anfang Vierzig.

„Corinna ist Sozialarbeiterin“, fuhr Katharina fort. „Sie hat mir erzählt, daß in dem Budget ihres Amtes auch ein Posten für die Ausgestaltung der Räume vorgesehen ist. Und damit sind nicht nur neue Tapeten gemeint.“ Ihre Stimme klang auf einmal ganz hell vor Aufregung. „Stell dir vor, sie möchte eins meiner Bilder kaufen!“

„Im Ernst?“

„Ja. Es gibt nur ein Problem dabei: Ich habe überhaupt keine Ahnung, welchen Preis ich ansetzen soll.“

Ich lachte. „Frag sie doch einfach, wieviel die Stadt bereit wäre, für ein echtes Seifert-Aquarell hinzublättern. Du würdest ihr auch Sonderkonditionen einräumen.“

Ich wollte noch etwas hinzufügen, doch dann sah ich die schlaksige Frau, die Bettina und ich zu Beginn des Abends auf so unangenehme Art und Weise kennengelernt hatten, auf unseren Tisch zukommen. Sie blieb neben Corinna stehen und sagte etwas, das ich nicht verstehen konnte, aber Gestik und Mimik ließen erkennen, daß es keine freundlichen Worte waren.

Ich faßte nach Katharinas Arm. „Kennst du die auch?“

„Ja, das ist Marion, Corinnas Lebensgefährtin.“

„Ach herrje."

„Warum?"

Ich hob die Augenbrauen und erzählte von dem kleinen Zusammenstoß. „Sie ist jedenfalls nicht gerade das, was ich eine sympathische Frau nennen würde."

Katharina lächelte. „Mußt du ja nicht. Aber ich stimme dir zu – als ich die beiden vorhin erlebt habe, erging es mir ganz ähnlich. Marion ist ziemlich kratzbürstig, und meine Bilder gefallen ihr auch nicht."

„Das ist eindeutig ein Minuspunkt!" rief ich empört und senkte die Stimme gleich wieder, denn sowohl Corinna als auch Marion schauten zu uns herüber. „Möchtest du noch lange bleiben?" Ich faßte nach Katharinas Hand.

„Ich glaube nicht. Zu Hause im Kühlschrank steht eine Flasche Sekt. Die möchte ich mit dir alleine trinken."

Nur wenige Tage später meldete sich Corinna bei Katharina, um konkret über den Kauf eines ihrer Bilder zu verhandeln, und für den darauffolgenden Samstag lud Katharina Corinna und Marion zu einem späten Abendessen ein. Ich sah dem Besuch mit gemischten Gefühlen entgegen. Natürlich freute ich mich über Katharinas Erfolg, aber wenn ich an Marion dachte, sträubten sich mir die Nackenhaare.

„Miß diesem ersten Eindruck doch nicht so viel Bedeutung bei", bat Katharina mich. „Vielleicht hatte sie einfach nur einen schlechten Tag, und wir erleben sie diesmal ganz anders."

Ein frommer Wunsch, der jedoch nicht in Erfüllung ging. Schon Marions Gesichtsausdruck bei der Begrüßung konnte bestenfalls als verschlossen bezeichnet werden, ich empfand ihn als mürrisch. Dafür war Corinna um so freundlicher. Wenn sie lächelte, erschienen zahlreiche Fältchen um ihre Augen. Sie war keine junge Frau mehr. Sie war auch nicht schön zu nennen. Sie hatte eher einen herben Charme, und ich mochte sie sofort.

Während des Essens meldeten sich Erik und Nadine zweimal. Beim ersten Mal verlangten beide etwas zu trinken, und Katharina lief nach oben. Beim zweiten Mal hatte Nadine kalte Füße, und Erik wollte wissen, ob das Kuscheltier Johannes Pudelwurm, ein Phantasiewesen, das einen Dinosaurier zum Vater und einen Frosch zur Mutter gehabt zu haben schien, noch unter seinem Bett lag. Diesmal war ich mit dem Kinderlaufdienst dran, und als ich schließlich wieder seufzend am Tisch Platz nahm, bedachte Marion mich und Katharina mit einem mitleidigen Lächeln, das eine unübersehbare Portion Geringschätzigkeit enthielt.

„Was macht ihr beiden eigentlich sonst noch so – außer arbeiten und Kleinkinder versorgen?“ fragte sie.

Katharina lächelte milde. „Malen zum Beispiel. Oder lesen und schreiben. Radfahren. Mit Freundinnen und Freunden zusammensitzen.“ Sie hob ihr Glas und prostete fröhlich in die Runde.

„Aha.“ Das klang nicht sehr überzeugt. Marion betrachtete einen Augenblick nachdenklich ihre Fingernägel. „Trotzdem, kann ich mir überhaupt nicht vorstellen für mein Leben: Kinder und der ganze Kram. Abgesehen davon, daß ich einen Typen nie so nah an mich heranlassen würde.“

Corinna öffnete den Mund, aber ich kam ihr zuvor. „Kann ich mir bei dir auch nicht vorstellen. Du bist sicherlich völlig ausgelastet mit Job und Privatleben. Was machst du eigentlich beruflich?“

Eine recht harmlose Antwort, aber mein Wutpegel war sprunghaft angestiegen, und ich wußte, daß mein Ton entsprechend frostig geklungen hatte. Hast du ein Glück, daß Bettina nicht dabei ist, dachte ich, und der Gedanke bereitete mir innerlich ein grimmiges Vergnügen.

„Ich bin Assistentin am Geschichtsinstitut der TU Braunschweig und sitze an meiner Doktorarbeit“, erwiderte Marion und machte eine kleine Kunstpause, in der sie mir offensichtlich

Gelegenheit geben wollte, diese Information andächtig sacken zu lassen. Ich stöhnte innerlich auf. Eine Studifrau! Die hatte selbstverständlich gut reden.

„Die Unabhängigkeit von Männern und Kindern ist die einzige Lebensform, bei der Frauen eine echte Chance zur Selbstbestimmung haben", fuhr Marion fort. „In dem Moment, wo ein Typ da ist und der Bauch dick wird, ist es vorbei mit Zukunft, Karriere, Eigenleben und so weiter. Und die ganzen Sprüche von wegen Gleichberechtigung und ähnlicher Schmus sind dummes Gewäsch, fatale Illusionen. Nenn mir auch nur zwei Männer aus deinem Bekanntenkreis, die in den „Vaterschaftsurlaub" gegangen sind, regelmäßig morgens um drei aufstehen, wenn das süße Kleine schreit, und dafür nicht erwarten, zum edlen Ritter geschlagen zu werden."

Sie hat ihren Text gut gelernt, dachte ich, und im Grunde ist viel Wahres dran an dem, was sie sagt. Und dennoch ... „Das ist mir zu pauschal. Es soll Frauen geben ..."

„Die ihre Erfüllung als Ehefrauen und Mütter finden? Mal ehrlich, Linda, hegst du nicht auch manchmal den Verdacht, daß die Geschichte mit der tickenden biologischen Uhr eine verdammt gute Story ist, um Frauen bei der Stange zu halten?" Sie feixte freudlos, als ihr die Doppeldeutigkeit ihrer Wortwahl bewußt wurde. „Und wie oft in deinem Mutterleben bist du seufzend oder mit zusammengebissenen Zähnen ins Kinderzimmer gewankt und hast dir insgeheim gewünscht, sonstwo zu sein, nur nicht gerade hier?"

„Schon häufig", gab ich zu. „Aber trotzdem bin ich gerne Mutter und möchte nichts anders haben, als es heute ist. Ich rede dir keine Mutterschaft ein, also spar dir die Mühe, sie mir auszureden – was sowieso nicht mehr geht – oder zu vermiesen."

Marion blickte belustigt von mir zu Katharina und wieder zurück. Mein scharfer Ton schien ihr nichts auszumachen. „Ihr spielt hier also die fröhliche Lesbenfamilie auf dem Lande: Mutter, Mutter, Kind, Kind? Fehlt nur noch der Hund, der euch zu Füßen liegt, und das süße Kätzchen, das sich auf dem Ofen räkelt."

Das Blut schoß mir in die Wangen, aber bevor ich hitzig etwas erwidern konnte, wandte Corinna den Kopf mit einer betont langsamen Bewegung Marion zu. Ihre Hände lagen ruhig auf dem Tisch.

„Ich finde, du kannst jetzt aufhören", sagte sie bedächtig.

„Aber warum denn? Ich habe doch nur ..."

„Laß es sein."

Marion zuckte die Achseln. „Ist ja gut. Reg dich bloß nicht auf."

Ich war mit zwei Fragen beschäftigt, die mir unablässig durch den Kopf gingen. Erstens: Warum giftete Marion uns so an? Und zweitens: Was wollten diese beiden Frauen voneinander?

Nicht viel später verabschiedeten die beiden sich. Corinnas Gesicht war wie versteinert, Marion pfiff leise vor sich hin, während sie zum Auto gingen.

„Schade", sagte Katharina, als ich die Tür geschlossen hatte und wir nach oben ins Schlafzimmer gingen. „Corinna würde ich gerne näher kennenlernen, aber wenn ich an dieses Streithühnchen denke, hält sich meine Begeisterung für weitere Treffen in Grenzen."

Sie zog sich aus und warf ihre Sachen achtlos auf einen Korbstuhl, der schon mit mehreren Blusen, Pullovern und Hosen beladen war. Ich unterdrückte eine Bemerkung, schlüpfte unter die Decke und kuschelte mich ein. Dann richtete ich mich wieder auf. „Streithühnchen ist ja noch milde ausgedrückt! Was geht bloß in dieser Frau vor?"

Katharina kroch zu mir unter die Decke. „Keine Ahnung. Vielleicht gefällt es ihr ja insgeheim doch ganz gut, wie wir leben, aber sie kann es nicht zugeben und stichelt lieber – in der Hoffnung, ein paar Schwachstellen zu finden."

Ich schüttelte den Kopf. „Aber nein! Daß ein Leben mit Kind und Kegel nichts für sie ist, glaube ich ihr aufs Wort. Oder kannst du dir Marion als Hausfrau und Mutter vorstellen?"

Katharina lächelte. „Auf den ersten Blick natürlich nicht. Aber wir kennen sie doch kaum. Interessant finde ich allerdings, daß du dich so von ihr hast provozieren lassen. Laß sie doch reden."

Ich richtete mich auf. „Na, du bist ja gut. Sie hat uns ganz eindeutig angegriffen."

„Sie hat es versucht, Süße, und bei dir hat sie es fast geschafft."

Katharina zog mich wieder neben sich und küßte mich. Sie wollte das Thema beenden. Es war schon spät. Ein ungebärdiger Herbstwind stemmte sich gegen das Fenster, und ich fühlte mich sicher und geborgen.

Wenige Tage später war ich morgens eine Weile ohne Anna in der Buchhandlung. Meine Tante hatte etwas zu erledigen, und ich erwartete sie erst gegen mittag zurück. Als Anna begann, mich zwischendurch allein im Geschäft zu lassen, war mir anfangs ein wenig mulmig zumute gewesen. Mittlerweile ging ich gelassener damit um. Schließlich war es kein Beinbruch, wenn ich etwas nicht wußte oder mehr Zeit benötigte, um einen bestimmten Titel herauszusuchen. Und niemand erwartete, daß ich innerhalb weniger Wochen perfekt war.

Ich war gerade beim Einsortieren einer großen Büchersendung, als die Türglocke erklang und Corinna hereinkam.

„Guten Morgen", sagte sie mit einem Lächeln, das verhalten wirkte.

„Hallo", erwiderte ich erfreut, legte die Bücher beiseite und gab ihr die Hand. „Hast du heute frei?"

„Nein, ich habe Spätdienst und nutze den Morgen zum Einkaufen."

Ich warf einen schnellen Blick durchs Schaufenster nach draußen. Marion war nirgends zu sehen.

„Ich bin allein", sagte Corinna, und ihr Lächeln wurde breiter, als sich meine Wangen ein wenig röteten.

„Kann ich dir einen Kaffee anbieten?" fragte ich, um meine Verlegenheit zu überspielen.

Wir gingen gemeinsam nach hinten ins Büro. Corinna trank ihren Kaffee mit sehr viel Milch und Zucker. Eine Weile schaute sie sich schweigend um, dann wandte sie sich abrupt mir zu.

„Es tut mir leid, daß Marion sich neulich so daneben benommen hat", sagte sie. In ihren Augen tauchte ein kleines Funkeln auf. „Sie hat manchmal eine unmögliche Art, und dann ist es am besten, gar nicht auf sie einzugehen."

Ich nickte. Ich wußte nicht, was ich sagen sollte. Corinnas Entscheidung, sich für das Verhalten ihrer Freundin zu entschuldigen, schien mir auf seltsame Weise zugleich einsichtig und fragwürdig. Warum übernimmt sie die Verantwortung für Marion? dachte ich.

Corinna lächelte wieder, und ich hatte das untrügliche Gefühl, die Frage stünde mir ins Gesicht geschrieben.

„Ich würde euch gerne näher kennenlernen, und es wäre schade, wenn es wegen des ersten Treffens nicht dazu käme", erklärte Corinna. Dann trank sie den Rest ihres Kaffees aus und stand auf. „Ich schau' mal nach euren Büchern."

Ich war berührt von ihrer Aufrichtigkeit. Nachdem ich die Tassen weggeräumt hatte, folgte ich ihr. Corinna stand mit schräg gelegtem Kopf vor dem Regal mit Literatur über Religion und Philosophie. In der Hand hielt sie ein Buch über Buddhismus.

Als sie mich kommen hörte, hob sie den Kopf, und wir schauten uns an.

„Du hast recht, es wäre schade", sagte ich.

Das war der Beginn unserer Freundschaft. Obwohl ich regelmäßig einen Stoßseufzer der Erleichterung von mir gab, wenn Corinna uns ohne Marion besuchte, was häufig vorkam, bemühte ich mich, die Treffen auch zu genießen, wenn wir zu viert waren. Oder auch zu fünft, denn manchmal gesellte sich Tom dazu. Marions streitlustige und scharfe Art war nicht einmal das Hauptproblem, wie ich bald feststellen konnte. Was mir bedeutend mehr zu schaffen machte, war die Beziehung der beiden, die mir rätselhaft blieb, das ständige Auf und Ab zwischen kühler Reserviertheit, hitzigen Wortgefechten und zärtlicher Zuwendung. Letzteres war die große Ausnahme. Als die beiden sich zum ersten Mal in meiner Gegenwart einen Kuß gaben, blieb mir förmlich der Mund offenstehen, und einen Moment später begriff ich, daß ich sie noch nie so nett hatte miteinander umgehen sehen. Manchmal wirkte Corinna so deprimiert, daß ich sie gern einfach nur wortlos in den Arm genommen und getröstet hätte, doch ich berührte die Freundin kaum, wenn Marion dabei war.

Corinna war nicht nur mit ihrer angespannten Beziehung beschäftigt, sondern häufig auch bedrückt, weil es im Job Probleme gab. Sie arbeitete in der Drogenberatung, hauptsächlich mit Frauen und Jugendlichen, und wenn sie hin und wieder von einzelnen Schicksalen, von „Suchtkarrieren" erzählte, hatte ich das Gefühl, in einer völlig anderen Welt zu leben. Die meisten von Corinnas Schützlingen hätten wohl gerade mal ein müdes Lächeln für meine Sorgen und Probleme übrig gehabt.

Anfang Dezember fuhr Katharina an einem Wochenende mit den Kindern nach Kassel. Weihnachtseinkäufe erledigen, wie sie sagte. Mir war überhaupt nicht nach Verkehrsstaus und Einkaufsrummel zumute, außerdem hatte Anna mich gebeten, sie zum Steuerberater zu begleiten. Inventur und Jahresabschluß standen bevor, und obwohl der Computer einen großen Teil der Arbeit erleichterte und vereinfachte, blieb noch genügend zu tun. Anna war dieser Bereich ihres Geschäftslebens ein Greuel.

„Ich weiß, daß ich mich viel mehr für die Zahlen und die Buchhaltung interessieren müßte", seufzte sie, als wir am späten Samstagnachmittag das Büro des Steuerberaters verließen. „Aber irgendwie reicht es mir immer, wenn ich gesagt bekomme, daß die Gewinn- und Verlustrechnung gut ausschaut. Damit gebe ich kein gutes Beispiel ab, oder?“

Ich lachte. Mir rauchte der Kopf, aber, um ehrlich zu sein, fand ich es eher bemerkenswert, wie sich alle Geschäftsvorfälle in einer Bilanz sammeln ließen und daß zu einem Stichtag das Ergebnis sämtlicher Tätigkeiten vorlag. Da stand dann zum Beispiel DM 52 367,18, und damit war alles gesagt. Faszinierend einfach.

„Hast du schon Pläne für dein freies Wochenende?“ fragte Anna und band sich ihren Schal fest um den Hals. Es roch nach Schnee.

„Ich werde mich jetzt erst mal zwei Stunden aufs Ohr legen“, erwiderte ich. Ansonsten gibt es drei Körbe voll Bügelwäsche, und der Fußboden in der Küche sieht aus, als wäre er das letzte Mal kurz nach den Befreiungskriegen gewischt worden, fügte ich in Gedanken hinzu. Plötzlich mußte ich an Bettina denken, die mir letztens erzählt hatte, daß man von ihrem Fußboden immer essen könnte – es läge genug herum. „Und den Abend verbringe ich vor dem Fernseher – mit Chips und Cola. Ja, so ungefähr könnte ich mir einen Teil meines Wochenendes vorstellen.“

Anna lächelte. „Na dann, viel Spaß.“

Wir verabschiedeten uns voneinander. Als ich nach Hause kam, war ich bleischwer vor Müdigkeit. Ich holte mir eine Tüte Chips und legte mich aufs Sofa. Innerhalb weniger Minuten war ich fest eingeschlafen.

Das Schrillen einer Klingel riß mich aus einem wunderschönen Traum. Stöhnend rappelte ich mich hoch, stolperte in den Flur und griff nach dem Telefonhörer. Erst als es ein weiteres Mal klingelte, begriff ich, daß jemand an der Haustür war. Ich spähte vorsichtig durch den Spion: Corinna.

„Oh, es tut mir leid, ich habe dich geweckt“, sagte sie, als ich die Tür öffnete und sie hereinbat.

„Ach, das macht nichts", entgegnete ich gähnend. „Laß mir nur ein paar Augenblicke, um richtig wach zu werden."

Wir gingen in die Wohnküche. Corinna stellte die Kaffeemaschine an, während ich mich ins Bad begab, um mich frisch zu machen. Ich schaute in den Spiegel und seufzte laut. Meine Haare waren zerzaust, und quer über der rechten Gesichtshälfte zeichnete sich die Struktur der Wolldecke ab, in die ich mich eingekuschelt hatte. Ich klatschte mir kaltes Wasser ins Gesicht und bürstete meine Locken aus. Die sind reichlich lang geworden, dachte ich.

„Ist Katharina mit den Kindern unterwegs?" fragte Corinna, als ich zurückkam.

Ich nickte und trank erst mal einen Schluck Kaffee. „Sie ist gestern mit den beiden nach Kassel gefahren – übern Weihnachtsmarkt bummeln, Geschenke kaufen, mit den Großeltern Plätzchen backen und so weiter."

„Und du hattest keine Lust?"

„Nicht besonders viel, aber davon abgesehen, mußte ich heute sowieso arbeiten."

Corinna schaute sich eine Weile schweigend in der Wohnküche um. Ihr Blick blieb an einem neuen Bild von Katharina hängen. Es zeigte zwei Frauen, die Rücken an Rücken auf dem Boden sitzen. Die Köpfe sind nach hinten geneigt und berühren sich. Eine vertrauliche, fast idyllische Szene, die bei genauerem Hinsehen jedoch gebrochen wurde. Nur eine Frau auf dem Bild lächelt, die andere starrt unverwandt ins Leere. Ihre Fingernägel sind zerbissen. Die Haare strähnig. Das Bild hieß „Mißverständnisse".

Ich sah, daß Corinna schluckte. Dann fiel mir auf, daß es sonst nicht ihre Art war, unangemeldet vor der Tür zu stehen.

„Ihr beide seid sehr glücklich, nicht wahr?" fragte sie unvermittelt.

Ich setzte meine Tasse ab. „Ja."

Du und Marion nicht, dachte ich, sprach diesen Gedanken aber nicht aus. Bisher hatten wir nie direkt über ihre Beziehung gesprochen, aber Corinna wußte natürlich, daß sie und Marion kein glückliches Paar abgaben und sowohl Katharina als auch ich die krassen Stimmungsschwankungen mitbekamen.

Corinna nickte. Sie blickte wieder auf das Bild, dann schaute sie einen Moment zum Fenster hinaus. Sie gehörte nicht zu den Menschen, die unruhig auf ihrem Stuhl hin- und herrutschen, wenn sie nervös sind, aber obwohl sie entspannt dasaß, umgab die Unruhe sie wie ein dichter Schleier.

„Kann ich etwas tun?“ fragte ich, und als sie mir ihr Gesicht zuwandte, erschrak ich. Wir kannten uns erst einige Wochen, und in dieser Zeit hatte ich sie auch schon häufig traurig und bedrückt erlebt, aber jetzt spiegelte sich in ihren Zügen etwas anderes wider. Sie sah bestürzt aus.

„Wir haben Schluß gemacht“, sagte sie und stand abrupt auf. „Vielmehr: ich habe Schluß gemacht. Es ist vorbei.“

Sie stellte sich vor das Regal, das als Raumteiler Küche und Wohnzimmer voneinander trennte, und ging mit schiefgelegtem Kopf und ausgestrecktem Zeigefinger die Koch- und Backbücher durch.

Ich wußte nicht, was ich dazu sagen sollte. Einerseits dachte ich: endlich, sie passen ohnehin nicht zusammen. Andererseits wußte ich, daß diese Reaktion hauptsächlich daher rührte, daß ich Marion nicht leiden konnte.

Corinna drehte sich um und verzog ihr Gesicht zu einem undefinierbaren Lächeln. Bevor ich es deuten konnte, war es schon wieder verschwunden. „Mach dir nichts draus, viele Menschen haben Probleme mit Marion oder mögen sie nicht. Es ist sehr einfach, sie nicht zu mögen. Sie tut sehr viel dafür, Protest und Abneigung hervorzurufen.“

„Und warum tut sie das?“ fragte ich.

„Oh, da gibt’s einige Gründe oder besser gesagt: Erklärungen.

Üble Kindheit, nie gelernt, sich selbst zu lieben, und so weiter." Sie setzte sich wieder. „Es gibt verschiedene Ansatzpunkte, um die Hintergründe zu beleuchten." Corinna blickte auf ihre Hände. Dann sah sie mir direkt in die Augen. „Ich wollte schon lange Schluß machen, habe es aber einfach nicht gekonnt. Aus Mitleid, schlechtem Gewissen ... Ich war davon überzeugt, daß sie ohne mich gar nicht zurechtkommt, noch mehr trinkt, als sie es ohnehin schon tut, noch weniger ißt, sich total gehen läßt. Obwohl mir klar war, daß ich unter einem klassischen Helfersyndrom leide und mir Schuld auflade oder aufladen lasse, war nicht in der Lage, mich von diesem Muster zu lösen. Wahrscheinlich war ich abhängiger von ihr als sie von mir."

Ich atmete tief durch. „Schuld? Helfersyndrom? Das mußt du genauer erklären."

Corinna nickte. „Natürlich. Aber ich habe eine Bitte."

„Ja?"

„Können wir erst was essen? Ich komme um vor Hunger."

7

Wir hatten noch Pizza im Gefrierfach und Salatzutaten im Kühlschrank. Als ich Gurken und Tomaten schnitt und die Sauce anrührte, lief mir das Wasser im Mund zusammen. Ich merkte erst jetzt, daß ich wie ausgehungert war. Corinna deckte den Tisch und zündete eine Kerze an. Ich hätte ihr gern über die Wangen gestrichen, aber ich unterdrückte den Impuls. Beim Essen schwiegen wir, doch es war keine unangenehme Stille, in der man sich gedrängt fühlt, irgend etwas zu sagen.

„Wir haben uns vor sechs Jahren kennengelernt", fuhr Corinna schließlich fort, als hätte es die Unterbrechung gar nicht gegeben. „Bei irgendeiner Frauenparty. Marion war ziemlich frech und ziemlich ausgelassen. Und noch nicht ganz so dünn wie heute. Sie trank auch weniger. Wir sind noch in der gleichen Nacht im Bett gelandet." Corinna schüttelte den Kopf. „Wochenlang taten wir kaum etwas anderes als miteinander zu schlafen, zu essen und ansonsten fünfe grade sein zu lassen. Der Alltag erwischte uns dann ziemlich kalt. Marion hatte Geldsorgen und Probleme an der Uni; ich merkte, daß ich mich wieder mehr auf meinen Job konzentrieren mußte. Seit knapp zwei Jahren war ich als Sozialarbeiterin bei der Stadt angestellt, ich konnte und wollte mir keine Nachlässigkeiten leisten."

Ich runzelte die Stirn. „Du hast erst sehr spät studiert, nicht wahr?" Corinna war zweiundvierzig.

„Ja. In meinem ersten Leben war ich Kindergärtnerin. Aber das ist eine andere Geschichte."

„Kindergärtnerin?" Ich war verblüfft. Das schien mir überhaupt nicht zu passen.

„Oh, du wirst noch einiges zu staunen haben", fügte Corinna hinzu.

Davon war ich inzwischen überzeugt.

„Dann tauchten die ersten Konflikte auf. Alltagskram und einiges mehr. Marion ist sehr angriffslustig und intolerant, und sie mag Männer nicht, wie du weißt. Überhaupt nicht. Ich bin davon überzeugt, daß sie von irgendeinem Onkel, Opa, Nachbarn oder sogar von ihrem Vater als Kind sexuell mißbraucht wurde."

Ich zog die Nase kraus. „Nur weil sie Männer nicht mag?"

„Es ist die Art, *wie* sie sie nicht mag. Es steckt Furcht dahinter und ein grenzenloses Mißtrauen. Und sie hatte zumindest bis vor einiger Zeit die übelsten Alpträume. Reden wollte sie nicht darüber, und jeden Versuch von mir, mehr zu erfahren, wertete sie als unqualifizierten Therapieversuch ab."

Mir wurde immer beklommener zumute. Die Vorstellung, daß Marion im Grunde ihres Herzens eine verstörte und ängstliche Frau war, wollte so gar nicht zu dem Bild passen, das ich mir bisher von ihr gemacht hatte.

Corinna lächelte zögernd. „Sie war auf ihre Art sehr einnehmend, jedenfalls was mich betraf. Ich hatte das Gefühl, ihr helfen zu müssen und zu können, obwohl mir bald klar wurde, daß daraus ein ungesunder Kreislauf entstand: Wir bauten unsere Beziehung auf Problemen auf, ohne sie tatsächlich zu bewältigen. Und jede von uns spielte auf ihre Weise mit den Bedürfnissen und Nöten der anderen.

Irgendwann kam das Thema Treue auf den Tisch. Marion gab vor, tolerant zu sein und keine Eifersucht zu kennen. In Wirklichkeit hatte sie eine höllische Angst davor, daß ich mal eine Affäre haben oder mir auch nur einen Seitensprung leisten könnte, doch das begriff ich erst später. Und eines Tages, nach drei Jahren Beziehung, war es dann tatsächlich soweit: Ich verguckte mich in einen Kollegen."

Ungläubig zwinkerte ich mit den Augen. „Einen Kollegen?"

„Ja, ich war auch etwas erstaunt, allerdings nicht vollkommen perplex. Für mich sind Männer nicht aus der Welt, selbst wenn ich keine dauerhafte Beziehung mit ihnen möchte. Meine Hoffnung, mit Marion harmonisch zusammenleben zu können, entpuppte sich gerade zu jener Zeit immer klarer als Illusion. Ich fühlte mich müde und ausgelaugt, hatte die Nase voll von ihren Allüren und ihrer kindlichen Forderung nach permanenter Aufmerksamkeit. Kurz und gut: Ich ließ mich von Rainer trösten und ging mit ihm ins Bett."

Ich schluckte. Wenn ich mir vorstellte, Katharina würde mit einem Mann oder auch mit einer anderen Frau schlafen, war mir gar nicht wohl in meiner Haut. Natürlich war es albern, einen Menschen rundherum nur für sich beanspruchen zu wollen, und doch ... Geriet nicht oftmals die gesamte Beziehung ins Wanken, weil aus dem Seitensprung plötzlich mehr wurde oder die Beteiligten ihre Toleranzfähigkeit überschätzt hatten?

„Hast du ein Problem damit?" fragte Corinna. Ihre Stimme klang nicht amüsiert oder milde, sondern einfach fragend.

Ich stand auf und streckte mich. „Ich denke, ja. Magst du noch einen Kaffee oder einen Tee? Oder vielleicht ein Glas Wein?"

„Ein Tee wäre schön."

Ich setzte Wasser auf und holte die Kanne aus dem Schrank. Während der Kessel leise zu summen begann, drehte ich mich zu Corinna um.

„Das ist ein schwieriges Thema", sagte ich langsam. „Ich bin im Laufe meiner Ehe zweimal untreu geworden, neige aber dazu, hier einen besonderen Maßstab anzulegen, weil ..."

Corinna lächelte. „Es gibt immer einen besonderen Maßstab."

„Wahrscheinlich hast du recht." Ich lächelte zurück, wurde aber gleich wieder ernst. „Was Katharina und mich betrifft, so kann ich mir einfach nicht vorstellen, daß wir unsere Beziehung aufs Spiel setzen würden, weil ihr oder mir mal der Sinn nach einem Abenteuer steht."

„Natürlich nicht. Aber glaubst du nicht, daß sich im Laufe der Jahre gerade auch in der Erotik einiges verändert?"

„Das ist wohl so, muß doch aber nicht automatisch bedeuten, daß ich in ein anderes Bett hüpfe." Ich hörte selbst, wie aufgeregt ich inzwischen klang, und plötzlich mußte ich an meine Eltern denken. Mein Vater hatte seit geraumer Zeit eine Geliebte, und vieles deutete darauf hin, daß meine Mutter diese Affäre stillschweigend duldete und dabei immer verbitterter wurde.

Der Wasserkessel pfiff. Ich goß den Tee auf und drehte mich wieder um.

„Nein, muß es nicht", bestätigte Corinna nach einer kurzen Pause. „Aber stell dir vor, Katharina bietet dir an, deine Freiheit zu genießen, ohne dir irgend etwas krumm zu nehmen, und genau in diesem Moment taucht jemand auf, der dich interessiert."

Ich winkte unwirsch ab. „Das ist unrealistisch. Außerdem hast du vorhin selbst erzählt, daß Marions angebliche Toleranz aufgesetzt war. Ich glaube, daß das in den meisten Fällen so ist – bewußt oder unbewußt gaukelt man sich und dem anderen etwas vor. Es ist schick, sich tolerant und offen zu geben."

Corinna stand auf und nahm das Teesieb aus der Kanne. „Komm, setz dich wieder. Ich erzähle dir meine und Marions Geschichte weiter."

Ich atmete tief aus und nickte.

„Marion hat uns quasi in flagranti erwischt", fuhr Corinna fort, nachdem wir beide ein paar Schlucke Tee getrunken hatten. „Sie war auf einem Wochenendseminar und kam früher zurück, als ich erwartet hatte. Rainer verließ gerade das Schlafzimmer, als sie zur Wohnungstür hereinkam. Es war ..." Corinna schüttelte den Kopf, „... eine üble Situation. Niemals zuvor habe ich ihr Gesicht so nackt gesehen, so verletzt und hilflos. Wir haben die ganze Nacht geredet, uns angeschrien, die Beziehung beendet und wieder neu begonnen. Sie hat gekotzt und anschließend den halben Kühlschrank leergefressen. Und dann wieder gekotzt. Einige Tage später hatte ich sie soweit, daß sie einer Therapie zustimmte. So erleichtert ich darüber war – gleichzeitig hatte ich das schreckliche Gefühl, in einer Falle zu sitzen. In einer Falle, aus der ich nicht mehr herauskam."

„Du hast dich schuldig gefühlt?"

„Natürlich!"

„Hat denn die Therapie nichts gebracht?"

„Phasenweise ja. Doch Marion ließ mich nicht daran teilhaben, und wenn es mal wieder kräftiger knirschte zwischen uns, dann griff sie zum Alkohol und hatte Anfälle von Bulimie. Ich deckte mich mit Arbeit ein und hatte das gräßliche Gefühl, nicht mehr herauszukommen aus dieser Misere. Das ging zwei Jahre so. Dann begann ich allmählich, das Spiel zu durchschauen beziehungsweise meinen Part daran. Meine Abhängigkeit von ihr, mein zwanghafter Drang, sie beschützen zu wollen, meine Angst, sie zu verlieren und damit eine wesentliche Aufgabe."

Corinna schwieg. Plötzlich standen ihr die Tränen in den Augen. Ich nahm ihre Hände. Sie schaute mich an. „Und gestern hat sie selbst die Worte ausgesprochen, die mir seit Monaten durch den Kopf geistern, ohne daß ich sie richtig zu fassen bekam: Du behandelst mich wie ein Kind, sagte sie, brüllte sie. Wie ein Kind, das du nicht im Stich lassen darfst. Egal, wie sehr es dich mit Füßen tritt, es findet sich immer ein Grund, eine Erklärung, eine Verpflichtung, daß du zu ihm halten, es festhalten mußt. Ihr Gesicht war völlig verzerrt dabei. Es sah aus, als würde sie mich hassen. Und da begriff ich endgültig, daß ich sie loslassen mußte – um meinet- und ihretwillen."

Es fiel Corinna nicht leicht, dies alles zu erzählen, und so sehr mich diese Geschichte berührte und betroffen machte, ich hatte das Gefühl, daß ein wichtiges Puzzlestück fehlte. Vielleicht sogar das entscheidende.

Ich ließ ihre Hände los und schenkte Tee nach. „Bereust du diese Entscheidung, oder hast du Angst, einen Fehler gemacht zu haben?"

Corinna schüttelte den Kopf. „Nein. Sie hat früher als ich begriffen, wie unsere Beziehung funktionierte. Und sie wird ohne mich besser zurechtkommen. Sie braucht keine Mutter. Sie braucht eine Partnerin."

„Bist du jetzt nicht ein bißchen hart zu dir?"

„Ich glaube, ich bin einfach nur schonungslos ehrlich."

„Hast du dir denn je ein Kind gewünscht?" fragte ich nach einer kleinen Pause.

Corinna lächelte schmerzlich. „Ich habe ein Kind. Einen Sohn. Er ist jetzt zweiundzwanzig Jahre alt. Und damit kommen wir zu meinem ersten Leben."

Corinna ist in Helmstedt geboren. „Gleich hinter der Grenze", sagte sie, und ich lächelte.

Wolfsburg kann im Vergleich zu Helmstedt fast als Großstadt bezeichnet werden, obwohl die Öffnung der innerdeutschen Grenze einiges in Bewegung gebracht hat. Doch vor '89 war hier nicht viel los. Ein verschlafenes ländliches Nest mit billigen Bauplätzen, viel Wald und einer langen Grenze. Die Großeltern väterlicherseits bewirtschafteten einen kleinen Bauernhof, und Corinna wohnte dort mit ihren Eltern und ihren beiden älteren Brüdern in einer ausgebauten Mansardenwohnung. Ihr Vater war bei VW, ihre Mutter half auf dem Hof und ging nebenbei putzen. Sie waren eine wortkarge Familie, wie Corinna es ausdrückte. Ihr Vater konnte Lärm nicht ausstehen, und den von herumtobenden Kindern schon gar nicht. Ihre Brüder bekamen regelmäßig Prügel, das war normal. Sie selbst fing sich hier und da eine Ohrfeige ein. Auch das war normal. Corinna durfte auf die Realschule gehen, weil ihre Klassenlehrerin mit den Eltern sprach und ihre Großmutter sich, ganz unerwartet, für sie einsetzte.

Mit sechzehn verlor sie ihre Unschuld an einen Jungen aus der Nachbarschaft. Es passierte nach dem Schützenfest. Sie hatte getanzt und zwei Gläser Bier getrunken und fand es aufregend, mit Peter herumzuknutschen. Wenig später verschwanden sie in einer Scheune. Peter schob sich zwischen ihre Schenkel, drang in sie ein und fing an zu stöhnen, und als alles vorbei war, fragte Corinna, ob sie nun ein Paar wären. Peter lachte.

Corinna beendete die Realschule mit guten Zensuren. Ihre Eltern ließen sie jedoch nicht aufs Gymnasium gehen. Zuviel Bildung machte hochnäsig, fanden sie. So absolvierte Corinna ein Jahr auf der Hauswirtschaftsschule und begann dann eine Lehre als Kindergärtnerin. Mit neunzehn lernte sie Karsten kennen, einen sechs Jahre älteren Werkzeugmacher, den ihr Vater sofort sympathisch fand, weil er ein ganzer Kerl war. Das fand Corinna auch. Karsten war ein großer, kräftiger Bursche, und er schien zu wissen, was er wollte: eine Familie, ein kleines Häuschen, Urlaub in Spanien. Das hörte sich gut an. Sie schlief gern mit ihm.

„Um die Verhütung kümmere ich mich“, stellte er klar und meinte damit den Coitus interruptus.

Corinna wurde nach wenigen Monaten schwanger. Sie heirateten, und kurz nach Beendigung ihrer Ausbildung wurde Bernd geboren. Karsten bekam eine Stelle im VW-Werk, und sie zogen nach Wolfsburg in eine Hochhauswohnung.

„Ich glaube, ich habe erst in dem Moment begriffen, was geschehen war", sagte Corinna leise. „Aber es war zu spät. Da saß ich nun mit einem Säugling in einer Zwei-Zimmer-Wohnung in einer fremden Stadt, putzte, kochte, ging einkaufen und wartete darauf, daß mein Mann abends nach Hause kam. Ein Mann, den ich kaum kannte und der Verhaltensweisen entwickelte, an die ich vorher nicht mal im Traum gedacht hatte. Anfangs fuhr ich regelmäßig mit dem Bus oder mit dem Zug zu meinen Eltern, obwohl ich die Fahrt haßte und auch nicht den Eindruck hatte, sehr willkommen zu sein. Aber zu Hause fiel mir die Decke auf den Kopf, und ich kannte ja auch keine Menschenseele. Dann fing ich an zu lesen – alles mögliche und kunterbunt durcheinander: Simmel, Françoise Sagan, Heine, Liebesromane, Reiseberichte, Spirituelles. Als Karsten mich deswegen auslachte und mir empfahl, mich lieber gründlicher um Kind und Haushalt zu kümmern, versteckte ich die Bücher." Sie merkte, daß ich sie erstaunt ansah. „Es war noch eine andere Zeit, Linda. Und es war mein erstes Leben."

Corinna merkte bald, daß das Zusammenleben mit Karsten am einfachsten und erträglichsten war, wenn sie bestimmte Rituale einhielt und nicht in Frage stellte. Wenn er gegen fünf heimkam, stand ein Bier für ihn bereit, und die Zeitung lag ordentlich gefaltet auf dem Tisch. Er wollte dann nicht reden. Eine Stunde später gab es Abendbrot. Karsten liebte Gewürzgurken und Bauernleberwurst. Wenn der Kleine gebadet war, spielte er eine halbe Stunde mit ihm. Dann guckte er Fernsehen oder ging zum Sport. Karsten spielte Tischtennis. Zweimal die Woche Sex. Am liebsten von hinten. Am zweitliebsten oral. Am Wochenende gab's Braten, Rind oder Schwein, je nachdem, was im Angebot war. Samstags holte er einen neuen Kasten Bier. Und eine Flasche Korn. Sie hatten sich nicht viel zu sagen. Manchmal brüllte er sie an oder lachte sie aus. Wenn sie ihre oder seine Eltern besuchten, hielt er Corinnas Hand und strich dem Kleinen über den Kopf.

Als die Großmutter starb, weinte Corinna, als hätten sie ein besonderes inniges Verhältnis zueinander gehabt. Später wurde ihr klar, daß sie auch um sich selbst geweint hatte. Über die Eintönigkeit ihres Lebens, die zahlreichen Enttäuschungen und die falschen Entscheidungen. Über Sehnsüchte, die sich nicht erklären ließen.

Als Bernd anderthalb war, schlug Corinna Karsten vor, wieder arbeiten zu gehen. Er blickte sie mißtrauisch an.

„Warum das denn?" fragte er. „Hast du nicht genug zu tun mit dem Kleinen und mit dem Haushalt? Und wo willst du das Kind dann überhaupt lassen?"

Corinna war vorbereitet auf diese Fragen. Schließlich beschäftigte sie sich seit Wochen mit dem Thema.

„Immerhin bin ich Kindergärtnerin", wandte sie ein. „Vielleicht kann ich ja stundenweise in einem Hort oder einer Krippe als Aushilfe arbeiten und Bernd dann mitnehmen. Und ein bißchen zusätzliches Taschengeld wäre doch nicht schlecht, oder?"

Er starrte sie mit zusammengekniffenen Augen an, und einen Moment lang dachte Corinna, daß er ihre heimlichen Vorbereitungen mitbekommen hätte. Dann wischte er sich über die Nase.

„Meinetwegen. Aber komm ja nicht auf die Idee, den Haushalt verlottern zu lassen oder Arbeit auf mich abzuwälzen. Ist das klar?"

Vier Wochen später trat Corinna eine Halbtagsstelle in einem Hort an und gab damit ihrem Leben die entscheidende Wendung. Sie mochte Kinder, doch das war nicht ausschlaggebend. Es hätte auch ein Job bei Aldi sein können oder am Band, im Büro oder in einer Wäscherei. Wichtig war, daß sie morgens das Haus verließ und eine Aufgabe hatte. Corinna fühlte sich – ja – frei. Obwohl sie nun eine Doppelbelastung in Kauf nehmen und häufig genug Karstens Stänkereien ertragen mußte, fühlte sie sich so energiegeladen wie schon lange nicht mehr.

Wenige Monate nach ihrem Arbeitsbeginn wechselte die Hortleitung und Corinna lernte die fünfunddreißigjährige Barbara kennen.

„Mir ist fast das Herz stehengeblieben, als sie mir zum ersten Mal in die Augen schaute. Sie lächelte amüsiert, fuhr mir durchs Haar, und ich stand sofort in Flammen", schwärmte Corinna. „Für die damalige Zeit, und das ist immerhin zwanzig Jahre her, trug sie ihre Haare sehr kurz. Sie war groß und schlank. Und streng. Wenn sie wütend war, wurde ihr Ton so kalt und schneidend, daß du dich unwillkürlich nach einem warmen Umhang gesehnt hast. Aber sie war selten wütend auf mich, und ich lernte viel von ihr. Ich war total verschossen in sie."

„Hat sie dich verführt?"

„Ja natürlich! Ich hatte doch nur darauf gewartet."

„Kam dir da nicht irgendwas komisch oder fremd vor?"

Corinna lachte. „Du meinst, eine junge Frau, die so rasch in den Hafen der Ehe gesegelt ist und den Ausdruck Gleichberechtigung nicht mal zu flüstern wagt, müßte bei lesbischen Regungen vollkommen die Nerven verlieren?"

„Ja, so ähnlich."

Sie schüttelte den Kopf. „Als ich wieder berufstätig wurde, hatte ich das Gefühl, eine völlig andere Welt zu betreten. Karsten war weit weg, viele Stunden lang konnten mich seine Ansprüche nicht erreichen. Es war meine Zeit. Und dazu gehörten auch andere Interessen, Gedanken, Gefühle. Sex hatte ich mit Karsten, weil er es wollte und durchsetzte. Barbara zu küssen war meine Entscheidung. Mit ihr ins Bett zu gehen, auch. Aber natürlich bekam ich ein Problem: Je schöner und aufregender es mit Barbara wurde, desto unwilliger ging ich nach Hause."

Zuerst war es wie ein Abenteuer. Corinna stahl sich die Zeit und die Träume. Und sie mußte immer mehr die Zähne zusammenbeißen, wenn Karsten „seine Rechte“ geltend machte. Sie merkte nicht, daß er mißtrauisch wurde.

Eines Tages war er früher daheim als sie und durchwühlte alle Schubladen und Schränke. Er fand Bücher, zwei Briefe und ein Foto von Barbara. Als Corinna kam, wartete er, bis der Kleine im Bett war. Dann vergewaltigte er sie. Noch in derselben Nacht warf er sie aus dem Haus.

„Einzelheiten möchte ich dir ersparen“, erklärte Corinna. „Ich stand mit zwei Reisetaschen vor Barbaras Tür und war krank vor Angst und Schmerzen. Aber das war noch nicht alles.“

Karsten bekam heraus, wer Barbara war, und sowohl sie als auch Corinna verloren ihre Arbeit. Wenig später zerbrach ihre Beziehung. Corinna zog in ein billiges Zimmer, das eine Bekannte von Barbara ihr vermittelt hatte, suchte sich zwei Putzstellen und sah zu, wie sich der Himmel über ihr immer mehr zuzog. Bis kaum noch ein Lichtstreifen zu sehen war. Karsten hatte den Kleinen zu seinen Eltern gebracht und war nicht bereit, auch nur noch ein Wort mit ihr zu wechseln. Er wies sie mit Drohungen und Beschimpfungen ab. Zu ihren Eltern oder Schwiegereltern konnte sie ebenfalls nicht gehen. Niemand wollte sie sehen oder mir ihr sprechen. Nicht mal ihre eigene Mutter.

Innerhalb kürzester Zeit wurde Corinna schuldig geschieden. Bis Juli 1977 wurde nach dem alten Scheidungsrecht vor Gericht schmutzige Wäsche gewaschen, was Karsten in demütigender Form tat. Corinna bekam keinen Pfennig Unterhalt und erhielt lediglich ein eingeschränktes Umgangsrecht für ihren Sohn. Einmal im Monat konnte sie ihn für zwei Stunden sehen, sofern der Vater oder die Großeltern dabei waren. Dreimal nahm sie dieses Recht wahr. Dann ertrug sie die vernichtenden Blicke und Anschuldigungen nicht mehr.

Sie hatte keine Kraft und keinen Mut zu kämpfen und ließ alles über sich ergehen. Manchmal dachte sie, daß Karsten vielleicht recht hatte mit seinen abfälligen Vorwürfen, sie sei eine verantwortungslose, niederträchtige lesbische Schlampe und hätte weder ihn noch ein Kind verdient. Für Bernd ist es das beste, sagte sie sich damals und brach den Kontakt ganz ab. Mit drei Jahren vergißt man noch schnell.

Fast zwei Jahre lang ließ Corinna sich treiben. Sie lebte in ihrem kargen Zimmer, nahm Jobs als Verkäuferin, Lagerarbeiterin, Kellnerin oder Putzfrau an und hüllte sich in einen Kokon aus Verbitterung und Mutlosigkeit. Ab und an traf sie sich mal mit einer Kollegin, doch Freundschaften entstanden nicht. Dann begegnete sie Hilde. Hilde war vierzig, üppig, rothaarig und besaß eine gutgehende Kneipe. Ihr Lachen war laut und ungestüm. Ihre ganze Art war meist laut und ungestüm. Sie war Kettenraucherin und liebte Wiener Würstchen und Kuchen. Im Sommer '79 suchte sie eine verläßliche Daueraushilfe für den frühen Abend. Corinna stellte sich bei ihr vor und konnte noch am gleichen Tag beginnen.

„Ich schätze, sie hat mich gerettet. Später hat sie mir mal gesagt, ich hätte wie ein einsamer Straßenköter vor der Tür gestanden, und sie mußte mir einfach eine Chance geben."

Der Job war anstrengend, aber Corinna machte ihn gern. Zum ersten Mal seit langer Zeit hatte sie das Gefühl, dazuzugehören. Als Hilde ihr anbot, die kleine Wohnung zu mieten, die über der Kneipe frei wurde, erwachten ihre Lebensgeister. Sie verspürte wieder so etwas wie Freude und Optimismus, und sie konnte weinen – um ihren Sohn und um die verlorenen Jahre. Als die Wohnung fertig renoviert war, lud sie Hilde zu einer kleinen Einweihungsfeier ein und erzählte ihr von Karsten, Bernd und Barbara.

„Es gibt keine verlorenen Jahre", sagte Hilde, als Corinna geendet hatte. „Wer weiß, wozu das alles gut war. Schau nach vorne."

„Ich habe meinen Sohn im Stich gelassen."

„Was hättest du denn tun sollen? Du hättest niemals das

Sorgerecht für ihn bekommen. Denk lieber darüber nach, was du mit deinem Leben anfangen willst."

Hilde war, wie sie unmißverständlich klarstellte, nachdem sie Corinnas Geschichte gehört hatte, keine Frauenliebhaberin. Da würde ihr etwas fehlen, behauptete sie. Mit Frauen könnte sie reden, arbeiten, herumalbern und tausend andere Dinge tun, aber Sex? Das schien ihr nicht besonders reizvoll.

Corinna lächelte, als sie davon erzählte.

„Blieb sie bei ihrer Einstellung?" fragte ich nach.

Corinna wiegte bedächtig den Kopf. „Ja und nein. Wir waren jede auf unsere Art einsam. Irgendwann nach einer durchzechten Nacht landeten wir in ihrem großen Ehebett, und ich hatte nicht den Eindruck, daß ihr etwas gefehlt hatte." Sie lächelte. „Doch es blieb die Ausnahme und hatte nichts Verbindliches. Hin und wieder ging sie mit einem Mann ins Bett, doch binden wollte sie sich nicht. Weißt du", Corinna blickte mich ernst an, „sie war einfach gut zu mir. Und sie wollte unbedingt, daß ich etwas aus meinem Leben machte."

Hilde überzeugte Corinna, noch mal zur Schule zu gehen, um das Abitur zu machen. Schließlich sei sie erst fünfundzwanzig und könne nicht den Rest ihres Lebens Bier zapfen und Getränkekisten schleppen. Da war etwas Wahres dran. Corinna besuchte das Kolleg, arbeitete nebenbei in der Kneipe, und als sie das Abiturzeugnis in der Hand hielt, strahlte Hilde stolz wie eine Mutter.

„Nun weißt du, warum ich erst so spät studiert habe", sagte Corinna und trank den kalten Rest ihres Tees aus.

„Seht ihr euch heute noch, du und Hilde?"

Corinna schüttelte den Kopf. „Sie ist gestorben, kurz nachdem ich mein Diplom in der Tasche hatte. Lungenkrebs."

Ich schwieg eine Weile. „Und Bernd?"

„Er ist jetzt, wie gesagt, zweiundzwanzig. Wir haben keinen Kontakt. Ich denke, jetzt braucht er auch keine Mutter mehr."

Das sah ich anders, doch bevor ich etwas dazu sagen konnte,

reckte Corinna sich und stand auf. Sie trat an meinen Stuhl und umarmte mich kurz. „Ich kann dich ziemlich gut leiden. Vielen Dank für dein offenes Ohr. Ich muß jetzt gehen. Schlaf gut."

Es war zwei Uhr morgens. Ich fühlte mich so schwer und müde wie schon lange nicht mehr. Als Corinna in ihrer knallroten Ente davongeknattert war, schaute ich einen Moment schweigend in die Nacht. Ein eisiger Wind strich über meine erhitzten Wangen. Ich schloß die Haustür und ging nach oben. Das Geschirr ließ ich einfach stehen. Ich kroch unter die Decke und sehnte mich nach Katharina. Nun war es zu spät, noch anzurufen.

Am Sonntag morgen war ich bereits um acht Uhr wach und konnte nicht mehr einschlafen. Ich beschäftigte mich mit Aufräumen und Putzen und setzte mich anschließend ins Arbeitszimmer, um in mein Tagebuch zu schreiben.

Am späten Nachmittag kehrten Katharina und die Kinder zurück, den Wagen bis obenhin vollgeladen mit Süßigkeiten und Weihnachtsgeschenken. Wir setzten Nadine und Erik vor den Fernseher und schleppten Päckchen und Taschen hinauf auf den Dachboden – hier schienen sie uns vor neugierigen Kinderblicken am sichersten aufgehoben.

„Meine Güte", schnaufte ich nach der dritten Fuhre, „was habt ihr denn da alles eingekauft?"

Katharina schloß die Luke wieder und klopfte sich den Staub von den Händen. „Ich glaube, meine Eltern trauen den hiesigen Weihnachtsmännern nicht so recht über den Weg und haben sicherheitshalber den aus Kassel mehrmals beauftragt."

Wir gingen in die Küche. Katharina packte einen Korb mit Stollen, französischem Käse und italienischer Salami aus, den Sofia spendiert hatte.

„Gibt es jetzt eigentlich schon so etwas wie einen Festtagsplan?" fragte sie, steckte sich ein großes Stück Salami in den Mund und kaute genüßlich.

Ich seufzte. „Nein. Ich weiß nur, daß Jan Erik am zweiten Weihnachtstag abholen möchte. Anna ist nicht da. Claudia fliegt mit Joachim in den Süden. Wenn's nach mir ginge ..."

Katharina kam auf mich zu und nahm mich in den Arm. „Genau, wenn es nach dir ginge – wie würdest du es haben wollen?"

Ich schluckte. „Meinen Vater hätte ich gerne am Heiligabend hier und Tom. Und Corinna."

„Dann lad sie doch ein."

Ich schüttelte den Kopf. „Mein Vater ist natürlich zu Hause. Tom fährt zu seinen Eltern."

Katharina spielte mit meinen Locken. „Und Corinna verbringt die festlichen Stunden natürlich mit Marion, die du wiederum nicht hierhaben möchtest."

Ich hob den Kopf. „Corinna und Marion sind nicht mehr zusammen. Nachher, wenn die Kinder im Bett sind, erzähle ich dir alles."

Ziemlich genau vor einem Jahr hatte es den großen Knall gegeben. Jan war in Wolfsburg eingetroffen und erwartete eine sehnsüchtige und freudestrahlende Ehefrau, bevor er sich wieder in die Karrierearbeit in China stürzen mußte. Beides hatte ich ihm nicht bieten können.

Ich versuchte, die Erinnerungen abzuschütteln, während ich in der Küche stand und zum dritten Mal Mehl über den Plätzchenteig streute. Er klebte immer noch. Nadine und Erik hielten Ausstechförmchen in den Händen und warteten ungeduldig darauf, daß der Teig endlich ausgerollt wurde.

„Bald ist da nur noch Mehl drin", kommentierte Nadine kritisch. „Das schmeckt dann aber gar nicht."

Ich schnaubte. Die Plätzchen waren für die beiden Weihnachtsfeiern in Nadines Schulklasse und Eriks Kindergartengruppe. Die beiden hatten mich so ganz nebenbei davon in Kenntnis gesetzt, daß ich für Plätzchen zu sorgen hätte, und ich mußte wohl oder übel meinen freien Donnerstagnachmittag opfern. Katharina konnte zwar sehr gut kochen, aber als Bäckerin war sie eine Niete. Außerdem besuchte sie eine Ausstellung in Braunschweig und wollte sich auf einen Kaffee mit Daniel treffen. Bettina konnte ich nicht darum bitten, sie hatte mit allen Kindern zusammen bereits vor einer Woche ein Lebkuchenhaus gebastelt, weil sie genau wußte, daß ich mich um derlei Betätigungen nicht gerade riß. Mit meiner Schwester gab es nach wie vor nur einen flüchtigen telefonischen Kontakt, und meine Mutter kam auch nicht in Frage. Natürlich nicht. So oder so nicht. Elisabeth war keine Frau, die Freude an einer Teigschlacht mit Kindern hatte. So wenig wie ich.

Als die ersten Monde, Sterne und Weihnachtsmänner friedlich auf dem fettigen Blech lagen, klingelte es.

„Geht ja nicht an den heißen Ofen!“ warnte ich die Kinder, wischte mir die Hände ab und ging öffnen.

Mein Vater und Claudia standen vor der Tür. Meine Schwester lächelte etwas unsicher, während Siegfried mich an sich drückte.

„Kleine Überraschung – ist dir doch recht, oder?“ fragte er.

„Ich bin gerade am Plätzchenbacken und für jede Unterbrechung dankbar“, gab ich zurück.

Wenig später hatte Claudia die Backregie übernommen. Mein Vater trank einen Tee und schnupperte mit erhobener Nase in Richtung Ofen. „Es riecht einfach köstlich. Wann dürfen wir probieren?“

„Gar nicht!“ protestierte Erik. „Die sind für den Kindergarten.“

„Und die Schule“, echote Nadine.

Siegfried grinste. „Na gut, dann nicht. Begnüge ich mich mit meiner Tüte Gummibärchen.“

Nadine und Erik wechselten schnell einen Blick. Schließlich einigten sie sich auf ein Tauschgeschäft: Zwanzig Gummibärchen gegen drei Plätzchen.

„Ihr habt mich über den Tisch gezogen“, seufzte mein Vater. Dann biß er genüßlich in ein Plätzchen und lächelte mir zu.

Ich ahnte inzwischen längst, daß es bei dem sogenannten Überraschungsbesuch der beiden um mehr ging, als nur darum, Weihnachtsgebäck zu probieren und sich aufzuwärmen. Mein Vater kam zwar hin und wieder mal vorbei, aber Claudias Auftauchen machte mich stutzig. Als sie sich jetzt mit an den Tisch setzte, spürte ich, daß es nach wie vor eine Distanz zwischen uns gab. Nicht unüberwindbar, aber recht kühl. Sie sah apart aus mit ihrem dunklen Haar und dem roten Cashmerepullover. Ich konnte mir gut vorstellen, wie sie in ihrem neuen Büro saß, einen kritischen Blick in eine Akte warf und dann zum Telefon griff, um einen Mitarbeiter zu einem persönlichen Gespräch zu bitten.

Die Kinder hatten inzwischen ihre Gummibärchen vertilgt und wollten hinausgehen. Claudia half mir bei der Suche nach Mützen und Stiefeln. Dann fiel die Haustür krachend ins Schloß, und wir setzten uns wieder.

„Wie läuft es in der Buchhandlung?“ fragte Claudia.

„Sehr gut, danke. Es macht mir immer mehr Spaß.“

Ich sah, daß Claudia sich um eine neutral-interessierte Miene bemühte. Offensichtlich konnte sie meinen Berufswechsel nicht verstehen.

„Und nach einem Jahr gehst du zurück an die Schule?“

„Das weiß ich noch nicht.“

Es trat eine Gesprächspause ein. Mein Vater räusperte sich schließlich.

„Ich möchte dich um etwas bitten, Linda“, sagte er und wechselte einen kurzen Blick mit Claudia, bevor er mich anschaute. „Besuch uns bitte an einem der Feiertage.“

Ich schluckte.

„Ich glaube, deine Mutter ist ... nicht glücklich, daß ihr euch gar nicht mehr seht.“

„Sie kann gerne anrufen oder vorbeikommen, Papa", erwiderte ich ruhig.

„Du kennst sie doch, Linda. Sie redet nicht darüber, und ihr Stolz ..."

„Ihr Stolz? Du liebe Güte, sie hat mich ja quasi rausgeschmissen mit ihren Vorwürfen und ihrer Verachtung. Nun ist es ihr nicht recht, daß ich gegangen und nicht zurückgekommen bin, und weil gerade mal wieder Weihnachten ist ..."

„Bitte nicht aufregen", bat mein Vater und hob beschwichtigend die Hände. „Es ist ein Wunsch, eine Bitte. Es steht dir vollkommen frei, sie abzulehnen. Ich möchte einfach nur sagen, daß ein Jahr vergangen ist und deine Mutter kein Herz aus Stein hat, selbst wenn es manchmal so scheinen sollte. Claudia ist auch der Meinung, daß ein erster Schritt gemacht werden sollte, sonst wird die Situation immer verfahrener."

Ich blickte Claudia an. „Ich finde die Situation überhaupt nicht verfahren. Sie ist im Gegenteil ziemlich klar."

„Fändest du es nicht auch schöner, wenn wir hin und wieder alle mal an einen Tisch kommen könnten?" fragte sie mich und verschränkte die Hände ineinander.

Merkwürdig, dachte ich, sind das die sehnsüchtigen Erinnerungen an die guten alten Zeiten, die doch, bei näherer Betrachtung, so gut gar nicht waren? Wie oft hatte Claudia sich bei mir ausgeheult, weil Elisabeth ihren Joachim nicht akzeptieren wollte, und als sie zufällig mitbekam, daß Siegfried eine Affäre hatte, war sie vor Empörung außer sich gewesen. Anna hatte sie davon abhalten müssen, unseren Vater zur Rede zu stellen. Vielleicht verklärt sich die Vergangenheit, weil die unbestimmte Sehnsucht nach einer heilen Welt die Sicht darauf immer mehr einengt, je mehr Zeit vergeht. Hinzu kam wohl, daß Claudia zumindest seit ihrer Beförderung wieder häufiger Gast im Haus unserer Eltern war und scheinbar ihren Frieden mit ihnen gemacht hatte. Aber was hatte das mit mir zu tun?

Einen Moment lang war ich versucht, ironisch zu werden, dann entschied ich mich dagegen. „Doch, ja. Ich denke, ich weiß, was du meinst. Nur zu welchem Preis soll das möglich sein? Weder Mama noch ihr oder wir haben etwas davon, wenn wir verkrampft um den Weihnachtsbaum sitzen und Angst haben, uns bei jedem zweiten Wort auf die Füße zu treten."

„Zwei Stunden, Linda, du kommst mit Erik für zwei Stunden. Das wäre der Preis", antwortete sie.

Beide schauten mich aufmerksam an, und ich spürte, wie mein Gesicht von beißendem Frost überzogen wurde, während ich ihre Worte mehrmals in mir widerhallen ließ. Meine Lippen wurden taub und blutleer.

„Ach", sagte ich gedehnt. „So ist das gemeint. Ich lasse Katharina und Nadine alleine hier in Velstove sitzen, damit wir gemeinsam mit Mama und Papa Weihnachtslieder singen können und ihr eure Familiengefühle befriedigt?"

Claudia schnappte nach Luft, mein Vater zuckte zusammen. Er war verletzt, und das tat mir leid, aber meine Grenze war überschritten.

Ich schüttelte den Kopf. „So geht das nicht", fügte ich milder hinzu. „Ich komme mit Katharina oder gar nicht." Das klang melodramatisch, war aber die schlichte Wahrheit, die keiner weiteren Erläuterung bedurfte.

Die Haustür wurde aufgeschlossen. Das Geräusch hereinstapfender Stiefel war zu hören.

„Oh, hier riecht es wundervoll nach Weihnachten. Habt ihr mir auch ein paar Plätzchen übriggelassen?"

Katharina kam herein. Ihre Wangen waren gerötet. Sie strahlte in die Runde. Ich stand auf, ging zu ihr und gab ihr einen zärtlichen Kuß auf den Mund. Das Herz klopfte mir bis zum Hals.

Ich denke, das war der Schlußpunkt meiner Bemühungen, noch irgend etwas an unserer Beziehung, vor wem auch immer, zu verbergen oder herunterzuspielen. Katharina war meine Lebensgefährtin, meine Geliebte, und ich stellte sie nicht in irgendeiner Ecke ab, um alte Familienwerte heraufzubeschwören, mit denen ich sowieso nichts mehr anzufangen wußte. Und sei es nur für zwei Stunden. Stolz? Ein kleines bißchen, aber er war nicht der Auslöser meines Verhaltens.

Ich konnte verstehen, daß meine Mutter in ihren Gefühlen hin- und hergerissen war und mein Vater und meine Schwester einen Ausweg aus diesem Dilemma suchten, aber ich war nicht verpflichtet, mich ihrer Sichtweise anzupassen. Ihr Verhalten zu kopieren. Die Zeiten waren endgültig vorbei.

Als mein Vater und Claudia gegangen waren, lächelte ich Katharina an und schob ihr ein Plätzchen in den Mund.

„Ich glaube, wir werden diesmal ein ungewöhnliches Weihnachtsfest feiern", sagte ich.

„Damit könntest du durchaus richtig liegen", stimmte Katharina mir zu.

8

Wenige Tage vor Weihnachten stand abends, als ich nach Hause kam, Corinnas Ente vor der Tür. Ich war todmüde, und meine Füße brannten, als wäre ich in einem Ameisenhaufen spazierengegangen, aber ich freute mich. Seit jener langen Nacht hatten wir uns nicht mehr gesehen, und obwohl Corinna keine Frau war, um die man sich Sorgen zu machen brauchte, war ich in den letzten Tagen zunehmend unruhiger geworden.

Als ich in die Küche kam, saßen beide Kinder auf Corinnas Schoß, während Katharina einen selbstgebastelten Strohstern in die Höhe hielt und kritisch begutachtete. In meinen Augen war er perfekt, aber sie schüttelte den Kopf und zupfte ihn noch mehrmals zurecht, bevor ihre Miene Zufriedenheit widerspiegelte. Corinna wirkte ruhig. Sie lächelte, als sie sah, daß ich erleichtert war.

„Wie ich sehe, laßt ihr es euch gutgehen", sagte ich und ließ mich schnaufend neben Katharina nieder.

Erik kletterte mir auf den Schoß und zeigte auf den Stern. „Sie hat schon sechs Stück gemacht. In lauter verschiedenen Farben."

„Das ist wirklich toll. Ich bin nicht so gut im Basteln."

„Dafür kannst du Fußball spielen", erwiderte Erik, und Nadine nickte zustimmend.

Katharina legte die Bastelsachen beiseite. „So, ich glaube, jetzt ist es wirklich genug. Schließlich haben wir nur einen Weihnachtsbaum, der geschmückt werden muß. Außerdem solltet ihr jetzt in die Wanne gehen."

Ich stand auf, um die protestierenden Kinder nach oben zu bringen, aber Katharina legte mir die Hand auf den Arm. „Bleib sitzen. Ich mach' das schon. Du kannst dich ja mit Corinna ums Abendbrot kümmern."

Diese Arbeitsteilung war mir recht. Als die drei nach oben gestapft waren, begann ich den Tisch zu decken. Corinna zündete eine Kerze an. Wie an jenem Abend.

„Wie geht es dir?" fragte ich.

„Zunehmend besser. Marion ist letzte Woche ausgezogen."

„Hat es noch ... Streß gegeben?"

„Schon, aber nicht so schlimm, wie ich ihn mir immer vorgestellt hatte."

Ich stellte Brot auf den Tisch und holte Käse und Wurst aus dem Kühlschrank. Alles, was mir im Augenblick zu Corinnas Geschichte einfiel, schien mir banal und überflüssig zu erwähnen.

„Noch ein paar Monate, und wir werden uns beide frei fühlen", sagte Corinna und setzte sich. „Ich bin froh, daß sie so schnell eine Wohnung in Braunschweig gefunden hat. Jetzt kann erst mal Ruhe einkehren."

Ihre Haltung imponierte mir. Corinna strahlte eine Kraft aus, die ich bewunderte und liebend gern in mir selbst gespürt hätte. Ihr bisheriges Leben war gewiß nicht leicht gewesen, aber sie war weder verbittert noch hatte sie sich eingeigelt. Als hätte sie mir meine Gedanken vom Gesicht abgelesen, lächelte Corinna kurz.

„Jede hat ihre ganz persönlichen Herausforderungen und Aufgaben", sagte sie dann ernst. „Und ihren eigenen Weg, sie zu bewältigen."

„Stimmt!" rief Katharina im Hereinkommen, und ich zuckte zusammen. „Corinna kann die Würstchen besorgen, und wir machen den Kartoffelsalat."

Das klang ausgesprochen profan, aber ich verstand den Zusammenhang nicht. „Bitte? Kartoffelsalat und Würstchen?"

Katharina setzte sich und lachte. „Ich habe was von Herausforderungen und Aufgabenbewältigung gehört und sofort an Heiligabend gedacht. Hat Corinna dir schon erzählt, daß sie bei uns feiert?"

„Nein."

Corinna nickte. „Wir haben darüber gesprochen, bevor du kamst."

„Genau", bekräftigte Katharina. „Und bei uns gibt es das traditionell einfache Essen am Heiligabend, zu dem jede etwas beisteuert. Das wollte ich nur noch mal festhalten."

Ich lachte. Allmählich begann ich mich zu freuen.

Der nächste, der den Heiligabend in Velstove verbringen wollte, war Tom. Er kam am darauffolgenden Tag in die Buchhandlung, angeblich auf der Suche nach einem geeigneten Geschenk für seine Schwester.

„Was liest sie denn gerne?" fragte ich.

Tom sah schlecht gelaunt aus, aber ich traute mich nicht, ihn darauf anzusprechen.

„Ich weiß nicht. Alles mögliche."

Ich seufzte. Das war eine glänzend informative Auskunft, mit der ich häufiger mal konfrontiert wurde. Allerdings hatte ich von Tom hilfreichere Angaben erwartet.

„Nun, interessiert sie sich für irgendein Fachgebiet, ein Hobby vielleicht, oder liest sie Liebesromane oder Abenteuergeschichten? Modern, klassisch oder darf's auch ein bißchen kitschig sein?"

Anna kam plötzlich aus ihrem Büro gehuscht, warf uns beiden einen amüsierten Blick zu und griff dann nach einem Buch aus dem Regel hinter sich.

„Hier", sagte sie, „das kommt immer gut an." Sie lächelte herzlich und verschwand wieder hinter ihrem Schreibtisch.

Tom betrachtete den dicken Wälzer, den Anna ihm in die Hand gedrückt hatte – es war ein großartiger Roman über drei Generationen starker Frauen. Anna und ich hatten ihn mit Begeisterung gelesen und schon oft empfohlen.

Ich nickte. „Stimmt. Das ist ein sehr schönes Buch. Wird deiner Schwester bestimmt gefallen. Ist sie Heiligabend auch bei euren Eltern?"

Tom zog die Augenbrauen hoch und schlug sich vor die Stirn. „Meine Güte, ich kann dir flüstern, ich hab' die Faxen total dicke. Sag mal, was macht ihr Heiligabend?"

„Kartoffelsalat und Würstchen", gab ich knapp zurück und lachte laut los, als Tom mich verwirrt anschaute.

„Ein einfaches Essen, und Corinna ist auch da", erläuterte ich.

Er seufzte. „Hört sich wundervoll an. Braucht ihr vielleicht noch einen Weihnachtsmann?"

Ich musterte ihn einen Moment gespielt abschätzend von Kopf bis Fuß und lächelte ihn dann an. „Natürlich brauchen wir noch einen Weihnachtsmann! Und du hast genau das richtige Format. Aber jetzt sag mir doch erst mal, was eigentlich los ist."

Tom stellte das Buch ins Regal zurück, steckte die Hände in die Hosentaschen und schüttelte den Kopf.

„Ganz einfach", antwortete er. „Ich ertrage meine Familie nicht, und ich habe gerade beschlossen, dazu zu stehen. Meine Mutter ist davon überzeugt, daß dies unser letztes gemeinsames

Weihnachtsfest ist. Sie ist nicht mal in der Lage, mit mir zu telefonieren, ohne einen Heulkrampf zu kriegen. Bei jedem Nieser, den ich von mir gebe, meint sie, ich sei bereits am Anfang meines Siechtums. Kannst du dir vorstellen, was unterm Tannenbaum los sein wird?"

Ich nickte langsam. Das konnte ich mir gut vorstellen.

„Mein Vater ist auch nicht viel besser", fuhr Tom fort. „Insgeheim vermutet er nämlich, daß ich ein verkappter Schwuler bin. Nicht verheiratet, nicht verlobt, hin und wieder mal eine Freundin, aber die letzte liegt auch schon lange zurück, dauernd mit Stefan zusammen und so weiter. Da ich mich zu diesem Thema nicht äußere, sieht er seine Vermutung bestätigt. Und daß er nicht heiß darauf ist, einen Schwulen zum Sohn zu haben, brauche ich wohl kaum zu erwähnen. Die Väter haben's ja immer besonders schwer damit, nicht wahr?"

Ich blickte ihn abwartend an. „Und deine Schwester?"

„Hat 'ne süße kleine Tochter von sieben Monaten. Ist also hauptberuflich zur Zeit Mutter. Ihr Lieblingsthema: Frühkindliche traumatische Stillerlebnisse. Was mich angeht, so ist sie sehr besorgt, aber ich werde das dumme Gefühl nicht los, daß ihr der Angstschweiß ausbrechen wird, wenn ich ihre Tochter auch nur auf den Arm nehmen will. Verstehst du?"

Ja, das tat ich.

„Tom", sagte ich zögernd, „mir brennt seit langem eine Frage auf der Seele. Ich habe sie bisher nie gestellt, weil ich nicht übermäßig neugierig erscheinen wollte."

„Tu dir keinen Zwang an. Neugierde muß ja nicht unbedingt was Schlechtes sein."

„Weißt du, wo du dich angesteckt hast?"

Er lächelte. „Stimmt, wir haben nie darüber gesprochen. Ich habe euch allen hoch angerechnet, daß ihr euch diese Frage verkniffen habt, als die Geschichte ins Rollen kam. Also, es war meine letzte Geliebte. Eine Urlaubsbekanntschaft. Sie hat mich angerufen, als es bei ihr festgestellt wurde. Simple Geschichte, was?“

Furchtbar simpel sogar.

„Ich rede nicht gern darüber, weil es sich so anhört, als würde ich ganz schnell versichern wollen, daß ich aber nicht zu den ‘schlimmen’ HIV-Positiven gehöre.“

Ich nickte. „Obwohl du es in bestimmten Kreisen einfacher gehabt hättest. An der Schule zum Beispiel.“

Er lächelte. „Wer bewegt sich denn noch in bestimmten Kreisen?“

Die Kinder werden sich auch freuen, dachte ich, als Tom sich kurz darauf verabschiedete. In Gedanken erweiterte ich die Liste der Besorgungen, die ich noch zu erledigen hatte.

Am Montag, einen Tag vor Heiligabend, fuhr Bettina am späten Nachmittag mit ihren Kindern vor. Ich schaute aus dem Flurfenster und seufzte. Seit zwei Stunden war ich daheim und hatte sowohl Katharina als auch Erik und Nadine zu einem gemeinsamen Hausputz überreden können. Doch damit war es jetzt wohl vorbei. Ich stellte den Schrubber beiseite und öffnete die Tür.

Bettinas Augen war rot und verquollen.

„Hallo“, schniefte sie. „Ich weiß, daß wir stören, aber ich möchte trotzdem reinkommen.“

Perplex trat ich beiseite. „Was ist denn los?“

Die Kinder stiefelten nach oben, als sie Erik und Nadine am Treppenabsatz entdeckten, und benahmen sich dabei auffällig gesittet. Bettina ging in die Küche, wo Katharina ihren Putzlappen sinken ließ, zog ihre Jacke aus und setzte sich.

„Man kann kaum ungelegener kommen als einen Tag vor Weihnachten, wenn alle ihre Buden auf Hochglanz bringen und die letzten Geschenke besorgt werden müssen, und dann noch mit vier Kindern im Schlepptau“, sagte sie und zog die Nase hoch. „Trotzdem: Ich brauche jetzt einen Liter Kaffee, zwei Pfund Schokolade und eure offenen Ohren. Sonst platze ich!“

„Darf ich mal raten?“ griente Katharina sie an, während ich die Kaffeemaschine in Gang setzte und einen Schokoladenweihnachtsmann aus dem Schrank kramte. „Markus?“

Bettina hob den Daumen. „Bingo. Was auch sonst?“ Sie griff nach dem Weihnachtsmann und biß ihm kurzerhand die Mütze samt Ohren ab.

Katharina warf mir einen kurzen prüfenden Seitenblick zu. Sie wußte, daß ich Bettinas Ehegeschichten auf der einen Seiten tragikomisch fand, auf der anderen Seite aber zunehmend ungeduldiger wurde. Ungefähr alle zwei Monate war Bettinas Belastungsgrenze überschritten, weil ihr Gatte nicht in der Lage war oder schlichtweg keine Lust hatte, regelmäßig mit Hand anzulegen. Dann wütete und tobte sie, Markus zog den Kopf ein, gelobte Besserung, erledigte reumütig drei Aldieinkäufe, und es herrschte für ein paar Wochen Frieden. Bis zum nächsten Mal. Regelmäßig wie ein Eisprung. Nur: Was sollte man Bettina raten?

Ich erwiderte Katharinas Blick mit einem leisen Lächeln und schaute dann Bettina an. „Nun leg schon los.“

„Onkel Ernst und Tante Gertrud kennt ihr, glaube ich, noch nicht“, begann sie. „Tante Gertrud ist die Schwester von Markus’ Mutter. Die beiden sind Anfang Sechzig und normalerweise in Buxtehude zu Hause. Sozusagen weit weg vom Schuß. Bis vor einer Woche.“ Sie schnaubte und warf einen sehnsüchtigen Blick zur blubbernden Kaffeemaschine. „Seitdem befinden die beiden sich nämlich auf Verwandtschaftsbesuch in Wolfsburg und Umgebung. Uns haben sie auch schon beehrt, und ich kann euch sagen, mir dröhnen heute noch die Ohren von Tante Gertruds Gekeife. Hat die Qualität einer verrosteten Kreissäge.“ Sie verdrehte die Augen. „Außerdem ist sie eine Gesundheitsfanatikerin – von wegen rechtsdrehendes Müsli, Biozahnpasta und Wollpullover von Schafen, die regelmäßig meditieren.“

Ich fing an zu kichern. Ganz so schlecht konnte es Bettina nicht gehen, denn sie schmückte ihre Geschichte wie immer aus. Oder war das alles nur Show?

Katharina stand auf und hob die Hände. „Bitte warte eine Minute, ich will nur mal kurz nach den Kindern schauen."

„Onkel Ernst hingegen säuft heimlich Underberg, raucht im Keller und meint, es merkt keiner", fuhr Bettina fort, als Katharina zurückgekehrt war. „Dreimal am Tag fällt Tante Gertrud zeternd über ihn her. Außerdem hat er den Charme einer verbeulten Gießkanne." Der Weihnachtsmann bestand jetzt nur noch aus Stiefeln. Bettina verspeiste auch die genüßlich. „Kurz und gut: Markus' Eltern haben das Schlimmste befürchtet, als die beiden auch am Wochenende noch keine Anstalten machten, ihre Siebensachen zu packen."

„Ein gemeinsames Weihnachtsfest?" riet Katharina. Sie stand auf und goß eine Tasse Kaffee für Bettina ein.

„Richtig! Nur: Meine Schwiegermutter ist ja nicht aus Dummsdorf. Sie hat sich gestern abend mal eben ganz zufällig den Fuß verstaucht und humpelt jetzt mit einem dicken Verband durch die Wohnung."

Ich runzelte die Stirn. „Ich glaube, ich ahne was."

„Ich schätze, du ahnst richtig. Mein Gatte hat mir heute mittag per Telefon mitgeteilt, daß die gesamte Verwandtschaft – also seine Eltern einschließlich Tante Gertrud und Onkel Ernst – morgen gegen achtzehn Uhr bei uns eintreffen wird. Seine Mutter hätte ihm so leid getan, da hätte er gar nicht anders gekonnt! Aber der Hammer kommt ja noch ..."

Bettina machte eine Kunstpause und trank einen großen Schluck Kaffee, bevor sie uns wieder anblickte. „Im gleichen Atemzug erklärte der Herr Architekt mir, daß er noch auf zwei Baustellen fahren müsse und außerdem morgen früh um acht einen dringenden Termin in Hannover hätte, weswegen es am sinnvollsten wäre, wenn er noch heute abend hinfahren und dort vor Ort bei einem Kollegen übernachten würde. Er könne leider nicht beim Einkaufen und allen anderen Vorbereitungen helfen."

Ich beugte mich langsam zu Bettina vor. „Was hast du ihm geantwortet?"

„Willst du das wirklich hören?"

„Na klar."

„Ich habe zu ihm gesagt, daß er das größte Arschloch ist, das je in der westlichen Hemisphäre das Licht der Welt erblickt hat. Und eher würde ich ab morgen keine Schokolade mehr essen, als daß ich mich alleine abschufte, um seine Verwandtschaft zu beköstigen. Und noch einiges mehr, aber das gebe ich hier lieber nicht wieder."

„Und dann?" fragte Katharina.

„Hat er aufgelegt mit den Worten, er wäre so gegen zwei Uhr mittags zu Hause."

„Kannst du ihn erreichen?"

Bettina schüttelte den Kopf. „Er hat sein Handy ausgeschaltet. Und welchen Kollegen er da in Hannover meint, weiß ich nicht."

„Und nun?" fragte ich. „Die Geschichte ist einfach ungeheuerlich."

„Am besten, ich wandere aus", gab sie zurück. Ihre Augen waren jetzt wieder verdächtig feucht.

„Und ob du auswanderst!" Ich schlug mit beiden Händen kräftig auf den Tisch. „Du kommst morgen zu uns. Falls der gnädige Herr sich zwischendurch noch mal meldet, kannst du ihm ja sagen, daß deine Pläne anders aussehen als seine. Mal sehen, was sich dann tut. Ansonsten steht er morgen um zwei allein im Haus und kann sich in die Arbeit stürzen, damit abends alles bereit ist für seine Familie."

„Oder sich heulend in Mamis Arme stürzen", fügte Katharina achselzuckend hinzu und spitzte die Lippen.

Einen Moment war es still. Wir schauten Bettina gespannt an.

„Ist das euer Ernst?" fragte sie vorsichtig.

„Hast du einen anderen Vorschlag?" hielt Katharina ihr entgegen. „Oder willst du dich tatsächlich auf dieses Spielchen einlassen?“

„Dann fang lieber gleich an zu kochen und hör auf zu mekkern!“ fügte ich ein wenig bissig hinzu.

Bettina verengte ihre Augen zu schmalen Schlitzen. „Ihr habt recht. Das ist eine wundervolle Idee. Ich könnte mir vorstellen, daß das mehr wirkt als tausend Wutanfälle und Schimpfarien.“

Katharina und ich nickten. Bettina schaute uns abwechselnd an und nickte dann auch. Plötzlich grinsten wir uns an und fanden die ganze Sache nur noch urkomisch.

„Ich fühle mich wie bei ‘Hanni und Nanni’“, gluckste ich albern.

Bettina lachte. „Mademoiselle wird ein Streich gespielt!“

„In dem Fall ‘Monsieur’“, korrigierte Katharina.

Die Vorstellung, wie Markus zu Hause eintreffen, Bettinas Nachricht vorfinden und mit offenem Mund lesen würde, daß sie andere Pläne habe und ihm fröhliche Weihnachten wünsche, war schlicht und ergreifend köstlich. Daß eine gehörige Portion Schadenfreude dabei mitschwang, tat unserer ausgelassenen Stimmung keinerlei Abbruch. Wir alle fanden, daß er es nicht anders verdient hatte.

Es war das schönste Weihnachtsfest, das ich je erlebt habe. Voller Trubel, Hektik und Lachen. Bettina kam tatsächlich mittags mit ihren Kindern, und so feierten wir mit fünf Erwachsenen und sechs Kindern. Ich war so vergnügt wie schon lange nicht mehr, und den anderen ging es ähnlich. Selbst Corinna, die sonst eher wortkarg war und nicht so schnell aus sich herausging, taute völlig auf und wirkte sehr entspannt.

Als die Kinder allesamt im Bett waren und endlich schliefen, wurde es ruhiger. Ich trank mein zweites Glas Wein und schaute mich in der Runde um. Wir alle hatten vom Leben unsere Kratzer und kleinen und großen Wunden abbekommen, und keine Geschichte glich der anderen. Doch im Gegensatz zu Tom und Corinna haben wir bisher einen geradezu leichten Weg gehabt, dachte ich und nahm Katharinas Hand. Sie lächelte mich an. Sorglos, im wahrsten Sinne des Wortes, wir sind sorglos. Ich war betroffen und dankbar zugleich.

Später sollten mich genau diese Gedanken noch einmal beschäftigen. In diesem Moment aber konnte ich glücklicherweise nicht ahnen, wie sehr sie in mir widerhallen würden. Und wie ohrenbetäubend laut. Ich saß da, spürte, wie mir der Wein langsam zu Kopf stieg und freute mich darauf, mit Katharina ins Bett zu gehen.

9

Der Scheidungstermin war an einem trüben Vormittag Ende Januar. Ich nahm mir viel Zeit, um mich sorgfältig anzuziehen und ein dezentes Make-up aufzulegen. Warum ich so viel Wert auf meine Erscheinung legte, war mir selbst nicht ganz klar. Ich wollte weder Jan noch den Richter beeindrucken. Dazu war die Zeit auch viel zu kurz – meine Anwältin meinte, daß wir in fünf Minuten wieder draußen wären. Schließlich gäbe es nichts zu erstreiten. Es sollte lediglich festgestellt werden, daß eine Ehe gescheitert war. Vielleicht war es einfach so, daß ich nicht in Jeans und Pullover geschieden werden wollte. Ich hatte zur Hochzeit ein tolles Kleid angehabt, und nun, wo alles zu Ende war, wollte ich auch angemessen gekleidet sein.

Ich war die erste vor dem Sitzungszimmer. Meine Anwältin erschien fünf Minuten später, und dann kam Jan mit seinem Anwalt. Und Hand in Hand mit einer schicken Rothaarigen. Ich brauchte einige Sekunden, um das Bild zu verdauen – aber nicht weil es mir weh tat, Jan mit einer anderen Frau zu erleben. Es war sein Lächeln, das ich zunächst nicht einordnen konnte. Dann begriff ich, daß er mir zeigen wollte, wie gut es ihm ging. Er nickte mir zu, und als der Blick der Rothaarigen mich kurz von oben bis unten abschätzte, war ich froh, mich sorgfältig zurechtgemacht zu haben. Ich grüßte freundlich.

Meine Anwältin beugte sich flüsternd zu mir. „Merkwürdig, ich erlebe immer wieder, daß die Männer hier händchenhaltend mit ihrer neuen Partnerin aufkreuzen. Oder sogar extra für diesen Anlaß eine Bekannte bitten, sie zu begleiten und so zu tun als ob."

„Im Ernst?"

Sie nickte. Kurz darauf wurden wir aufgerufen, und nach wenigen Minuten war tatsächlich alles vorbei. Mein Kopf summte. Als ich das Gebäude verließ, stand Jan draußen und winkte seiner Rothaarigen zu, die mit eiligen Schritten in Richtung Parkplatz ging.

„Fünf Minuten", rief er ihr hinterher und wandte sich dann zu mir um. „Hast du einen Augenblick Zeit?"

Ich zog meinen Mantel fest um mich und nickte langsam. Er sah gut aus – dunkelblaues Jackett, graue Hose, eine dezente Krawatte. Sein Blick war genauso jovial wie sein Ton. Ein erfolgreicher junger Mann.

„Du wirst es nicht glauben, aber es gibt Momente, da tut mir immer noch leid, wie alles gekommen ist", sagte er.

Ich blickte ihn abwartend an. Eine abschließende Versöhnungsgeste? Die „Wir-bleiben-Freunde-Nummer"?

„Eine Zeitlang habe ich daran gedacht, um das Sorgerecht zu kämpfen", fuhr er fort und rieb sich die Hände, als wäre ihm kalt.

Ich zwang meine Lippen zu einem schmalen Lächeln und verbarg meine Hände in den Manteltaschen. „Das Thema hatten wir schon, Jan."

Er zog die Augenbrauen hoch. „Ich weiß. Ich habe trotzdem darüber nachgedacht. Und es mir anders überlegt." Seine Zähne blitzten mich an.

Mein Herzschlag beruhigte sich wieder, und ich lächelte immer noch unbeirrt.

„Erik geht es offensichtlich sehr gut. Er fühlt sich wohl. Das ist für mich ausschlaggebend. Und meine neue Beziehung, die sehr glücklich ist." Er rückte seine Krawatte zurecht.

„Das freut mich, aber", ich schüttelte verständnislos den Kopf, „warum erzählst du mir das eigentlich alles?"

„Verstehst du das wirklich nicht?"

„Nein."

Er hob die Hände. „Na ja, ich meine, ich ... ich habe Abstand gewonnen, und nach fast einem Jahr ..."

Jetzt verstand ich. Er hatte mir verziehen. Wie einem unartigen Kind. Meine Finger zuckten. Ich drehte mein Gesicht einen Moment zur Seite. Dann blickte ich ihn wieder an und streckte schnell die Hand aus, um mich zu verabschieden.

„Laß gut sein, Jan. Ich wünsche dir viel Glück", sagte ich und ging rasch davon.

Ich spürte, wie sein Blick mir einen Moment folgte, dann hörte ich, daß seine Schritte sich langsam entfernten.

Über eine halbe Stunde lief ich anschließend durch die Fußgängerzone und wartete darauf, daß sich nach diesem einschneidenden Ereignis ein außergewöhnliches Gefühl, das den Neubeginn markierte, einstellte. Immerhin war ich jetzt eine geschiedene Frau, und da gehörte es sich doch wohl, etwas Besonderes zu empfinden, egal was – Euphorie, Melancholie, Jubel. Doch nichts von all dem war zu verspüren. Ich fühlte mich eher nüchtern und klar.

Als mir kalt wurde, ging ich ins Café, um einen Kaffee zu trinken. Nach einer Plauderei im Frauencafé war mir im Augenblick nicht zumute. Am Nebentisch saßen zwei ältere Damen und amüsierten sich köstlich. Eine von ihnen trug einen altmodischen giftgrünen Hut mitsamt einer violett schillernden Pfauenfeder, die heftig wippte, wenn sie lachte oder sich ereiferte; die andere war so stark geschminkt, daß ich mich fragte, wie sie überhaupt noch das Gesicht verziehen konnte.

„... und dann hab' ich gesagt, so nicht, mein Lieber, nicht mit mir, das kannst du sofort wieder vergessen", sagte die Pfauenfeder und schlug ihren Kaffeelöffel ein ums andere Mal auf den Tisch.

„Das hast du vollkommen richtig gemacht. Wenn man sie einmal damit durchkommen läßt, tanzen sie einem immer auf der Nase herum", stimmte das Schminkgesicht eifrig nickend zu.

„Ich habe ja nichts dagegen, wenn er am Sonntagmorgen seinen Frühschoppen macht, mein Gott, dafür ist er schließlich ein Mann", fuhr die Pfauenfeder in herablassendem Ton fort und verdrehte die Augen. „Aber um Punkt ein Uhr steht das Essen auf dem Tisch, und dann hat er da zu sein. Das wäre ja noch schöner – ich stehe den ganzen Vormittag in der Küche, brate, koche, backe, und der gnädige Herr kommt um halb zwei und erzählt mir, er hätte ohnehin keinen Hunger."

„Unmöglich!" Das Schminkgesicht war entrüstet. „Mein seeliger Willi hatte zwischendurch auch solche Anwandlungen, aber die habe ich ihm flott ausgetrieben, das kannst du mir glauben."

Sie beugte sich zur Pfauenfeder vor, und die beiden setzten ihre Unterhaltung oder besser gesagt Schimpftirade im Flüsterton fort. Vielleicht hatte ich ja doch laut geseufzt. Der neugierige Seitenblick des Schminkgesichts ließ darauf schließen. Ich trank meinen Kaffee aus und hatte plötzlich das unbändige Bedürfnis, Katharina zu sehen, mit ihr zu sprechen, sie in die Arme zu schließen. Ich hatte ihr morgens gesagt, daß ich noch nicht wüßte, wann ich wieder zu Hause wäre. Ich mußte zwar nicht mehr in die Buchhandlung, aber ich hatte mir die Möglichkeit offenhalten wollen, doch ins Geschäft zu gehen oder einfach nur allein durch die Gegend zu fahren. Jetzt aber hatte ich es furchtbar eilig, nach Hause zu kommen. Vorher jedoch stattete ich spontan meinem Friseur einen Besuch ab und ließ mir die Haare kurz schneiden. Es war ungewohnt, die Locken nicht mehr über die Schulter zurückwerfen zu können, aber mein verändertes Aussehen gefiel mir.

Die drei hatten ihr Mittagessen bereits beendet. Katharina schaute fragend hoch, als ich hereinstürmte und sie in meine Arme zog.

„Willkommen im Club der Unverheirateten", flüsterte sie mir ins Ohr und zerzauste meine neue Frisur. „Gefällt mir. Erinnert mich an den kleinen bissigen Pudel, den die Nachbarn meiner Eltern früher hatten."

Ich wollte ihr in die Seite boxen, doch sie hielt meine Hände fest und küßte mich. „Ein total süßer Pudel."

„Sind die Kinder schon oben?"

Katharina nickte.

„Wollen wir uns ein bißchen hinlegen?"

Katharina zögerte für den Bruchteil einer Sekunde, dann küßte sie mich erneut. „Möchtest du nicht vorher etwas essen? Du hast doch bestimmt Hunger."

„Ja, aber nicht auf Bratkartoffeln."

Wir gingen leise nach oben und liebten uns. Da die Kinder nebenan spielten, mußten wir leise sein, was mich nur noch mehr in Erregung versetzte. Irgendwann hielt mir Katharina mit der einen Hand den Mund zu, während die andere durch meinen feuchten Schoß wanderte. Kurz bevor ich einschlief, bekam ich mit, daß Katharina sich behutsam von mir löste und aufstand. Sie will sicherlich malen, dachte ich.

Eine knappe Stunde später stand Erik vor meinem Bett und rüttelte an meiner Schulter. Als ich den Kopf hob, rümpfte er die Nase.

„Deine Haare", sagte er und klang alles andere als begeistert. „Die sind ja fast so kurz wie meine. Wie bei einem Jungen!"

Ich verdrehte die Augen und stand auf. „Was ist denn das für ein Blödsinn?"

„Nadine hat lange Haare und Katharina auch", verteidigte er seine Meinung.

„Ich nicht, Corinna nicht und tausend andere auch nicht. Dafür hat Tom ziemlich lange Haare und Daniel auch."

Erik überlegte einen Moment. „Mein Papa nicht." Er betrachtete mich von der Seite, während ich in meine Jeans schlüpfte und den Reißverschluß hochzog. „Warum gehst du mittags nackt ins Bett?"

„Weil ich's schöner finde."

Das war, zugegeben, keine besonders ehrliche Antwort, aber ich hatte einfach noch keine Lust, meinen Sohn aufzuklären, der immerhin erst fünfeinhalb war, und schon gar nicht so kurz nach einem Mittagsschlaf am Tag meiner Scheidung. Ich gab ihm einen Kuß. „Was machen die anderen?"

„Ach ja", er schlug sich mit der Hand vor die Stirn. „Die warten auf dich. Bettina ist mit einer Torte gekommen."

Ich schüttelte verwundert den Kopf. Es war eindeutig zu leise im Haus. „Ist Bettina alleine gekommen?"

„Ja."

Ich grinste. Seit dem getrennten Weihnachtsfest war Bettinas Gatte zahm wie ein Schoßhündchen. Er hütete die Kinder so selbstverständlich, als hätte er in den letzten Jahren nie etwas anderes getan, stellte von allein die Waschmaschine an und ging einkaufen. Da blieb nur zu hoffen, daß diese Phase möglichst lange anhielt.

Als ich nach unten kam, schleckte Bettina sich gerade Sahne von den Fingern. Ihr fröhlicher Gesichtsausdruck fror für einen Moment ein, als sie mich vorsichtig musterte.

„So kurz geschoren kenne ich dich überhaupt nicht", bemerkte sie dann diplomatisch.

Ich zuckte die Schultern und setzte mich. „Der Zopf ist ab – so einfach ist das."

„So betrachtet – klar." Sie wies auf die Torte. „Ich weiß nicht genau, ob dir nach Feiern zumute ist, aber Katharina meinte, Torte könne man auch essen, wenn man nicht gut drauf sei. Was ich nur bestätigen kann. Und Schokoladentorte sei eines deiner erklärten Leibgerichte."

Das stimmte. Wir griffen beherzt zu.

„Wie war es denn?" fragte Bettina schließlich. Es war ihr deutlich anzusehen, daß sie ihre Neugierde kaum noch zügeln konnte.

„Kurz und schmerzlos", gab ich knapp zurück. „Fünf Minuten wurde vom Blatt abgelesen, dann – 'im Namen des Volkes' – die Scheidung für rechtsgültig erklärt. Keine Fragen mehr, danke, der nächste Fall. Ach, übrigens ...", ich hob die Gabel, „Jan hat 'ne Neue."

Bettina verschluckte sich fast an ihrem Stück Torte. „Hat er dir das erzählt?"

„Nein, sie war dabei."

Bettina richtete sich kerzengerade auf. „Sie war *was?*"

„Er kam händchenhaltend mit ihr angeschlendert und griente wie ein Honigkuchenpferd. Meine Anwältin meinte, daß Männer häufig ihre neuen Partnerinnen mitbringen."

„Ich fasse es nicht! Von Feingefühl und Stil keine Spur, oder?"

Ich zuckte die Achseln. „Offensichtlich braucht er das. Und immerhin sorgt die Dame für so viel Entspannung, daß es ihm möglich war, mir unsere in seinen Augen doch unerfreuliche Trennung zu verzeihen und jeden Gedanken an eine Sorgerechtsklage endgültig zu streichen."

Katharina legte ihre Gabel beiseite. „Davon hast du vorhin nichts erzählt."

„Nein. Es paßte nicht." Ich lächelte. „Das gehört jetzt endgültig der Vergangenheit an. Es war eben seine Art, die Geschichte zu beenden."

„Und wie hast du darauf reagiert?" fragte Bettina.

„Ich bin darüber hinweggegangen und habe ihm viel Glück gewünscht."

„Nobel, nobel." Bettina verzog den Mund. „Keine Wut? Kein Bedürfnis, ihm mit dem spitzen Schuh in den Allerwertesten zu treten oder noch ganz woanders hin?"

Ich lachte. „Nein. Aber ich hatte Herzklopfen wegen Erik, klar. Ansonsten war da einfach das Gefühl, daß dieser Gerichtstermin die Geschichte noch mal wie durch einen Zoom herangeholt hat – passiert ist es aber schon vor langer Zeit. Und es ist vorbei."

Wir schwiegen eine Weile. Als das Telefon klingelte, wußte ich, daß es Corinna war. Wir verabredeten, am nächsten Tag in der Mittagspause gemeinsam Kaffee trinken zu gehen.

Je länger ich in der Buchhandlung arbeitete, desto begeisterter war ich bei der Sache. Jedes Erfolgserlebnis, jede Wissenslücke, die kleiner wurde, stärkte mein Selbstbewußtsein, und schon bald war es selbstverständlich, auch ohne Anna im Laden zu stehen, Kundinnen und Kunden zu beraten, Bestellungen aufzugeben, Reklamationen zu klären und viele andere Dinge mehr selbständig zu erledigen. An einem ruhigen Tag Ende Februar bat mich meine Tante, in den Keller zu gehen, um einen Karton Kassenrollen hochzuholen. Ich war ganz zu Beginn meiner Arbeit mal unten gewesen, als Anna mich herumgeführt und mir alles gezeigt hatte, danach nicht mehr. Ich wußte nur noch, daß es dort dunkel, staubig und sehr unordentlich war.

Der Kellerraum war mit alten Regalen, kaputten Stühlen, Verpackungsmaterial und tausenderlei Gerümpel vollgestopft. Ich mußte niesen, als mir der Staub in die Nase fuhr. Hier einmal gründlich aufräumen, dachte ich, und man könnte sogar noch einen zusätzlichen Verkaufsraum einrichten ... Frauenliteratur! Ich schnappte mir einen Stapel Kassenrollen und spurtete die Treppe wieder hoch.

Anna lachte, als ich vor ihr stand. „Du hast eine ganz schwarze Nase. Jetzt weißt du, warum ich nicht selbst runtergegangen bin."

Ich wischte mir übers Gesicht. „Oh, das macht nichts, mir ist da nämlich eine Idee gekommen."

Anna setzte sich auf einen Hocker und legte die Post beiseite, die sie gerade entgegengenommen hatte.

„Du frönst deinem alten Hobby – du willst da unten mal so richtig aufräumen?" riet sie und lächelte breit.

„Na ja, so ähnlich. In dem Keller steht nur Gerümpel herum, als Lagerraum nutzt du ihn doch kaum – sieht man einmal von ein paar Kassenrollen und Schreibmaterial ab, aber das können wir auch im Büro unterbringen."

„Das stimmt", gab Anna zu. „Worauf willst du hinaus?"

„Ich möchte da unten die Frauenliteraturabteilung machen", sagte ich. „Inklusive einer Schmökerecke, in der Kaffee getrunken werden kann."

„Aha." Anna fuhr sich mit dem Zeigefinger übers Kinn und ließ mich nicht aus den Augen. „Und wieviel zusätzliche Arbeit dabei auf dich zukommt, ist dir klar?"

Ich winkte ab. „Zwei, drei Wochenenden, und du wirst deinen Keller nicht wiedererkennen. Die anfallenden Kosten kannst du als Ausbauinvestitionen steuerlich geltend machen. Und ich gehe jede Wette ein, daß die Wolfsburger Frauen sich in Scharen in unseren Bücherkeller stürzen werden."

Anna ließ sich von meiner Begeisterung anstecken und gab schließlich ihr Einverständnis. Sie stellte mir ein Budget für Anschaffungen und Renovierungsmaterial zur Verfügung und machte mir gleichzeitig klar, daß der Großteil der Arbeit in meinen Händen liegen würde. Das war mir nur recht. Noch am gleichen Tag bestellte ich einen Müllcontainer und fragte Bettina, ob sie mir in den nächsten Tagen mal ihren VW-Bus leihen könnte.

Als ich abends nach Hause kam, hatte ich feuerrote Wangen und erzählte Katharina von den neuen Plänen, kaum daß ich zur Tür herein war. Sie hatte gerade die Kinder gebadet und ließ sich im Wohnzimmer aufs Sofa fallen.

„Geh doch bitte erst mal nach oben – die beiden brauchen noch eine Gutenachtgeschichte. Ich habe keine Lust heute", unterbrach sie meinen Redeschwall und rieb sich die Augen.

Ich hielt inne.

„Alles in Ordnung mit dir?" fragte ich.

„Doch, schon, ich bin einfach nur müde."

Ich war enttäuscht, daß Katharina meiner Begeisterung einen Dämpfer verpaßt hatte. Ich seufzte, als ich nach oben ging, um die Kinder ins Bett zu bringen. Eine Viertelstunde später war ich wieder unten, machte mir zwei Brote und setzte mich zu Katharina. Sie hatte die Nachrichten eingeschaltet. Eine Weile blickten wir beide auf den Bildschirm, dann legte ich ihr eine Hand auf den Arm.

„Was hältst du denn nun von der Sache?" fragte ich.

Katharina sah mich an. „Klingt nach viel Arbeit."

„Na komm, ein bißchen aufräumen und renovieren, was ist denn schon dabei? Wenn du mit anpackst, ist das an zwei Wochenenden vergessen."

Sie schaltete den Fernseher aus. „Linda, dein Arbeitseifer in allen Ehren, aber ich brauche zwischendurch einfach mal eine Auszeit. Im übrigen möchte ich mich am Wochenende zum Malen zurückziehen. Du weißt, daß ich mit drei anderen Frauen eine weitere Ausstellung plane. Die Arbeit tut sich auch nicht von alleine." Unterschwellig klang ein leiser Vorwurf mit.

„Du fühlst dich vernachlässigt", stellte ich fest.

„Ein bißchen schon", antwortete sie und bemühte sich um ein Lächeln, aber ich erwiderte es nicht. „Ich weiß, daß dir die Arbeit in der Buchhandlung großen Spaß macht, aber ich habe auch zu tun. Und wenn ich jetzt von diesen Ausbauplänen höre, in die du mich auch noch mit einbeziehen möchtest, schlage ich nicht gerade Purzelbäume vor Begeisterung."

Gleich erwähnt sie die Kinder, dachte ich, und daß sie jeden Nachmittag auch für Erik sorgt.

„Seit Wochen steht der Alltag, die Arbeit völlig im Vordergrund. Es wäre schön, einfach mal wieder einen freien Tag nur für uns zu haben“, fuhr sie fort.

„Dafür bist du doch im Moment ohnehin nicht zu haben“, entgegnete ich schroff. „Wenn wir tatsächlich mal gemeinsam zu Hause sind und Zeit hätten, ziehst du dich stundenlang zurück, um zu malen.“

„Und du schwingst den Staubsauger!“

„Eine muß ja schließlich den Dreck wegmachen!“

Innerhalb eines Augenblicks blitzten wir uns wütend an. Ich erlebte Katharina zum ersten Mal so aufgebracht und – ja – stinksauer. Ihre Augen funkelten empört.

„Das ist schlichtweg unverschämt!“ sagte sie laut. „Ich kümmere mich jeden Nachmittag ...“

„Auch um meinen Sohn, ja, ich weiß!“ fuhr ich dazwischen und sprang auf. „Ich werde mich um eine andere Lösung bemühen, damit du von Erik nicht in deinem kreativen Prozeß gestört wirst!“

Damit verließ ich das Wohnzimmer und rannte nach oben. Ich hatte meinen Auftritt gehabt. Nachdem die erste Aufregung verklungen war, schwante mir, daß wir uns in dieser Auseinandersetzung beide nicht mit Ruhm bekleckert hatten, insbesondere ich nicht. Aber ich hatte mich zu sehr in meine selbstgerechte Empörung verbissen, um dieser Einsicht Taten folgen zu lassen. Und ich war zu stolz.

Zwei Tage gingen wir uns aus dem Weg. Am Montag mittag holte ich Erik aus dem Kindergarten und nahm ihn mit in die Buchhandlung. Ganz wohl war mir nicht bei der Sache, aber schließlich mußte ich nach meiner wütenden Ankündigung, mich selbst um den Jungen zu kümmern, auch die Konsequenzen ziehen. Zwei Stunden später kam Bettina. Sie hatte versprochen, Erik abzuholen und mit zu sich zu nehmen. Nach einem langen Blick auf mein verschlossenes Gesicht fing sie an zu grinsen.

„Gib es zu“, sagte sie, „ihr habt euch gefetzt!“

„Das scheint dir ja ein besonderes Vergnügen zu bereiten“, entgegnete ich säuerlich.

Sie grinste noch breiter. „Na ja, ich bin ganz froh, daß die heile Frauenwelt genauso ein Märchen ist wie die Story vom Prinzen und der Prinzessin, die sich bis an ihr Lebensende heiße Liebesschwüre ins Ohr säuseln. Das ist doch sehr beruhigend.“

„Findest du? Ich will mich aber gar nicht beruhigen! Wenn ich mich beruhige, werde ich bequem und fange noch an, alles mögliche als gottgegeben hinzunehmen. So wie du es immer wieder mit deinem Markus machst.“

Bettina hörte auf zu grinsen, und meine Bemerkung tat mir sofort leid. Sie schluckte. „Meine Güte, bist du biestig heute.“

„Tut mir leid, Bettina“, sagte ich rasch und schüttelte den Kopf. „Ich bin unmöglich, bitte entschuldige. Wir haben uns ziemlich heftig gestritten.“

Ich erzählte ihr in groben Zügen, was passiert war, und als ich mir selbst zuhörte, ging mir auf, wie albern die ganze Sache war.

„Hast du einen klugen Rat für mich?“ fragte ich abschließend.

Bettina gähnte. „Meine Güte, der Alltag hat euch erwischt, und ihr habt euch gegenseitig was auf die Ohren gegeben. So einfach ist das. Geh mit ihr ins Bett, und wenn es am schönsten ist, entschuldigst du dich. Dabei brichst du dir keinen Zacken aus der Krone.“

Ich zog die Augenbrauen hoch. „Das meinst du wahrscheinlich ernst.“

„Natürlich. Oder willst du jetzt das große Drama daraus machen?“

Es gelang mir ohne große Mühe, Katharina zu verführen, und wir versöhnten uns im Bett. Aber es blieb eine unterschwellige Spannung zurück, die mich beunruhigte, ohne daß ich mich traute, länger darüber nachzudenken. Ich schob mein Unbehagen beiseite, weil ich der Meinung war, daß Katharina und ich eine glückliche Beziehung schlichtweg verdient hatten. Ohne noch besonders viel dafür tun zu müssen. Konflikte waren im Handumdrehen zu lösen, und es hatte gefälligst nichts zurückzubleiben. Ich wollte nicht wahrhaben, daß unser Zusammenleben durch die Belastungen des Alltags genauso empfindlich gestört werden konnte, wie das in allen Beziehungen der Fall war. Ich mochte auch nicht zugeben, daß wir egoistisch und launisch waren wie andere auch. Diese Erkenntnis paßte nicht in meinen Traum vom ständigen Glück.

Im Grunde meines Herzens erwartete ich Katharinas volle Unterstützung bei meinen beruflichen Plänen, ihr offenes Ohr, ihre Zuwendung, ihre Begeisterung. Ich wollte im Mittelpunkt ihres Lebens stehen und das auch immer wieder gesagt bekommen, während sie meine Aufmerksamkeit vermißte, was ihre Malerei anging, und ein anerkennendes Wort für ihre Rücksichtnahme. Ich hinterfragte meine Gefühle und Erwartungen jedoch nicht weiter, sondern war beleidigt und zog mich ein Stück zurück.

Corinna besuchte mich wenige Tage später im Geschäft, und als ich ihr von meinen Plänen erzählte, war sie sehr angetan.

„Brauchst du Hilfe?“ fragte sie sofort.

Ich lächelte sie dankbar an. „Ich glaube schon. Aber hast du denn Lust, in deiner Freizeit einen Keller zu entrümpeln?“

„O Linda, ich kann mir nichts Schöneres vorstellen, als am Wochenende im Dreck zu wühlen, Wände zu streichen und Regale zu schleppen. Du etwa?“

Ich lachte. „Natürlich nicht.“

Drei Wochenenden lang waren wir quasi rund um die Uhr beschäftigt, denn es gab doch mehr zu tun, als ich anfänglich vermutet hatte. Corinna schuftete wie ein Pferd, und Anna versorgte uns mit Kaffee, Brötchen und Kuchen und kümmerte sich zwischendurch um Erik und Nadine, da Katharina viel in Sachen Ausstellung unterwegs war.

Am dritten Sonntagabend erstrahlte alles in neuem Glanz: geweißte Wände, aufgearbeitete Regale, ein robuster Teppichboden, die Kaffee- und Schmökerecke. Ich war dreckig und erschöpft, aber sehr zufrieden mit dem, was wir geschafft hatten. Corinna half mir noch beim Aufräumen, während Anna die Kinder schon nach Velstove brachte. Schließlich saßen wir auf den Treppenstufen und begutachteten unser Werk. Ich legte Corinna den Arm um die Schultern.

„Ohne dich wäre das überhaupt nicht zu schaffen gewesen", sagte ich. „Du hast mindestens drei Wünsche frei."

Als sie lächelte, verzog sich ihr Gesicht unter einer Schicht von Farbtupfern. „Da komme ich vielleicht mal drauf zurück." Sie stand auf und streckte sich. „Jetzt muß ich aber los. Katharina wartet doch bestimmt auch schon auf dich?"

Das klang mehr wie eine Feststellung als eine Frage. Ich erhob mich ebenfalls und griff nach meinem Rucksack, um die Ladenschlüssel herauszuholen.

„Wann soll es denn losgehen mit der Ausstellung?" fragte Corinna, während wir nach oben gingen.

„Wenn es irgendwie machbar ist, noch in den Osterferien", erwiderte ich. „Stell dir vor, sie machen eine Scheunenausstellung. Eine der Frauen wohnt in so einem Winzdorf in der Nähe von Helmstedt und kann von einem Bauern günstig eine Scheune anmieten. Die muß natürlich auch erst mal hergerichtet werden."

Ich schloß die Ladentür ab. Bevor ich Corinna fragen konnte, ob ich sie heimfahren sollte, zog sie mich kurz an sich, gab mir einen Kuß und ging winkend davon. Ich schaute ihr eine Weile nachdenklich hinterher. Corinna war keine Frau, die sich in irgendwelche Schubladen einordnen ließ. Wenn sie in die Arbeit vertieft war, sprach sie manchmal stundenlang kein Wort, aber ich fühlte mich nie unwohl mit diesem Schweigen. An jene Nacht, in der sie mir so vieles anvertraut hatte, mußte ich häufig denken, aber ich sprach sie von mir aus nicht darauf an.

Als ich nach Hause kam, traf ich auf eine Katharina, die ähnlich erschöpft und verdreckt war wie ich. Wir gingen zusammen unter die Dusche.

„Es dauert doch länger", erzählte Katharina, als wir uns abtrockneten. „Um uns nicht unnötig abzuhetzen, werden wir die Eröffnung auf Mai verschieben. Die vierte Frau macht nun definitiv mit – sie fertigt Schmuck an. Das ist doch eine schöne Kombination: Bilder, Skulpturen und Schmuck. Oder nicht?"

Ich trat hinter sie ans Waschbecken und cremte meine rauhen Hände ein. „Klingt gut."

„Du, hör mal", Katharina legte die Haarbürste beiseite und schaute mich im Spiegel an, „dann könnten wir doch in den Osterferien noch ein paar Tage wegfahren. Was meinst du?"

Ich strich ihr mit den Fingern über die nackte Schulter. Wir hatten die ganze Woche noch nicht miteinander geschlafen.

„Hm", gab ich unschlüssig zurück. „Ich weiß nicht, ob ich das schaffe und ob ich so kurzfristig Urlaub nehmen kann."

„Anna wird dir doch sicherlich ein paar Tage freigeben, wenn du nett darum bittest."

„Ja, aber ..."

Katharina drehte sich zu mir um. „Was aber?"

„Jetzt bin ich gerade mit dem Keller fertig. Ich muß mich um die Auswahl des Sortiments kümmern, ein bißchen Werbung machen und ..." Ich verstummte, als Katharinas Augen dunkel wie ein Gewitterhimmel wurden.

„Vergiß es", sagte sie. „Aber beschwer dich nie wieder, daß wir zu wenig Zeit miteinander verbringen."

Katharina fuhr am Ostermontag allein mit Nadine nach Kassel. Es gab mir einen Stich, als sie ihre Sachen packte, aber ich sagte nichts. Ich bat sie nicht, zu Hause zu bleiben, ich versicherte ihr nicht, daß ich sie vermissen würde, ich fragte sie nicht, ob sie Erik mitnehmen könnte. Ich machte den Rücken steif, als sie mich zum Abschied umarmte, und mein Mund war wie zugefroren.

Am Ende der Woche kam sie wieder, und wir gingen tagelang so vorsichtig miteinander um, als fürchteten wir, ein falsches Wort könnte zum Bumerang werden und uns um die Ohren fliegen. Die Leichtigkeit war uns abhanden gekommen.

10

Die Wärme rieselte an mir herab und hüllte mich ein. Ich stand unter einem Wasserfall. Mit geschlossenen Augen und offenem Mund. Ich trank und trank und konnte nicht genug bekommen. Plötzlich legten sich Hände auf meine nackten Hüften, und als ich die Augen öffnete, stand eine lächelnde Frau vor mir. Ihre Lippen waren rot und so üppig, daß die Begierde mich wie Schüttelfrost überfiel. Ich stöhnte, und die Frau kniete vor mir nieder. Sie spreizte meine Schenkel ... Ich fuhr hoch. Um mich herum war alles dunkel. Mein Herz raste.

„He, was ist denn los?"

Ich brauchte einige Augenblicke, um mich zurechtzufinden. Katharina hatte sich aufgesetzt und hielt mich an den Schultern umfaßt. Ihre Zähne blitzten in der Dunkelheit hell auf. Ich lehnte mich an sie. Mein Atem ging immer noch stoßweise, während die einzelnen Bilder des Traumes allmählich in mein Bewußtsein drangen. Rote, üppige Lippen. Wärme, beruhigend und aufpeitschend zugleich. Ich legte meine Hände auf Katharinas Brüste und massierte sie. Die fremde Frau, die vor mir kniete. Ich glitt an Katharina herab und hörte, wie sie scharf die Luft einsog. Einen Moment später preßte sie ihre Hände auf meinen Kopf. Ich trank und trank. Als Katharinas Stöhnen verklungen war, rollte ich mich zusammen und schlief sofort wieder ein.

Der nächste Tag war mein freier Samstag. Als ich aufwachte, kam Katharina gerade aus dem Bad. Sie schlüpfte in ihre Sachen und ließ mich dabei nicht aus den Augen. Dann grinste sie.

„Erinnerst du dich eigentlich an letzte Nacht?“ fragte sie.

Ich lächelte zögernd. „Hm, ja, doch. Ich habe dich überfallen, wie?“

Katharina warf den Kopf zurück und lachte. „Es war ein durchaus angenehmer Überfall.“ Sie zog den Reißverschluß hoch, und ihr Blick wurde nachdenklich. „Warum ... wolltest du nicht, daß ich mich revanchiere?“

Ich warf die Bettdecke zurück und stand auf. „Ich weiß es nicht. Vielleicht war ich zu müde. Ich bin ja gleich wieder eingeschlafen.“

Das stimmte, dennoch wunderte ich mich darüber. Ich war durchaus nicht zurückhaltend, was meine erotischen Bedürfnisse anging, und wir schliefen seit Wochen nur selten miteinander. Es war der Traum, dachte ich. Da habe ich schon alles bekommen. Der Gedanke war verwirrend.

Wenig später saßen wir beim Frühstück. Nadine und Erik veranstalteten eine Nutellaschlacht, die mir zunehmend auf die Nerven ging.

„Meine Güte“, schimpfte ich schließlich ungehalten. „Ihr benehmt euch schlimmer als Dreijährige. Warum würgt ihr die Brötchen denn so schnell runter? Niemand nimmt euch was weg.“

Katharina griff nach dem Handtuch hinter sich und wischte kurzerhand beiden über die schokoladenverschmierten Gesichter. Das protestierende Geschrei ließ sie vollkommen kalt. „Stellt euch nicht so an! Seid froh, daß ich es nicht so mache wie meine Mutter früher.“

Erik blickte sie fragend an. „Wie hat die das denn gemacht?“

Katharina griff in ihre Hosentasche und holte ein Taschentuch heraus. „Sie hat ein Taschentuch genommen, hineingespuckt und ...“

Beide Kinder fuhren hoch wie von der Tarantel gestochen und verließen fluchtartig den Tisch.

„Geht euch die Pfoten waschen, bevor ihr irgend etwas anfaßt!“

Ich lachte Katharina an. „Deine Mutter hat das also auch gemacht.“

„Ich glaube, das machen alle Mütter.“

Katharina goß uns noch einmal Kaffee ein, als das Telefon klingelte. Ich nahm ab und ging mit dem Apparat zurück an den Frühstückstisch.

„Alles klar bei euch?“ Es war Bettina, die so munter klang, als hätte sie zwölf Stunden geschlafen und anschließend einen geruhsamen Waldspaziergang gemacht.

„Wir haben gerade den zweiten Teil des Frühstücks eingeläutet – die Kinder haben den Tisch verlassen, und wir trinken jetzt in Ruhe einen Kaffee.“

„Hört sich gut an. Ich fahre demnächst mit Markus zum Großeinkauf – wie sieht's aus, hast du schon mit Katharina gesprochen?“

Ich runzelte die Stirn. Nein, das hatte ich nicht. „Du wirst es kaum glauben, ich bin noch nicht dazu gekommen.“

Bettina seufzte. „Na schön. Paß auf, wir brauchen hier sowieso noch 'ne gute halbe Stunde. Nutz die Gelegenheit und sprich mit deiner Schönen. Danach rufst du mich an, und wir machen einen gemeinsamen Einkaufszettel. Okay?“

„Okay.“ Ich legte auf und trank einen Schluck Kaffee.

„Alles in Ordnung?“

„Ja, ich muß allerdings was mit dir besprechen.“

Katharina lehnte sich zurück. „Nur zu.“

Ich legte die Hände auf den Tisch. „Corinna hat nächste Woche Geburtstag. Bettina und ich sind auf die Idee gekommen, eine Überraschungsparty für sie zu geben.“

„Warum?“

„Warum? Na, um ihr eine Freude zu machen.“

„Ihr wollt also Rudi Carrell spielen – *Laß dich überraschen*“, stellte Katharina fest, und ihr Ton war eine Spur zu anzüglich, um als spielerische Ironie durchzugehen.

Ich schluckte die scharfe Erwiderung, die mir auf der Zunge lag, herunter und bemühte mich um einen gelassenen Ton. „So ähnlich, ja. Corinna selbst würde nicht daran denken, groß zu feiern, aber ich bin sicher ..."

„Das denke ich auch", fiel mir Katharina ins Wort. „Corinna ist nicht gerade das, was man eine Partylöwin nennen würde. Ich glaube, ihr überfallt sie mit so einer Sache, und sie hat dann keine Möglichkeit, nein zu sagen."

„Aber ich bin sicher", fuhr ich ungerührt fort, während es immer mehr in mir zu brodeln begann, „daß sie sich wahnsinnig freuen würde, wenn sich ein paar Leutchen ihr zu Ehren hier versammeln würden."

Einen Moment war es still. Katharina blickte mich unverwandt an.

„Warum willst du das nicht?" fragte ich schließlich leise. „Was genau spricht dagegen?"

Katharina zuckte die Schultern und überlegte einen Moment.

„Es gibt mehrere Gründe", sagte sie dann betont ruhig. „Zum einen denke ich wirklich, daß Corinna gar keine Party möchte. Zum anderen irritiert es mich ein bißchen, daß du, was unsere eigenen Geburtstage angeht, jeden Trubel hast vermeiden wollen, dich aber hier mit Elan in die Vorbereitungen stürzt."

Das stimmte, aber dafür gab es auch gute Gründe. Katharina und ich hatten im Abstand von wenigen Tagen Anfang Januar Geburtstag, und so kurz nach den Festtagen waren wir beide nicht in der Stimmung gewesen, großartig zu feiern.

Bevor ich jedoch diesen Einwand loswerden konnte, rückte sie mit ihrem Stuhl ein Stück vom Tisch ab und schlug die Beine übereinander. „Ich habe in vierzehn Tagen Ausstellungseröffnung. Kannst du dir vorstellen, daß ich am kommenden Wochenende andere Dinge im Kopf habe als Überraschungsfeten? Warum spielt das überhaupt keine Rolle bei deinen Überlegungen?"

„Ich werde dich mit den Vorbereitungen nicht behelligen", gab ich zurück, und meine Stimme klang rauh. „Bettina und ich kümmern uns darum, und nach wenigen Stunden ist wieder Ruhe."

„Ich glaube, du willst mich einfach nicht verstehen. Ist diese Geschichte der eigentliche Grund dafür, daß du heute nacht so großzügig warst?"

Wir zuckten beide zusammen. Katharinas Augen weiteten sich. Sie fuhr sich mit beiden Händen übers Gesicht und preßte dann die Finger an die Schläfen.

„Es tut mir leid", sagte sie. „Ich habe es nicht so gemeint. Entschuldige bitte."

Ich stand auf und kämpfte die hochsteigenden Tränen nieder. „Ich denke, du hast es sehr wohl so gemeint."

Das Gespräch wirkte lange nach. Obwohl es mir einen erheblichen Teil meiner Vorfreude nahm, wischte ich die trüben Gedanken und Gefühle entschlossen beiseite und stürzte mich mit Bettina in die Vorbereitungen für Corinnas Geburtstagsfeier. Katharina war ganz und gar mit ihrer Ausstellung beschäftigt, und wenn wir uns sahen, bemühten wir uns um einen höflichen und freundlichen Umgangston. Als sie einige Tage später versuchte, mich zu verführen, wehrte ich sie ab, obwohl die Sehnsucht in mir brannte wie ein glühendes Stück Kohle. Sie lächelte ironisch und drehte sich um.

In der Buchhandlung blickte Anna mich manchmal mit ihren forschenden Augen nachdenklich an, und ich spürte dann sehr genau, wie ein ungutes Gefühl in mir hochstieg.

Als ich Corinna am Samstagabend abholte – angeblich weil wir gemeinsam mit Katharina ein Glas Wein trinken gehen wollten – und uns in Velstove Katharina, Bettina, Tom, Anna, eine Kollegin aus dem Amt, zwei aufgeregte Kinder und ein ansehnliches Buffet erwarteten, glänzten ihre Augen verdächtig. Bettina schenkte Sekt aus, und Corinna kratzte sich ein ums andere Mal verlegen am Hinterkopf, während sie die Glückwünsche entgegennahm und ihre Geschenke auspackte. Ich zündete die Kerzen auf der Torte an, Tom legte eine CD ein, und Anna hielt die Kinder davon ab, das Buffet umzugestalten. Innerhalb von zwei Minuten herrschte eine laute und aufgekratzte Stimmung.

Plötzlich stand Katharina neben mir und drückte meine Hand.

„Ich glaube, sie freut sich ziemlich", stellte sie fest.

Ich nickte nur. Genugtuung stieg in mir hoch.

„Du bist immer noch sauer auf mich, stimmt's?"

Ich nickte wieder.

„Es steht im Moment einiges zwischen uns."

Ich wandte ihr den Kopf halb zu und öffnete den Mund. Doch bevor ich etwas erwidern konnte, trat Bettina zu uns und hielt uns zwei Gläser Sekt hin.

„Hier, ihr Turteltauben, stoßt erst mal mit Corinna an", forderte sie uns auf.

Wir prosteten Corinna zu, die gerade ein Comic-Buch mit dem Titel *Illusion und Wirklichkeit – oder: Kein Tag ohne Ent-Täuschung* – ausgepackt hatte. Sie stopfte das Geschenkpapier in eine große Tüte und kam zu uns herüber.

„Hast du an dem Buch mitgewirkt?" fragte sie Bettina und lächelte. Ihre sonst so blassen Wangen waren sanft gerötet.

Bettina seufzte laut und spielte demonstrativ mit ihrem Ehering. „Nein, das nicht, aber das Thema ist mir natürlich nicht völlig fremd. Ich denke, ich sollte meine Erfahrungen zu einem eigenen Bildband zusammenstellen. Anna kann fotografieren, ich erzähle, Linda schreibt's auf, Katharina kümmert sich um ein vernünftiges Layout, und Corinna verteilt es als Aufklärungsfibel an alle Jugendlichen."

„Gib uns doch mal ein Beispiel", forderte Katharina sie auf.

Bettina zog die Stirn kraus und legte den Zeigefinger an die Lippen, als würde sie angestrengt nachdenken, dabei war ich mir sicher, daß sie die Geschichte längst fertig im Kopf hatte.

„Nun“, begann sie zögernd, „natürlich lassen sich aus meinem Ehealltag zahlreiche Beispiele dafür finden, daß es absolut müßig ist, von einem Mann mehr zu erwarten als von einem mittelmäßig ausgebildeten Hof- und Hühnerhund.“

Corinnas Mundwinkel zuckten. „Bisher habe ich immer geglaubt, Marion wäre männerfeindlich eingestellt – ihr hättet euch sicherlich einiges zu sagen.“

„Du läßt mich nicht ausreden“, gab Bettina mit gespielter Empörung zurück. „Ich wollte nämlich gerade erwähnen, daß Ausnahmen selbstverständlich die Regel bestätigen, Frauen im Umgang miteinander auch nicht immer den ersten Preis für Friedfertigkeit gewinnen und ich außerdem gar nicht über Markus sprechen wollte. Das ist schließlich auf Dauer langweilig.“

Sie warf mir einen kurzen Seitenblick aus großen unschuldigen Augen zu, aber ich überging die Anspielung geflissentlich. Katharina strich mir über die Schulter.

„Es geht mir allgemein um die Bilder, die wir uns machen, um den äußeren trügerischen Schein, die Illusion eben“, fuhr Bettina in dozierendem Tonfall fort und schüttelte mißbilligend den Kopf, als Katharina gelangweilt aufseufzte. „Moment noch, ich komme gleich zum Kern der Geschichte. Also, ihr kennt doch den Cola-light-Typen?“ Sie schaute uns der Reihe nach fragend an. „Aus der Werbung. Dieser Junge, der in Zeitlupe mit ’ner Palette Coladosen in ein Großraumbüro getigert kommt. Mit elastischen Schritten nur aus der Hüfte. Das T-Shirt klebt ihm am Bauch. Man sieht die Waschbrettmuskeln. Die Haare fallen ihm in die Stirn. Dreitagebart. Es ist heiß. Ca. 35° Außentemperatur. Gefühlte Temperatur im Büro: 112°. Der Schweiß läuft ihm über den ganzen Körper. Alle Frauen im Büro starren ihn an, und du siehst genau, was sie denken, was sie träumen, was sie wollen. Er öffnet eine Coladose, legt den Kopf in den Nacken und setzt sie an die Lippen. Die Frauen verfolgen wie hypnotisiert jeden

Schluck, der durch seine Kehle rinnt. Ihre Augen wandern über seinen Bauch, seinen Hintern ..." Bettina unterbrach abrupt ihren ausführlichen Bericht und blickte uns irritiert an. „Mir fällt gerade ein, mit der Story bin ich ja bei euch völlig fehl am Platz."

Corinna verschränkte die Arme. „Warum? Ein Knackpopo ist ein Knackpopo. Nicht wahr?" Sie schaute Katharina und mich Zustimmung heischend an, und wir nickten artig.

„Selbstverständlich", bestätigte ich.

„Na schön – ist klar, was da abläuft, nicht wahr? Der Typ sieht hinreißend aus, also muß er furchtbar sexy sein, und die Dame, die er erwählt, wird sich kaum retten können vor Erotik, Lust, Charme, Abenteuer. Du siehst genau, es kribbelt bei allen, sogar bei dir selbst. Eine Liebesnacht mit diesem Typen muß so ungefähr das größte in der Richtung sein."

Ich trank einen Schluck von meinem Sekt. „Gut, gut, und dann stellt sich heraus, daß so ein Bursche jämmerlich im Bett versagt – ist das jetzt der Kern der Geschichte oder worauf willst du hinaus?"

Bettina schüttelte mißbilligend den Kopf. „Sei doch nicht so ungeduldig. Im übrigen müßte dir klar sein, daß mir das viel zu platt wäre. Das Ganze ist bedeutend komplizierter." Sie grinste verschmitzt. „Vor ich weiß nicht genau wieviel Jahren war ich mal süße siebzehn oder achtzehn. Ich war nicht gerade schlank, ich hatte eher das, was man üppige Kurven nennt, aber glaubt mir, die kamen gut an. In meinem Jahrgang gab es einen Cola-light- oder Jim-Beam-Typen. Kennt ihr den übrigens? Der in einer dunklen Bar einen Jim Beam bestellt, einen Schluck trinkt, das Glas absetzt und mit dunkler Stimme dem sich verlegen windenden Kellner sagt: 'Das ist kein Jim Beam.' Dann kippt er das Zeug aus, wechselt einen wissenden Blick mit einer feurigen schwarzhaarigen Schönheit und verläßt die Bar. Auch so ein Mann – volle Lippen, markantes Gesicht, Zähne wie ein Raubtier, ein Lächeln, das dir eine Gänsehaut nach der anderen über den Rücken jagt. Und das Kirk-Douglas-Grübchen in der Mitte des Kinns."

Bettina machte hingebungsvoll einen Kußmund, und ich kicherte albern. „So einen filmreifen Mann gab es bei dir im Jahrgang?"

„Genau. Er hieß Ewald."

Corinna lachte laut los.

„Für den Namen kann er nichts", verteidigte Bettina ihren Helden. „Allerdings, er war schon zwanzig und bereits zweimal sitzengeblieben, aber das tat der Bewunderung, die ihm von fast allen Mädels entgegengebracht wurde, keinerlei Abbruch. Ganz im Gegenteil. In der Spätpubertät sind zwei Jahre wie ein halbes Leben. Ewald war ein erwachsener Mann für uns. Er strahlte Erfahrung aus, und zwar die Art von Erfahrung, die wir liebend gerne sofort mit ihm gemacht hätten."

Katharina stemmte die Hände in die Hüften. „Sag jetzt nicht, daß dieser Ewald dir deine Unschuld genommen hat."

Bettina seufzte und schenkte sich Sekt nach. „Laßt es mich doch bitte der Reihe nach erzählen, und hört auf, mich zu hetzen! Eines Tages war es tatsächlich soweit. Ich war im Raucherraum, und Ewalds Blick fiel nicht nur auf mich, er verweilte dort auch. Zwei Sekunden, fünf Sekunden, und während ich feuerrot wurde und krampfhaft überlegte, ob mein Pullover auch richtig saß, fing er an zu lächeln und kniff dabei ein Auge zusammen, weil er eine Zigarette im Mund hatte. Das gab ihm etwas ungemein Cooles. Mein Herz raste, und als er durch den Raum auf mich zukam, zog ich den Bauch ein und schickte ein Stoßgebet zum Himmel, daß er tatsächlich mich meinte und nicht die halbverhungerte Bohnenstange Isabell, die schräg hinter mir stand und höchstwahrscheinlich genauso blöd und sabbernd grinste wie ich."

Tom gesellte sich mit einem Teller Häppchen zu uns, und wir langten gierig zu, ohne Bettina aus den Augen zu lassen.

„Keine Ursache“, sagte er trocken, als der Teller leer war, aber niemand ein Dankeschön über die Lippen brachte.

„Lecker“, gab Bettina zurück. „Kannst du noch mal so ’n paar Teile mit Forellenfilet holen? Wo war ich stehengeblieben?“

„Isabell“, half Corinna nach.

„Ja, richtig. Isabell erlitt eine große Enttäuschung an diesem Tag und viele andere Mädels auch. Ewald meinte wirklich mich. Da stand er vor mir, zog ein letztes Mal an seiner Kippe, lächelte mit schrägem Blick auf mich herunter und trat die Zigarette auf dem Fußboden aus. Ein Tabakkrümel hatte sich auf seiner Unterlippe festgesetzt, und ich verfolgte mit gierigen Blicken, wie seine Finger das Teil wegzupften und seine Zungenspitze anschließend immer wieder über die Lippen fuhr. Heute würde ich sagen, der Junge muß ziemlich beschränkt ausgesehen haben, als er an seinem Mund herumfummelte, aber damals hätte ich sonstwas dafür gegeben, ihm seinen Tabakkrümel wegküssen zu dürfen.“

Katharina und ich verdrehten die Augen, während Tom mit dem nächsten Teller Häppchen kam und ihn diesmal gleich der Runde überließ.

„Nun, ich will das jetzt nicht weiter ausdehnen, sondern mich auf das Wesentliche beschränken“, erläuterte Bettina kauend. „Von da an verbrachten wir häufiger die Pausen zusammen, und eines Morgens, nach ungefähr drei Tagen, war es soweit. Ewald schlug einen gemeinsamen Spaziergang am Nachmittag vor. Kinder, ich habe zweieinhalb Stunden vor dem Spiegel verbracht, mich zwölfmal umgezogen, viermal neu geschminkt und bin letztlich in Jeans und Bluse losgelaufen, um nicht zu spät zu kommen. Tja, und genau in dem Moment, als ich vor ihm stand, fing es an.“

„Was fing an?“ fragte Katharina.

„Dieser Glanz, dieser Glorienschein war plötzlich irgendwie nicht mehr ganz so hell, aber das wollte ich in dem Moment noch nicht so richtig wahrhaben. Das T-Shirt, das er trug, wirkte nicht besonders lässig, sondern einfach nur schlampig. Als hätte Ewald, der Umgebung entrissen, in der man ihn sonst kannte, in der er King war, seinen Zauber verloren oder doch einen wesentlichen Teil davon. Sein Lächeln, das ich sonst verträumt und unglaublich sexy fand, wirkte jetzt oft einfach nur deplaziert. Als wir durch den Wald schlenderten, legte er den Arm um mich, und aus seiner Achselhöhle schlug mir ein Geruch entgegen, als würde er dort besonders seltene Joghurtkulturen züchten."

Katharina und ich lachten laut los.

Bettina hob die Hand. „Aber noch bemühte ich mich, diese Dinge zu ignorieren – von wegen, es darf nicht sein, was nicht sein soll, oder so ähnlich. Ich war aber schon ziemlich ernüchtert, als ich feststellte, daß Ewald keine strahlend weißen Tigerzähne hatte, sondern gelbe Hauer, mit denen er dringend zum Zahnarzt gemußt hätte. An einem einsamen Teich legten wir uns ins Moos, was überhaupt nicht romantisch, sondern schlichtweg feucht und dreckig war. Ewald begann, an mir herumzufummeln, und während ich mich krampfhaft bemühte, glücklich in den Himmel zu glotzen und so was wie bebende Hingabe zu empfinden, schlug mir sein schlechter Atem entgegen, und er bekam meinen Reißverschluß nicht auf. Mit seiner eigenen Hose hatte er weniger Schwierigkeiten. Auch seine restlichen Körperausdünstungen trugen nicht gerade dazu bei, meinen Erregungspegel zu heben. Ich schloß die Augen, beschwor den Ewald aus der Schule vor mein geistiges Auge, atmete tief durch, und dann, tja, dann passierte das, was für das ursprüngliche Trugbild das endgültige Aus bedeuten sollte und was ich im nachhinein als Rettung und unbewußte Abwehr bezeichnen würde. Wie ein Fanfarenstoß, der dich rechtzeitig aus dem Traum reißt, und letztlich bist du froh darüber."

Ich schüttelte verständnislos den Kopf. „Was ist passiert? Ist der Teich über die Ufer getreten?"

„So ähnlich. Als ich mich bemühte, entspannt zu atmen und

die Sache auf Teufel komm raus zu genießen, legte Ewald sich auf mich. Sein Gewicht drückte auf meinen Bauch, und dann röhrte es durch den ganzen Wald."

„Bitte?" fragte Corinna.

Bettina hob die Hände. „Mein Gott – ich hab' einen fahrenlassen, verstehst du nicht? Es hat sich angehört, als ob dreitausend Frösche gleichzeitig losquaken würden!"

Ich lehnte mich an Katharina und schüttete mich aus vor Lachen.

„Das war dir doch bestimmt total peinlich", sagte Corinna, die offensichtlich nicht so recht wußte, ob sie die Geschichte lustig finden oder Bettina im nachhinein bedauern sollte. „Was ist dann passiert?"

„Ewald hat sich vor Lachen fast in die Hose gemacht. Ich hab' mir das eine Weile angeschaut, bin dann aufgestanden und hab' mit würdevoller Miene zu ihm gesagt: 'Da kannst du mal sehen, wie gut du bei mir ankommst. Die einzige körperliche Reaktion auf dein Gefummel ist ein kräftiger Furz!'"

Bettinas Geschichte machte den ganzen Abend die Runde. Ich mußte immer wieder darüber lachen.

Zu vorgerückter Stunde wurde getanzt, und ich trank ein bißchen mehr, als ich vertrug. Ich war albern und ausgelassen und fiel dann von einer Minute zur anderen in eine grauschwarze Melancholie. Katharina unterhielt sich angeregt mit Corinnas Kollegin Marianne, und wie ich einzelnen Gesprächsfetzen entnehmen konnte, ging es ums Malen. Natürlich, dachte ich trübsinnig, es geht ja für Katharina nur noch ums Malen.

Am nächsten Tag krachte es. Wir standen beide schlecht gelaunt auf, obwohl uns die Kinder bis sage und schreibe halb neun schlafen ließen. Gesegnet sei das Wochenendfrühprogamm des Kinderfernsehens. Mir brummte der Schädel. Katharina ging nach dem Frühstück malen, ich beseitigte die letzten Überreste der Feier und nahm dann die Kinder mit in den Garten, weil ich hoffte, daß mir die frische Luft guttun würde. Beete waren umzugraben, und das Unkraut wuchs, als würde es dafür bezahlt. Ich beauftragte Erik, Steine und Grünzeug aus dem Sandkasten zu entfernen, und Nadine erklärte sich bereit, mir zu helfen.

Abends rief Corinna an, um sich noch einmal für die Feier zu bedanken.

„Kann ich was für dich tun?“ fragte sie plötzlich.

„Wie meinst du das?“ erwiderte ich zögernd.

„Besonders ausgeglichen wirkst du im Moment nicht.“

„Ein bißchen zuviel Arbeit und zu wenig Ruhe, glaube ich.“

„Hm.“ Corinna zögerte. „Geht es euch beiden gut?“

„Nein.“ Meine Antwort kam so schnell, daß es mich selbst verwunderte. „Wir sind uns nicht ganz grün im Moment, und wenn wir Zeit hätten, miteinander zu sprechen, geht sie malen.“ Das klang bitterer als beabsichtigt. „Aber ich will jetzt nicht darüber reden, Corinna. Wie hören voneinander, okay?“

Ich legte auf und fuhr zusammen, als ich bemerkte, daß Katharina hinter mir stand.

„Tut mir leid“, sagte sie. „Du hast mich offensichtlich nicht kommen hören. Es war nicht meine Absicht, dein Gespräch zu belauschen, aber die letzten Sätze habe ich ganz zufällig mitbekommen.“

Wir standen uns jetzt direkt gegenüber. „Denkst du das wirklich? Daß ich mir keine Zeit für uns nehme und nur noch das Malen im Kopf habe?“ Sie strich mir über die Wange. Ihr Blick war versöhnlich. „Das ist sehr einseitig betrachtet. Ich habe nämlich umgekehrt das Gefühl, daß du nur noch mit der Buchhandlung beschäftigt bist.“

Wir gingen ins Wohnzimmer und setzten uns auf die Couch. Ich war froh, daß wir endlich miteinander redeten.

Ich schüttelte den Kopf. „Du hast kein Verständnis für meine Begeisterung ...“

„Und du für meine?"

„Zum ersten Mal seit vielen Jahren gehe ich meinen Bedürfnissen nach, suche meinen eigenen Weg, mache beruflich etwas anderes, entdecke neue Möglichkeiten. Ich wußte gar nicht mehr, wie das geht – das hatte ich völlig verlernt in meiner Ehe."

„Dafür bin ich aber nicht verantwortlich."

Katharina lächelte, um die Bemerkung abzumildern, aber ich spürte, wie ich langsam wütend wurde.

„Außerdem", fügte sie hinzu, „kannst du dich entwickeln, soviel und so lange wie du willst. Für mich gibt es aber auch noch etwas anderes – nämlich meine eigene Entwicklung. Du kannst nicht von mir erwarten, daß ich immer nur auf dich eingehe ..."

„Das tue ich doch überhaupt nicht!" unterbrach ich sie empört. Ich rückte ein Stück von ihr ab.

Illusion und Wirklichkeit, dachte ich plötzlich. Als wir noch nicht zusammenlebten, hatte ich mir nichts Schöneres vorstellen können, als immer in ihrer Nähe zu sein, und jetzt, nach noch nicht einmal einem Jahr, stritten wir uns wie ein ganz gewöhnliches Paar. Redeten aneinander vorbei, machten uns gegenseitig Vorwürfe, rechtfertigten uns und suchten nach Schwachstellen, um sie uns gegenseitig triumphierend unter die Nase zu reiben.

„Deinetwegen habe ich mich scheiden lassen", sagte ich plötzlich leise, und die Tränen stiegen mir in die Augen.

„Das ist schade", sagte Katharina und nahm meine Hände fest in ihre. „Ich hatte gehofft, du hättest es für dich selbst getan."

Ich stand unvermittelt auf und brach das Gespräch ab. Die Röte war mir ins Gesicht gestiegen, und ich stapfte wütend und zitternd vor Erregung nach oben.

Katharinas letzter Satz klang lange in mir nach. Zuerst war ich so aufgebracht, daß er wie ein kleiner Gummiball in mir hin- und herschoß, ohne daß ich ihn genauer hätte betrachten können. Dann wurde ich langsam ruhiger. Hatte ihre Bemerkung etwas mit unseren momentanen Problemen zu tun? Sie wollte ihren

Weg gehen, ich meinen, und beide fühlten wir uns nicht genügend von der anderen beachtet. Das war es auch schon. Punktum.

Corinna hatte ihre Wohnung komplett umgestaltet. Verblüfft ging ich von Raum zu Raum, drehte mich immer wieder im Kreis und nickte anerkennend. Ihr Stil war eigenwillig, aber er gefiel mir. Die Räume waren fast karg eingerichtet. Im Wohnzimmer gab es zwei große Topfpflanzen, einen Rosenholz-Sekretär und eine kleine Sitzecke, bestehend aus einem Ledersofa und zwei Korbsesseln. Im Schlafzimmer standen ein Futon und ein schmaler Kleiderschrank, von der Decke spannte sich ein buntes Seidentuch diagonal durch den Raum. Der Flur war so breit und großzügig geschnitten, daß Corinna Bücherregale angebracht hatte.

„Wann hast du das alles gemacht?“ fragte ich, als wir in die Küche gingen, um unseren Kaffee zu holen. Auch hier war alles frisch gestrichen, einschließlich der Schränke und des Eßtisches.

„In den letzten Wochen – immer so nach und nach“, antwortete Corinna und reichte mir meine Tasse. Wir gingen wieder ins Wohnzimmer.

„Das Renovieren im Buchladen hat mich motiviert. Außerdem war es wirklich nötig, und jetzt ist es ein richtiger Neuanfang.“ Sie blies in ihren Kaffee, hob den Kopf und lächelte. „Ich freue mich, daß es dir gefällt.“

Ich lächelte zurück. Corinna sah entspannt und zufrieden aus. Sie strich behutsam mit dem Finger über den Rand ihrer Tasse.

„Ich habe heute Tom getroffen“, sagte sie. „In seinem Projekt arbeiten sie an einer neuen Broschüre, die auch an Schulen verteilt werden soll. Sie hoffen, daß sie eine hundertprozentige Förderung bei der Stadt durchkriegen. Na, mal schauen. Ich jedenfalls drücke ihnen nicht nur die Daumen, sondern werde auch die Werbetrommel dafür rühren.“

Es war bewundernswert, wie Tom sich engagierte. Immer wenn ich ihn sah, hatte ich den Eindruck, daß er rund um die Uhr beschäftigt war und sich sehr wohl dabei fühlte.

„Demnächst will er wieder nach Berlin, um sich mit einer Gruppe dort auszutauschen", erinnerte ich mich. „Es ist schon merkwürdig, er wirkt agiler als ... früher. Ob das auch damit zu tun hat, daß er nicht zur Ruhe kommen will?"

Corinna lehnte sich zurück. „Hast du ihm diese Frage mal gestellt?"

Ich blickte hoch. „Nein. Das ist mir gerade so durch den Kopf gegangen. Außerdem habe ich auch meistens das Gefühl, daß er gar nicht über seine Erkrankung sprechen will. Um den Anschein der Normalität zu wahren. Wer wird schon gerne dauernd daran erinnert, daß er eine tödliche Infektion in sich trägt?"

Corinna schaute mich nachdenklich an. „Das ist eben die Frage. Will Tom nicht darüber sprechen, weil es ihm schwerfällt? Oder hat er den Eindruck, daß er seine Freunde mit dem Thema verschonen muß, weil die zu sehr darunter leiden?"

Ich stutzte.

„Ich kenne eine Krankenschwester, die mir mal erzählte, daß sie manchmal bei Krebspatienten ein solches Verhalten beobachtet. Wenn die Ängste der Angehörigen und Freunde zu groß seien, würden die Kranken es vorziehen, beim Sterben allein zu sein, um niemanden mit dem Sterbeerlebnis zu konfrontieren."

Der Gedanke war beunruhigend. „Hat Tom sich in der Weise geäußert?"

Corinna schüttelte den Kopf. „Aber nein. Ich möchte das nur erwähnen. Wem teilt ein Mensch seine Ängste mit? Jemandem, der Mühe hat, überhaupt bis zum Schluß zuzuhören? Wohl kaum."

Ich atmete tief durch. „Natürlich nicht. Nur – wenn man von diesen Probleme und Ängsten weiß, dann kann man sie offen ansprechen, oder? Damit könnte man doch einiges aus der Welt schaffen."

Corinna setzte sich auf und lächelte amüsiert. „Ja, klar. Wenn man das immer ganz offen täte, gäbe es wahrscheinlich keinen Streit und keine Mißverständnisse mehr, kaum noch Scheidungen und wahrscheinlich nicht mal Kriege. Nur, unsere Gefühle sind viel komplizierter und auch die Motive unseres Handelns. Oftmals merken wir doch gar nicht, daß etwas im Raum steht oder daß wir dabei sind, eine Situation nach unseren Gefühlen umzuinterpretieren – dabei wollen wir doch immer nur das Beste. Du hast vorhin selbst gesagt, du hättest das Gefühl, Tom wolle sich nicht dauernd mit seiner Krankheit beschäftigen. Spricht daraus tatsächlich ein intuitives Einfühlen, was Toms Wünsche angeht, oder spiegelt sich darin eher *dein* Wunsch wider, nicht darüber zu sprechen? Tom arbeitet sehr engagiert in einem Aidsprojekt mit – was glaubst du, womit er sich tagaus, tagein beschäftigt?"

Ich war zugleich betroffen und verunsichert. Und es war mir unangenehm, wie scharfsinnig Corinna die Situation analysierte.

Sie stand auf und nahm unsere Tassen. „Ich hole uns noch mal Kaffee, ja?"

Ich nickte nur.

Als sie zurückkam, warf sie mir einen prüfenden Blick zu. „Ich hoffe, du verstehst mich richtig, ich will dir um Gottes willen keinen Vorwurf machen. Manchmal erscheinen die Dinge in einem ganz anderen Licht, wenn man sich bewußt macht, wie sehr wir unsere eigenen Wünsche und Bedürfnisse in den Vordergrund schieben – oftmals so verschleiert, daß wir es gar nicht merken. Und solange man die Weisheit nicht mit Löffeln gefressen hat, benötigt man dafür erst mal einen Anstoß von außen."

Ich dachte an Marion, aber ich wußte nicht, ob ich dazu etwas sagen sollte.

„Du bist nicht erst seit gestern so ... ehrlich mit dir selbst", sagte ich zögernd. „Aber du hast trotzdem lange gebraucht, um dich aus deiner Beziehung zu lösen."

„Das stimmt. Ich mußte erst ganz klar erkennen, daß ich mindestens genauso egoistisch an Marion festgehalten habe wie sie an mir – das hat eine Weile gedauert. Wer blickt schon gerne seinem Ego so direkt in die Augen? Wir haben uns gegenseitig benutzt. Erst als ich das begriffen hatte, war es mir möglich, alle anderen Beweggründe, und davon gab es ja viele, neu zu betrachten und entsprechend zu handeln. Und das kann auf sehr viele Situationen übertragen werden, in allen möglichen Lebensbereichen. In der Familie, im Job, in der Beziehung."

Ich seufzte laut auf. „Du meinst also, man muß nur feststellen, an welcher Stelle einem die rein egoistischen Motive einen Streich spielen, und schon wird alles klar?"

„Häufig ja."

„Aber jeder Mensch ist egoistisch, hat Bedürfnisse, Gefühle, Ängste, Wünsche, seine persönlichen Ziele. Das gehört zum Menschsein dazu. Ich kann und will all das gar nicht beseitigen", ereiferte ich mich.

Corinna machte eine beschwichtigende Geste. „Linda, es geht nicht darum, deine Gefühle zu beseitigen, es geht zunächst darum, sie zu erkennen und dann Veränderungen zuzulassen. Weißt du, was die Buddhisten sagen? Erkenne deine Begierden, lerne, sie loszulassen, und dann wirst du aufhören zu leiden."

„Aha", gab ich wenig überzeugt und in leicht ironischem Tonfall zurück. „Meinst du damit meine persönlichen Wünsche und Vorlieben? Die finde ich aber gar nicht so unangenehm. Es macht Spaß, etwas besonders Leckeres zu essen, und ich schlafe gerne mit Katharina. Wo ist hier das Leid?"

Corinna schwieg einen Moment, dann legte sie die Hände in den Schoß. „Und was ist, wenn plötzlich kein besonderes Essen da ist – nur etwas Brot und Salat oder eine Suppe, und Katharina nicht mit dir schläft, sondern sich lediglich bei dir ankuscheln möchte? Kannst du mühelos darauf verzichten, ohne Vorwurf, ohne Ärger, oder bist du enttäuscht, weil deine Erwartungen nicht erfüllt wurden? Noch mal: Es geht nicht darum, Wünsche, Ziele, Bedürfnisse quasi aufheben zu wollen, aber wäre es nicht toll, wunschlos glücklich zu sein? Unabhängig von Besitz und Begierden? Nur mal so als Gedanke, als theoretisches Modell?"

Ich hatte auf einmal einen dicken Kloß im Hals.

„Warum bist du im Moment so unausgeglichen? Woher kommen die Konflikte zwischen dir und Katharina? Schau mal genauer hin!"

Ich schluckte den Kloß herunter. Er hinterließ einen bitteren Nachgeschmack. „Willst du mir damit sagen, daß ich zu egoistisch bin?"

„Wie käme ich dazu? Wenn diese Frage aber in deinem Kopf kreist, solltest du nach einer Antwort suchen."

Ich schob meine Kaffeetasse von mir. „Du liebe Güte, Corinna, so weltbewegend ist das nun auch wieder nicht. Es müssen nicht ganze Religionen bemüht werden, um bei Partnerschaftsproblemen egoistische Hintergründe zu finden. Im übrigen – was heißt hier Probleme? Bei Katharina und mir geht es wohl eher um die berühmt-berüchtigte Zahnpastatube!"

„Oh, es geht meistens um die Zahnpastatube, Linda. Jedenfalls auf den ersten Blick."

Wenige Minuten später beendeten wir das Thema. Corinna befürchtete offenbar, mir zu nahe getreten zu sein, und ich hatte das Gefühl, in einer Ecke zu stehen, in die ich ganz und gar nicht gehörte. Eine Empfindung, die sich auch nicht auflöste, als sie mich kurz darauf zum Abschied umarmte und mir beruhigend den Rücken streichelte.

Als ich spätabends nach Hause kam, schlief Katharina bereits. Ich betrachtete eine Weile ihr entspanntes Gesicht und streckte mich dann behutsam neben ihr aus. Was genau wollen wir beide eigentlich voneinander? dachte ich, schon halb im Schlaf. Viele Antworten strömten auf mich zu, aber ich drehte mich um und stürzte in einen Traum, an den ich mich am nächsten Morgen nicht erinnern konnte.

11

Es war Donnerstag. Katharina hob den Schlauch und spritzte die Gartenmöbel ab. Ich hatte den Nachmittag frei, saß auf der Terrasse und schrieb in mein Tagebuch. Die ersten kräftigen Strahlen der Maisonne verwöhnten mich. Erik und Nadine sprangen um Katharina herum, und es war nur noch eine Frage der Zeit, wann alle drei pitschnaß sein würden.

Am nächsten Abend sollte die Ausstellungseröffnung sein. Katharina war aufgekratzt und nervös, und ich hatte das Gefühl, daß es besser war, sie in Ruhe zu lassen. Manchmal betrachtete sie mich sekundenlang mit einem so durchdringenden Blick, daß ich gleichzeitig hoffte und fürchtete, der höfliche und zurückhaltende Ton, der sich bei uns eingenistet hatte wie ein ungebetener Dauergast, würde mit einem lauten Aufschrei vertrieben werden.

Eine halbe Stunde später kam Bettina, ließ die Kinder bei mir und fuhr mit Katharina los, um Getränke zu besorgen und Stühle und Geschirr in die Scheune nach Mariental, dem Dörfchen in der Nähe von Helmstedt, zu bringen. Vor zwei Tagen hatte es dort noch ziemlich chaotisch ausgesehen. Kartons, eingepackte Bilder, Holzlatten, benutzte Kaffeetassen und diverses Werkzeug und Renovierungsmaterial lagen kunterbunt durcheinander. Ich hatte mich gefragt, was hier in den vergangenen Wochen überhaupt passiert war, unterdrückte die Frage aber. Katharina hätte sie wahrscheinlich nicht sehr witzig gefunden.

Mit sechs Kindern um mich herum war nicht mehr daran zu denken, gemütlich in der Sonne zu sitzen. Ich holte Saft und Kekse, beantwortete zahllose Fragen, schlichtete Streit, suchte Spielzeug und verarztete ein aufgeschlagenes Knie und einen abgeschürften Ellenbogen. Ich war heilfroh, als Bettinas Wagen am frühen Abend in die Auffahrt bog und sich innerhalb einer Viertelstunde die Anzahl der Kinder um zwei Drittel verringerte.

Katharina war hundemüde. Ich brachte Nadine und Erik ins Bett und ging zu ihr in die Küche.

„Ich habe halbe Hähnchen mitgebracht", sagte sie. „Magst du auch?"

Der durchdringende Geruch von Brathähnchen strömte mir in die Nase, als sie die Tüte öffnete und ein dampfendes Fleischstück auf ihren Teller legte. Ich mochte Geflügel nicht besonders und schüttelte den Kopf.

„Nein, danke. Ich habe schon mit den Kindern gegessen", antwortete ich und holte mir ein Glas Cola. „Wie sieht's aus? Alles geschafft?"

Katharina setzte sich an den Tisch und nickte mit vollem Mund. „Ja. Alles geschafft. Nun bleibt nur zu hoffen, daß morgen möglichst viele Leute kommen. Ich fahre gleich mittags nach der Schule rüber, um am Samstag und Sonntag ein wenig kürzertreten zu können."

„Und Bettina holt die Kinder?"

„Ja. Sie bringt sie nach Velstove, wenn Tanja kommt. Welche Uhrzeit hattest du denn mit ihr abgemacht?"

Ein eisiger Schreck durchfuhr mich. Tanja?

Katharina legte ihre Hähnchenkeule beiseite und blickte mich aufmerksam an. „Du hast sie doch angerufen?"

Ich schüttelte langsam den Kopf. „Ich kann mich gar nicht erinnern, daß wir darüber gesprochen haben."

Sie wischte sich die fettigen Finger ab. Eine steile Falte schob sich zwischen den Augenbrauen über ihren Nasenrücken. „Wer soll sich denn um die Kinder kümmern, wenn du am Nachmittag kommst? Willst du sie mitnehmen? Das Ganze ist doch nicht um acht Uhr vorbei."

Ich zog eine Grimasse. „Nein, natürlich nicht. Aber das ist doch kein Drama, ich werde ..."

Katharina lächelte vieldeutig. „Nichts ist ein Drama. Ich hatte lediglich gehofft, mich hierum nun nicht auch noch kümmern zu müssen."

Ich spürte, wie sich meine Augen verengten. „Mußt du auch nicht. Ich habe es verschwitzt und werde mich gleich ans Telefon hängen. Reicht dir das?" Der Ton war spitz.

„Wenn du eine Lösung findest, ja."

Ich fand eine Lösung, wenn auch zähneknirschend. Tanja hatte erst abends Zeit, also würde ich die Kinder am Nachmittag doch mitnehmen und zwischendurch die Ausstellung verlassen müssen, um sie nach Hause zu bringen. Als ich mein Gespräch beendet hatte, lag Katharina auf dem Sofa und blätterte in der Zeitung. Ihr Geschirr hatte sie nicht weggeräumt. Das ist wohl zuviel für die sensiblen Künstlerinnenhände, dachte ich und war im gleichen Moment erschrocken über meine Bitterkeit.

Mariental ist ein idyllisches Dörfchen mitten im Lappwald. Die ehemalige innerdeutsche Grenze hatte sich bis vor wenigen Jahren haarscharf am östlichen Ortsende entlanggeschlängelt. Doch davon war nichts mehr zu spüren. Die Gegend war jetzt ein beliebtes Naherholungsgebiet.

Die riesige Scheune, die etwas außerhalb des Ortes am Rande eines Feldes stand und die die Frauen von einem Bauern gemietet hatten, war kaum wiederzuerkennen. Ich starrte schweigend auf die hellen Wände, die fachgerecht verkleidet und gestrichen waren, die heruntergezogene Decke, von der indirektes Licht die Stellwände, Podeste und Tische bestrahlte. In einer Ecke des Raumes war eine Kaffeebar aufgebaut. Es roch nach Erdbeerkuchen, und die ersten Besucherinnen und Besucher waren bereits eingetroffen, hauptsächlich Verwandte, Freundinnen, Freunde und Bekannte der Künstlerinnen, unter die sich aber so nach und nach auch andere Neugierige mischten.

Ilona, die Bildhauerin der Gruppe, die aus Helmstedt stammte und dort für die entsprechende Publicity gesorgt hatte, trat neben mich und grinste von einem Ohr zum anderen.

„Klasse, was? Sieht richtig nach was aus, oder?"

„Ich bin sehr beeindruckt. Ihr habt viel geleistet."

Ilona war ein winziges Persönchen, die keine neunzig Pfund wog und kürzlich ihren dreiundzwanzigsten Geburtstag gefeiert hatte. Die zwei-, dreimal, die ich sie bisher getroffen hatte, war sie immer wie ein Irrwisch durch die Gegend gesaust und hatte ständig vor sich hin geschimpft. Ilona wurde grundsätzlich nur Pumuckl genannt, und niemand, der sie kannte, hinterfragte diesen Spitznamen. Sie hatte nicht nur das gleiche rote Haar und die verspielt-temperamentvolle Art des Kobolds, sogar die Stimmen schienen sich zu gleichen. Wenn sie aufgeregt war, verfiel sie in ein lautes Krächzen, das an einen pubertierenden Jüngling erinnerte, der sich im Stimmbruch befand.

Ich schaute auf die Podeste und war noch verblüffter. Die Vorstellung, daß Ilona als Bildhauerin arbeitete, war an sich schon ein wenig verwirrend. Sie trug auch heute einen weiten hellgrünen Overall und wirkte auf den ersten Blick eher wie eine Handwerkerin, die gerade vom Bau kommt. Katharina hatte erzählt, daß sie hauptberuflich als Krankengymnastin arbeitete. Ilona – konzentriert und selbstvergessen an einer Skulptur modellierend – ich hatte Mühe, mir das vorzustellen. Außerdem waren die ausgestellten Objekte groß, wuchtig, schwer und schienen schon deshalb gar nicht zu Ilona zu passen.

„Gefällt dir mein griechischer Adonis?" fragte sie mit einem spitzbübischen Lächeln, als sie meinem Blick folgte.

Der Adonis war eine massige Figur. Der Bodybuilder schlechthin. Halbnackt und selbstverliebt schien er vor einem imaginären Spiegel zu stehen und seine Bauchmuskulatur zu begutachten. Getrübt wurde die Erscheinung lediglich dadurch, daß Adonis' Lächeln zahnlos war und er insgesamt ein bißchen beschränkt wirkte.

Ich lächelte. „Er ist nicht mein Typ. Hat dafür jemand Modell gestanden?"

Ilona grinste. „Na klar, mein Freund. Der weiß es nur noch nicht."

„Nun, er wird's verschmerzen", erwiderte ich. „Verkauft sich denn so was?"

Sie zuckte die Achseln. „Mit viel Glück ja – und dann wahrscheinlich zu einem Spottpreis. Ansonsten wandert es in meine Privatsammlung oder wird verschenkt, wie die anderen Sachen auch."

„Aber ich denke, die Ausstellung kann da einiges in Gang bringen. Deshalb macht ihr sie doch, oder? Katharina hat nach ihrer Ausstellung im Frauencafé auch zwei Bilder verkauft."

Ilona reckte die Nase empor. „Na ja, klar. Eine Chance gibt es immer. Nur, du darfst nicht vergessen, daß der Markt für Bilder viel größer ist. Ein Aquarell oder auch ein Ölschinken findet in jeder Wohnung sein Plätzchen, aber schau dir meine Objekte an. Der Adonis ist nicht unbedingt neben der Klotür unterzubringen."

Ich lachte. „Das stimmt, obwohl er da so falsch nicht stünde."

Ilona fiel in mein Lachen ein. Dann musterte sie mich aufmerksam. „Katharina hat erzählt, daß du schreibst."

„Hat sie das?" Mein Ton war ungewollt schnippisch, was Ilona nicht entging. „Nur ein bißchen Tagebuch. Rein als Hobby", wehrte ich ab.

Ich blickte an ihr vorbei und sah, daß Bettina mir zuwinkte. Im gleichen Moment flitzte Ilona auch schon wieder davon, um einen Bekannten zu begrüßen. Ich schaute ihr einen Moment hinterher, bevor ich zu Bettina hinüberging.

„Hast du schon den Erdbeerkuchen probiert?" fragte sie mich, als ich zu ihr trat. Sie verdrehte verzückt die Augen. „Köstlich, einfach köstlich. Allein deswegen hat es sich gelohnt, hierher zu fahren."

„Wo sind eigentlich die Kinder?“ Ich blickte mich suchend um.

Bettina zeigte zum Tor. „Draußen. Da werden irgendwo Würstchen gegrillt. Hast du Katharina gesehen?“

Ich seufzte. „Vorhin hat sie den Kuchentresen gemacht. Im Moment fachsimpelt sie mit einem Zeitungsmenschen.“

„Sehr gut.“ Bettina leckte sich die Finger ab, und ich wußte nicht, ob ihr Kommentar sich auf die Ausstellung oder Katharinas Pressegespräch oder auf den Kuchen bezog. Wahrscheinlich auf alles.

Zwei Stunden später starrten die Kinder vor Dreck. Nadine hatte sich übergeben, weil ihr zwei Bratwürste und Cola und Eis nicht bekommen waren, Eriks Hose war zerrissen, und ich wollte nur noch eines: die beiden nach Hause bringen, mich umziehen und den Abend genießen. Ich seufzte, als ich mich umschaute. Es herrschte inzwischen ziemlicher Trubel, und unter einem genußvollen Abend konnte ich mir auch noch etwas anderes vorstellen als eine Scheunen-Vernissage in fortgeschrittenem Stadium. Zum Beispiel auf der Terrasse sitzen und ein kühles Glas Weißwein trinken. In den Himmel gucken. Händchen halten ... Wenigstens waren Anna und Corinna mittlerweile auch eingetroffen.

„Du fährst jetzt los, nicht wahr?“ Katharina stand auf einmal neben mir. Ihr Gesicht war erhitzt.

„Ja“, gab ich zurück.

„Wann kommst du wieder?“

„Ich beeile mich.“

Sie gab mir einen Kuß. Ihre Lippen waren mir vertraut. Sie strichen zart über meinen Mund, und ich genoß die unerwartete Nähe. Ich lehnte mich an sie. Was sind wir doch albern, dachte ich plötzlich. Es kann doch alles so wunderbar und einfach sein. Ich hob den Kopf und lächelte. „Bis später.“

Katharina winkte mir hinterher.

Tanja nickte ein ums andere Mal und hörte geduldig zu. Sie kümmerte sich regelmäßig um die Kinder, aber ich meinte immer noch, ihr alle möglichen Erläuterungen geben zu müssen.

„Falls Erik wach werden sollte, laß ihn auf keinen Fall in meinem Bett weiterschlafen", mahnte ich energisch. „Es ist nicht möglich, neben meinem Sohn auch nur eine halbe Stunde Ruhe zu finden. Er tritt um sich, beansprucht die gesamte Decke für sich und spielt zwischendurch Batman."

„Alles klar", gab Tanja zurück. „Tee für Nadine?"

„Ich habe für alle Fälle Fencheltee gekocht – allerdings glaube ich nicht, daß sie sich noch mal meldet. Sie hat sich einfach überfressen und anschließend alles wieder ausgekotzt."

Tanja verzog keine Miene. „Okay."

Ich griff nach meiner Lederjacke und wollte gerade zur Tür hinaus, als das Telefon klingelte. Ich drehte mich um und nickte Tanja zu. Sie nahm ab, meldete sich und schaute einen Moment später hoch.

„Ja, ich schau' mal, ob ich sie noch erwische." Mit einer Hand hielt sie den Hörer zu. „Es ist Corinna."

Ich stellte meinen Rucksack ab. Vielleicht sollte ich noch etwas von zu Hause mitbringen, was in der Scheune fehlte.

„Hallo, Corinna!" rief ich fröhlich. „Kein Wein mehr da?"

Einen Moment blieb es still in der Leitung. Dann räusperte sich Corinna. „Ich bin zu Hause. Kannst du kurz vorbeikommen?" Ihre Stimme klang flach.

„Ist was passiert?" fragte ich erschrocken.

„Ich möchte nur kurz mit dir reden."

„Gut, ich komme sofort."

Erst als ich im Auto saß, fuhr mir die Frage durch den Kopf, warum Corinna nicht mehr bei der Ausstellung war. Zehn Minuten später war ich bei ihr. Sie war bleich und lächelte nicht. Ich dachte sofort an Marion. Wir setzten uns ins Wohnzimmer auf das Ledersofa.

„Tut mir leid, daß ich dich so aufgeschreckt habe“, sagte sie mit einem kleinen entschuldigenden Lächeln. „Ich bin froh, daß ich dich noch erreicht habe. Katharina meinte, daß du bestimmt eine gute halbe Stunde bräuchtest, um die Kinder ins Bett zu bringen.“

„Was ist geschehen?“

Sie blickte kurz auf ihre Hände, schaute dann hoch und schüttelte langsam den Kopf. „Etwas unglaublich Melodramatisches. Aber auch so was muß erst mal verdaut werden.“ Sie zwinkerte. „Ich habe mich mit der Bildhauerin unterhalten, wie heißt sie doch gleich?“

„Pumuckl.“

„Pumuckl?“

„Das ist ihr Spitzname. Sie heißt Ilona.“

„Richtig, Ilona.“ Corinna schaute mich einen Augenblick verwirrt an, und mir wurde bewußt, daß sie den kleinen Kobold wahrscheinlich gar nicht kannte. Sie war keine praktizierende Mutter und sah selten fern.

Ich winkte ab, weil ich das Thema nicht vertiefen wollte. „Erzähl weiter.“

„Adonis“, sagte Corinna. „Erinnerst du dich an die Skulptur?“

„Ja, witzig, nicht?“

„Fand ich auch, ja. Ilona erzählte mir, daß ihr Freund das Modell gewesen wäre, er das aber noch nicht wüßte.“

Scheint eine Geschichte zu sein, die Pumuckl gern erzählt, dachte ich amüsiert.

„Sie meinte, er wolle nachher noch vorbeikommen“, fuhr Corinna fort, „dann könnte ich mich ja von der Ähnlichkeit überzeugen. Bernd hieße er und wäre knapp dreiundzwanzig Jahre alt, ein paar Monate jünger als sie selbst. Sternzeichen Zwilling.“

Sie schwieg und schaute mich an. Ich überlegte angestrengt, ob ich etwas Wesentliches verpaßt oder nicht begriffen hatte.

„Ich verstehe nicht“, sagte ich. „Du mußt schon weiter ausholen.“

Corinnas Mundwinkel fingen plötzlich an zu zittern. „Du wirst es nicht glauben – mit Bernd ist mein Sohn gemeint."

Ich starrte sie stumm an und schluckte. „Aber ..."

„Als sie Bernd sagte, hat es schon *klick* gemacht", erzählte sie mit unsicherer Stimme weiter. „Aber das ist nicht neu für mich. Immer wenn der Name fällt, wird mir ein bißchen flau im Magen. Diesmal paßte allerdings auch das Alter und das Sternzeichen. Ich fragte nach, was ihr Freund denn machen würde, beruflich, und wo er herkomme. Er sei Elektriker, meinte Ilona, und sie hätten sich jetzt entschlossen, zusammenzuziehen. Wäre auch höchste Zeit, daß Bernd von zu Hause auszöge, sein Vater sei nämlich ein ziemlich übellauniger Typ und frauenfeindlich bis zum letzten."

Corinnas Hände zitterten. Ich nahm sie in meine.

„Tja, und dann drehte Ilona sich um und zeigte nach draußen. Da kommt er ja, rief sie. Nun werden wir gleich feststellen, wie gut ich nach Modell arbeiten kann. Irgendwie lief von da an alles in Zeitlupe. Bernd kam auf die Scheune zu, Ilona ging ihm entgegen, und ich stand da und hatte das Gefühl, nicht einen Schritt machen zu können. Er ist groß und breitschultrig, Adonis", Corinna verzog nur leicht den Mund. „Als er näher kam, sah ich, daß er Karstens dunklen Haarschopf und seine Augen hat. Plötzlich hörte ich seine Stimme und hatte nur noch einen Wunsch – raus hier, ganz schnell raus hier. Ich habe mich am Kuchentresen vorbeigedrückt und bin verschwunden, so schnell ich konnte. Ich ..."

Corinna fing an zu weinen, und ich zog sie an mich.

„Warum?" fragte sie und hob den Kopf. „Wofür soll das gut sein?"

„Du bist hier die Buddhistin", antwortete ich leise. „Solche Fragen kannst du dir sicherlich selbst beantworten."

Zum ersten Mal an diesem Abend schmunzelte Corinna kurz. Dann blickte sie reglos zum Fenster hinaus. Ich ging in die Küche und kochte Tee. Später erzählte sie von Bernd, von der Schwangerschaft, der Geburt, den ersten Monaten. Von ihrer Freude und ihren Ängsten. Und von diesem Verlustschmerz – das Gefühl, nie wieder lachen zu können, das monotone Abspulen scheinbar jedes noch so unwichtigen Augenblicks mit dem Kind, die Gewißheit, versagt zu haben und dafür bestraft worden zu sein, und die tiefe Resignation.

„Ich weiß, daß diese Begegnung etwas zu bedeuten hat", sagte sie, nachdem wir wieder eine ganze Weile geschwiegen hatten. „Aber die nötigen Konsequenzen kann ich im Moment nicht ziehen."

„Mußt du doch auch nicht", gab ich zurück. „Laß dir Zeit. Es sind zwanzig Jahre vergangen, da kommt es nun auf ein paar Wochen mehr oder weniger auch nicht mehr an."

Corinna atmete tief durch. „Du meinst, daß ich auf ihn zugehen sollte, nicht wahr?"

„Ehrlich gesagt – ja. In welcher Form auch immer. Es wäre eine Chance für euch beide. Aber das weißt du selbst viel besser als ich."

Sie lächelte und zog mich an sich. „Vielen Dank – nun hast du mir wieder dein Ohr geliehen. Aber ich denke, du solltest jetzt aufbrechen."

Ich schaute auf die Uhr und erschrak. Es war kurz nach Mitternacht.

„Oje", entfuhr es mir. „Das war's jetzt mit der Ausstellung."

Corinna zog die Stirn in Falten. „Du liebe Güte, ich habe überhaupt nicht gemerkt, wie die Zeit vergangen ist! Katharina wird hoffentlich nicht sauer sein."

Ich schüttelte den Kopf. „Ach was, wenn ich ihr erkläre, worum es ging, wird sie Verständnis haben."

Doch als ich nach Hause fuhr, sagte mir meine innere Stimme etwas anderes. Ich nagte an meiner Unterlippe und gab Gas.

Tanjas Wagen stand immer noch vor der Tür. Das bedeutete, daß Katharina noch unterwegs war und meine Babysitterin höchstwahrscheinlich vor dem Fernseher eingeschlafen war. Ich schloß behutsam die Haustür auf und schlich auf leisen Sohlen in den Flur, aber Tanja kam mir aus dem Wohnzimmer entgegen, als ich meine Lederjacke an die Garderobe hängte. Sie wirkte ganz und gar nicht schläfrig. Eher hellwach und, ja, besorgt.

„Alles in Ordnung mit den Kindern?" fragte ich.

„Klar, die schlafen wie die Murmeltiere, aber ..." Sie folgte mir in die Küche, wo ich mir ein Glas Wasser nahm. „Katharina ..."

Ich setzte das Glas ab. „Ja? Hat sie sich gemeldet?"

„Na ja", druckste Tanja herum, „einmal hat sie angerufen. Da habe ich ihr erzählt, daß du noch zu einer Freundin fahren wolltest, zu Corinna. War das in Ordnung?"

„Jaja", winkte ich ungeduldig ab. „Und dann?"

„Vor einer halben Stunde ist sie dann gekommen. Ich glaub', sie war total sauer. Ich hab' sie jedenfalls so noch nicht erlebt. Sie hat ihre Reisetasche gepackt und mir gesagt, ich soll dir ausrichten, sie sei nach Kassel gefahren."

Ich blickte Tanja fassungslos an. „Sie ist mitten in der Nacht nach Kassel gefahren?"

„Ja, sie hat noch ein paarmal telefoniert, und weg war sie."

Das waren ausgesprochen unerfreuliche Nachrichten. Ich konnte mir ungefähr ausmalen, was in Katharina vorging, zumal wir schwierige Monate hinter uns hatten. Doch was hätte ich tun sollen? Es hatte keine Möglichkeit gegeben, sie zu erreichen, und Corinna hatte mich gebraucht.

Als Tanja sich verabschiedet hatte, schaute ich noch mal nach den Kindern und legte mich dann ins Bett. Mittlerweile war es ein Uhr. Morgen früh rufe ich sofort bei ihren Eltern an, dachte ich. Mein ungutes Gefühl verstärkte sich. Katharina mußte schon sehr aufgebracht sein, um in einer Nacht- und Nebelaktion bei ihren Eltern Unterschlupf zu suchen. Ich war froh, am nächsten Tag freizuhaben.

Um acht Uhr morgens rief ich das erste Mal in Kassel an. Katharinas Mutter Sofia sagte mir, daß ihre Tochter noch schlafen würde. Als ich um zehn Uhr das nächste Mal durchklingelte, nahm niemand ab. Das gleiche um zwölf und um eins. Allmählich wurde ich wütend. Nachmittags hatte ich schließlich Lutz am Apparat, Katharinas Vater, den ich sehr mochte.

„Ich *muß* mit ihr sprechen", sagte ich nachdrücklich. „Es liegt ein Mißverständnis vor, und ich möchte es klären."

„Sie ist mit ihrer Mutter unterwegs", erwiderte Lutz. „Ruf einfach heute abend noch mal an."

Ich schloß kurz die Augen. „Gut, vielen Dank. Das werde ich tun."

Bis zum Abend verbrachte ich unruhige Stunden. Glücklicherweise waren die Kinder guter Laune und beschäftigten sich vornehmlich allein. Als Corinna anrief, sagte ich ihr nur, daß Katharina unterwegs sei und ich Kopfschmerzen hätte. Ich wollte nicht, daß sie ein schlechtes Gewissen bekam, wenn sie erfuhr, daß Katharinas überstürzte Fahrt nach Kassel mit meinem Besuch bei ihr zusammenhing. Abends um halb neun nahm ich zum unzähligsten Male an diesem Tag den Hörer in die Hand und wählte die Nummer von Katharinas Eltern.

„Katharina Seifert."

Ursprünglich hatte ich vorgehabt, mich mit ruhiger Stimme zu melden und ihr sofort etwas Nettes zu sagen, um ihr gleich den Wind aus den Segeln zu nehmen. Doch kaum hatte sie ihren Namen genannt, stieg die stundenlange zermürbende Warterei wie ein gasgefüllter Ballon in mir hoch.

„Ich bin's – toll, daß ich dich endlich sprechen kann!" fuhr ich sie heftig an.

„Ich war bis vor einer Stunde unterwegs", gab Katharina ungerührt zurück. Sie klang kühl, während ich anfing zu schäumen.

„Du haust mitten in der Nacht ab, bist den ganzen Tag unterwegs und meinst nicht, daß du dich mal melden könntest?"

„Oh, was das spontane Abhauen anbelangt, so solltest du dich erst mal an die eigene Nase fassen, bevor du mir Vorwürfe machst. Mir ist es schlicht und ergreifend zu bunt geworden! Ich mußte einfach weg gestern nacht."

„Aha. Und du konntest dir nicht vorstellen, daß es vielleicht einen triftigen Grund gab, warum ich nicht mehr gekommen bin?" hakte ich nach.

Katharina lachte trocken auf. „Es gibt immer irgendeinen triftigen Grund, meine Liebe. Seit Monaten ist es dir vollkommen gleich, was ich mache und was ich möchte. Deine Pläne, deine Wünsche haben Priorität, ich werde gar nicht mehr gefragt."

„Das Kompliment kann ich sofort zurückgeben. Du bist doch bloß sauer, daß ich nicht jeden Tag achtzig Luftsprünge mache, weil du wieder ein Bild gemalt hast oder eine Ausstellung geplant ist!"

„Hör auf, Linda", unterbrach mich Katharina jetzt mit schneidender Stimme. Von ihrem anfänglich ruhigen Ton war nichts mehr übriggeblieben. „Du hast offensichtlich den Eindruck, daß ich dafür zuständig bin, dir ein harmonisches, ausgefülltes Leben zu bieten. Schließlich hast du dich meinetwegen scheiden lassen, nicht wahr? Und nun soll ich mal zusehen, daß du es auch möglichst nett hast, oder wie? Du allein bist für dein Glück verantwortlich!"

Das tat weh.

„Ach ja? Und warum läßt du mich dann nicht mein Glück machen? Jede Überstunde nimmst du mir übel, jedes zusätzliche Engagement beäugst du mißtrauisch, weil du Angst hast, zu kurz zu kommen", giftete ich zurück.

„Du weißt, daß das nicht stimmt. Du kannst arbeiten, soviel du willst, aber nicht ständig auf meine Kosten und ohne Rücksicht auf unsere Beziehung. Du siehst ja nicht mal mehr, wenn ich dich brauche. Wenn andere dich brauchen, bist du sofort zur Stelle.“ Ihre Stimme klang bitter.

„Du bist eifersüchtig. Eifersüchtig auf Corinna.“ Ich war erstaunt, daß ich das nicht früher erkannt hatte.

Einen Moment war es still in der Leitung. Die angestaute Wut war heraus. Ich fühlte mich ausgelaugt.

„Ich bin eifersüchtig darauf, daß für mich nichts mehr bleibt“, stellte Katharina einen Moment später ruhig fest.

„Warum reden wir nicht mehr wie früher miteinander?“

Sie seufzte. „Stolz? Angst, daß sich der eigene Egoismus zu deutlich zeigt?“

Ich mußte an das Gespräch mit Corinna denken, in dem es um Begierden und Egoismus gegangen war. Plötzlich spürte ich den unwiderstehlichen Drang, Katharina an mich zu pressen, ihr tausend zärtliche Worte ins Ohr zu flüstern, ihren Atem zu hören, ihre Hände zu spüren. Ich wollte sie riechen und ertasten, mit ihr lachen und sie liebkosen, mich entschuldigen und ihr sagen, wie viel sie mir bedeutete.

Mir stiegen die Tränen in die Augen.

„Ich vermisse dich“, sagte ich leise. „Es tut mir leid ... Es ist alles so verfahren. Verstehst du, ich ...“

„Ist ja gut“, beruhigte mich Katharina. Ihre Stimme klang sanft und erschöpft zugleich. „Laß uns morgen noch mal in aller Ruhe über alles reden. Der Anfang ist gemacht, und darüber bin ich sehr froh.“

Ich nickte. „Ja.“ Dann fiel mir die Scheune ein. „Was ist mit der Ausstellung? Soll ich morgen mal vorbeifahren?“

„Ich habe mit Ilona telefoniert. Die Frauen wissen, daß ich übers Wochenende weggefahren bin“, antwortete Katharina, doch ich konnte hören, daß sie sich über meinen Vorschlag freute. „Aber wenn du mal nach dem Rechten schauen würdest, wär’ das toll.“

„Katharina?"

„Ja."

„Wann kommst du ungefähr?"

„Ich schätze, gegen Abend. Wenn ich schon mal hier bin, kann ich meine Eltern auch noch zum Zug bringen, und anschließend besuche ich eine ehemalige Kollegin."

„Ach, stimmt, die große Reise geht ja los!"

Sofia und Lutz erfüllten sich ihren alten Jugendtraum, für den sie viele Jahre emsig gespart hatten – eine sechswöchige Rundreise durch Australien.

„Sie sind beide vor Aufregung ganz aus dem Häuschen. Mein Vater reitet im Geiste schon auf einem Känguruh durch den Busch. Ich befürchte, daß die beiden heute nacht überhaupt kein Auge zumachen werden", meinte Katharina.

„Grüß die beiden noch mal von mir. Und fahr vorsichtig ... Ich freue mich", sagte ich leise.

„Ja, ich mich auch. Bis morgen abend."

Wir legten auf. Meine Hände zitterten ein wenig, aber ich lächelte. Meine Güte, wie konnte man sich das Leben bloß so schwermachen?

Es war ein wundervoller strahlender Sonntag. Ich stand um sieben Uhr auf und fühlte mich so energiegeladen wie schon lange nicht mehr. Nach dem Frühstück fuhr ich mit den Kindern zwei Stunden Fahrrad, anschließend gingen wir in den Garten. Ich pflückte einen Strauß Blumen und stellte ihn auf Katharinas Schreibtisch. Nachdenklich betrachtete ich die zahlreichen Skizzen, die quer über den Tisch verteilt waren. War es wirklich so, daß ich von Katharina erwartete, daß sie mich glücklich machte? Ich seufzte tief. Ein bißchen taten wir das doch alle in unseren Beziehungen, dachte ich.

Nach der Mittagsruhe fuhren wir nach Mariental. In der Scheune ging es zu wie auf einem Volksfest. Ilona stand draußen am Grill und wischte sich den Schweiß von der Stirn, als wir ankamen. Sie winkte mir nur kurz zu und warf dann die nächsten Würstchen auf den Rost. Nicole, die ebenfalls Bilder und Zeichnungen ausstellte, und Ruth, die Frau mit dem Schmuck, hatten alle Hände voll zu tun, um Kaffee- und Kuchenwünsche zu erfüllen und gleichzeitig Fragen zu beantworten und allgemeinen Smalltalk zu machen.

„Kann ich helfen?“ wandte ich mich an Ruth. „Ich bin ganz gut im Kaffeekochen.“

Ruth lächelte erleichtert. „O ja, es wäre toll, wenn du mich für 'ne halbe Stunde ablösen könntest. Ich muß mal dringend für kleine Mädchen und brauche 'ne Verschnaufpause.“

Ruth war Mitte Vierzig und so groß und breit wie ein Kleiderschrank. Ihre Stimme hingegen war hoch und zart wie bei einem jungen Mädchen. Sie trug meist wallende bunte Gewänder und afrikanischen Schmuck, und ihr Haar war so kurz, daß ihr Kopf fast rasiert wirkte. Man sah ihr auf den ersten Blick die Künstlerin an. Hauptberuflich arbeitete sie als Goldschmiedin. Ruth hatte in ihrem ganzen Leben keine einzige Beziehung mit einem Mann gehabt, nicht mal eine flüchtige, und war sehr stolz darauf. Wenn man sie etwas näher kennenlernte, merkte man, daß Ruth gern und häufig ironische Zwischentöne einsetzte und weder sich noch andere ernster nahm als unbedingt nötig.

Den ganzen Nachmittag war ich am Kaffeekochen, Abwaschen, Aufräumen, Kuchenverteilen und Lächeln. Zwischendurch kümmerte ich mich um die Kinder und gab dreimal unsere Telefonnummer an Leute weiter, die sich für Katharinas Bilder interessierten.

Als wir abends nach Hause kamen, war ich wie gerädert. Meine Füße brannten. Aber ich fühlte mich wohl und zufrieden. Die Kinder steckte ich nach dem Baden sofort ins Bett, dann stellte ich mich eine halbe Stunde unter den heißen Wasserstrahl. Eingecremt und parfümiert und mit einem leichten Seidenpyjama bekleidet, streckte ich mich auf dem Sofa aus, aß eine ganze Schüssel Thunfischsalat und ein halbes Baguette und guckte mir den *Tatort* an. Es war neun, als ich schläfrig wurde und eine Decke über mich zog. Jetzt müßte sie aber bald kommen, dachte ich, bevor ich einschlief. Ich freue mich so sehr auf unser Wiedersehen.

Ein durchdringendes Geräusch drang immer wieder zu mir vor. Ich warf mich hin und her und war dann plötzlich von einer Sekunde zur anderen hellwach. Der Fernseher war die einzige Lichtquelle in der Dunkelheit. Das Telefon klingelte. Es war halb zwölf.

12

Ich rappelte mich hoch und wäre beinahe über die Decke gestolpert, die sich in meinen Beinen verfangen hatte. Der Weg bis in den Flur schien unendlich weit.

„Ja?" meldete ich mich.

Eine fremde Männerstimme räusperte sich. „Sind Sie Frau Baum?"

„Ja, die bin ich. Was gibt es denn mitten in der Nacht?" Auf einmal begann mein Herz zu rasen.

„Polizeidienststelle Wolfsburg. Mein Name ist Wolfgang Kienatz. Bei Ihnen wohnt eine gewisse Katharina Seifert?"

Mein Mund war trocken. „Ja. Was ist passiert?"

Herr Kienatz räusperte sich. „Es tut mir leid, Ihnen mitteilen zu müssen, daß Frau Seifert ..."

Ein riesiges Messer schien sich mir in den Bauch zu rammen. Nein, dachte, das ist nicht wahr. Das kann nicht wahr sein.

„... einen schweren Autounfall auf der A 39 gehabt hat. Sie ist ins Stadtkrankenhaus Wolfsburg eingeliefert worden."

Es ist schon merkwürdig, was einem in solchen Augenblicken an aberwitzigen und belanglosen Gedanken durch den Kopf schießen kann. Die A 39, dachte ich, dann war sie ja fast zu Hause. Warum ist sie nicht eher gekommen? Warum ist sie überhaupt nach Kassel gefahren? Wir wollten uns doch versöhnen, und ich war doch gar nicht so lange bei Corinna!

„Wie ... wie geht es ihr?“ fragte ich, als mir bewußt wurde, daß ich noch nicht geantwortet hatte.

„Das kann ich Ihnen nicht genau sagen. Sie ist schwer verletzt, sehr schwer.“

„Was ... Wie?“ Ich verstand nicht. Ich merkte nur, daß mein Körper steif war, als hätte ich zwei Stunden unbeweglich in der Kälte gestanden. Meine Eingeweide gefroren innerhalb weniger Sekunden, und gleichzeitig war mein Kopf so heiß, als hätte ich hohes Fieber.

„Sie ist mit dem Notarztwagen ins Krankenhaus gebracht worden“, erklärte Herr Kienatz langsam. „Eine genaue Rekonstruktion des Unfalls ist bisher noch nicht möglich gewesen. Frau Seiferts Tochter ist doch bei Ihnen, nicht wahr?“

Meine Zunge klebte am Gaumen. Ich konnte kaum noch schlucken. „Ja.“

„Frau Baum, gibt es Angehörige – sind noch Angehörige zu benachrichtigen?“

Katharinas Eltern. Nein, sie waren auf dem Weg nach Australien. „Nein.“

Ich legte den Hörer auf. Panik stieg in einer heißen Welle in mir hoch. Irgendwo schrie und jammerte jemand wie ein verwundetes Tier. Das war ich selbst. Fast erstaunt nahm ich es wahr. Doch nicht gerade jetzt, dachte ich, lieber Gott, wenn es dich gibt, dann kannst du das doch nicht zulassen! Wie oft ist dieser Satz in der Not wohl gedacht, gesagt, geschrien worden? Ich kramte mit fahrigen Fingern nach dem Telefonbuch und suchte die Nummer des Krankenhauses heraus. Bevor ich wählte, atmete ich mehrmals tief ein und wieder aus. Eine Männerstimme meldete sich.

„Meine Freundin Katharina Seifert ist schwer verletzt eingeliefert worden. Wo kann ich erfahren, wie es ihr geht?“ Es kostete mich unendliche Mühe, diese Worte verständlich über die Lippen zu bekommen.

„Moment bitte.“ Es klickte in der Leitung. Dann wieder dieselbe Männerstimme. „Sind Sie eine Angehörige?“

Ich stutzte. „Nein, sie ist meine Freundin. Die Polizei hat mich angerufen, und ...“

„Wir dürfen keine Auskunft geben.“

„Wie bitte?“

„Wir dürfen am Telefon keine Auskünfte geben. Außerdem sind Sie keine Angehörige.“

„Na und?“

„Bedaure.“ Es wurde aufgelegt.

Ich zitterte am ganzen Körper. Wärme, dachte ich, brauche Wärme. Was für ein schwachsinniger Gedanke. Ich stolperte die Treppe hoch und zog mich an. Meine Lippen waren rissig, als hätte ich seit zwei Tagen nichts getrunken. Plötzlich rebellierte mein Darm, und eine Woge aus Schmerz und Übelkeit biß sich durch meinen Bauch. Ich stürzte auf die Toilette und bekam gerade noch rechtzeitig die Hose herunter. Hilfe, dachte ich. Ich brauche Hilfe, und zwar sofort. Katharina ist nicht da. Katharina hatte einen Unfall. Auf dem Weg nach Hause. Auf der A 39. Wir wollten uns doch versöhnen. Das Toilettenpapier war alle. Katharina ließ immer die leere Papprolle hängen. Ich verschränkte die Arme auf den Oberschenkeln und legte den Kopf darauf. Meine Lippen waren blutig gebissen.

Corinna war eine Viertelstunde, nachdem ich sie angerufen hatte, da. Sie war bleich, und es kostete sie Mühe, ruhig zu bleiben. Sie brachte mich dazu, noch einen weiteren Pullover und dicke Socken anzuziehen, weil ich Schüttelfrost hatte. Dann kochte sie Tee und holte das Telefon.

„Ich rufe jetzt Astrid an. Sie ist Krankenschwester. Ich kenne sie, seit Hilde damals mit ihrem Lungenkrebs in die Klinik mußte“, erklärte Corinna, und nach einem Blick in ihr Adreßbüchlein griff sie zum Telefon.

Ich verstand ihre Worte, ohne etwas darauf erwidern zu können. Aber das erwartete Corinna offensichtlich auch gar nicht.

„Was für ein Zufall“, murmelte sie eine Minute später, nachdem sie wieder aufgelegt hatte. „Astrid hat Nachtdienst.“ Sie blickte hoch. „Ich rufe auf Station an und bitte sie, in Erfahrung zu bringen, was los ist.“

Sie telefonierte ein weiteres Mal. Zehn Minuten später erfolgte Astrids Rückruf. Corinna ging gleich selbst ans Telefon.

„Ja, ich verstehe. Gut. Ja, das wird wohl das beste sein. Ich danke dir. Bis dann.“

Sie legte den Hörer auf und schaute mich an. „Katharina wird noch operiert. Innere Verletzungen. Sie hat viel Blut verloren. Wir sollen morgen früh ins Krankenhaus kommen. Sie sorgt dafür, daß wir Genaueres erfahren.“

Ich nickte, ohne es zu merken.

„Du mußt die Eltern informieren“, sagte Corinna.

Von denen kommt sie doch gerade, dachte ich, aber ich sprach es nicht aus. Später war ich dankbar dafür. Corinna glaubte, daß Katharina von Mariental nach Hause gefahren war, und es war besser, sie in diesem Glauben zu lassen.

„Australien“, sagte ich.

„Australien?“

„Ihre Eltern sind seit gestern auf einer sechswöchigen Rundreise durch Australien.“

„Gut, darum kümmern wir uns später.“

Sie holte eine Decke und hüllte mich darin ein. Ich trank schluckweise von dem Tee. Mit übelerregender Gleichförmigkeit spulte sich in meinem Kopf immer wieder das nächtliche Telefonat ab. Wolfgang Kienatz. A 39. Autounfall. Schwer verletzt. Sehr schwer verletzt. Corinna war da. Sie half mir, wenn ich auf die Toilette mußte, und sie flößte mir frischen Tee ein. Die Welt stand Kopf, und ich saß in einem Karussell, das ich nicht anhalten konnte.

Um sechs Uhr morgens rief Corinna nacheinander Anna, Bettina, eine Kollegin und Astrid im Krankenhaus an. Eine knappe Stunde später war meine Tante da, um die Kinder zu versorgen. Sie strich mir über die Stirn, und ich sah, daß sie geweint hatte. Corinna und ich fuhren ins Krankenhaus, wo Astrid am Haupteingang auf uns wartete. Sie war eine dunkelblonde, zierliche Frau Ende Dreißig. Corinna umarmte sie.

„Vielen Dank, daß du dir die Zeit für uns nimmst", sagte sie.

Astrid winkte ab. „Kein Problem."

Sie lächelte mir zu, und wir gingen zu den Fahrstühlen. Meine Beine waren so schwer, daß ich mich auf jeden einzelnen Schritt konzentrieren mußte. Der Krankenhausgeruch stieg mir stechend in die Nase. Auf der Intensivstation kam uns sofort eine Schwester entgegen, mit der Astrid sprach. Kurz darauf erschien ein junger Arzt, der Astrid aufmerksam zuhörte und immer wieder einen Blick zu mir und Corinna herüberwarf. Er war hager und sah übernächtigt aus, und mit der linken Hand schob er ständig seine Nickelbrille nach oben. Schließlich nickte er und kam mit Astrid auf uns zu.

„Guten Morgen. Ich bin Dr. Steffen. Es geht um die Patientin Katharina Seifert?" Erneut schob er die Brille nach oben, bevor er mich anschaute.

„Sie ist meine Freundin", sagte ich und erkannte meine Stimme kaum. „Ich möchte wissen, wie es ihr geht, und ich möchte sie sehen."

Er räusperte sich umständlich. „Sie wissen, daß wir eigentlich nur direkte Angehörige zu ihr lassen dürfen?"

Plötzlich fing ich so stark an zu zittern, daß ich meine Hände nicht mehr unter Kontrolle hatte und in die Hosentaschen stecken mußte.

„Ich habe von solchen Bestimmungen gehört", gab ich zurück.

„Ich bin Katharinas Lebensgefährtin. Ihre Eltern sind zur Zeit nicht erreichbar. Bitte sagen Sie mir, was los ist, und lassen Sie mich zu ihr."

Seine dunkelgrauen Augen flogen geschwind über mein Gesicht. „Ich verstehe. Bitte kommen Sie."

Er führte mich in ein kleines Büro und nahm hinter seinem Schreibtisch Platz, während ich mich auf einen ungemütlichen Metallstuhl setzte.

„Es war ein schwerer Unfall", sagte Dr. Steffen nüchtern und griff zu einigen Röntgenaufnahmen. „Die Kopfverletzungen sind glücklicherweise nicht weiter tragisch. Es gibt ein paar Schnittwunden und eine Gehirnerschütterung. Außerdem am ganzen Körper Prellungen und Verstauchungen, aber auch das ist nicht weiter schlimm. Aber im Bauchbereich sieht es böse aus. Wir haben die Milz und den linken Leberlappen entfernen müssen, und der Magen hat auch etwas abbekommen. Wir mußten ihr mehrere Bluttransfusionen verabreichen."

„Wie geht es nun weiter?" Meine Hände waren eiskalt, und ich holte mit offenem Mund Luft.

Dr. Steffen legte die Bilder beiseite und faltete die Hände.

„Sie befindet sich jetzt im künstlichen Schlaf, das heißt, sie wird beatmet", erklärte er. „Bei Mehrfachverletzungen dieser Größenordnung wird das grundsätzlich gemacht. Sie hat keinerlei Schmerzen, und wir können jederzeit sofort noch mal operieren, wenn es nötig werden sollte."

„Wie lange bleibt sie in diesem künstlichen Schlaf?"

Er zuckte die Achseln. „Das kann ich Ihnen im Moment nicht beantworten. Wenn sie sich gut erholt, einige Tage. Wenn Komplikationen auftreten, länger."

Ich schwieg einen Moment und schaute zum Fenster hinaus. Wieder ein strahlender Maitag. Gestern morgen um diese Zeit war ich aufgestanden und hatte mich auf Katharina gefreut. „Wissen Sie, wie es passiert ist?"

„Soweit ich gehört habe, war sie nicht schuld. Ein riskantes Überholmanöver eines Fahrers, der es sehr eilig hatte. Der Wagen ihrer Freundin hat sich jedenfalls überschlagen, und sie ist in die Mittelplanke gerast. Aber Genaueres wird die Polizei noch ermitteln."

„Wie ernst ist es?" fragte ich schließlich und wandte ihm mein Gesicht zu.

„Sie ist nicht übern Berg", antwortete er knapp.

„Ich möchte sie sehen."

Er nickte und stand auf. „Waren Sie schon mal auf einer Intensivstation?"

Ich schüttelte den Kopf, während wir hinausgingen. „Nein."

„Dann sollten Sie Ihre Freundin mitnehmen." Er schaute in Corinnas Richtung. „Es ist ein ungewohnter Anblick."

Er führte uns in einen kleinen Vorraum, wo Corinna und ich weiße Kittel anzogen und uns die Hände desinfizierten. Dann öffnete Dr. Steffen eine weitere Tür, und sanftes Piepen und Rasseln empfing uns. Es war warm. Katharina war an Schläuche und Kabel angeschlossen. Ihr Brustkorb hob und senkte sich gleichmäßig und mit einem leichten Pfeifen. Ihr Kopf war verbunden. Monitore blinkten. Eine Schwester überprüfte gerade eine Infusion. Sie schaute hoch und lächelte mich freundlich an.

„Treten Sie ruhig näher", sagte sie. „Ich bin Schwester Ute."

Corinna nahm meine Hand, während Dr. Steffen uns kurz vorstellte, dann zur Krankenakte griff und den Raum wieder verließ.

Ich ging näher ans Bett. Katharinas Gesicht war geschwollen, die Arme und Finger auch. Das ist sie gar nicht, dachte ich auf einmal, während mein Gesicht heiß wurde und mein Herz so laut klopfte, daß ich das Gefühl hatte, jeder im Raum müßte es hören. Das ist doch nicht Katharina. Dieser aufgedunsene, verbundene und verkabelte Mensch, der da leblos im Bett liegt, ist nicht meine Geliebte. Ein Irrtum, hier liegt ein Irrtum vor. Ich schloß kurz die Augen. Eine Verwechslung, ein böser Traum, gleich kommt Katharina, und dann ...

„Frau Baum, schauen Sie doch bitte mal“, sagte Schwester Ute energisch, und als ich hochschreckte und die Augen öffnete, wies sie auf die Reihe der Monitore. „Hier kann ich immer genau sehen, wie es Frau Seifert, wie es Katharina geht“, sie lächelte. „Die Benutzung des Vornamens schafft Vertrauen zwischen ihr und mir. Sehen Sie mal – die Herzfrequenz ist normal, Blutdruck und Temperatur sind zur Zeit ein wenig erhöht. Sowie sich etwas ändert, was die Toleranzgrenzen überschreitet, melden sich die Apparate. Die ganze Technik hier sieht zwar nicht hübsch aus, aber sie ist sehr effektiv. Katharina ist ein wenig aufgedunsen, das ist auf die Infusionen zurückzuführen und gibt sich bald wieder.“

Ich blickte sie verwirrt an. Sie sprach eindringlich, als ob es ihr wichtig wäre, daß ich mich auf jedes einzelne Wort konzentrierte.

„Wenn ich etwas an der Patientin verrichte, rede ich mit ihr und sage ihr, was ich tue.“

„Dr. Steffen hat mir gesagt, daß sie schläft und nichts mitbekommt“, erwiderte ich leise. Corinna stand jetzt hinter mir. Ich hörte, wie sie gleichmäßig atmete.

„Sie hat keine Schmerzen“, erläuterte Schwester Ute, „aber ich bin überzeugt davon, daß sie eine Menge mitbekommt.“

Schwester Ute war jünger als ich, ich schätzte sie auf Ende Zwanzig. Sie strahlte eine Souveränität und Wärme aus, die selbst durch den Panzer meines Schocks zu mir vordrangen. Wie kann sie das Tag für Tag ertragen? dachte ich. Schwerverletzte, Halbtote, fast Tote, und dann auch noch die Angehörigen.

Plötzlich wollte ich nur noch raus. Ich drehte mich um und verließ den Raum. Corinna folgte mir kurz darauf. Ich eilte zur nächsten Toilette. Lieber Gott, betete ich stumm, als ich auf dem Klo saß, das alles ist ein furchtbarer Alptraum, den du mir schickst, damit ich lerne, zufriedener zu sein. Damit ich sehe, wie schön mein Leben ist. Bitte vergib mir und laß mich aufwachen.

Ich hatte seit meinen Kindertagen nicht mehr gebetet. Ich wußte nicht, wer Gott war. Und ob er war.

Als ich am frühen Nachmittag ein zweites Mal ins Krankenhaus fuhr, trat ich ganz nahe an Katharinas Bett und strich vorsichtig über ihre Hand. Sie fühlte sich heiß und rauh an. Mein Hals war wund und entzündet, und meine Augen brannten. Ich hatte Angst, sie zu schließen. Ich hatte Angst, genauer hinzuschauen, und was ich in diesem Moment am deutlichsten spürte, war der innige Wunsch, in die Vergangenheit zurückkehren zu können.

Es war, als würde ich in einem gläsernen Sarg stecken. Ich mußte die Angst und den Schmerz mit ausgestreckten Händen auf Distanz halten. Ansonsten hätten sie mich verschlungen. Aber dieses Abwehren und Zurückdrängen kostete unglaublich viel Kraft. Ich konnte nicht schlafen und nicht essen. Und ich wollte es nicht wahrhaben. Warum hatte das geschehen müssen? Warum passierte es uns? Mir? Ausgerechnet jetzt. So was passierte in tragischen Filmen und Romanen oder allenfalls einer Familie drei Straßen weiter. Waren die letzten Monate nicht schwer genug gewesen?

Am nächsten Tag verschlechterte sich Katharinas Zustand. Als ich morgens mit Corinna ins Krankenhaus kam, sagte mir Schwester Ute, daß die Temperatur gestiegen wäre und eine Infektion befürchtet würde. Spätestens von diesem Augenblick an wartete ich nur noch auf die schlimmste Nachricht. Ich verließ nach einer halben Stunde das Zimmer. Corinna fuhr mich nach Hause.

„Versuch, ein bißchen zu schlafen“, sagte sie. „Ich komme heute nachmittag noch mal. Dann fahren wir wieder ins Krankenhaus. Bettina holt die Kinder ab.“

Ich wußte, daß Nadine und Erik verstört waren, aber es drang nicht zu mir vor. Ich wußte, daß sich Bettina, Anna, sogar meine

Schwester und allen voran Corinna um alles mögliche kümmerten und sorgten. Ich hatte keine Kraft, mich zu bedanken oder auch nur Dankbarkeit zu empfinden.

Mittags kam meine Schwester kurz vorbei und brachte die Zeitung mit. Ich schlug sie auf, als Claudia sich wieder verabschiedet hatte. Der Unfall stand auf der ersten Seite. Ein zwanzigjähriger BMW-Fahrer hatte Katharina bedrängt, weil sie ihm nicht schnell genug von der linken auf die rechte Spur zurückgewechselt war, nachdem sie einen LKW überholt hatte. Katharina wich in dem Augenblick auf die rechte Spur aus, als der andere Fahrer das gleiche tat und sie von rechts überholen wollte. Beide bremsten, Katharinas Wagen geriet ins Schleudern, sie verlor die Kontrolle und raste in die Mittelplanke. Der andere Fahrer war mit einigen Kratzern davongekommen.

Ich legte die Zeitung beiseite. Mein rechtes Augenlid zuckte. Ich stand auf, um mir ein Glas Wasser zu holen, als es an der Tür klingelte. Merkwürdig, dachte ich, ich habe Corinna doch den Hausschlüssel mitgegeben. Als ich öffnete, standen eine ältere Frau und ein junger Mann vor der Tür. Beide hielten Aktentaschen in der Hand.

„Frau Baum?“ fragte die Frau.

Sie musterte mich von oben bis unten und war mit dem Ergebnis offensichtlich nicht zufrieden, denn ihre rechte Augenbraue schob sich blitzschnell und fast unmerklich ein kleines Stück in die Höhe.

„Ja?“ gab ich knapp zurück.

Der junge Mann trat einen Schritt vor. Er setzte ein freundliches Lächeln auf. „Jugendamt Wolfsburg. Dürfen wir hereinkommen?“

Jan, dachte ich entsetzt. Er hat doch irgendwas unternommen. Und sie erwischen mich auf dem völlig falschen Fuß. Mit einer fahrigen Bewegung wischte ich mir die Hände an meiner Hose ab.

„Mein Name ist Waltraud König, dies hier ist mein Kollege Herbert Grohl. Die Polizei hat uns benachrichtigt", erklärte die Frau. Sie trug einen dunkelroten Rock und eine hochgeschlossene weiße Bluse. Er war mit Jeans und einem Blouson legerer gekleidet.

Polizei? Ich gab die Tür frei und bat die beiden herein, obwohl ich Mühe hatte, auch nur einen klaren Gedanken zu fassen.

„Nehmen Sie doch Platz", sagte ich, als wir in der Küche standen.

Die beiden setzten sich an den Eßtisch und blickten sich mit wachen Augen um.

„Wo ist die Kleine jetzt?" fragte Frau König.

Ich schüttelte ungläubig den Kopf und nahm den beiden gegenüber Platz. „Die Kleine? Hier liegt wohl ein Irrtum vor. Ich habe einen Sohn, und der ist heute bei einer Freundin."

„Es geht nicht um Ihren Sohn", erklärte sie geduldig. „Es geht um Nadine, die Tochter von Katharina Seifert."

„Ich verstehe kein Wort", erwiderte ich verwirrt. „Nadine ist gemeinsam mit meinem Sohn bei einer Freundin. Warum interessiert sich das Jugendamt dafür?" Noch während ich die Frage aussprach, begann ich zu ahnen, worum es ging.

„Frau Baum", schaltete sich nun Herr Grohl wieder ein, „Frau Seifert hatte einen Unfall und liegt bewußtlos im Krankenhaus ..."

„Sie ist in den künstlichen Schlaf versetzt worden", korrigierte ich schnell.

„Wie dem auch sei. Wir sind jedenfalls verpflichtet, uns um den Verbleib des Kindes zu kümmern. Frau Seifert ist nicht verheiratet, und die Polizei sagte uns, daß die Großeltern der Kleinen zur Zeit nicht zu erreichen sind."

„Nadine lebt hier", sagte ich. „Sie müssen sich um nichts kümmern. Das tue ich."

Die nachfolgend eintretende Stille verriet mehr als viele Worte.

Die beiden musterten mich, und es war klar, daß sie mir kaum zutrauten, für mich selbst zu sorgen, geschweige denn für ein oder gar zwei Kinder.

„Diese Auskunft genügt uns nicht“, sagte Frau König schließlich. „Wir sind verpflichtet, uns um das Wohl des Kindes zu kümmern und die juristischen Belange zu berücksichtigen. Fakt ist, daß Nadine im Augenblick keinen gesetzlichen Vertreter hat, und wir müssen prüfen, was zu tun ist.“

Ich zwinkerte mit den Augen. Eine Mischung aus Wut und Verachtung stieg so plötzlich in mir hoch, daß ich nach Luft schnappen mußte.

„Nadine hat keinen gesetzlichen Vertreter, sagen Sie?“ fuhr ich Frau König an, obwohl mir in einem weit entfernten Winkel meines Kopfes bewußt war, daß Unbeherrschtheit die Situation nur erschweren würde. „Nadine hat im Moment keine Mutter, die liegt nämlich auf der Intensivstation, weil ein verrückter BMW-Fahrer nicht schnell genug überholen konnte, und ihr Zustand ist kritisch, verstehen Sie? Sehr kritisch. Wir haben im Augenblick andere Sorgen!“

Herr Grohl beugte sich über den Tisch zu mir vor. „Das ist sicherlich nicht einfach für Sie. Aber die gesetzlichen Bestimmungen sehen nun einmal vor, daß das Jugendamt sich in solchen Situationen einschaltet und die Lebensumstände prüft. Was ist denn mit dem Vater? Wo lebt der?“

Ich schüttelte den Kopf. „Der lebt in Braunschweig.“

„Haben Sie seine Adresse?“

Ich stand auf und holte mein Adreßbuch. Sie könnten Nadine mitnehmen, dachte ich plötzlich. Katharina und ich sind ein lesbisches Paar, und wenn einer von uns etwas passiert, kann die andere sich offensichtlich nicht einfach mal so um das Kind kümmern.

Ich hatte mich gerade wieder zu den beiden gesetzt, als Corinna die Tür aufschloß. Sie trat in die Küche und blieb verdutzt stehen. Dann lächelte sie verhalten. „Hallo, Waltraud, ihr seid ja richtig schnell diesmal."

Sie begrüßte auch Wolfgang Grohl, nickte mir beruhigend zu und setzte sich. Natürlich, Corinna kannte die beiden, fiel mir ein. Drogenberatung und Jugendamt hatten schließlich häufig miteinander zu tun. Ich war erleichtert.

„Wir müssen hier die Lebensumstände prüfen", sagte Frau König zu Corinna. „Es geht um Nadine."

Corinna nickte. „Ich kenne die Umstände. Nadine ist hier gut aufgehoben."

Wieder trat eine Pause ein.

„Nun", sagte Herr Grohl zögernd. „Davon sind wir nicht ganz überzeugt. Wir möchten das Kind sehen und auch mit dem Vater Kontakt aufnehmen. Frau Seifert und Frau Baum leben hier in einer Wohngemeinschaft, aber damit ist noch lange nicht gewährleistet, daß in der jetzigen Situation angemessen für das Kind gesorgt wird."

Bevor ich etwas sagen konnte, wandte sich Corinna zu mir um und schloß für einen Moment die Augen.

„Habt ihr beiden etwas Schriftliches, womit ihr euch gegenseitig bevollmächtigt, für das jeweilige Kind zu sorgen, falls etwas passiert oder ihr schlichtweg verhindert seid?" fragte sie dann.

Ich schüttelte den Kopf. „Nein, haben wir nicht." Mein Gott, warum auch? Wer denkt denn schon an so was?

„Liegen dem Kindergarten und der Schule Schreiben vor, daß ihr beide jeweils das Kind der anderen abholen könnt?"

„Das würde uns in dem Fall nicht genügen", erklärte Frau König schnell. „Tut mir leid. Auch die Nachbarin kann in der Form bevollmächtigt werden."

Corinna nickte. „Ich mache euch einen Vorschlag. Wir kommen morgen mit Nadine ins Amt. Wenn irgend möglich, bringen wir auch den Vater mit. Dann könnt ihr euch überzeugen, daß alles seine Ordnung hat und Nadine hier am besten aufgehoben ist."

Frau König und Herr Grohl wechselten schnell einen Blick. Sie zog wieder kurz die Augenbrauen hoch, er runzelte die Stirn.

„Na ja", sagte er schließlich. „Wenn du dich hier persönlich einsetzt, können wir wohl bis morgen warten."

„Danke", sagte Corinna und stand auf.

Sie brachte die beiden zur Haustür. Als sie in die Küche zurückkam, saß ich immer noch auf meinem Stuhl und starrte zum Garten hinaus. Sie legte mir kurz die Hand auf die Schulter, und ich schaute zu ihr hoch.

„Hast du mit so was gerechnet? Und was soll das Theater?" fragte ich.

„Theater ist gut", antwortete Corinna und setzte sich neben mich. „Du hast keinerlei Rechte, was Nadine angeht. Wenn das Jugendamt es für richtig hält, kann es die Kleine mitnehmen, verstehst du?"

„So langsam beginne ich zu verstehen. Und du meinst wirklich, die würden das tun?"

Corinna zuckte die Achseln. „Das Wohl des Kindes steht ganz und gar im Vordergrund – aber selbstverständlich sollen dabei alle Seiten berücksichtigt werden. Wenn jedoch der Eindruck entsteht, es wird sich nicht genügend gekümmert, muß das Jugendamt eingreifen."

„Und wenn solche Vollmachten vorliegen, wie du sie vorhin angesprochen hast?"

„Wird auch geprüft. Dann ist aber auch meist klar, daß es sich nicht nur um eine Wohn-, sondern um eine Lebensgemeinschaft handelt, in der das Kind zu Hause ist."

Meine Gefühle waren zwiespältig. Panik wollte in mir hochsteigen, doch ich war viel zu betäubt und zu erschöpft, um mich wirklich auf dieses Thema einzulassen.

„Ruf Daniel an", sagte Corinna fest. „Und bevor wir da morgen hinfahren, mußt du ausgiebig duschen und dich schminken. Du solltest klarstellen, daß ihr eine Lebensgemeinschaft seid und nicht einfach nur Freundinnen, die sich mal gegenseitig die Kinder abnehmen."

Ich legte den Kopf auf meine Hände. „Kannst du mit Daniel sprechen?"

„Nein. Das mußt du selbst tun. Außerdem müssen wir zur Polizei und dafür sorgen, daß Katharinas Rechte wahrgenommen werden. Soweit ich weiß, wird in solchen Fällen ein Amtspfleger zum Vormund bestellt, der ihre Ansprüche geltend macht. Wir sollten uns aber genau erkundigen, was jetzt erforderlich ist, uns eventuell um einen Anwalt kümmern und so weiter."

Ich schwieg. Das hörte sich alles sehr kompliziert an. Dann stand ich auf. „Gut, ich werde Daniel heute abend anrufen. Laß uns jetzt ins Krankenhaus fahren."

Alles war unverändert. Unverändert kritisch. Schwester Ute hatte wieder Dienst. Ich stellte mich ans Bett und schaute auf Katharina. Der Anblick war genauso erschreckend wie die Male zuvor. Übelkeit stieg wieder in mir hoch, und ich spürte, wie ich zitterte und meine Haut dünn wurde wie altes Pergament. Ich zog einen Stuhl heran und setzte mich. Corinna kam leise herein und brachte mir ein Glas Wasser.

„Sprich mit ihr", sagte sie leise. „Sie braucht dich."

Ich wußte nicht, was ich sagen sollte. Ich fühlte mich hilflos wie ein Neugeborenes. In eine Welt gestoßen, die ich nicht verstand, die fremd und furchteinflößend war, schlimmer als ein Alptraum. Allein. Niemals zuvor war ich so allein gewesen. So wortlos und stumm.

Daniel war so erschüttert, daß er minutenlang kein Wort herausbekam. Ich hörte, daß er weinte.

„Sonntag abend sagst du?" fragte er schließlich nach.

„Ja, ich wurde mitten in der Nacht angerufen ... ich habe ehrlich gesagt bisher nicht daran gedacht, dich zu verständigen."

„Verstehe. Wie ... wie geht es dir? Und Nadine? Brauchst du

Hilfe – soll ich kommen?“

Ich wechselte mit dem Hörer ans andere Ohr. „Du mußt gleich morgen nachmittag kommen. Das Jugendamt war hier wegen Nadine.“

„Du liebe Güte, was wollten die denn?“

Ich massierte meinen Nacken und lauschte einen Moment in die abendliche Stille. Die Kinder schliefen. Ich erklärte Daniel die rechtliche Situation, so gut ich konnte.

„Sie haben nicht mitbekommen, daß Katharina und ich ein Paar sind. Den Eindruck hatte ich jedenfalls. Außerdem trauen sie mir offensichtlich nicht zu, für Nadine zu sorgen. Ich sehe im Moment nicht gerade ... fit aus. Außerdem sind die Kinder viel bei Bettina, weil ich im Krankenhaus bin oder ... einfach nicht mehr kann.“

Daniel räusperte sich. „Soll das heißen, sie könnten dir Nadine wegnehmen?“

„Die Gesetze lassen das zu. Corinna, meine Freundin, arbeitet bei der Stadt in der Drogenberatung und kennt sich gut aus in diesen Dingen. Sie hat das jedenfalls sehr ernst genommen und mir auch geraten, daß wir da alle zusammen auftreten sollen.“

„Selbstverständlich komme ich. Soll ich dich abholen?“

Wir verabredeten uns für den frühen Nachmittag. Als ich den Hörer auflegte, hörte ich, daß Nadine weinte. Ich ging nach oben, nahm die Kleine in den Arm und wiegte sie sanft. Nach einer Weile beruhigte sie sich, hob den Kopf und schaute mich an.

„Mama kommt bald wieder, nicht wahr?“

Ihre dunklen Augen waren unerbittlich auf mich geheftet. Ich hatte den Kindern kurz und knapp von dem Unfall erzählt, aber Katharinas schwere Verletzungen nicht erwähnt.

„Ich hoffe es, Nadine. Sie muß aber erst wieder richtig gesund werden, verstehst du?“

Sie nickte. „Und jetzt schläft sie?“

„Ja, jetzt schläft sie.“

Ich legte Nadine wieder hin und deckte sie zu.

„Alles kommt wieder in Ordnung“, sagte ich, und meine Worte hallten wie ein lautes Echo in mir nach.

Nach einigen Minuten schlief sie wieder ein.

Ich ging nach unten und legte mich aufs Sofa. Schwester Ute hatte mir gesagt, ich könnte jederzeit auf der Intensivstation anrufen. Das Telefon stand noch auf dem Wohnzimmertisch, aber ich schob es beiseite. Ich wollte nicht hören, daß es ihr schlechter ging. Ich wollte auch nicht hören, daß es unverändert kritisch war. Ich wollte nicht fühlen und nicht denken.

13

Am nächsten Morgen mußte ich die Kinder selbst zum Kindergarten und in die Schule bringen. Bettina hatte keine Zeit, und Corinna mußte ganz früh ins Amt, weil sie bereits um zwei Uhr Feierabend machen wollte, um mich zur Polizei und zum Jugendamt zu begleiten. Ich fühlte mich elend. Der ständige Durchfall zehrte an mir, und essen konnte ich nach wie vor kaum etwas. Wenn ich die Augen schloß, sah ich Katharina in ihrem Krankenhausbett liegen; wenn ich sie öffnete, raste die Wirklichkeit mit überhöhter Geschwindigkeit an mir vorbei oder schlich quälend langsam, wie in Zeitlupe, davon. Dazwischen gab es nichts.

Als ich nach Velstove zurückkam, klingelte mehrmals das Telefon, aber ich nahm nicht ab. Ich ging langsam von einem Zimmer zum nächsten, lehrte die Mülleimer, erledigte zwei Telefonate, brachte Geschirr aus den Kinderzimmern nach unten, setzte mich an den Schreibtisch, um eine Minute später wieder aufzustehen und wie kopflos durch den Garten zu laufen. Ich spürte selbst, daß ich unter Spannung stand wie ein überdrehtes Uhrwerk, und ich mußte mich zwingen, stehenzubleiben.

Schließlich fuhr ich ins Krankenhaus. Schwester Ute kam in den Vorraum, als ich mir gerade die Hände wusch.

„Guten Morgen, Frau Baum", grüßte sie freundlich. Ihr Blick glitt kurz über mein Gesicht. „Haben Sie Lust auf eine Tasse Kaffee? Wir haben gerade frischen gekocht."

Übelkeit umklammerte meinen Magen. „Oh, vielen Dank, aber Kaffee bekommt mir im Augenblick nicht so gut."

„Wir haben auch Tee. Und ein paar Butterkekse. Das wird Ihnen guttun."

Ich schüttelte den Kopf und wollte mich abwenden, doch Schwester Ute faßte mich am Arm. „Nun kommen Sie schon, Sie müssen unbedingt eine Kleinigkeit zu sich nehmen. Außerdem möchte Dr. Steffen mit Ihnen sprechen."

Wir gingen in den Aufenthaltsraum, wo noch zwei weitere Schwestern und ein Pfleger saßen. Irgendwo piepte es, und der Pfleger stand seufzend auf. Ich setzte mich ans Fenster. Mein Herz pumpte, als wäre ich zehn Kilometer gelaufen und hätte die ganze Zeit falsch geatmet. Schwester Ute reichte mir eine große Tasse Tee und schob mir einen Teller mit Keksen zu, bevor sie mit ihrem Kaffee neben mir Platz nahm.

„Geht es ihr schlechter?" fragte ich leise.

„Trinken Sie von dem Tee", gab Schwester Ute zurück.

Sie wartete, bis ich ihrer Aufforderung nachgekommen war und auch noch einen Keks heruntergewürgt hatte. Kurz darauf kam Dr. Steffen, nahm sich einen Kaffee und setzte sich zu uns.

„Es ist eine Lungenentzündung hinzugekommen", sagte er ohne Umschweife und hob gleichzeitig beschwichtigend die Hände. „Das ist sicherlich eine ernsthafte Komplikation, die aber bei solchen Verletzungen nicht selten auftritt. Seit heute früh verabreichen wir ein Antibiotikum."

„Und nun?"

„Innerhalb von drei Tagen sollte es wirken. Je nachdem, wie ihre Konstitution ist, dauert es eine gute Woche, um die Entzündung auszuheilen. Erst dann und wenn keine weiteren Komplikationen hinzukommen, kann man beginnen, sie Stück für Stück von der Beatmung zu nehmen."

Ich schaute ihn stumm an und wußte nicht, was ich sagen sollte.

„Ja", meinte ich schließlich und stand auf.

Schwester Ute erhob sich ebenfalls und begleitete mich hinaus.

„Frau Baum?" Sie faßte kurz nach meinem Arm.

„Ja."

„Sie können dazu beitragen, daß Katharina kämpft."

Ich lächelte müde. „Nett von Ihnen, daß Sie mir Mut machen wollen."

„Sie mißverstehen mich. Ich erzähle Ihnen hier nicht irgendwelche Geschichtchen, um Sie zu trösten. Ich meine es so, wie ich es sage."

Ich schwieg und wandte mich dann langsam ab.

Eine andere Schwester war bei Katharina, als ich ihr Zimmer betrat. Sie löste den Verband vom Kopf.

„Diese Verletzungen sind nicht so schlimm", sagte sie. „Nur ein paar Schnittwunden. Möchten Sie ihr die Haare kämmen?"

Katharinas langes schwarzes Haar. Es reichte ihr bis über die Schultern. Manchmal warf sie es mit einer übermütigen Bewegung nach hinten und lachte dabei.

„Ist Ihnen nicht gut?"

„Nein, mir ist nicht gut."

Ich setzte mich und starrte auf das Bett. Als die Schwester mich alleingelassen hatte, stand ich auf und legte meine Hand auf Katharinas.

„Wo bist du jetzt?" flüsterte ich. Mehr bekam ich nicht heraus.

Corinna und ich warteten gemeinsam mit den Kindern vor dem Jugendamt auf Daniel. Zuvor waren wir bei der Polizei und bei einem Anwalt gewesen, den mein Vater uns empfohlen hatte. Als Fachanwalt für Wirtschaft fühlte er selbst sich nicht kompetent genug, im eventuellen Streitfall Katharinas Mandat zu übernehmen. Da es keinen Ehemann gab und Katharinas Eltern auf die

Schnelle nicht zu erreichen waren, mußte ein Amtspfleger als Vormund für die Zeit ihrer Geschäftsunfähigkeit bestellt werden, bestätigte uns der junge Anwalt Corinnas Vermutungen. Die Lebensgefährtin kam für diese Aufgabe natürlich nicht in Frage! Mir fehlte die Energie, um mich über diese gesetzlichen Bestimmungen aufzuregen, und letztlich war ich froh, daß der Anwalt sich um die weiteren Schritte kümmerte.

Nadine entdeckte ihren Vater als erste. Sie riß sich von meiner Hand los und stürmte auf ihn zu. Erik folgte ihr. Kurz darauf stand Daniel vor uns – mit zwei Kindern auf dem Arm. Er sah müde und bedrückt aus, lächelte aber Nadine und Erik herzlich an, bevor er sie wieder auf den Boden setzte. Ich wollte ihm die Hand geben, aber er zog mich an sich und hielt mich einen Moment fest.

„Es tut mir so leid. Ich hoffe und bete, daß alles wieder gut wird."

Wir gingen die Treppen nach oben, und Corinna führte uns in das entsprechende Dienstzimmer. Wenig später saßen wir alle vor den beiden Schreibtischen von Waltraud König und Herbert Grohl. Ich trug eine helle Leinenhose und eine dunkelblaue Bluse und war stark geschminkt. Frau König schien die Veränderung zum Vortag sofort zu registrieren. Sie blickte zunächst Nadine und Daniel an und lächelte mir dann höflich zu.

„Sie wissen, worum es geht?" fragte sie dann Daniel, und in den nächsten Minuten belehrte sie ihn über die Aufgaben des Jugendamtes. Zwischendurch schaltete sich Herr Grohl ein, um die entsprechenden Paragraphen zu zitieren. Die Kinder hatten inzwischen eine Kiste mit Legosteinen entdeckt und begannen, ein Fort zu bauen. Ich schaute zum Fenster hinaus.

Was für eine absurde Situation, dachte ich plötzlich. Katharina liegt schwerverletzt im Krankenhaus, niemand weiß, wie es weitergeht, und hier sitzen zwei dienstbeflissene Beamte, die uns irgendwelche juristischen Spitzfindigkeiten um die Ohren hauen.

Ich schaute Daniel von der Seite an, der Frau König gerade liebenswürdig zulächelte.

„Ich verstehe das sehr gut“, sagte er. „Sie tun natürlich nur Ihre Pflicht. Ich kann Ihnen jedoch versichern, daß Nadine bei Frau Baum gut aufgehoben ist.“

Frau König öffnete den Mund, aber ich kam ihr zuvor.

„Ja, sie ist gut aufgehoben bei mir, und das nicht erst seit gestern“, sagte ich betont langsam, aber mit fester Stimme. „Frau Seifert und ich sind im übrigen nicht nur eine zweckgebundene Wohngemeinschaft. Wir leben zusammen, wir sind eine Familie.“

Einen Moment war es still. Nur die Spielgeräusche der Kinder waren zu hören. Ich schaute Frau König an und dann Herrn Grohl. Beide nickten etwas unschlüssig. Schließlich stand Herr Grohl auf und setzte sich zu den Kindern. Wahrscheinlich will er jetzt feststellen, ob Nadine schon irreparable Schäden erlitten hat, fuhr es mir durch den Kopf. Ich unterdrückte ein zynisches Lächeln.

„Waltraud, ich schlage vor, wir bleiben einfach in Verbindung“, ergriff nun Corinna die Initiative. „Du siehst, der Vater kümmert sich, Nadine geht es gut, und Frau Baum ist nach der Mutter die nächste Bezugsperson der Kleinen. Erik und Nadine wachsen auf wie Geschwister. Ich denke, da könnt ihr euch beruhigt zurücklehnen. Es steht euch ja frei, hin und wieder mal vorbeizuschauen.“

Herr Grohl kam wieder an den Tisch zurück. Er zupfte den Kragen seines Polohemdes zurecht. „Ich schätze, so können wir es machen. Schließlich wollen wir ja nicht für unnötigen Wirbel sorgen. Wenn Nadine ihre gewohnten Lebensumstände beibehält, ist das sicherlich am sinnvollsten.“

„Natürlich, so sehe ich das auch“, bestätigte ich. Ich konnte nicht verhindern, daß mein Ton eine Spur zu salbungsvoll klang, und für den Bruchteil einer Sekunde blickte mich Herr Grohl an, als hätte er verstanden. Dann lächelte er dünn und nickte mir beiläufig zu.

Drei Minuten später waren wir wieder draußen. Daniel kaufte den Kindern ein Eis und schaute mich dann fragend an.

„Ich möchte sie sehen", sagte er leise und mit einem Seitenblick auf die Kinder, die gerade die Größe ihrer Eiskugeln miteinander verglichen. „Meinst du, sie lassen mich zu ihr?"

„Ich glaube schon", erwiderte ich. „Allerdings ..."

„Ja?"

„Es ist nicht einfach."

Daniel nickte. „Das weiß ich."

Corinna strich Nadine über das Haar und blickte mich dann an. „Ich nehme die Kinder mit zu mir, und ihr holt sie nachher wieder ab. Einverstanden?"

Erik schleckte sich Eis von den Fingern und zupfte an meiner Bluse. „Dürfen wir bei Corinna Fernsehen gucken?"

„Das müßt ihr mit Corinna besprechen."

Nadine schaute uns mit großen Augen nach, als Daniel und ich ins Auto stiegen. Einen Moment lang sah es so aus, als würde sie uns hinterherstürzen wollen.

Schwester Ute hatte keinen Dienst mehr, aber Dr. Steffen war da. Ich stellte ihm Daniel vor, und er war einverstanden, daß wir Katharina zu zweit besuchten. Ich führte Daniel in den Vorraum, gab ihm einen Kittel und erklärte ihm, daß er sich gründlich die Hände desinfizieren müsse.

„Du bist ja schon ein richtiger Profi", sagte er und lächelte. Dann strich er mir über die Wange. „Es wird bestimmt alles wieder gut."

Daniel stand einen Moment regungslos an Katharinas Bett. Ich trat an die Monitore und sah, daß sie nach wie vor Fieber hatte. Dann setzte ich mich. Daniel hob die Hände und bedeckte sein Gesicht. Langsam ließ er sie wieder sinken.

„Gar nicht so einfach, hier zu stehen und mit dir zu reden", sagte er plötzlich mit spröder Stimme.

Ich blickte ihn verwirrt an und brauchte ein paar Sekunden, bis ich begriff, daß er mit Katharina sprach.

„Irgendein idiotischer BMW-Fahrer hat dich abgedrängt, und dann bist du in die Mittelplanke geknallt. Das war vor drei Tagen. Wir sind alle ziemlich fertig. Wär' ganz schön, wenn du bald wieder fit wärst. Es ist fast schon Sommer, und du magst doch den Sommer so sehr." Er räusperte sich und zog die Nase hoch. „Weißt du noch, als wir damals gegrillt haben? Ich war total verschossen in dich. Das ist viele Jahre her. Nadine geht jetzt schon in die Schule, und du bist doch so glücklich mit Linda."

Hör auf, dachte ich, hör auf damit! Es ist nicht zu ertragen! Doch Daniel hörte nicht auf damit, ganz im Gegenteil. Er redete und redete, er streichelte ihre Hände und ihr Gesicht, irgendwann lachte er sogar. Und immer schaute er sie an, als würde es ihn gar nicht wundern, wenn sie plötzlich die Augen aufschlüge und ihm antwortete. Er erzählte von der Uni, von seiner Lebensgefährtin und dem Kind, daß es Nadine gutginge und ich ziemlich blaß wäre. Irgendwann stand ich auf und ging hinaus. Ich brauchte eine Toilette und ein Glas Wasser.

Auf der Rückfahrt zu Corinna sprach Daniel kein Wort. Als ich ihn von der Seite anschaute, sah ich, daß sein Gesicht naß war.

„Ich will mich nur noch von den Kindern verabschieden", sagte er, als wir ausstiegen. „Dann muß ich wieder los. Bitte halt mich auf dem laufenden."

Ich nickte. „Natürlich." Dann fiel mir ein, daß Daniels Auto noch auf dem Postparkplatz stand, weil wir nicht mit zwei Wagen ins Krankenhaus hatten fahren wollen. „Soll ich dich gleich noch zu deinem Auto bringen?"

„Nein, laß mal, ein kleiner Spaziergang wird mir guttun. Ach, übrigens, du kannst Nadine jederzeit zu mir bringen – mit Erik selbstverständlich. Oder ich hole die beiden ab."

„Vielen Dank, vielleicht komme ich darauf zurück."

Ich klingelte, und Corinna kam mit den Kindern nach unten. Sie begleiteten Daniel ein Stück die Straße hinunter, während ich stehenblieb und auf sie wartete.

„Wie war es?" fragte Corinna.

Ich blickte auf meine Schuhspitzen. „Merkwürdig. Er hat pausenlos auf sie eingeredet."

„Das war ihr bestimmt angenehm", erwiderte Corinna.

Mein Kopf fuhr herum. „Wie kommst du darauf?"

„Ich vermute es einfach. Er hat ihr etwas erzählt, seine Gefühle geschildert und sie wie Katharina behandelt."

Ich wich einen Schritt zurück und starrte Corinna an. „Wie behandle ich sie denn?"

Corinnas Augen waren plötzlich voller Schmerz. Sie schwieg einen Augenblick. Dann hob sie den Kopf. „Wie eine Tote."

Mein Magen verkrampfte sich. Ich tastete mit zitternden Händen nach dem Autoschlüssel in der Hosentasche und öffnete die Wagentür, um die Kinder einsteigen zu lassen.

„Vielen Dank für den Hinweis", sagte ich kühl, bevor ich mich hinters Steuer setzte. „Du weißt natürlich genau, was in mir vorgeht."

Corinna trat ans Auto und beugte sich zu mir herab. „Ja. Ich weiß recht genau, was in dir vorgeht. Laß uns heute abend miteinander reden."

Ich ließ den Motor an und schüttelte den Kopf. „Nein. Ich brauche meine Ruhe."

„Es ist wichtig, Linda. Ich rufe dich an."

Ich schlug die Tür zu und brauste los, ohne noch mal zurückzuschauen. Mein Innerstes war eine einzige brennende Wunde, und gleichzeitig fror ich, als hätte ich mich ins ewige Eis verirrt.

Als die Kinder gegessen hatten und im Bett waren, hörte ich den Anrufbeantworter ab. Anna, Claudia, Bettina, Tom und Ilona baten um einen Rückruf, niemand fragte, ob ich mich dazu in der Lage fühlte. Ich löschte die Nachrichten. Kurz darauf klingelte das Telefon. Es war mein Vater, der sich danach erkundigte, wie das Gespräch mit dem jungen Kollegen, den er empfohlen hatte, verlaufen war.

„Ich habe den Eindruck, daß er sehr kompetent ist", antwortete ich.

„Das ist er ganz bestimmt", sagte mein Vater nachdrücklich. „Wenn der etwas in die Hand nimmt, mußt du dich um nichts mehr kümmern. Nur noch um die Begleichung der Rechnung."

Wir lachten beide nicht.

„Kann ich etwas für dich tun, Linda?" fragte er einen Moment später. „Brauchst du vielleicht ... na ja, hört sich jetzt vielleicht sehr profan an, aber ... brauchst du Geld?"

Nun mußte ich doch lächeln. Siegfried betrachtete schwierige Situationen meistens erst mal von der praktischen und damit auch von der finanziellen Seite.

„Danke, daß du fragst, aber ich komme gut klar", gab ich zurück. Plötzlich fiel mir etwas ein. Sofia und Lutz. „Du kannst doch etwas tun."

„Nur zu."

„Ich erreiche Katharinas Eltern nicht. Das heißt, ich habe bisher lediglich kurz mit der Nachbarin in Kassel telefoniert, die das Haus hütet und herausbekommen wollte, mit welchem Reiseunternehmen die beiden unterwegs sind. Den Anwalt wollte ich damit nicht beauftragen, weil das dann doch zu teuer wird und ..."

„Das übernehme ich", unterbrach Siegfried mich sofort, und seine Stimme klang erleichtert. Offenbar war er froh, etwas tun zu können. Er räusperte sich. „Hast du dir schon überlegt, was du ihnen sagen willst, wenn sie sich melden?"

Nein, das hatte ich nicht. Wenn ich ehrlich war, hoffte ich, daß Sofia und Lutz so tief im australischen Busch unterwegs wären, daß es uns zumindest in den nächsten Tagen nicht gelingen würde, sie zu erreichen.

„Ich hoffe, daß ich dann die richtigen Worte parat habe“, erwiderte ich zögernd.

Ich gab ihm die Adresse von Katharinas Eltern und die Telefonnummer der Nachbarin, und kurz darauf verabschiedeten wir uns. Ich legte den Hörer auf und starrte eine Weile in den Garderobenspiegel. Dann holte ich Putzlappen und Staubsauger und begann, wie eine Wilde sauberzumachen. Nach zwei Stunden waren Küche und Wohnzimmer kaum wiederzuerkennen. Nirgendwo tanzten Staubmäuse auf den Regalen, alle Fensterbretter waren abgewischt, und nicht ein einziger Krümel lag auf dem Boden. Ich war völlig verschwitzt und erschöpft. Jeder Nerv und jeder Muskel zitterte. Als es klingelte, ging ich mit weichen Knien zur Tür. Ich wußte, daß es Corinna war. Ich wollte, daß sie mich tröstete, und ich wollte, daß sie wieder ging und mich nicht mit ihren wachen und klugen Augen anschaute. Mir stand nicht der Sinn nach Reden und Diskutieren.

Corinna schaute mich verblüfft an. Dann hob sie die Nase und schnupperte. „Darf ich hereinkommen?“

Sie hatte einen Schlüssel, aber sie benutzte ihn nur, wenn ich nicht zu Hause war. Ich nickte und wischte mir die schweißigen Hände an dem Küchenhandtuch ab, das ich mir in den Hosenbund geklemmt hatte.

Sie blickte sich um und betrachtete dann wieder mich.

„Ich habe geputzt“, erklärte ich überflüssigerweise. „Da kann man nichts falsch machen. Jetzt gehe ich erst mal duschen.“

Eine knappe halbe Stunde später saßen wir im Wohnzimmer zusammen, Corinna im Korbsessel, ich ihr gegenüber auf dem Sofa. Es war inzwischen später Abend. Die körperliche Anstrengung klang wie ein Echo in mir nach. Ich trug einen Jogginganzug, und mein Haar war noch naß. Corinna hatte mir Salat gemacht und darauf bestanden, daß ich ihn aß. Durch die offene Terrassentür kam die kühle Abendluft herein, und von weitem hörte ich Gelächter. Irgendwo zwei, drei Häuser weiter wurde gegrillt.

Ich stellte die Salatschüssel beiseite und warf Corinna einen prüfenden Blick zu. Mir war klar, daß sie nicht gekommen war, um mich zum Essen zu überreden oder meinen Hausputz zu begutachten. Heute abend nicht. Die Atmosphäre war angespannt. Ich war müde und hellwach zugleich; ich wünschte, sie würde endlich beginnen, damit ich es hinter mir hätte, und ich hoffte im selben Moment, sie würde es sich anders überlegen, einen Tee kochen, schweigen, lächeln, ein paar Kleinigkeiten besprechen und mich trösten.

„Linda?" Sie beugte sich vor, und es entging ihr nicht, daß ich mich im selben Augenblick zurücklehnte. „Du mußt etwas tun."

„Was meinst du mit 'tun'?"

Corinna legte die Hände in den Schoß. „Ich weiß, daß es schwer für dich ist und daß du noch nie in einer solchen Situation gewesen bist. Ich weiß, welche Ängste du ausstehst und ..."

„Weißt du das wirklich?" Mein Kopf fuhr nach vorn. „Dann weißt du ja mehr als ich. Ich bekomme nur mit, daß ich es kaum noch aushalten kann ..."

„Dann solltest du was dagegen unternehmen. Sofort."

Ich lachte kurz und kalt auf. „Natürlich, wie konnte ich das vergessen? Ich nehme zwei Aspirin, und dann wird es schon aufhören. Angst, Panik, Hilflosigkeit, Verzweiflung, Durchfall, Herzrasen – wäre doch gelacht, wenn es dann nicht besser werden würde! Zu Risiken und Nebenwirkungen fragen Sie Ihren Arzt oder Apotheker."

„Linda, so kommen wir nicht weiter. Hör auf, mich wegzuschieben und dich selbst zu blockieren."

„Blockieren? Was soll ich denn deiner Ansicht nach machen? Ich sollte etwas dagegen tun, ist ja wirklich ein klasse Ratschlag."

Ich wollte sie vor den Kopf stoßen und vertreiben, und deshalb tat ich nichts, um meinen verletzenden Ton zu mildern. Es war mein Leben, das ins Schleudern geraten war, nicht ihres.

Corinna schüttelte den Kopf. „So schnell wirst du mich nicht los, aber das dürfte dir längst klar sein." Die Spur eines Lächelns huschte über ihr Gesicht. „Ich weiß, daß ich mich wiederhole, aber ich sage es trotzdem noch einmal: Du mußt etwas tun. Die Angst und die Hoffnungslosigkeit fressen dich auf. Damit tust du weder dir noch Katharina einen Gefallen."

Mein Herz begann wieder zu rasen.

„Setz dich hin, schreibe, weine, bete, aber hör auf ...

Ich lächelte bitter. „Ja? Womit soll ich aufhören?"

„Passiv in der Ecke zu hocken und zu leiden!"

Ich biß die Zähne aufeinander, daß es knirschte. „Ich soll aufhören zu *leiden*? Ist das dein Ernst? Ist das mal wieder einer dieser buddhistisch angehauchten Ratschläge? Welche Begierde ist diesmal falsch – die nach Leben, nach Liebe, nach Gesundheit? Ist es falsch zu trauern?"

„Um wen oder was trauerst du denn eigentlich?"

„Was soll das denn nun wieder heißen?"

Corinna schloß kurz die Augen. „Nun, Katharina lebt. Ihr Zustand ist ernst, aber Tausende haben solche schlimmen Verletzungen überlebt. Ich habe eher den Eindruck, daß du um dich selbst trauerst. Um deinen Verlust und deine verlorene Lebensqualität. Um die Illusionen, die dir auf so tragische Weise genommen wurden."

Ich hatte Lust, sie zu schlagen. Eine ungeheure Lust. Ich stand auf und blickte sekundenlang auf sie herunter, die Hände zu Fäusten geballt, aber Corinnas grüne Augen wichen mir nicht einen Moment aus. Sie würde sich nicht wehren, dachte ich. Ich könnte auf sie einprügeln, und sie würde es klaglos hinnehmen.

„Ich weiß, wie weh es tut", fuhr sie schließlich leise fort, „und wie fremd und erschreckend Krankheit und Tod sind, wenn man noch nie mit ihnen zu tun hatte. Man wird auf sich selbst und seine eigenen Ängste zurückgeworfen wie ein hilfloses Kind. Aber es ist wichtig, sich diesen Prozeß klarzumachen und nicht einfach in ihm steckenzubleiben. Und man muß lernen, seine Gefühle zu unterscheiden und zu benennen. Erst dann kann man nach vorne schauen."

Meine Beine zitterten. Ich setzte mich langsam wieder. „Und was soll ich da vorne? Da gibt es nichts. Gar nichts. Außer Angst, Leere und Schmerz."

„Du hast Katharina schon aufgegeben und dich gleich mit. Deine Verlustangst ist so groß, daß du dich nicht traust, auch nur einen Funken Hoffnung in dir zu entzünden."

Plötzlich schlug ich die Hände vors Gesicht. „Der Gedanke, sie zu verlieren, zieht mich in ein tiefes schwarzes Loch, verstehst du das denn nicht? Ich wüßte nicht, wie ich weitermachen sollte."

„Das müßtest du aber. Für dich selbst und die Kinder."

Corinna stand auf und setzte sich zu mir aufs Sofa. Sie legte den Arm um mich und streichelte meinen Kopf.

„Als Hilde damals ins Krankenhaus mußte, hat sie mir gesagt, daß sie eine Lungenentzündung hätte", begann sie zu erzählen. „Ihr Raucherhusten, den sie schon seit Jahren hatte, war schlimmer geworden, und irgendwann fing sie an, Blut zu spucken. Nicht so wild, sagte sie mir, ich werd' mal die Zigarettenmarke wechseln und mich gründlich untersuchen lassen. Und wirklich, ich dachte mir nichts weiter dabei. Ich hatte gerade die Uni beendet und fühlte mich großartig – das Leben wartete auf mich, alles lief bestens. Außerdem hatte ich eine ziemlich heiße Affäre mit einer Dozentin." Corinna lächelte kurz. „Es schien nicht die Zeit zu sein für Sorgen und Nöte. Als Hilde mir Bescheid sagte, daß sie ins Krankenhaus ginge, um eine Lungenentzündung auszukurieren, zweifelte ich nicht einen Moment an ihren Worten. Sie wirkte blaß und fiebrig und hatte abgenommen, war aber ansonsten recht munter. Ich machte mir keine besonders großen Sorgen. Hilde hatte immer die Konstitution eines Pferdes gehabt. Wenn alle um sie herum husteten und schnupften oder Magen- und Darmviren in ihre Kneipe schleppten, zuckte sie nur die Schultern und sagte, daß sie keine Zeit habe, krank zu werden.

Nach drei Wochen war sie immer noch in der Klinik. Ich besuchte sie fast jeden Tag, brachte ihr Pralinen mit und frisches Obst und stapelweise diese idiotischen Frauenzeitschriften, die sie so sehr liebte. Sie las alles über die Königshäuser, über Klaus-Jürgen Wussow, Jane Fonda, Uschi Glas und Inge Meysel, und immer wenn ich ihr sagte, sie solle doch mal was Vernünftiges lesen, den *Spiegel* zum Beispiel oder einen guten Roman, lachte sie mich aus. Kindchen, sagte sie, Kindchen, das ist was für dich, ich bin eine einfache Kneipenwirtin und muß wissen, worüber meine Gäste sich das Maul zerreißen. Außerdem fasziniert mich diese Glitzerwelt und der verlogene Glanz der sogenannten oberen Zehntausend. Da weiß man doch sofort wieder, warum es besser ist, in bescheidenen Verhältnissen zu leben."

Corinnas Gesicht war ganz weich geworden, während sie über Hilde sprach. Sie blickte in die Ferne.

„Wir lachten sehr viel, wenn ich sie besuchte. Hilde mochte schmutzige Witze, und es war mir ein besonderes Vergnügen, immer die neuesten aufzuspüren und sie ihr zu erzählen. Sie starrte mich dann immer so gespannt an wie ein kleines Kind, das die Pointe einer Geschichte kaum abwarten kann und dann doch enttäuscht ist, wenn sie zu Ende ist. Und sie lachte so heftig, daß ich immer befürchtete, sie würde gleich aus dem Bett fallen.

Nach gut vier Wochen wurde ich etwas skeptisch. Die Behandlung schien nicht sonderlich gut anzuschlagen, und Hildes Hinweis, daß ihre Bronchien eben auch nicht mehr die besten seien, genügte mir nicht mehr. Ich wußte, daß sie übertriebene Fürsorge nicht ausstehen konnte, nahm mir aber trotzdem vor, mal allein mit einer Schwester zu sprechen.

Wenige Tage später war Hilde noch zur Behandlung, als ich kam. Ich stellte die Blumen ins Wasser und packte die Kekse auf ihren Nachtschrank. Als ich mir den Stuhl heranzog, um mich hinzusetzen, entdeckte ich etwas Merkwürdiges: Auf ihrem Kissen waren dunkle Flecken. Ich nahm das Kissen hoch und sah, daß es ... Haare waren." Corinna stockte einen Moment. „Ich muß sehr naiv gewesen sein. Obwohl ich, ja, inzwischen dreiunddreißig war und mein bisheriges Leben nicht unbedingt glatt und problemlos verlaufen war. Ich nahm die Strähnen zwischen die Finger und verstand zunächst mal gar nichts. Eine Schwester kam herein – Astrid, du hast sie kennengelernt. Ich drehte mich mit den Haaren zwischen den Fingern zu ihr um und schaute sie stumm an. Sie erwiderte meinen Blick schweigend, und ich wollte sie gerade fragen, ob sie mir wohl einen frischen Bezug geben könnte, als ein eigentümlicher Schmerz in mir hochstieg. Ein Gefühl, das ich noch nicht einordnen konnte und von dem ich in diesem Augenblick lediglich wußte, daß es schwer war. Schwer und niederdrückend.

Schließlich legte ich das Kissen wieder zurück und fragte Schwester Astrid, warum Hildes Lungenentzündung so langwierig war. Es wurde still in dem Zimmer. Astrid erzählte mir später, daß sie lange mit sich gerungen hätte, wie sie auf diese Frage reagieren sollte, denn Hilde hatte sie ausdrücklich gebeten, mir die Wahrheit eben nicht zu sagen. Andererseits hatte sie das deutliche Gefühl, daß ich die Situation ziemlich blind erlebte und das eines Tages wahrscheinlich sehr bereuen würde. Hilde hat keine Lungenentzündung, meinte sie dann, Hilde hat Lungenkrebs, und sie möchte nicht, daß Sie es erfahren. Viel Zeit hat sie nicht mehr."

Ich schaute Corinna gespannt an. „Wie hast du darauf reagiert?"

Sie legte den Kopf ein wenig schief. „Ich habe mir fast in die Hosen gemacht vor Angst. Ich bin weggelaufen und habe mich tagelang verkrochen. Eine sterbende Hilde? Die Vorstellung war unerträglich. Der Tod war unerträglich. Und das Sterben erst recht. Ich sah keine Möglichkeit, mich damit auseinanderzusetzen. Ich war jung, gesund, voller Elan. Warum passierte mir das?"

Ich schluckte. „Und dann?“

„Astrid hat mir geholfen“, erwiderte Corinna. „Sie hatte schon viele Menschen beim Sterben begleitet, die Kranken selbst und auch die Angehörigen. Sie versuchte, mir die Angst zu nehmen, was natürlich nicht vollständig gelang, aber immerhin, einen großen Schritt konnte ich machen. Und sie führte mir vor Augen, wie wichtig diese letzte Wegstrecke für Hilde war. Bring sie weiterhin zum Lachen, sagte Astrid, erzähl ihr Witze und schenk ihr Pralinen. Sie selbst ißt sie gar nicht, aber sie freut sich jedesmal, daß du ihre Lieblingsmarken so gut kennst, und verschenkt sie an andere Patienten und das Pflegepersonal. Außerdem ist sie ziemlich stolz, daß du ihr die Geschichte mit der Lungenentzündung abnimmst.“

„Wie lange ging das so weiter?“

Corinna räusperte sich. „Noch mal gut vier Wochen. Von einem Tag auf den anderen ging es ihr dann sehr schlecht.“

„Hat sie weiterhin angenommen, daß du an eine Lungenentzündung glaubst?“

„Zu dem Zeitpunkt nicht mehr, nein.“

Die nächste Frage traute ich mich nicht zu stellen, aber Corinna kannte sie längst.

„Ja, ich war dabei, als sie starb. Und ich bin Astrid zutiefst dankbar, daß sie mich nicht im Ungewissen ließ. Ich habe viel gelernt, und ich konnte Hilde angemessen begleiten. Das war ich ihr einfach schuldig.“

Viele Minuten blieb es still. Corinna stand auf und ging zum Fenster.

„Ich mag dich sehr, Linda“, sagte sie. „Ich möchte dir in dieser schweren Zeit in jeder Hinsicht eine Hilfe sein. Aber es gibt Dinge, die du allein bewältigen mußt. Ich kann dir helfen, deine Gefühle zu sortieren, aber hinschauen mußt du allein. Ich kann dir helfen, einen Weg zu finden, aber gehen mußt du ihn. Gib Katharina eine Chance und dir selbst auch.“ Sie drehte sich um und lächelte. „Jetzt fühlst du dich sicherlich ein wenig belehrt, aber das macht nichts. Ich denke, du hast mich gut verstanden."

Es war ein Uhr früh, als Corinna sich verabschiedete. Ich war so erschöpft, daß ich nicht mehr wußte, was ich denken oder fühlen sollte. Als ich mich ins Bett legte, war mein Kopf schwer und heiß, aber zum ersten Mal seit Tagen konnte ich mehrere Stunden hintereinander schlafen. Kein Alptraum ließ mich hochschrecken, und keine Übelkeit scheuchte mich auf die Toilette. Die Nacht hinter meinen Augen war einfach nur dunkel.

Ich wachte um halb sechs auf. Von einem Moment zum nächsten war ich hellwach. Die Vögel zwitscherten, der Himmel war graublau. Ich stand auf, schaute nach Erik und Nadine, die beide noch friedlich schliefen, und ging dann nach unten, um Tee aufzusetzen. Nach Kaffee war mir immer noch nicht. Ich aß ein Stück trockenes Weißbrot, trank eine Tasse Tee und ging hinaus in den Garten.

Es schien eine Ewigkeit her zu sein, seit ich hier gesessen und in mein Tagebuch geschrieben hatte, während Katharina die Gartenmöbel abspritzte und wir uns gegenseitig das Leben schwermachten. Eine kleine Spinne krabbelte an einem der Tonkrüge empor und begann emsig ihr Werk. Stunde um Stunde würde sie spinnen und flechten, zusammenfügen und verbinden, und ein etwas heftigerer Windstoß oder ein herumtobendes Kind konnten ihre ganze Mühe innerhalb eines Augenblicks zunichte machen. Corinna hatte mir mal von diesen Mönchen erzählt, die Gemälde aus feinstem Sand schufen, Mandalas, an denen sie monatelang arbeiteten, und wenn dieser körnige, buntgemusterte Teppich fertig war, wurde er mit wenigen Handstrichen wieder zusammengefegt. Der Mönch verbeugte sich. Und begann von neuem.

Die Kirchturmuhr schlug sechs. Ich ging in die Küche, um mir noch einen Tee zu holen, und nahm das Telefon aus dem Flur mit nach draußen. Tom hob nach dem zweiten Klingeln ab. Ich wußte, daß er ein notorischer Frühaufsteher war, und hoffte, daß er nicht ausgerechnet an diesem Morgen länger schlief als sonst.

„Guten Morgen", sagte ich, und meine Stimme kam mir sehr laut vor. „Ich vermute, daß du längst auf bist. Hier ist Linda."

„Du vermutest richtig. Ich habe gerade die Zeitung reingeholt. Schön, daß du dich meldest."

Ich räusperte mich. „Ich habe eine Bitte."

„Ja?"

„Ich möchte jetzt sofort ins Krankenhaus fahren. Könntest du herkommen und die Kinder für eine Stunde hüten?"

„Auch für zwei, wenn du mir zeigst, wo das Nutella steht. Und aufs Klo gehen die beiden ja wohl schon alleine, oder?"

Ich lächelte in den Hörer. „Ja, keine Sorge."

Zwanzig Minuten später stand Tom mit frischen Brötchen vor der Tür. Ich hatte bereits den Tisch gedeckt und die Sachen für die Kinder herausgelegt. Er musterte mich einen Augenblick schweigend, und ich sah, daß ihm mehrere Fragen gleichzeitig durch den Kopf schossen. Dann setzte er sich und lächelte aufmunternd. „Nun fahr schon los. Soll ich die Kinder nachher irgendwo hinbringen?"

„Nein, danke. Ich bin rechtzeitig zurück und fahre sie dann selbst in die Schule und in den Kindergarten."

Nadine hatte erst zur zweiten Stunde Unterricht, und bei Erik war es egal, ob ich ihn um halb acht oder halb neun Uhr ablieferte. Ich zog meine Jacke an, griff mir die Schlüssel und fuhr los.

Schwester Ute hatte Frühdienst und war bei Katharina. Sie hängte eine neue Infusion an und übertrug einige Daten in die Krankenakte.

„Wie geht es ihr heute?" fragte ich leise und trat vorsichtig näher.

„Unverändert", erwiderte sie.

„Unverändert kritisch?" hakte ich nach.

„Ja – unverändert kritisch. Allerdings – das Fieber ist nicht gestiegen, und die anderen Werte sind auch konstant. Möchten Sie gleich noch mal mit dem Arzt sprechen?“

Ich schüttelte den Kopf. „Im Moment nicht, danke.“

Seit dem ersten Gespräch mit Dr. Steffen erhielt ich problemlos alle wichtigen Auskünfte. Ob die Fürsprache von Schwester Astrid daran einen wesentlichen Anteil hatte oder ich als Katharinas Lebensgefährtin ohne Einschränkungen akzeptiert wurde, wußte ich nicht. Auf jeden Fall war ich froh, ganz selbstverständlich informiert zu werden.

Die Beatmungsmaschine zischte leise. Ein Gerät piepte kurz und eindringlich. Schwester Ute betätigte einen Regler, warf mir noch einen prüfenden Seitenblick zu und ging dann hinaus. Wir waren allein, und einen winzigen Moment fürchtete ich, wieder stumm und starr neben Katharinas Bett zu stehen und von einer Angst umschlungen zu werden, die mir keine andere Wahl ließ. Meine Hände verkrampften sich zu Fäusten, dann sah ich plötzlich Corinna vor mir und Tom, und ich hörte, wie Daniel weinte und mit ihr sprach. Hilde hatte Frauenzeitschriften geliebt und anzügliche Witze. Katharina liebte Comics, Edith Piaf und den Duft von Rosen. Ihr Haar war lang und glänzte, und ihr Lächeln konnte fröhlich und unergründlich zugleich sein. Wenn sie malte, schweifte ihr Blick immer wieder scheinbar verloren in die Ferne, und wenn sie Sehnsucht nach mir hatte, wurde ihr Mund voll und weich.

Erst als ich mit den Händen über meine Wangen fuhr, spürte ich, daß mein Gesicht naß war.

14

„Ich hab' dir so viel zu sagen, daß ich nicht weiß, wo und wie ich anfangen soll“, flüsterte ich leise. Ich zog mir den Stuhl heran und setzte mich. „Schwester Ute meint, du würdest alles mögliche mitbekommen. Ich bin mir da nicht so sicher. Und es kommt mir fremd und unwirklich vor, hier neben dir zu sitzen und zu reden. Es ist, als würde jede von uns in ihrer eigenen Welt festsitzen und die andere nicht erreichen können. Vielleicht sprichst du ja zu mir, von da, wo du jetzt bist, und wartest auf Antwort. Auf irgendeine. So wie ich auch.

Ich bin bisher nicht sehr tapfer gewesen, und ich weiß nicht, ob ich es jemals sein werde. Unsere gemeinsame Welt ist zusammengebrochen, und ich tue mich schwer damit, die Scherben aufzulesen. Es ist so ... ungerecht, aber Corinna hat gesagt, daß ich nicht jammernd herumhocken und dich und mich aufgeben darf. Natürlich hat sie recht. Aber ich bin nicht die starke und selbstbewußte Frau, die jetzt nötig wäre. Die ihre Gefühle zeigen kann und doch nach einem Ausweg suchen würde. Die es dem Schmerz nicht erlauben würde, über die Hoffnung zu siegen. Die stark genug wäre, ihr Selbstmitleid beiseite zu schieben. All diese Eigenschaften sehe ich in dir. Oder in Corinna. Anna. Das sind Frauen, die ihre eigenen Empfindungen sehr genau kennen und hinterfragen und sie in den Hintergrund treten lassen können, wenn es nötig ist. Verstehst du, was ich meine?"

Ich schwieg einen Moment. Dann stand ich auf. Ich strich Katharina über die Wangen, sie fühlten sich warm an. „Ich muß jetzt los. Die Kinder warten auf mich. Ich komme später wieder."

Als ich die Station verließ, winkte mir Schwester Ute von weitem zu.

Tom war sichtlich erleichtert, mich zu sehen.

„Die beiden sind ganz schön munter", sagte er und zeigte auf den Küchentisch, der die üblichen Spuren einer heftigen Frühstücksschlacht aufwies.

„Das ist normal", antwortete ich und packte Obst für die Kinder ein.

Wir verließen gemeinsam das Haus, aber Tom blieb abwartend vor seinem Auto stehen. „Was machst du, wenn du nachher zurückkommst?"

Ich ließ die Kinder einsteigen. „Ich glaube, es gibt viel zu tun. Ich weiß gar nicht so recht, wo ich anfangen soll."

„Wenn du reden willst, sag es nur. Ich bin inzwischen ein Profi, was Ängste und Tod und diesen ganzen Kram angeht. Aber das weißt du ja." Sein Ton war flapsig, aber ich spürte, daß ihm jedes einzelne Wort bitterernst war.

„Ja, ich weiß. Vielen Dank für dein Angebot."

Ich lieferte die Kinder ab und fuhr in die Stadt. Als ich vor der Buchhandlung stand, wurde mir bewußt, daß ich seit fast einer Woche nicht mehr hier gewesen war. Anna goß gerade die Pflanzen und rückte die Bücher in der Auslage zurecht. Sie schaute hoch, und als sie mich entdeckte, spiegelte sich Freude in ihrem Gesicht. Und Sorge. Ich ging hinein, und Anna nahm mich in die Arme. Ihr Parfum stieg mir in die Nase und mit ihm die wohlige Erinnerung an so viele tröstende Umarmungen in den letzten dreißig Jahren.

„Schön, daß du da bist", sagte Anna. „Wie geht es Katharina? Warst du heute schon im Krankenhaus?" Sie blickte mich prüfend an.

Ich nickte. „Ja, heute früh. Ihr Zustand ist unverändert." Ich schaute mich im Geschäft um. „Wie läuft es?"

Anna seufzte und zeigte auf die offene Bürotür. „Du hast mich ganz schön verwöhnt. Der Schreibtisch biegt sich unter Rechnungen, Lieferscheinen, Kontoauszügen und ähnlichem Papierkram."

Ich schaute um die Ecke und sah, daß sie nicht übertrieben hatte. „Kannst du diese Woche trotzdem noch auf mich verzichten?"

Anna winkte ab. „Aber natürlich, das weißt du doch. Und was die Kinder angeht, du kannst sie natürlich jederzeit mitbringen."

Die Türglocke schlug leise bimmelnd an, und zwei Frauen kamen herein. Sie grüßten und gingen zielstrebig in den Keller. Anna lächelte. „Da unten ist jetzt manchmal mehr los als hier oben. Du hattest den richtigen Riecher."

Das Kompliment tat mir gut, aber ich vernahm es nur am Rande. Ich mußte plötzlich daran denken, wie ich mit Corinna den Keller aufgeräumt, renoviert und neu eingerichtet hatte. Und wie enttäuscht ich gewesen war, daß Katharina nicht hatte mitmachen wollen.

„Was hast du heute noch vor?" Annas Frage riß mich aus meinen Gedanken.

„Ich muß einiges besorgen und erledigen. Am Nachmittag möchte ich wieder ins Krankenhaus."

Das Telefon klingelte. Ich verabschiedete mich und ging, um vier Blumensträuße zu besorgen – einen für Anna, den ich ihr gleich noch im Geschäft vorbeibrachte, einen für Bettina, einen sehr großen für Corinna und einen Rosenstrauß für Katharinas Schreibtisch. Auf der Intensivstation waren Blumen aus hygienischen Gründen verboten. Außerdem mußten die Vorratsschränke aufgefüllt werden, und ich brauchte ein neues Tagebuch und Patronen für meinen Füller.

Während ich verschiedene Geschäfte abklapperte, spürte ich, daß etwas in mir in Bewegung geraten war – winzig und zaghaft, aber deutlich spürbar. Ein erster Schritt war getan, wohin auch immer. Ich wußte nicht, ob ich die Kraft und den Mut für die nächsten haben würde, und es ängstigte mich zutiefst, auch nur zwei Stunden nach vorn zu schauen. Als ich diesen Gedanken später einmal in einem anderen Zusammenhang Corinna gegenüber erwähnte, meinte sie, daß es nie möglich wäre, auch nur ein kleines Stück in die Zukunft zu blicken. Alles, was wir für den nächsten Tag, die nächsten Wochen oder in einem Jahr planten, entspringe unserem Bedürfnis nach Halt und Sicherheit und sei letztlich doch nichts als eine Illusion. Schon wieder dieser Ausdruck, dachte ich unwillig, was bleibt denn überhaupt noch von unserem Leben übrig, wenn alles Illusion ist?

Später setzte ich mich an den Schreibtisch und öffnete das neue Tagebuch. Es war blau und enthielt mattweißes Papier, das sich wundervoll anfühlte. *Ich mag es, wenn die Fingerkuppen bei der Berührung mit Papier anfangen zu kribbeln, und die Feder ein leises Kratzen von sich gibt,* schrieb ich. *Darin ähneln Katharina und ich uns sehr – in unserer Freude an gutem Papier, und ich weiß noch genau, wie sie mir mal die unterschiedlichen Farbnuancen eines Grüntones auf drei verschiedenen Papiersorten vorgeführt hat. Sie war so eifrig bei der Sache und – ja – so voller Hingabe.*

Ich kann nichts ungeschehen machen – kein Wort, das ich gesagt habe, keinen Streit, in dem ich die Kontrolle verlor, keine Wut, von der ich mich ungezügelt leiten ließ. Auch nicht die Ereignisse an diesem Wochenende. Wenn das Wörtchen wenn nicht wär'... Es hat keinen Sinn, immer wieder alles aufzuzählen, was ich nun bereue und ungeschehen oder anders machen möchte, aber natürlich beschäftigen mich die Streitereien und Mißstimmungen der letzten Monate nun ganz besonders. Sie tun noch einmal weh, und es ist ein Schmerz, der nur langsam abklingt.

Ich habe das Gefühl, an einen entscheidenden Wendepunkt meines Lebens gestellt worden zu sein, und niemand hat mich gefragt, ob ich damit einverstanden bin. Dabei wollte ich doch nur mein, wie es schien, schwerverdientes Glück genießen und ein Stück Idylle dazu. Dieses Stück ist im Verlauf eines Jahres ohnehin immer kleiner geworden; zum Schluß war es nur noch ein winziger Rest, den ich mit klammen Fingern umkrallt hielt, aber auch er wurde mir entrissen. Auf die brutalste Weise, die ich mir vorstellen kann. Ich habe noch nie einen geliebten Menschen auf diese Weise verloren. Ja, ich weiß, Katharina lebt, aber auf einmal steht die Möglichkeit des Sterbens dicht vor mir, und die Vergänglichkeit unseres gemeinsamen Lebens ist nicht irgendein Punkt in weiter Ferne, mit dem sich niemand ernsthaft zu befassen braucht. Sie ist da, sie ist gegenwärtig, ich sehe sie, sie bringt mein Herz zum Rasen, meinen Magen in Aufruhr und meine Hände zum Zittern. Schreien, beten, weinen, schreiben?

Ich erlebe den Verlust wie einen Kampf, der mich grenzenlos erschöpft und dem ich bis gestern abend so gut wie nichts entgegenzusetzen hatte.

Bettina kam am späten Nachmittag mit ihren Sprößlingen nach Velstove, um zur Abwechslung mal hier ein paar Stunden mit Erik und Nadine zu verbringen. Sie wurde ganz verlegen, als ich ihr den Blumenstrauß überreichte.

„Was soll das denn?“ fuhr sie mich fast ungehalten an.

„Na, ich möchte mich für deine Hilfe bedanken“, gab ich freundlich zurück.

Sie schnupperte an den Blumen und rümpfte die Nase. „Glaub man ja nicht, daß du mir so leicht davonkommst! Sowie Katharina wieder fit ist, übernehmt ihr beide einen kompletten Wochenendkinderdienst, und ich verbringe ein paar heiße Tage und Nächte mit meinem Gatten. Oder mit wem auch immer.“

Ich nickte. Bettinas Bemühen, mich mit ihrem flapsigen Ton aufzumuntern, hatte etwas Rührendes. Ich verabschiedete mich, und Nadine rannte hinter mir her.

„Darf ich heute mitkommen?“ fragte sie, als ich den Wagen aufschloß.

Ich legte meine Tasche auf den Beifahrersitz und drehte mich dann zu Nadine um.

„Das geht noch nicht“, sagte ich.

Ihr Blick ließ mich nicht los. „Warum nicht?“

„Deine Mutter liegt immer noch auf der Intensivstation – du weißt, das ist eine besondere Abteilung im Krankenhaus, und kleine Kinder dürfen dort nicht hinein.“

„Auch nicht, wenn es die eigene Mutter ist?“

„Auch dann nicht.“

Nadine verzog den Mund. „Das ist ungerecht.“

„Wenn sie auf eine andere Station verlegt wird, kannst du sie besuchen. Ich werde sie ganz lieb von dir grüßen, okay?“

„Du mußt ihr einen Kuß geben, hörst du?“ Das klang sehr eindringlich.

Ich hatte plötzlich einen Kloß im Hals. „Ja.“

„Versprich es mir.“

„Ich verspreche es dir.“

Wie vertraut so ein Zimmer innerhalb weniger Tage werden konnte. Ich schaute eine Weile stumm auf die Monitore. Dann nahm ich Katharinas Hand. „Da bin ich wieder.“

Beklommenheit kroch in mir hoch wie eine giftige Schlange. Als Dr. Steffen hereinkam, war ich froh über die Ablenkung. Er schob seine Brille nach oben und berichtete mir, daß das Antibiotikum anschlug.

„Es sieht also gut aus?“ fragte ich vorsichtig.

„Im Moment sieht es gut aus“, gab er zurück.

Ist ihr Zustand so ernst, daß er es nicht wagt, positiver zu formulieren, oder sind Ärzte mit ihrer Einschätzung grundsätzlich so zurückhaltend? fragte ich mich. Offensichtlich war mir meine Enttäuschung anzusehen, denn Dr. Steffen räusperte sich und lächelte mich entschuldigend an.

„Intensivpatienten im künstlichen Schlaf sind etwas Besonderes“, erklärte er. „Ihr Gesundungsprozeß unterliegt sehr vielen unterschiedlichen Faktoren. Eben kann es ihnen noch sehr schlecht gehen, und zwei Stunden später stabilisiert sich ihr Zustand.“

„Und umgekehrt.“

„Und umgekehrt“, bestätigte er. „Haben Sie Geduld.“

Plötzlich fuhr mir eine Idee durch den Kopf. „Eine Frage, Dr. Steffen. Darf ich hier ein Radio aufstellen oder einen Kassettenrecorder? Katharina mag Musik sehr gerne. Vielleicht ...“

Dr. Steffen nickte. „Es spricht nichts dagegen.“

Er schob wieder seine Brille hoch. Ich folgte der Bewegung – auch sie hatte inzwischen etwas Vertrautes.

„Wenn Sie weitere Fragen haben – ich bin noch ungefähr eine Stunde hier. Kommen Sie ruhig in mein Dienstzimmer." Er klemmte sich seine Unterlagen unter den Arm und verließ den Raum.

Ich schaute wieder Katharina an.

„Der Arzt meint, daß es dir besser geht", sagte ich leise. „Ab morgen hast du Musik hier. Ich kann mir vorstellen, daß dir das gefällt."

Einige Minuten lang erzählte ich etwas stockend von meinem Tag, von den Kindern, daß ich Anna besucht hatte ... und daß mich immer noch hin und wieder die absurde Hoffnung überfiel, gleich aus einem schrecklichen Alptraum aufzuwachen und sie zitternd vor Erleichterung in die Arme schließen zu können. „Und alles wäre wieder gut, und wir würden uns nie wieder streiten." Ein leises Lachen entfuhr mir. Ich beugte mich über sie. „Ich habe Nadine versprochen, dir einen Kuß von ihr zu geben, besser gesagt: ich mußte es ihr versprechen."

Merkwürdig, wie schwer es mir fiel, dieses Versprechen einzulösen, und wie stark ich gleichzeitig das Gefühl hatte, eine wichtige Probe bestehen zu müssen. Während mein Gesicht ihrem immer näher kam, stiegen mir die Tränen in die Augen, und mein Mund wurde trocken und kalt. Ich strich ihr mit der Hand über die Stirn, und meine Lippen berührten zart ihre Wange. Wenig später verließ ich das Krankenhaus.

Als ich nach Hause kam, wartete Nadine an der Eingangstür auf mich und sah mich unverwandt an. Ich hob sie hoch und drückte sie wortlos an mich.

Es war still im Haus, und ich spürte meine Erschöpfung in allen Knochen. Am frühen Abend hatte noch mehrmals das Telefon geklingelt, und ich mußte immer wieder die gleichen Fragen beantworten. Manchmal hörte ich selbst, wie eintönig und abweisend meine Stimme klang, und ich wußte, daß es ungerecht war, die besorgten Freundinnen und Freunde vor den Kopf zu stoßen, doch ich konnte nichts dagegen tun. Im Moment nicht.

Corinna war noch für eine halbe Stunde dagewesen. Sie hatte in der Küche gesessen und mich angeschaut, und ich hatte das Gefühl, daß sie zufrieden war mit mir. Was für ein merkwürdiger Gedanke, dachte ich. Bevor sie gegangen war, hatte sie mir noch eine CD in die Hand gedrückt. „Entspannungsmusik. Vielleicht gefällt sie dir ja."

Die Musik, das sanfte Plätschern einer immer wiederkehrenden Melodie, lief jetzt im Hintergrund. Ich stand in der offenen Terrassentür und schaute hinaus in den Garten. Es war ein milder Abend. Als es an der Haustür klingelte, zuckte ich zusammen. Ich erwartete niemanden, und gerade zur Zeit schätzte ich unangekündigten Besuch überhaupt nicht. Vielleicht das Jugendamt, überlegte ich. Corinna hatte gesagt, daß ich mit dem einen oder anderen Überraschungsbesuch rechnen müsse. Ich fuhr mir durch die Haare und strich mein T-Shirt glatt. Aber es war Tom.

„Wenn ich störe, sag es nur", begrüßte er mich und blieb an der Tür stehen. „Ich war auf dem Nachhauseweg und dachte, daß du mich vielleicht sehen möchtest. Wenn nicht, habe ich kein Problem damit."

Das glaubte ich ihm aufs Wort. Wir setzten uns auf die Terrasse und schwiegen, aber ich fühlte mich nicht unwohl dabei. Tom trank einen Saft, ich ein Mineralwasser. Langsam brach die Dämmerung herein und färbte die Ränder des Horizonts dunkelviolett. Es hätte ein wunderschöner Abend sein können.

„Wundervoll", sagte Tom leise. „Diese Farben sind einmalig. Mein Großvater sagte bei einem solchen Abendhimmel immer: Junge, schau mal, der große Meister mischt die Farben für den morgigen Tag und hat vergessen, den Pinsel auszuwaschen, und dann grölte er und schlug sich auf die Schenkel." Tom lachte und blickte mich von der Seite an. „Mein Großvater war ein richtiger Spaßvogel. Hätte dir gefallen. Außerdem war er immer sehr direkt und ist damit so manchem auf die Füße getreten."

„Und wie kommst du darauf, daß mir das gefallen hätte?"

Tom verschränkte die Arme im Nacken und überlegte einen Moment. „Ich glaube einfach, du magst direkte Menschen, weil es dir selbst manchmal schwerfällt, direkt zu sein und klar zu sagen, was in dir vorgeht."

Ich lehnte mich in meinem Gartenstuhl zurück und nippte an meinem Wasser. Es schmeckte langweilig, tat aber meinem Magen gut. Ich schaute Tom an, der jetzt spitzbübisch grinste, und stellte mein Glas wieder auf den Tisch zurück.

„Soso", erwiderte ich. „Und wie war dein Tag sonst so?"

Tom lachte, dann wurde er von einer Sekunde zur anderen wieder ernst. „Ich will dir nicht zu nahe treten, versteh mich bitte nicht falsch."

„Das tue ich nicht. Erzähl mehr von deinem Großvater. War er Schriftsteller?"

Tom riß erstaunt seine dunklen Augen auf. „Woher weißt du das?"

„Ich finde, daß seine Beschreibung der Abenddämmerung durchaus etwas Poetisches hat", entgegnete ich und freute mich, mit meiner Einschätzung richtigzuliegen.

Tom nickte. „Mein Großvater, ich habe ihn immer Pitt genannt, war Schlosser, hat aber sein Leben lang Geschichten und Gedichte geschrieben und immer davon geträumt, Autor oder Journalist zu sein. Ein Wunsch, der ihm früh von seinem Vater ausgetrieben worden ist – solche Berufsvorstellungen waren für einen Arbeitersohn damals bestenfalls als romantische Träumereien zu bezeichnen. Mein Urgroßvater nannte sie schlicht Schwachsinn. Nach acht Jahren Schule ging es, wenn man großes Glück hatte, ab in die Lehre, und das war's dann."

„Er hat sehr darunter gelitten?"

„Ich glaube schon. Am schlimmsten war wohl für ihn, daß ihn nie jemand ernst genommen hat."

„Hat er seine Texte denn mal von einem Profi anschauen lassen?“

„Und ob – jahrzehntelang hat er seine Manuskripte immer wieder an Verlage geschickt, aber du kannst dir sicherlich vorstellen, wie die aussahen: auf billigem Papier, handgeschrieben, voller Rechtschreibfehler. Nie hat sich jemand ernstlich damit befaßt. Jedesmal wenn seine Arbeiten zurückkamen, war er wochenlang frustriert.“

„Jahrzehntelang?“ fragte ich verblüfft nach.

„Ja, schließlich habe sogar ich als Enkel das ganze Drama ständig miterlebt. Wenn wieder eine Absage gekommen war, hat die Oma mich geholt, damit ich ihn tröstete und ablenkte und nach Möglichkeit verhinderte, daß er sich tagelang bis zur Besinnungslosigkeit besoff.“

„Konnte er gut schreiben?“

Tom zuckte mit den Achseln. „Ich verstehe nicht viel von Literatur. Aber so, wie ich es heute einschätze, hat er einige gute Ideen gehabt und viel Phantasie, aber ein Schriftsteller ... hm, nein, ich glaube, dazu hätte es nicht gereicht. Und das eigentliche Drama seines Lebens bestand darin, daß er genau das geahnt hat, aber nie wirklich wahrhaben wollte.“ Tom lächelte. „Er war ein verdammt guter Handwerker – darin hat sein Vater einfach recht behalten, was für Pitt immer eine bittere Pille war.“

„Er lebt nicht mehr?“

Tom schüttelte den Kopf. „Er ist vor drei Jahren gestorben – Leberzirrhose. Ich vermisse ihn oft, denn er hat mir nähergestanden als mein Vater.“

Wir schwiegen wieder eine Weile. Dann trank Tom seinen Saft aus und stand auf. Ich erhob mich ebenfalls. „Vielen Dank für diesen unerwarteten Besuch.“

„Nichts zu danken.“ Er winkte lässig ab. „Übrigens – es muß wunderschön sein, so zu lieben.“

Ich dachte zuerst, ich hätte mich verhört, doch Tom schaute mich mit einem ernsten Lächeln an.

„Ich bin noch nicht ein einziges Mal in meinem Leben länger als einige Wochen leidenschaftlich verliebt gewesen“, fuhr er sachte fort. „Danach verpuffte immer alles ziemlich schnell. Oder aber ich habe mich in unerreichbare Frauen verguckt und war monatelang kreuzunglücklich. Vielleicht bin ich ja auch der geborene Single ...“ Er griente einen Moment verlegen, doch der verschmitzte Gesichtsausdruck verschwand ebenso schnell wie er gekommen war. „Wenn ich ein Paar sehe mit all diesen großen Gefühlen – so wie ich und Katharina –, dann bin ich tief berührt, und ich merke, was mir entgeht, aber heute oder morgen vielleicht einfach noch nicht sein soll.“

Ich spürte, wie mir die Tränen hochstiegen, aber ich kämpfte sie nieder. Was wollte er mir damit sagen? Daß ich mich glücklich schätzen sollte? Große Gefühle verursachen auch großes Leid, dachte ich plötzlich und erschrak. Tom streckte die Hand aus und streichelte mein Gesicht.

„Du bist viel stärker, als du glaubst“, meinte er. „Ich weiß, das klingt jetzt mit Sicherheit sehr pathetisch, aber ich will es trotzdem sagen: Entscheidend ist einzig und allein, daß du die Situation nicht ablehnst, sondern in ihrem ganzen Ausmaß annimmst. Dann kommst du weiter, und nur dann. Denk mal drüber nach, und vergiß nicht, ich spreche aus Erfahrung.“

Ich sah ihm nach, wie er durch den Garten nach vorn zu seinem Auto ging. Der Motor heulte auf und verklang dann langsam in der Ferne. Ich nahm die Gläser und betrat das Haus.

An Schlaf war in dieser Nacht kaum zu denken. Zwei Stunden wälzte ich mich unruhig von einer Seite auf die andere, fiel zeitweise in einen dämmrigen Halbschlaf voll quälender Träume, die mich hinterrücks anfielen, und stand dann wieder auf. Es war halb drei Uhr morgens. Ich schlich leise durchs Haus und überlegte, ob ich die Zeit nutzen sollte, Wäsche zu bügeln und nebenbei einen Gemüseeintopf vorzukochen. Ich könnte auch Papiere und Bücher aussortieren oder Kleidungsstücke und Spielzeug für das Rote Kreuz zurechtlegen, doch dabei würde ich die Kinder stören. Im Keller gab es genug zu tun.

Ich hastete nach unten, doch erst als ich mein lautes Atmen bemerkte, fiel mir auf, wie schnell ich mich bewegte. Am liebsten wäre ich gelaufen, gerannt, hätte geschwitzt und um mich geschlagen, stundenlang – nicht denken, nicht fühlen, nur in der Bewegung aufgehen. Ich blieb keuchend stehen, machte auf dem Absatz kehrt und ging wieder nach oben. Mitten in der Nacht den Keller entrümpeln zu wollen, während die Geliebte an der Beatmungsmaschine hing und vielleicht nicht einmal mehr wußte, daß sie oder die Welt existierte, war ein surrealer Gedanke – absurd und gleichzeitig so verständlich, drückte er doch all die Hilflosigkeit aus, die ich empfand.

Ich legte eine von Katharinas Lieblings-CDs ein und ließ mich aufs Sofa fallen, während die ersten Takte eines Flamencos erklangen. Der Rhythmus war zunächst trügerisch langsam und von einer Sinnlichkeit, die sich über mich ergoß, als hätte sie den ganzen Abend hier auf mich gewartet. Ich legte die Hände zwischen meine Schenkel und warf den Kopf nach hinten. Das Erschrecken über die pure Lust, die sich so plötzlich und heftig in mir aufbäumte, war fast winzig im Vergleich zu dieser alles andere verdrängenden Gier, und ich hatte keine Zeit, Fragen zu stellen oder zu beantworten, den Kopf einzuschalten oder nach einem Halt, einer Rückzugsmöglichkeit zu suchen. Während der Flamenco immer schneller und eindringlicher wurde, ertastete ich meinen Körper, erforschte seine Ecken und Rundungen, seine Nischen und Höhlen, und ich schwitzte und tropfte, lachte und weinte, stöhnte und verstummte dann.

Irgendwann stand ich auf und begann mich im Kreis zu drehen, die Arme um meinen Oberkörper geschlungen, zitternd, erschöpft, in ein Schweigen gehüllt, das weder schwarz noch weiß, weder schön noch häßlich war. Während meine Füße dem Takt der Musik folgten, streckte ich langsam die Arme aus und hob sie über den Kopf. Plötzlich stand ich neben mir und schaute mir selbst zu, und in diesem Moment konnte ich wie durch ein überdimensionales Kaleidoskop in mein Innerstes sehen. Die Wucht der vielfarbigen Bilder schien meinen Kopf sprengen zu wollen, doch ich hielt ihr stand. Von einem Augenblick zum nächsten verwischte die Szene, und ich spürte, daß meine Beine zitterten. Ich ging langsam auf die Knie und streckte mich dann lang auf dem Boden aus, die Arme wie Flügel ausgebreitet. Mein Körper war ein einziger schneller Herzschlag. Ich schloß die Augen und lauschte auf ihn.

Als die Morgendämmerung mein Gesicht berührte, wurde ich wieder wach. Ich stand langsam auf und streckte mich. Dann ging ich unter die Dusche. Eine ungewohnte Ruhe hatte sich in mir ausgebreitet.

Ich freute mich, daß Schwester Ute Frühdienst hatte. Als ich den Kassettenrecorder aufstellte, kam sie herein und begrüßte mich lächelnd. Ich legte die Edith-Piaf-Cassette ein, und leise ertönte „Je ne regrette rien". Ich richtete meinen Blick auf Katharinas Gesicht, konnte aber kein noch so winziges Zucken darin erkennen. Was für eine kitschige Hoffnung, dachte ich, und als ich Schwester Ute ansah, wußte ich, daß sie mir meine Gedanken von den Augen ablas.

Sie trat an das obere Ende des Bettes und begann den Verband vom Kopf abzunehmen.

„Das ist sehr gut verheilt", sagte sie und nickte anerkennend. „Kaum mehr als ein paar Kratzer."

Ich zögerte eine Sekunde, dann stellte ich mich neben sie. „Haben Sie etwas dagegen, wenn ich ihr die Haare kämme?"

Sie schüttelte den Kopf, öffnete den Wandschrank hinter sich und holte aus einem der Fächer eine Bürste und einen Kamm und außerdem eine Fettcreme für Hände und Gesicht.

„Wenn Sie Hilfe brauchen, klingeln Sie einfach“, sagte sie und verließ das Zimmer.

An einigen Stellen waren die Haare abrasiert, weil Schnittwunden genäht worden waren. Ich nahm den schwarzen Haarschopf und faßte ihn zu einem Zopf zusammen, durch den ich behutsam die Bürste führte. Es knisterte leise, und einzelne Strähnen kitzelten an meinen Fingern. Edith Piaf sang, und Katharinas Haare wurden immer weicher und seidiger, während die Zeit durch ein winziges Stundenglas kroch und die Sonne durchs Fenster schien.

Später setzte ich mich an den kleinen Beistelltisch und schrieb in mein Tagebuch. Bevor ich ging, drehte ich die Cassette noch einmal um und gab Katharina einen Kuß.

15

Am Freitag nachmittag trank ich den ersten Kaffee nach fünf Tagen. Ich verdünnte ihn mit sehr viel Milch und aß ein Honigbrötchen dazu. Erik war mit dem Fahrrad unterwegs, Nadine hatte ihre sämtlichen Barbiepuppen nach unten gebracht und kleidete sie neu ein. Die einzige männliche Puppe, Ken, hatte die Wahl zwischen fünf hinreißend gestylten Modepüppchen, und offensichtlich fiel ihm die Entscheidung nicht leicht. Mit breitem Grinsen wandte er sich mal dieser, mal jener zu.

Nadine blickte zu mir hoch, und die Frage, ob ich nicht mitspielen wolle, stand ihr ins Gesicht geschrieben. Doch bevor sie etwas sagen konnte, klingelte es an der Haustür. Nadine sprang auf, und Ken, Molly und Betty flogen unbeachtet über den Küchenboden.

„Das ist bestimmt Erik“, rief sie und stürmte zur Tür. „Ich will jetzt auch Fahrrad fahren.“

Ich seufzte erleichtert auf. Kurz darauf hörte ich eine weibliche Stimme an der Tür, und Nadine kam mit enttäuschter Miene zu mir zurück.

„Es war nicht Erik", maulte sie und setzte sich wieder auf den Fußboden.

„Wer war es denn?" fragte ich und setzte meine Tasse ab.

Nadine hob den Kopf. „Eine Frau von der Schule."

Ich schüttelte mißbilligend den Kopf. „Hast du die da einfach stehenlassen?"

„Ich hab' gesagt, du kommst gleich."

Ich eilte in den Flur, aber als ich sah, wer an der Tür stand, wurden meine Schritte langsamer. Larissa! Meine ehemalige Kollegin blickte mir mit großen Augen entgegen.

„Meine Güte", entfuhr es ihr, als ich vor ihr stand, „du siehst ja schlimm aus!"

Sie schob sich eine Strähne ihres hellblonden Haares aus dem Gesicht und zwinkerte verunsichert, als ich sie nur stumm anschaute und keine Anstalten machte, sie hereinzubitten.

„Ich komme als Vertreterin des Kollegiums", erklärte sie schließlich und verlagerte ihr Gewicht von einem Bein aufs andere. „Genauer gesagt: eines Teils des Kollegiums. Wir möchten uns nach Katharinas Befinden erkundigen und fragen, ob wir etwas tun können."

Ich lächelte dünn. Larissa meinte die Kolleginnen und Kollegen, die Bettina nach der Geschichte mit Tom schlichtweg ignorierte. Wahrscheinlich war sie in der Schule nicht sehr auskunftsfreudig gewesen, oder Larissa und Co. scheuten sich, Bettina direkt auf Katharina anzusprechen, weil sie ihre Ruppigkeit fürchteten. Warum allerdings ausgerechnet Larissa nach Velstove kam, war mir schleierhaft. Sie hätte von allen, die damals unsere Einladung ignoriert hatten, am ehesten Grund, mir aus dem Weg zu gehen, und wenn sie tatsächlich vorgeschickt worden war, um Grüße auszurichten oder Hilfe anzubieten, hätte es ein Telefonat auch getan. Ich schaute einen Moment in ihre hellgrünen Augen und nickte dann langsam.

„Es geht ihr den Umständen entsprechend", antwortete ich.

„Ich will dich nicht lange aufhalten“, erwiderte Larissa hastig, und ihre Augen glitten einmal über mein kurzes Haar und dann an meinem Körper entlang, bevor sie ihren Blick wieder hob. „Du hast ja sicherlich auch genug um die Ohren. Aber wir würden Katharina gerne eine Freude, ein Geschenk machen, und brauchen deinen Rat. Schließlich bist du ihre beste Freundin, und vielleicht gibt es ja auch etwas, was wir für euch beide tun können.“

Wie war das mit meinem Problem, häufig nicht direkt sein zu können? Larissas eine Spur zu salbungsvoller Ton löste plötzlich eine fast unbändige Lust in mir aus, ihr einfach die Tür vor der Nase zuzuschlagen, ihr allenfalls vorher noch ein unflätiges Schimpfwort in ihr glattes Gesicht zu schleudern oder sie mit bissigem Lächeln zu fragen, wie die Arbeit im Tierschutzverein voranginge – man engagiert sich ja so gern. Und warum zur Abwechslung nicht mal für eine Kollegin, die einen schweren Unfall hatte und im künstlichen Schlaf auf der Intensivstation lag? Mit der linken Hand umklammerte ich die Türklinke, die rechte steckte ich in die Hosentasche. Doch nicht meine gute Kinderstube oder meine mangelnde Direktheit hielten mich davon ab, Larissa kalt abblitzen zu lassen. Wenn ich ihr jetzt die Tür wies, würde ich nichts von ihren tatsächlichen Beweggründen erfahren, und die waren unter Umständen bedeutsamer, als ich jetzt annahm. Ich verstand zwar in diesem Moment nicht, warum ich unbedingt wissen wollte, was in Larissa vor sich ging, aber die Neugierde drängte meine Empörung zurück.

Ich löste meine Hand von der Klinke und trat zögernd zur Seite, gab aber die Tür nicht vollständig frei.

„Es scheint mir nicht die rechte Zeit für Geschenke zu sein“, sagte ich und schaute ihr in die Augen. Ich überlegte kurz, dann nahm ich die Hand aus der Hosentasche und atmete langsam ein und wieder aus. „Was führt dich wirklich hierher, Larissa?“

Sie zuckte zusammen, als hätte ich sie geohrfeigt. Nur mit

Mühe gelang es ihr, ein verwundertes Lächeln aufzusetzen. Sie hob die Hände und schüttelte den Kopf, dann straffte sie ihre Schultern.

„Es ist so, wie ich sagte, Linda", antwortete sie sachlich. „Ich möchte die Grüße des Kollegiums überbringen. Außerdem erzählt Bettina nicht sehr viel, und ich finde, wir sollten alle erfahren, wie es Katharina geht und ob wir etwas tun können. Ist das nicht verständlich?"

„Doch", gab ich zu. Das Aber hing in der Luft wie ein unangenehm schriller Ton.

„Du denkst noch an die alten Geschichten, nicht wahr?" drehte Larissa plötzlich den Spieß um.

Sie schnippte einen Fussel von ihrer hellblauen Hemdbluse, und als sie hochschaute, mußte ich widerwillig zugeben, daß sie sich rasch mit der Situation arrangierte. Nur ihre Hände, die ständig in Bewegung waren, verrieten eine gewisse Unruhe.

„Das ist bedauerlich", fügte sie hinzu, „aber ich hoffe, daß sich das ändern läßt." Sie fuhr sich mit der Zungenspitze über die Lippen. „Ich hatte geahnt, daß du mir etwas nachtragen würdest. Doch meinst du nicht, daß jetzt der richtige Zeitpunkt gekommen ist, um das Kriegsbeil zu begraben?"

Ich konnte nicht sagen, was mich störte, wo genau bei mir der Stachel des Mißtrauens saß, denn ihre Worte klangen harmlos. Und der um Verständnis heischende Ton mochte etwas überzogen und zu sehr darauf ausgerichtet sein, mich einzulullen, doch der Knackpunkt war ein anderer, war ein Gefühl tief im Bauch. Eine Empfindung, von der ich mich intuitiv leiten ließ.

„Ich habe nie ein Kriegsbeil ausgegraben, Larissa", sagte ich. „Und ich will auch keine alten Geschichten aufwärmen, dazu sind mir meine Zeit und meine Kraft viel zu kostbar. Ich bin einfach nur verwundert, dich zu sehen."

Und dein soziales Engagement darf grundsätzlich hinterfragt werden, dachte ich bissig, sprach es aber nicht aus. Ich wandte mich ab, weil ich merkte, daß meine Augen aufblitzten, und gab die Tür frei.

„Magst du eine Tasse Kaffee trinken?“ fragte ich sie und war über mein Angebot selbst verwundert.

Larissa nahm dankend an und folgte mir in die Küche. Sie blickte sich aufmerksam um. Nadine saß immer noch auf dem Fußboden, räumte aber gerade ihre Puppen zusammen.

„Ich hole meine Rollschuhe“, sagte sie und stand auf. „Und dann gehe ich zu Sabine. Erik kann mich mal.“

„Wie du meinst“, gab ich ungerührt zurück. „Aber nicht auf der Straße fahren, hörst du?“

Nadine nickte und flitzte raus, noch ehe ich ihr die Puppen in die Arme drücken konnte, damit sie sie nach oben in ihr Zimmer brächte. Die Haustür fiel krachend ins Schloß, und Larissa zuckte zusammen. Dann lächelte sie.

„Ganz schön wild, die Kleine“, stellte sie fest. „Aber das kenne ich von meinem Denis auch. Ich kann ihm hundertmal sagen, daß er das Haus nicht so verlassen soll, daß man es drei Straßen weiter noch hört, und rate mal, was er keine fünf Minuten später macht?“

Ich hatte keine Lust auf ein Ratequiz und ließ die Frage in der Luft hängen, während ich Larissa einen Kaffee einschenkte. Wenn jetzt Bettina käme, dachte ich plötzlich höchst amüsiert, würde sie den Mund nicht mehr zubekommen. Ich mit Larissa beim Kaffeeklatsch, wer hätte das gedacht?

Larissa räusperte sich und trank dann erst mal einen Schluck. „Ja, also, du hast vorhin gesagt, es sei noch nicht die richtige Zeit für Geschenke. Wie meinst du das?“

„Katharina liegt noch im künstlichen Schlaf.“

„Ist das so was wie ein Koma?“

„So ähnlich – nur eben durch entsprechende Medikamente hervorgerufen. Sie ist absolut schmerzfrei, und ihr Körper kann sich von den schweren Verletzungen erholen. Wenn ihr Katharina eine Freude machen wollt, dann solltet ihr besser noch ein, zwei Wochen warten."

Larissa nickte. „Katharina malt doch sehr viel, nicht wahr? Vielleicht kann man in der Richtung etwas Schönes besorgen – Papier, Farben, was immer sie braucht. Dann könnte sie sofort wieder loslegen, wenn sie wach wird. Was hältst du davon?"

Sie wirft sich ja richtig ins Zeug, dachte ich und beäugte sie verstohlen von der Seite. Wäre dieses komische Gefühl im Bauch nicht gewesen, hätte ich in diesem Augenblick begonnen, ein wenig Vertrauen zu Larissa zu fassen und ihr Verhalten Tom gegenüber zumindest für den Moment in den Hintergrund zu schieben. Sie wirkte sehr überzeugend, und jemand, der die Vorgeschichte zwischen uns nicht kannte, hätte angenommen, daß sich hier eine liebevolle Kollegin rührend kümmerte.

„Keine schlechte Idee", gab ich zu. „Katharina kann immer Arbeitsmaterial gebrauchen."

Es schien eine Ewigkeit her zu sein, daß Katharina im Garten gesessen und Skizzen gemacht hatte. Die Erinnerung schoß plötzlich schmerzhaft durch meinen Bauch. Ich legte beide Hände besänftigend auf den Leib.

„Das dachte ich mir", sagte Larissa lebhaft. „Da war doch diese Ausstellung letztens, nicht wahr? Katharina hatte mehrere Aushänge an die schwarzen Bretter gepint. Ich hatte leider keine Zeit, sonst wäre ich auch gekommen."

Mir war nicht klar gewesen, daß Katharina so viel Werbung gemacht hatte, doch das mußte ja Larissa nicht wissen. Ich nickte flüchtig.

„Es war sehr viel los. Mit einem solchen Andrang hatte niemand gerechnet", erzählte ich knapp.

Ich schenkte noch einmal Kaffee nach, als das Telefon klingelte. Corinna war am Apparat und erbot sich, abends zu kommen, damit ich noch einmal ins Krankenhaus fahren konnte. Ich bedankte mich und legte rasch wieder auf. Als ich in die Küche zurückkam, stand Larissa vor dem Bild mit den beiden Rücken an Rücken dasitzenden Frauen.

„Ich verstehe nicht viel von Kunst", sagte sie und schaute mich kurz an, bevor sie ihre Augen wieder auf das Bild richtete. „Doch das ist ziemlich ausdrucksstark und vielschichtig. Außerdem handwerklich sehr gelungen. Nähe und Distanz. Einsamkeit und Zweisamkeit. Suchen und Finden." Ihre Stimme war nun voll und melodisch. „Sehr beeindruckend dargestellt. Ich finde es toll, wenn Menschen ihre Gefühle so nachzeichnen können, daß sie für andere verständlich werden. Insbesondere, wenn es um Gefühle geht, die – na ja –, nicht alltäglich sind."

Larissa drehte sich jetzt zu mir um und blickte mir direkt in die Augen. Für den Bruchteil einer Sekunde zogen sich ihre Pupillen zusammen, als wären sie von gleißendem Licht getroffen worden, und ihr rechter Mundwinkel bebte zweimal, bevor er sich wieder beruhigte. Ich verstand so plötzlich, daß sich meine Kopfhaut wie unter tausend Nadelstichen zusammenzog. Meine Hände wurden eiskalt und begannen zu zittern. Ein winziges Lächeln, das voller Genugtuung war, gefror in Larissas Gesicht, während ich zwischen dem Bedürfnis schwankte, ihr an die Kehle zu gehen oder schreiend zusammenzubrechen.

Ich tat nichts von beidem. Larissa hatte sich über die Beziehung zwischen Katharina und mir Gewißheit verschaffen wollen, und offensichtlich war ihr jede Situation recht, um mich mit ihrem Wissen zu konfrontieren und – wenn ich es zuließ – zu schockieren. Während wir voreinander standen und uns fixierten, wurde mir klar, daß Larissa die Szene am Stand des Tierschutzvereins nie vergessen hatte und nie vergessen würde. Ich hatte sie gedemütigt, und nun wollte sie es mir heimzahlen. Mir und letztlich auch all denen, die sich damals hinter Tom gestellt hatten und sie seitdem aus ihrer Gruppe ausschlossen. Eine geltungsbedürftige Frau wie sie konnte es nicht ertragen, irgendwo nicht dazuzugehören.

All diese Gedanken schossen mir durch den Kopf, während ich versuchte, mich zu beruhigen. Katharina, dachte ich plötzlich, ich sehne mich so sehr danach, daß du die Augen aufschlägst und mich anschaust, daß du atmest, daß wir reden und uns berühren können, daß du lebst. Was ist sonst noch wichtig? Eine Larissa, die es genießt, auszuteilen? Die sich brüsten will, über uns Bescheid zu wissen? Mein Gott, wie lächerlich.

Ein warmes Gefühl strömte langsam durch meinen ganzen Körper. Als es meine Hände erreicht hatte, entspannte sich mein Gesicht. Ich hob den Kopf und versank für einen Moment in Larissas verwirrtem Blick. Dann deutete ich auf das Bild und nickte bedächtig.

„Ich halte es auch für eines ihrer besten Bilder", sagte ich leise. „Wie ich merke, interessierst du dich sehr dafür. Möchtest du es vielleicht kaufen? Katharina wird sich bestimmt freuen, daß du es so anregend findest. Es ist ja ganz erstaunlich, wie viele verschiedene Gefühlswelten in einem einzigen Menschen stecken können, und wenn man sich erst mal auf Entdeckungsreise begeben hat, ist man sein Leben lang unterwegs – sofern man sich darauf einlassen mag."

Ich legte Larissa kurz eine Hand auf die Schulter, und sie zuckte zusammen, als wäre sie von einer Schlange gebissen worden.

„Wie gesagt – ich halte es wirklich für eine sehr gute Idee, Katharina Malutensilien zu schenken", fuhr ich fort, als hätte es die Sekunden, in denen wir uns lauernd Auge in Auge gegenübergestanden hatten, gar nicht gegeben. „Richte doch bitte den anderen herzliche Grüße von mir aus."

Ein scharfer Zug bildete sich um Larissas Mund. Sie fuhr sich mit der Hand darüber, konnte ihn aber nicht restlos beseitigen.

„Wird man dich mal wieder sehen in der Schule?" fragte sie, während sie zum Tisch zurückging und ihre Handtasche holte. „Oder hast du deinen Beruf als Lehrerin mittlerweile ganz aufgegeben?"

„Das kann ich heute noch nicht mit Sicherheit sagen, aber zur Zeit fühle ich mich ohne die Schule sehr wohl. Es hat sich vieles verändert."

Larissa verstand. Unschlüssig blieb sie einen Moment in der Küchentür stehen, und ich erwartete den letzten Versuch, ihren Besuch mit einer spitzen Bemerkung zu beenden, doch es kam nichts. Sie drehte sich um und ging. Ich begleitete sie nicht hinaus, sondern blickte ihr nach und lauschte in mich hinein. Ruhe, dachte ich, in mir ist ein Gefühl von Ruhe und Ausgeglichenheit. Es war nicht nötig gewesen, empört um mich zu schlagen oder mich entsetzt zu verkriechen. Die Zeit, wo mich Menschen wie Larissa ängstigen konnten, war offensichtlich endgültig vorbei.

Und zum ersten Mal hatte ich Katharina ganz bewußt ins Leben zurückgeholt, und meine Zuversicht war nicht von würgender Angst erstickt worden.

Wenige Momente später klingelte es Sturm. Bettina stand vor der Tür, die Hände in die Hüften gestemmt. Sie schäumte vor Empörung.

„Larissa ist eben vom Hof gefahren – die hochmütige Fratze erkenne ich hinter jeder Windschutzscheibe", knurrte sie mir entgegen. „Was wollte sie von dir? Sag schon! Ich schwöre dir, ich mache Kleinholz aus ihr, wenn ihr auch nur ein falsches Wort entschlüpft sein sollte. Die lernt mich kennen!"

Bettina stapfte an mir vorbei ins Haus. Als sie die beiden Kaffeetassen auf dem Eßtisch sah, unterbrach sie ihre Schimpftirade abrupt und drehte sich langsam zu mir um. „Was ist das denn? Du willst mir doch jetzt nicht etwa erzählen, ihr habt hier einen Versöhnungsplausch gehalten? Ach, warte, nein", sie schlug sich mit der Hand vor die Stirn, „du hast ihr ein rasch wirkendes Durchfallmittel in den Kaffee getan, stimmt's? Klasse Idee, hätte von mir sein können. Deswegen war die Gute so blaß um die Nase!"

Es war lange her, daß ich Bettina so aufgebracht erlebt hatte, und es war lange her, daß ich darüber hatte lachen können. Sie schüttelte mißbilligend den Kopf, während ich mir die Lachtränen aus den Augen wischte.

„Nun reg dich wieder ab“, sagte ich schließlich und setzte mich. „Alles halb so schlimm. Larissa wollte Grüße übermitteln und hat nach einem geeigneten Geschenk für Katharina gefragt. Offensichtlich gibt es einige im Kollegium, mit denen du dich nicht mehr so gerne unterhältst, so daß man sich direkt an mich wenden mußte.“

Bettina schnaubte und ließ sich ebenfalls auf einen Stuhl fallen. „Erstens glaube ich der scheinheiligen Kuh kein einziges Wort, und zweitens muß ich mich doch stark wundern, daß du sie überhaupt reingelassen hast. Oder hast du dich einfach nicht in der Lage gefühlt, sie wegzuschicken?“

Sie holte sich eine frische Tasse und griff nach der Kaffeekanne. Dann schaute sie mich erwartungsvoll an. „Hm?“

Ich stützte mein Kinn in die Hände. „Ich wollte wissen, ob sie wirklich wegen Katharina gekommen ist – und das hätte ich ihr nicht einfach so verwehren können – oder ob noch mehr dahintersteckt.“

Bettina schenkte sich Kaffee ein. „Und?“

„Sie wollte außerdem noch ein bißchen schnüffeln.“

Bettina stellte ihre Tasse so heftig ab, daß es laut klirrte.

„Ich hab's gewußt“, tobte sie erneut los. „Diese Schlange schreckt vor nichts zurück! Okay, wie willst du sie haben, gevierteilt, geachtelt oder als Wasserleiche mit 'nem Zettel im Mund, auf dem in zwölf Sprachen geschrieben steht: Ich bereue alles, vor allem meine Geburt.“

Ich fing wieder an zu lachen und winkte ab. „Bettina, versteh doch endlich, es lohnt sich nicht. Larissa ist ein Kleingeist. Was soll ich mich da aufregen?“

„Puh, wie abgeklärt und langweilig!“ stöhnte Bettina. „Ich finde es ungemein befreiend, die Wut herauszulassen. Man kann doch nicht alles und jedes einfach herunterschlucken, schon gar nicht so einen Mehlwurm wie die."

„Manchmal ist das sehr erleichternd, da gebe ich dir recht, aber wegen Larissa? Die hat es doch nur drauf angelegt, mich zu provozieren."

Bettina trank einen Schluck Kaffee und seufzte. „Und was genau ist nun abgelaufen?"

„Sie hat mir klargemacht, daß sie Bescheid weiß über Katharina und mich. Und ich habe ihr klargemacht, daß mir das vollkommen egal ist, weil mich Leute wie sie und deren Meinung nicht mehr interessieren."

„Das war alles?"

„Das war alles."

„Ich fände es spannender, ihr einen handfesten Denkzettel zu verpassen und dabei eine ganz deutliche Sprache zu sprechen."

„Mag sein, daß es aufregender ist, ihr so richtig den Marsch zu blasen, aber meine Vorgehensweise ist letztlich bedeutend wirksamer, und das weißt du auch."

Bettina musterte mich einen Augenblick schweigend. Dann nickte sie, wenn auch offensichtlich ein wenig enttäuscht.

„Ach, übrigens", fügte sie kurz darauf hinzu. „Du siehst besser aus. Wie geht es Katharina?"

Ich fuhr am frühen Abend wieder ins Krankenhaus. Katharinas Zustand war unverändert stabil. Ihre Haare fielen immer noch seidig glänzend aufs Kissen. Ich setzte mich zu ihr und erzählte von Larissa und Bettina. Dann holte ich ein Buch mit Kurzgeschichten von Katharinas Lieblingsautorin aus meinem Rucksack. Comics ließen sich schließlich nur schwer vorlesen.

Eine gute Stunde später erhob ich mich.

„Am Wochenende kümmere ich mich um die Ausstellung", sagte ich zum Abschied. „Auch den Kindern wird ein Ausflug nach Mariental gefallen. Pfingsten steht vor der Tür." Ich blickte erstaunt hoch. Fast eine Woche war vergangen. Nur eine Woche? Sie kam mir vor wie ein ganzes Jahr.

Ich küßte sie auf beide Wangen. Bevor ich ging, stellte ich den Kassettenrecorder an. Diesmal hatte ich südamerikanische Folklore mitgebracht.

Ich schlief fast sechs Stunden in dieser Nacht. Von meinen Träumen wußte ich am nächsten Morgen nur noch, daß sie aufwühlend gewesen waren und voller Schmerz und Angst. Aber beides war abgeklungen, als ich wach wurde. Nach dem Duschen stellte ich mich vor den Spiegel und schaute mir in die Augen. Mein Blick war weich und verletzlich. Ich wich ihm nicht aus.

Ich habe die Beete umgegraben und sitze jetzt auf dem Rasen. Es riecht so intensiv nach feucht-warmer Erde, daß mir schwindelig wird. Ich atme ruhig und bin still. Die Kühle kriecht über meine Haut und hinterläßt ein großporiges Zittern. In der Ferne bellt ein Hund. Ich bin zufrieden.

Die Wandlung hat in mir stattgefunden, und so sehr ich mich anfangs dagegen sträubte, so sehr begrüße ich sie jetzt.

Pumuckl kam mir entgegen, als ich Samstag mittag mit den Kindern vor der Scheune hielt. Ich hatte am Abend zuvor mit ihr telefoniert und meinen Besuch angekündigt. Sie trug wieder den hellgrünen Overall, aber das freche Koboldgrinsen suchte ich vergeblich – ich hätte es in diesem Moment sehr begrüßt.

„He, toll, daß du da bist", sagte sie und schaute mich unsicher von der Seite an, während wir in die Scheune gingen. „Aber du weißt hoffentlich, daß ... na ja, du mußt nicht hiersein, verstehst du? Das habe ich gestern schon gesagt. Wir kümmern uns selbstverständlich auch um Katharinas Bilder. Du hast doch im Moment sicherlich andere Sorgen."

Nadine und Erik entdeckten einen schwarzgefleckten Welpen, der bis vor einer Minute friedlich zusammengerollt zu Nicoles Füßen gelegen hatte und nun kaum wußte, wie er sich vor den hingebungsvollen Liebkosungen retten sollte.

„Ich habe Katharina versprochen, daß ich mal nach dem Rechten schaue", gab ich zurück und blickte mich um. Es sah genauso aus wie eine Woche zuvor. „Und eine kleine Abwechslung tut uns sicherlich allen gut."

Pumuckl nickte eifrig. Dann kratzte sie sich am Hinterkopf und wies in Richtung Tresen. „Ich muß noch ein paar Tassen spülen. Schau doch mal zu Nicole und Ruth."

Sie war überfordert mit meiner Anwesenheit, das wurde mir klar, als sie davoneilte und sich in die Arbeit stürzte. Ich lächelte. Wie gut ich das von mir selbst kannte.

Nicole hatte die Kinder mit dem Hund hinausgeschickt und winkte mich zu sich, als ich mich nach ihr umwandte. Sie war die zweite Malerin in der Gruppe und stellte vornehmlich Kohlezeichnungen aus. Außerdem interessierte sie sich für alte Drucktechniken. Ihr Lieblingsthema war die Karikatur – in ihrem bürgerlichen Beruf bekäme sie jeden Tag so viele Anregungen, da könne sie gar nicht anders, als schnell den Stift zur Hand zu nehmen und das Charakteristische in überzogener Form festzuhalten. Nicole war Finanzbeamtin. Sie war mittelgroß und schlank und sah älter aus als fünfunddreißig, obwohl sie sich sorgfältig schminkte und viel Wert auf einen jugendlichen Kleidungsstil legte. Oder vielleicht gerade deshalb? Katharina hatte erzählt, daß sie seit fast zehn Jahren keine glückliche Beziehung mehr gehabt hätte, sondern entweder kurze Affären mit sehr viel jüngeren Frauen oder komplizierte Dreiecksgeschichten, in denen sie ein ums andere Mal den kürzeren zog. Nicole trug ihr kastanienbraunes Haar kurz und modern geschnitten. Die große Brille verlieh ihr einen intellektuellen Anstrich und täuschte darüber hinweg, daß ihre dunklen Augen oft schwermütig wirkten. Wenn sie sich unbeobachtet glaubte, verzogen sich ihre Mundwinkel nach unten.

„Ilona hat erzählt, daß es Katharina besser geht", sagte sie und bot mir einen kleinen Hocker zum Sitzen an. Nicole mochte den Spitznamen Pumuckl nicht.

„Das Antibiotikum wirkt seit einigen Tagen. Nun bleibt zu hoffen, daß sich keine weiteren Komplikationen einstellen", erklärte ich. „Heute morgen war ich ganz früh bei ihr, und ihre Werte waren unverändert stabil."

Nicole nickte. „Magst du einen Cognac?" Sie schraubte ein kleines Fläschchen auf, das sie unter einem Tuch in ihrem Korb hervorgeholt hatte.

Ich schüttelte den Kopf. „Nein, vielen Dank. Alkohol kann ich jetzt am allerwenigsten vertragen."

„Die ganze Aufregung ist mir ziemlich auf den Magen geschlagen", erwiderte sie und leerte, ohne eine Miene zu verziehen, in einem Zug ein kleines Schnapsglas, das gleichzeitig als Flaschenverschluß diente. Dabei warf sie den Kopf mit einer ruckartigen Bewegung nach hinten. „Da tun so ein paar Prozente zwischendurch mal ganz gut." Sie zwinkerte mir zu.

Ich zögerte mit der Antwort und wollte gerade das Thema wechseln, als Ruth auf uns zukam. Sie warf einen Blick auf die Cognacflasche und schaute Nicole scharf an.

„Hör auf damit!" blaffte sie. „Ich kann dich nicht ausstehen, wenn du getrunken hast."

Nicole zuckte gleichmütig die Achseln, aber ich sah, daß ihr die Situation peinlich war. Sie schraubte die Flasche wieder zu und verstaute sie in ihrem Korb. „Ist ja gut. War nur ein kleiner Verdauungsschluck."

„Verdauungsschluck? Du hast doch seit Stunden nichts gegessen!"

Nicole winkte ab und stand auf. „Ich geh' mal schauen, was der Hund mit den Kindern macht. Oder die Kinder mit dem

Hund." Sie bemühte sich um ein freches Grinsen, das aber nicht erwidert wurde.

Wir blickten ihr beide einen Moment schweigend nach, dann seufzte Ruth und setzte sich auf den freigewordenen Hocker. „Ich schätze, sie hat ein echtes Alkoholproblem. Ohne diesen dämlichen Flachmann geht sie gar nicht erst aus dem Haus, kannst du dir das vorstellen? Wenn man sie nicht näher kennt, bekommt man gar nicht mit, daß sie bechert, denn sie ist nie richtig betrunken. Hier ein Schluck, dort ein Gläschen. Das fällt erst auf, wenn man häufig mit ihr zusammen ist oder aber ein Auge für solche Geschichten hat."

„Hast du ein Auge für solche Geschichten?"

Ruth lächelte bekümmert. „Leider ja." Sie zog die Falten ihres weiten, wild gemusterten Kleides an der Taille glatt und setzte die Füße, die in Ledersandalen steckten, ordentlich nebeneinander. „Meine Mutter hat gesoffen wie ein Loch. Und das war nicht komisch. Die hat ihr letztes Hemd verpfändet für 'ne Flasche Korn. Wenn wir nicht aufgepaßt haben, gab's am Wochenende nicht mal ein Butterbrot, weil sie das Wirtschaftsgeld in Wein und Schnaps umgesetzt hatte. Dann mußten wir zur Oma gehen, um überhaupt was zu essen zu kriegen."

„Und dein Vater?"

Ruth winkte ab. „Der hatte längst resigniert und goß sich am Wochenende ebenfalls einen hinter die Binde. Was sollte er auch machen? Wir waren vier Kinder, mit meiner Mutter fünf. Da war alles grau in grau." Eine Weile betrachtete sie aufmerksam ihre Fingernägel. Dann schaute sie mich wieder an. „Aber lassen wir das. Alte Geschichten, mit denen ich ausgerechnet dich im Moment nicht belasten sollte."

„Das belastet mich nicht. Keine Sorge." Ich lächelte ihr zu.

„Wie geht es denn nun weiter mit Katharina?" wechselte Ruth betont forsch das Thema.

„Wenn alles so weiterläuft wie bisher, werden sie ab Ende

nächster Woche beginnen, die Medikamentendosis zu verringern und die Beatmung langsam herunterzufahren."

„Und wie lange dauert es, bis sie wieder wach ist?"

„Das kann man nicht genau sagen, aber einige Tage sicherlich. Der Arzt wird mich wohl noch genauer informieren." Auf einmal beschlich mich ein ungutes Gefühl, ich konnte aber nicht sagen, wo es herkam, und schob es beiseite.

Ruth nickte. „Wenn wir irgendwas tun können – ruf einfach an."

„Das werde ich tun, vielen Dank." Plötzlich fiel mir etwas ein. „Sag mal, du kennst doch den Freund von Pumuckl, oder?"

„Ja, Bernd. Netter Junge. Wieso?"

Ich war unschlüssig. War es richtig, sich hier einzumischen? Andererseits konnten ein, zwei Fragen noch nicht als Einmischung betrachtet werden, oder?

„Na, was geht dir durch den Kopf?" hakte Ruth nach.

„Kann ich dich was fragen, ohne daß du es als Klatschsucht oder überzogene Neugierde wertest?"

Ruth strich sich über den fülligen Bauch und kräuselte die Nase. „Hm, kommt drauf an, versuch es doch mal."

Ich suchte einen Moment nach den richtigen Worten. Dann zuckte ich die Schultern und blickte sie offen an. „Bernds Mutter – weißt du etwas über sie?"

Ruth schüttelte langsam den Kopf. „Nein. Ich weiß nur, daß es diesen Widerling von Vater gibt, weil Pumuckl immer über ihn schimpft. Eine Mutter hat sie nie erwähnt. Warum?"

„Das kann ich dir im Moment nicht sagen. Okay?"

Ruth lächelte. „Du machst es ganz schön spannend, und ich bin ein ziemlich neugieriges Wesen. Aber notfalls kann ich schweigen wie ein Grab." Sie kreuzte zwei Finger.

„Schön." Ich stand unvermittelt auf. „So, was liegt jetzt an? Was kann ich tun?"

Als ich gegen Abend nach Hause fuhr, hatte ich ungefähr tausend Tassen und Gläser gespült, hundert Kuchen aufgeteilt, Dutzende von Gesprächen geführt und zwei von Katharinas Bildern verkauft. Mein ursprüngliches Vorhaben, Pumuckl selbst nach Bernds Mutter zu fragen, hatte ich aufgegeben, nachdem drei Anläufe gescheitert waren. Einmal hatte uns ein Interessent unterbrochen, ein andermal mußte Nadine dringend zur Toilette, und schließlich war Bernd selbst aufgetaucht. Scheinbar ist das nicht meine Angelegenheit, dachte ich, aber reden sollte ich doch noch mal mit Corinna.

Das Zubettgeh-Ritual mit den Kindern dauerte an diesem Abend sehr lange. Sowohl Erik als auch Nadine mochten sich nicht von mir trennen und erzählten mir ein ums andere Mal und mit unverminderter Begeisterung, wie toll doch Nicoles Hund sei und wie wunderbar es sein müsse, ein eigenes Tier zu haben. Ich nickte, stellte aber meine Ohren auf Durchzug. Ein Haustier war wie ein weiteres Kind, und das mußte ich in der Tat nicht haben. Lediglich Nadine gelang es, meine Abwehr für einen Moment zu durchbrechen.

„Mama würde sich bestimmt auch freuen“, sagte sie und schlang ihre Arme um meinen Hals. Dann fuhr sie zurück und klatschte in die Hände. „Weißt du, wenn es ihr noch nicht so gutgeht und wir alle nicht da sind, kann der Hund auf sie aufpassen. Ihr sogar die Schuhe bringen. Nicole sagt, so was können die.“ Ihre Augen leuchteten vor Begeisterung.

Ich schluckte einen dicken Kloß herunter. „Nun warte mal ab, ja?“

Nadine nickte. „Vielleicht später mal, ja? So in vier Wochen.“

Ich lächelte und gab ihr einen dicken Kuß. Eine halbe Stunde später war es in beiden Zimmern still.

Auf dem Anrufbeantworter waren verschiedene Nachrichten. Ich rief meine Schwester an und Anna, dann setzte ich mich vor die *Tagesschau* und aß dabei eine Portion Spaghetti mit Tomatensoße. Als es an der Haustür klingelte, wußte ich, daß es Corinna war.

„Nimm den Schlüssel“, rief ich ihr quer durch den Flur zu und brachte mein Geschirr in die Küche. Kurz darauf knackte es im Schloß, und Corinna kam leise herein. „Hast du das Motorgeräusch erkannt oder schon von ferne meine Ausstrahlung gespürt?“

Ich lächelte. „Wahrscheinlich eine Kombination aus beidem. Magst du etwas trinken?“

Wir einigten uns auf Cidre und saßen wenig später auf dem Sofa. Eine Weile redeten wir über dieses und jenes, dann schaute Corinna mich auffordernd an.

„Na, was willst du unbedingt loswerden?“ fragte sie und schmunzelte.

Ich verkniff es mir, die Erstaunte zu spielen und nickte sofort. „Du hast recht. Mir liegt was auf dem Herzen.“

„Und was?“

„Kurz und bündig: dein Sohn.“

Corinna zuckte fast unmerklich zusammen. Dann legte sie in der für sie so typischen Geste die Hände in den Schoß. „Bist du ihm begegnet?“

„Ja.“

Sie seufzte leise. „Die Geschichte vom verlorenen Sohn?“

„Vielleicht ist es ja auch die Geschichte von der verlorenen Mutter.“

Corinna hob die Augenbrauen.

„Na, wer erzählt mir denn ständig, immer alles von allen Seiten zu betrachten und die eigenen Gefühle genau zu durchleuchten?“ fragte ich sie, und mein Ton hatte etwas Übermütiges.

Die Freundin lächelte. „Diese Sache läßt dir keine Ruhe, was?“

„Dir doch auch nicht, Corinna. Sprich doch mal mit Pumuckl“, schlug ich vor.

Sie lehnte sich zurück. „Und wenn sich herausstellt, daß die

Mutter totgeschwiegen wird oder die übelsten Geschichten über sie das einzige sind, was Bernd weiß?"

„Das kann ich mir nicht vorstellen – Pumuckl hat sofort und ausgiebig über Karsten geschimpft und erzählt, daß er ein Frauenfeind sei. Und selbst wenn da dummes Zeug die Runde macht, du könntest es auch geraderücken." Ich blickte sie aufmunternd an. „Und vergiß nicht, was dir für wundervolle Ausstellungen entgehen, wenn du dich nicht entschließt, reinen Tisch zu machen."

Sie trank einen Schluck Cidre und umfaßte ihr Glas mit beiden Händen. Einen Moment blickte sie gedankenverloren zum Fenster hinaus.

„Ich bin froh, daß wir uns begegnet sind", sagte sie schließlich mehr zu sich selbst als zu mir. „Sehr froh. Es ist nicht leicht, über seinen Schatten zu springen – weder für dich noch für mich. Hin und wieder einen kleinen Anstoß von außen zu bekommen tut uns beiden gut." Sie wandte mir den Kopf zu und lächelte. „Auch wenn es nicht immer einfach ist, nicht wahr?"

„Nein, wirklich nicht", stimmte ich ihr zu. „Und gegen eine etwas leichtere, unbeschwertere Zeit hätte ich nichts einzuwenden."

Ich bin ins Haus gegangen. Selbst hier scheint es nach Erde zu riechen.

Corinna ist über ihren Schatten gesprungen. Nach einigen weiteren Wochen des Zauderns traf sie sich mit ihrem Sohn, nachdem sie ihm zuvor einen langen Brief geschrieben hatte. Eine leichte Begegnung war das sicherlich nicht. Corinna spricht nur wenig darüber. Sie meint, daß der Graben, der sie trenne, sehr breit sei, gut zwanzig Jahre, um genau zu sein. Aber der junge Mann gefiele ihr, und die anfängliche Scheu würde allmählich kleiner werden. Schritt für Schritt.

16

Am Pfingstsonntag kam Daniel gegen Mittag, um die Kinder zu einem gemeinsamen Ausflug mit seiner Lebensgefährtin und deren Tochter abzuholen. Nach einem hektischen und lauten Aufbruch war es plötzlich fast unwirklich still. Ich hatte nicht gut geschlafen, was mich nach dem friedlichen Abend mit Corinna ein wenig verwunderte. Ein übler Traum hatte mich stundenlang kaum zur Ruhe kommen lassen, und ich war froh, mich nicht an die Einzelheiten erinnern zu können.

Ich legte Haarshampoo und ein leichtes Parfum für Katharina heraus und wollte gerade das Haus verlassen, als das Telefon klingelte. Der Anrufbeantworter war bereits eingeschaltet, und ich wartete ab, wer am Apparat war.

„Schade", rief Bettina. „Du bist wohl schon unterwegs. Übrigens, ich hasse es, auf dieses Blechding zu sprechen und ..."

Ich nahm den Hörer ab. „Du hast Glück. Ich war gerade auf dem Weg nach draußen. Frohe Pfingsten übrigens."

„Ja, dir auch. Was machst du gerade?"

„Ich bin auf dem Weg ins Krankenhaus."

„Und die Kinder?"

„Sind mit Daniel unterwegs. Ich erwarte sie erst heute abend zurück. Wie sieht es bei dir aus?"

Bettina senkte die Stimme. „Ich habe gerade einen Handel mit Markus geschlossen. Einen netten Handel." Sie kicherte leise.

„Einen Handel?"

„Ja, paß auf: Der Gute will heute abend grillen. Steaks, Würstchen, Folienkartoffeln, das übliche, klar? Doch der Grill, mit dem man diese herrlichen Dinge zubereiten kann, sieht aus, als hätte 'ne Bombe eingeschlagen, und zwar nicht nur einmal. Das Gerät muß gründlichst sauber gemacht werden, sonst haben wir hier alle innerhalb von zwei Stunden eine hochgradige Salmiakvergiftung, oder wie das heißt."

„Salmonellen!" prustete ich in den Hörer, obwohl ich wußte,

daß Bettina sich absichtlich versprochen hatte, und sie wußte, daß ich es wußte.

„Wie dem auch sei“, fuhr sie ungerührt fort. „Das ist eine Säuberungsaktion für den General höchstpersönlich, und wenn er schon dabei ist, kann er auch gleich den Geräteschuppen aufräumen. Und wenn er schon im Garten ist, kann er doch dabei auch die lieben Kleinen hüten. Findest du nicht?“

„Natürlich, und?“ Ich grinste vor mich hin.

„Na, ganz einfach. Ich bin die Hüterin der Fleischtöpfe, und so lange der Grill nicht picobello sauber und der Schuppen nicht aufgeräumt ist, rücke ich nichts raus. Alles klar?“

„Selbstverständlich. Und weiter?“

„Markus wird 'ne Weile brauchen. Ich schätze, Anfang Juli ist er fertig.“ Sie kicherte wieder. „Nein, nun mal im Ernst. Er wird ein paar Stunden beschäftigt sein. Ich möchte mitkommen.“

Der Umschwung kam so plötzlich, daß ich verwirrt den Kopf schüttelte und ein paar Augenblicke brauchte, um Bettinas Äußerung richtig einzuordnen.

„Du willst mit ins Krankenhaus?“ fragte ich nach.

„Ja. Meinst du, man läßt mich auch zu ihr?“

„Ja“, antwortete ich zögernd. „Ich denke schon, nur ...“

„Nur was? Glaubst du, ich komme nicht klar damit?“

„Doch, ich glaube schon, nur ... Ja, es ist irgendwie merkwürdig, ich bin von selbst nicht darauf gekommen, daß du sie auch mal sehen möchtest. Tut mir leid.“

„Schon gut“, sagte sie mit sanfter Stimme. „Ich hab' doch selbst einen Kopf zum Denken und einen Mund zum Reden. Kein Problem. Holst du mich ab?“

Eine Viertelstunde später stand ich vor Bettinas Haus und hupte. Zwei Minuten später stieg sie ein und gab mir einen dicken Kuß auf die Wange. Die herzliche Begrüßung tat mir gut. Ich musterte die Freundin, während sie sich anschnallte. Sie trug einen hellen Hosenanzug, der ihr sehr gut stand, und beim letzten Friseurbesuch hatte sie sich helle Strähnchen in ihr dunkelblondes Haar machen lassen. Das sah ausgesprochen pfiffig aus. Als ich ihr das sagte, bekam sie rote Wangen und lenkte sofort ab.

„Fahr schon los", forderte sie mich ruppig auf und griente gleichzeitig. „Ich muß dir unbedingt was erzählen zum Thema Peinlichkeiten."

„Bitte keine Ewald-Geschichte!" Die Story von dem Schönling, mit dem Bettina höchstwahrscheinlich ihre Jungfräulichkeit verloren hätte, wenn ihr jenes gewaltige Darmgeräusch nicht einen Strich durch die Rechnung gemacht hätte, war mir noch lebhaft in Erinnerung.

Bettina lachte und hob beschwichtigend die Hände. „Nein, nein. Diesmal muß ich gar nicht so weit in die Vergangenheit zurück. Folgende Situation."

Ich warf ihr rasch einen Blick von der Seite zu und sah, daß sie ihre Fingerspitzen konzentriert gegeneinander legte.

„Wir brauchen höchstens eine Viertelstunde bis zum Krankenhaus", gab ich zu bedenken.

„Schon gut. Paß auf – kennst du das? Du wechselst auf die andere Straßenseite und hast plötzlich jemanden vor dir, der ungefähr die gleiche Laufgeschwindigkeit drauf hat wie du selbst."

Sie schaute mich forschend an, und ich nickte artig, obwohl ich nicht wußte, worauf sie hinauswollte, während ich mich gleichzeitig auf den Straßenverkehr konzentrierte.

„Wenn du nicht neben ihm gehen willst – und wer geht schon einfach so direkt neben einem Wildfremden? –, hast du drei Möglichkeiten", fuhr sie fort. „Erstens, du bleibst hinter dem anderen zurück, und wenn du nicht direkt an seinen Fersen kleben willst, mußt du gezwungenermaßen zunächst dein Tempo drosseln. Das ist blöd, vor allen Dingen, wenn du es eilig hast. Zweitens, du gehst schneller, überholst den Menschen, läßt dich kurz von der Seite begutachten, was ein absolut bescheuertes Gefühl ist, und zwar besonders dann, wenn du Mühe hast, das Tempo zu halten, ohne laut dabei zu keuchen, und sprintest mindestens bis zur nächsten Straßenkreuzung weiter, damit der Abstand nicht wieder schrumpft. Ergebnis: Du pfeifst aus dem letzten Loch und hast Wadenkrämpfe. Na gut, du als sportliche Frau natürlich nicht", fügte sie nach einer kurzen Pause gespielt frostig hinzu, „aber die normale berufstätige und leicht übergewichtige Mutter und Hausfrau kriegt bei einer solchen Aktion unweigerlich Wadenkrämpfe."

Sie schnaubte kurz, und ich lachte amüsiert.

„Und die dritte Möglichkeit?" half ich ihr auf die Sprünge.

„Bei den geringsten Anzeichen eines sich solchermaßen anbahnenden Konfliktes", antwortete Bettina ungewohnt hochgestochen, „sofort wieder auf die andere Straßenseite zurückwechseln. Hab' ich das nicht nett gesagt?"

„Hast du. Und warum genau erzählst du mir das alles? Denk dran, wir sind gleich da."

„Nun", hob sie wieder an. „Vor zwei Tagen ist mir genau so was passiert. Ich hatte mich ausnahmsweise für Möglichkeit zwei entschieden, ohne jedoch mit einer zusätzlichen höchst tragischen Variante zu rechnen. Vor mir lief ein älterer Mann, ziemlich abgerissener Typ, so schien es jedenfalls. Schmuddeliges Hemd, uralte Hose und Turnschuhe, die schon seit zwanzig Jahren nicht mehr gebaut werden. Ging etwas gebeugt, der Gute, aber trotzdem recht flott, und paffte dabei. Na ja, dachte ich mir, den überholst du ohne Mühe. Ich schließe zu ihm auf und merke dann, daß der gar nicht so langsam geht, also lege ich einen Zahn zu und will an ihm vorbei. Zwei, drei raumgreifende Schritte, und ich bin vor ihm. Ich schaue geflissentlich nach vorne und tue so, als würde ich ständig in diesem olympiaverdächtigen Gehertempo unterwegs sein, tja, und dann ist es passiert."

„Was ist passiert?"

„Ich bin gestolpert."

Ich war inzwischen auf dem Parkplatz angelangt und hatte den

Motor abgestellt. „Du bist gestolpert?“ Ich wandte mich zu ihr um und starrte sie an.

„Ja“, nickte Bettina. „Du wirst es nicht für möglich halten, aber ich habe mich voll auf die Schnauze gelegt.“ Ich hatte Mühe, mir das Lachen zu verkneifen. „Siehst du“, sie griente, „genauso geht es mir auch häufig – Schadenfreude ist die schönste Freude, nicht wahr? So ’n richtiger Ausrutscher ist doch was Feines.“

Plötzlich, von einer Sekunde auf die andere, wurde Bettina eigentümlich ernst. Mir gefror das Lachen im Gesicht, als sie mich anschaute.

Ich räusperte mich. „Was ist passiert?“

„Der Mann hat mir geholfen. Er kniete sich neben mich und half mir hoch, und als ich einen dummen Spruch über meine Tölpelhaftigkeit losließ, blickte er mich freundlich an und sagte: Reden Sie nicht so von sich selbst. Sie sind eine tolle Frau und sollten sich zu schätzen wissen. Dann tippte er sich kurz an den Kopf, als würde er einen Hut tragen und die Finger grüßend an die Krempe legen, zwinkerte mir zu und ging. Ich war, und das ist ziemlich selten, absolut sprachlos. Kannst du das verstehen?“

Ich nickte. Und begriff erst jetzt, daß Bettina während der Fahrt nach Ablenkung gesucht hatte, weil sie voller Angst war, Katharina zu begegnen. Den Weg zur Intensivstation legten wir schweigend zurück, und als ich die Tür zu Katharinas Zimmer öffnete, hörte ich, wie sie einmal scharf die Luft einsog.

Ich hatte sie noch nie so erlebt. Bettina war vollkommen erschüttert. Minutenlang rührte sie sich nicht von der Stelle. Dann trat sie ans Bett, starrte Katharina fassungslos an und schüttelte immer wieder den Kopf. Schließlich hielt sie sich die Hand vor den Mund, und die Tränen liefen ihr übers Gesicht. Bettina, die laute und freche Freundin, die selten um einen flotten Spruch oder eine lustige Anekdote verlegen war, deren überschäumendes Temperament kaum gebändigt werden konnte, stand an Katharinas Bett und weinte fast lautlos in sich hinein.

Später schaute sie zu, wie ich Katharinas Gesicht und Hände eincremte. Es war still in dem Zimmer. Still und friedlich. Als wir schließlich gingen, bedankte sich Bettina bei mir, daß ich sie mitgenommen hatte. Auf dem Weg zum Parkplatz legte sie den Arm um meine Schulter und drückte mich fest an sich.

Gegen Abend fuhr ich noch mal ins Krankenhaus. Ich wußte, daß Dr. Steffen Dienst hatte. Er kam mit entgegen, als ich die Station betrat und lächelte munter, was eher ungewöhnlich für ihn war, denn er wirkte häufig müde und angespannt. Vielleicht hat er frei gehabt und konnte endlich mal wieder ausschlafen, dachte ich und lächelte zurück.

„Haben Sie eine Minute Zeit, Dr. Steffen?" fragte ich höflich.

Er blickte auf seine Armbanduhr und schob seine Brille hoch. „Sogar zehn Minuten, wenn Sie möchten. Gehen wir zu Katharina?"

Er prüfte einige Werte und machte sich Notizen. Ich stellte leise Musik an.

„Es geht unverändert aufwärts", sagte er schließlich und blätterte mit konzentrierter Miene in der Krankenakte.

Mein Herz klopfte schneller. Ich trat ans Bett.

„Bis Donnerstag bekommt sie das Antibiotikum", fuhr er fort. „Wenn sie stabil bleibt, können wir am Wochenende beginnen, die künstliche Beatmung abzutrainieren."

„Was genau passiert dabei eigentlich?"

Dr. Steffen schaute hoch. „Wir bauen die Medikamente ab, die sie im künstlichen Schlaf halten. Dadurch stellt sich ihr Atmungsreflex wieder ein."

Ich war erstaunt. „Und das war's? Sie wacht auf und atmet wieder allein?" Das klang zu einfach, um wahr zu sein.

„Nicht ganz." Er lächelte, wenn auch nicht ganz so munter wie vorher auf dem Flur. „Die Atmungsmuskulatur ist ziemlich erschlafft. Außerdem dürfen wir nicht vergessen, daß sie gerade nebenbei noch eine Lungenentzündung auskuriert hat. Die Maschine wird ihr helfen, wieder allein atmen zu lernen. Sie kann Katharina beispielsweise beim Einatmen unterstützen oder jeden zweiten Atemzug für sie machen und dann jeden dritten und so weiter. Wir müssen schauen, womit sie sich am besten zurechtfindet. Alles in allem vergehen dabei einige Tage, vielleicht eine Woche, unter Umständen aber auch mehrere. Das ist individuell sehr verschieden und hängt natürlich auch davon ab, ob sich erneute Komplikationen einstellen."

„Ich verstehe", erwiderte ich beklommen. Mir war schon vor diesem Gespräch klargewesen, daß Katharina einige Tage brauchen würde, um wieder ihr volles Bewußtsein zu erlangen, aber genauere Vorstellungen über diesen Aufwachprozeß hatte ich mir bisher nicht machen wollen. Ich hatte mich an das leise, gleichmäßige Zischen der Maschine gewöhnt, an das automatische Heben und Senken ihres Brustkorbes, und der Gedanke, daß Katharina das Atmen erst wieder lernen, vielleicht sogar darum kämpfen mußte, erschreckte mich. Ein altbekanntes Zittern durchlief mich, und mein Mund wurde trocken. Bruchstücke meiner Träume der letzten Nächte überfielen mich plötzlich wie déjà-vus.

Ich trat einen Schritt vom Bett zurück. Dr. Steffen schaute mich aufmerksam an.

„Erschreckt Sie das?" fragte er.

„Ein wenig", gab ich zu.

„Haben Sie angenommen, es wäre so wie im Fernsehen? Patientin liegt mit rosigen Wangen im Bett, ihr dunkles Haar auf dem Kopfkissen drapiert. Der Liebste oder die Liebste", er lächelte mir liebenswürdig zu, „hält ihre Hand, und als sie nach zehn Minuten die Augen aufschlägt, fallen sie einander weinend vor Freude und Rührung in die Arme. So in der Art?"

Fast gegen meinen Willen mußte ich lachen.

„Sie können ja richtig ironisch werden", stellte ich dann verblüfft fest.

„Natürlich, das ist manchmal die einzige Möglichkeit, hier klarzukommen, ohne trübsinnig zu werden oder im Streß unterzugehen."

Ich preßte die Hände auf meinen Magen und blickte Katharina ins Gesicht.

„Nein, so kitschig hatte ich es mir nicht vorgestellt", sagte ich einen Augenblick später. „Natürlich nicht. Nur ..."

Dr. Steffen stand auf einmal neben mir. „Es wäre schön für Katharina, wenn Sie in der Aufwachphase häufig hiersein könnten. Denken Sie in Ruhe darüber nach, und wenn Sie noch Fragen haben, wenden Sie sich an mich."

Er drehte sich um und verließ mit einem knappen Kopfnicken den Raum. Kurz darauf verabschiedete ich mich von Katharina, und als ich nach Hause fuhr, spürte ich ein ängstliches Zögern, das sich hartnäckig in mir rieb wie ein kleiner spitzer Stein, der sich im Schuh festgesetzt hat. Plötzlich bekam ich panische Angst, wieder klein und schwach zu werden und erkennen zu müssen, daß die Kraft und Ruhe, die mich in den letzten Tagen begleitet hatten, nur ein flüchtiger Traum gewesen waren. Bevor sich mein Mund zu einem bitteren Lächeln verziehen konnte, biß ich mir auf die Lippen.

Zu Hause setzte ich mich nach kurzem Zögern ins Arbeitszimmer und griff hastig nach meinem Tagebuch. Der Füller zitterte, als die Feder hastig übers Papier glitt. Vielleicht, dachte ich, kann ich meine Ängste, meine Schwäche hier zurücklassen, diesen ganzen Wust aus dunklen und bedrängenden Gefühlen und der Furcht, nicht zu bestehen, zu versagen und im falschen Moment zusammenzubrechen. Wie gejagt schrieb ich Seite um Seite und hielt erst inne, als meine Hand so verkrampft war, daß ich sie nicht mehr bewegen konnte. Ich blickte hoch, und mein Mund war trocken. Eine angenehme Müdigkeit ließ meinen Körper entspannt und weich werden. Als hätte ich eine schwere Krankheit überstanden. Ich lehnte mich zurück und schloß die Augen.

Plötzlich mußte ich an meine Kindheit denken. Ich sah meine Mutter vor mir, wie sie mit energischen Bewegungen das Fieberthermometer herunterschlug und mich dabei anlächelte. „Nun ist es bald geschafft“, pflegte sie in solchen Augenblicken zu sagen. „Jetzt koche ich dir eine Hühnerbrühe, und dann sieht die Welt schon wieder ganz anders aus.“ Und wenig später roch es im ganzen Haus durchdringend nach Brühe. Ich mochte den Geruch. Ich mag ihn noch heute.

Ich rührte mich nicht von der Stelle, bis Daniel kam und die Kinder zurückbrachte.

Als ich am nächsten Morgen aufwachte, stand Erik vor meinem Bett und betrachtete mich neugierig. Ich fuhr erschrocken hoch, warf einen Blick auf die Uhr und ließ mich stöhnend wieder aufs Kissen fallen. Neun Uhr!

„Bist du jetzt wach, Mama?“ fragte mein Sohn.

Ich wandte den Kopf zur Seite. „Ich glaube schon. Wie lange seid ihr beiden denn schon auf?“

Er zuckte die Achseln. „Keine Ahnung. Wir haben uns Kekse genommen und den Fernseher angemacht – nur das Programm für Kinder, du weißt schon. Und dann kam Claudia und hat uns Kakao gekocht, und wir durften dich nicht wecken und ...“

Ich setzte mich schnell auf. „Claudia ist da?“

„Sag’ ich doch die ganze Zeit. Sie macht jetzt Kaffee für dich, und ich soll nachschauen, ob du noch schläfst. Und wenn du nicht mehr schläfst, soll ich dich fragen, ob du frühstücken willst oder lieber noch liegenbleiben möchtest.“

Ich stand auf und gab Erik einen dicken Kuß. „Danke, mein Kleiner. Geh schon mal vor, ich komme auch gleich runter.“

Erik wischte sich verlegen über die Wange und verschwand eilig, während ich ins Bad ging und unter die Dusche sprang. Als ich nach unten kam, bot sich mir ein ausgesprochen friedliches Bild – der Frühstückstisch war nett gedeckt, im Hintergrund spielte klassische Musik, die Terrassentür stand offen und ließ angenehm frische Luft herein, und Claudia begrüßte mich mit einem strahlenden Lächeln. Die Kinder spielten bereits im Garten.

„Gib es zu", sagte sie, „du hast das letzte Mal in deinen Studententagen so lange geschlafen."

„Das könnte hinkommen", gab ich zu und setzte mich an den Eßtisch. „Das sieht ja wunderbar aus. War das etwa alles in meinem Kühlschrank?" Ich nahm mir ein Brötchen und griff nach dem Kochschinken.

Claudia lachte. „Doch, habe ich alles bei dir gefunden."

Eine Weile waren wir nur mit unserem Frühstück beschäftigt. Dann schaute ich meine Schwester prüfend von der Seite an. Unsere Beziehung hatte gelitten, das ließ sich nicht leugnen, sie war immer noch unterschwellig kühl und distanziert, aber offensichtlich setzten wir uns im Augenblick beide darüber hinweg. Es gab Wichtigeres. Der gestrige Tag schob sich auf einmal in den Vordergrund. Ich fröstelte und blickte rasch in den Garten hinaus. Dr. Steffen war ein einfühlsamer Arzt. Vielleicht sollte ich ihm das einmal sagen.

Claudia schenkte uns beiden Kaffee nach. Sie blickte mich an, und ich merkte, daß sie ähnlich wie Ilona Mühe hatte mit dieser Situation und ständig befürchtete, etwas Falsches zu sagen oder unsensibel zu erscheinen.

„Was macht eigentlich Joachim?" fragte ich, um die Stille zu unterbrechen.

Claudia lehnte sich zurück. „Er ist heute früh nach München gefahren, wo er ab morgen an einem viertägigen Seminar teilnimmt. Ich konnte ihn davon überzeugen, daß sich auch Goldschmiede hin und wieder fortbilden müssen."

Die Bemerkung klang zunächst einfach nur wie ein lockerer Spruch, doch meine Schwester zog die Augenbrauen hoch und schickte ein leises Seufzen hinterher.

„Ärger?" fragte ich nach.

„Ärger ist der falsche Ausdruck", antwortete sie rasch. „Ich komme im Moment nicht so gut damit klar, Joachim immer wieder motivieren zu müssen, beruflich nach vorne zu blicken, etwas zu tun und eben nicht stehenzubleiben. Wenn es nach ihm ginge ...", sie winkte plötzlich ärgerlich ab. „Ach, lassen wir das. Ist nicht so wichtig."

„Nein, erzähl ruhig weiter", wandte ich ein. „Ich muß nicht den ganzen Tag über Katharina und das Krankenhaus reden. Was wäre, wenn es nach ihm ginge?"

Claudia schaute mich einen Moment unschlüssig an, dann nickte sie und schlug die Beine übereinander. „Also, wenn es nach ihm ginge, würde er einfach nur gemütlich fünf, sechs Tage die Woche in der Werkstatt sitzen, neue Schmuckstücke entwerfen und vor sich hin schmieden, bis er alt und grau ist. In der Freizeit wird gefaulenzt, Musik gehört, mit der Freundin essen gegangen. Hin und wieder ins Kino, Urlaub und so weiter."

„Und du bist dafür, daß er sich mehr umschaut und weiterbildet", stellte ich fest.

„Natürlich", bekräftigte sie. „Mit dieser Einstellung kommt man doch heutzutage nicht mehr weiter. Guck dir doch die Situation auf dem Arbeitsmarkt an! Ich wäre nie im Leben befördert worden, wenn ich nicht auch in meiner Freizeit was dafür getan hätte. Zusätzliches Engagement ist schließlich die Grundvoraussetzung fürs Weiterkommen. Joachim hätte längst seinen Meister in der Tasche haben können."

Also ist sie inzwischen doch eine echte Karrierefrau geworden, dachte ich mit leisem Bedauern, obwohl ich nicht sicher war, ob es mir überhaupt zustand, in dieser Weise zu werten. Meine Schwester hatte Erfolg, sie mochte ihren Job und wollte, daß Joachim ebenfalls vorankam. Doch ihre Haltung war mir eine Spur zu kämpferisch; Claudia war früher lockerer gewesen, und ich hatte nie den Eindruck gehabt, daß sie krampfhaft um jede Sprosse auf der Karriereleiter gekämpft und an nichts anderes gedacht hatte als an ihren Beruf. Außerdem war ich verwundert über die Verbissenheit, die in ihren Worten mitschwang. Sie wußte doch, daß Joachim kein zielstrebiger Aufsteiger war wie ... Jan. Jahrelang war Claudia empört die Wände hochgegangen, wenn unsere Mutter die beiden Männer miteinander verglich und dabei sehr deutlich zum Ausdruck brachte, welchen Schwiegersohn sie bevorzugte. Und nun erwartete Claudia offensichtlich von Joachim, diesem weichen, verträumten Mann, der es liebte, Schmuckstücke unter seinen Händen entstehen zu lassen und am Samstag Kuchen zu backen, sich um hundertachtzig Grad zu drehen.

„Na ja", erwiderte ich behutsam. „Das stimmt natürlich, nur Joachim hatte schon immer andere Ziele, oder?"

„Natürlich hatte er schon immer andere Ziele, aber ich finde, er könnte langsam mal erwachsen werden", gab Claudia heftig zurück.

Ich war unangenehm berührt. „Wie meinst du das denn?"

„Na, so wie ich es sage", erwiderte sie verdrossen. „Ich habe manchmal den Eindruck, er will immer der große Junge bleiben, der er schon vor zehn oder zwanzig Jahren war, verstehst du?"

„Du willst ihn ändern?"

„Warum nicht? Jeder kann sich ändern."

Ich nickte. „Klar. Allerdings muß eine Voraussetzung dabei erfüllt sein."

„Und welche?"

„Er muß es selbst wollen."

Claudia schwieg. Dann zuckte sie die Achseln. „Stimmt. Das ist genau der Punkt, und ich kann dir sagen, das geht mir im Moment total gegen den Strich."

„Aber war es nicht genau das, was dir ursprünglich so an ihm gefallen hat – diese jungenhafte, etwas unbeholfene Art? Diese Anti-Karriere-Haltung?"

Claudia spielte mit den Ringen an ihren Fingern und schaute dann gedankenverloren hoch. „Es ist ganz merkwürdig. Ich merke an ihm, wie viel sich in mir und meinem Leben verändert hat, weil sich bei ihm überhaupt nichts tut. Und ich habe das Gefühl, ich muß auf der Stelle treten und mich im Kreis bewegen, um ... ihn nicht aus den Augen zu verlieren. Das will ich ja nicht. Andererseits ist es mir wichtig ..."

Sie stutzte plötzlich und schwieg verlegen. Genau dieses Thema hatte uns beide im letzten Herbst beschäftigt, und damals war sie diejenige gewesen, die mit den Veränderungen, die mein Leben bestimmten, nicht zurechtgekommen war.

„Geht es denn ausschließlich um die berufliche Seite in eurem Leben?" fragte ich nach einer Weile. Ich hielt es für überflüssig, sie mit der Nase auf Parallelen zu stupsen, die sie selbst sah, und nach einer Retourkutsche war mir ohnehin nicht zumute.

„Ich fürchte nicht, nein", antwortete sie aufrichtig. „Da greift eins ins andere. Es tut sich einfach nichts bei ihm, weder beruflich noch persönlich. Und was mich förmlich rasend macht – Joachim scheint überhaupt nicht mitzubekommen, wie ernst mir all das ist. Ich rede und rede auf ihn ein, und er nickt oder schüttelt den Kopf oder sagt gar nichts und seufzt. Für ihn existiert kein Konflikt. Notfalls gibt er mir einfach recht und fährt eben, wie jetzt, nach München zu diesem Seminar – nur damit ich den Mund halte und er seine Ruhe hat. Er ist der totale Verweigerer."

Das konnte ich mir allerdings lebhaft vorstellen. Was Joachim nicht hören wollte, das hörte er auch nicht. Er war ein Meister darin, die Ohren auf Durchzug zu stellen.

„Was mache ich mit so einem Mann, Linda? Was mache ich, wenn ich gewisse große und kleine Eigenheiten und Schwächen nicht mehr liebenswürdig und charmant finde, sondern nur noch nervtötend? Was mache ich, wenn sich meine Ziele verändert haben und nicht mehr mit unseren ursprünglich gemeinsamen übereinstimmen?"

Ich stützte das Kinn in die Hand. „Corinna würde sagen: Geh in dich und betrachte alles noch mal von allen Seiten. Schau, wo dir der eigene Egoismus den Blick verstellt, aber erkenne trotzdem deinen persönlichen Weg. Bettina würde dir empfehlen, Joachim entweder rauszuschmeißen oder zu heiraten. Schließlich weißt du nun ziemlich genau, was dich in den nächsten vierzig Jahren erwartet, und das ist ja in diesen unsicheren Zeiten auch nicht zu verachten."

Claudia starrte mich einen Moment fassungslos an. Dann begann es um ihre Mundwinkel zu zucken, und sie prustete los.

„Gut, gut", meinte sie nach einer Weile. „Aber du, was sagst du?"

Ich lächelte. „Ich finde es schwer, hier Stellung zu beziehen, weil ich Joachim sehr gern habe und du meine Schwester bist. Mein Gefühl sagt mir: Gib ihm noch eine Chance. Selbst ein verschlafener Teddybär kann in Fahrt kommen. Immerhin hat er sich jetzt ja schon mal nach München aufgemacht. Ist das nichts?"

Claudia lachte wieder. „Ich werde darüber nachdenken. Apropos Beruf", meinte sie dann, „was macht das Buchgeschäft? Warst du mal wieder im Laden?"

Ich nickte. „Ja, vor einigen Tagen. Anna scheint ziemlich viel zu tun zu haben. Ich werde ab morgen zumindest stundenweise wieder arbeiten gehen."

„Sind nicht noch Pfingstferien?"

„Ja, Nadine müßte ich morgens mit in den Laden nehmen."

Claudia überlegte einen Moment. „Was hältst du davon, wenn ich morgen früh komme und mich den ganzen Tag um die beiden kümmere? Ich habe noch frei. Du kannst in Ruhe ins Geschäft fahren und natürlich auch ins Krankenhaus."

Das war ein großzügiges Angebot, über das ich mich sehr freute. Als Claudia ging, blickte ich ihr eine ganze Weile nachdenklich hinterher. Dann rief ich Corinna an, und wir verabredeten uns für den späten Nachmittag. Ich freute mich auf sie. Es gab einiges zu erzählen.

17

Es tat gut, ein kleines Stück Normalität zurückzugewinnen. Der vertraute Geruch der Bücher stieg mir in die Nase, als ich am nächsten Vormittag die Buchhandlung betrat. Ich kam direkt aus dem Krankenhaus – Katharina ging es unverändert gut, oder um Dr. Steffens Worte zu gebrauchen: ihr Zustand war stabil. Gut oder schlecht waren Adjektive, die ein so breites Bedeutungsfeld bekommen hatten, daß ich sie inzwischen ungern benutzte.

Anna kam gerade aus dem Keller nach oben und strahlte übers ganze Gesicht, als sie mich sah. Sie trug weinrote Jeans und einen luftigen cremefarbenen Baumwollpullover, der mir sehr gut gefiel.

„Komm, wir trinken erst mal einen Kaffee“, schlug sie vor, als ich ihr gesagt hatte, daß ich mich ins Büro setzen und den Papierkram abarbeiten wollte.

Ich mußte ein lautes Seufzen unterdrücken, als ich vor dem Schreibtisch stand. Seit der vergangenen Woche war der Berg an Rechnungen, Lieferscheinen, Werbebroschüren und sonstiger Post noch mal beträchtlich angewachsen. Ich würde Tage brauchen, um hier die gewohnte Grundordnung reinzukriegen.

Anna, die meinem Blick gefolgt war, schaute mich zerknirscht an, und ich lächelte ihr beruhigend zu. „Kein Grund zur Sorge, in zwei Stunden sieht das hier schon wieder ganz anders aus. Laß mich nur machen.“

Obwohl ich meiner eigenen Einschätzung in diesem Moment höchst mißtrauisch gegenüberstand und damit lediglich meiner Tante das schlechte Gewissen nehmen wollte, sollte ich fast recht behalten. Zwar nicht nach zwei Stunden, aber am Nachmittag war ein Großteil des Chaos’ beseitigt. Anna war begeistert, und ich war hochzufrieden. Sie stellte mir ein Stück Kuchen vor die Nase und hob die Augenbrauen, als sie an der Wand hinter dem Schreibtisch einen großen Pappkarton entdeckte. Stirnrunzelnd bückte sie sich, zog ihn nach vorn und verschloß ihn ordentlich.

„Das sind meine gesammelten Fotowerke", sagte sie. „Die nehme ich nachher mit nach Hause."

Ich betrachtete den Karton mit geweiteten Augen. „Der ist voller Fotos von dir?"

Sie nickte. „Ich probiere sehr viel aus, und Robert hat mir Mut gemacht. Er meint, ich sei nicht unbegabt, und Katharina möchte mich bei der nächsten Ausstellung dabeihaben. Und sie muß es ja schließlich wissen, nicht wahr?" Sie lächelte herzlich.

„Ohne Zweifel." Plötzlich fiel mir etwas ein. „Ach, übrigens, apropos Robert – wie geht es euch beiden eigentlich?"

Anna schob den Karton beiseite und klopfte sich die staubigen Hände ab. Dann rückte sie den kleinen Korbsessel vor den Schreibtisch und setzte sich. Wir lächelten uns an – die umgekehrte Sitzordnung war gewöhnungsbedürftig.

„Gut", antwortete sie schließlich. „Leider werden wir uns in den nächsten vier Wochen überhaupt nicht sehen können. Robert ist unterwegs und hat so viel Arbeit, daß er nicht weiß, wo ihm der Kopf steht." Sie schob sich eine Haarsträhne aus dem Gesicht und blickte einen Moment verträumt an mir vorbei. Auf einmal sah sie sehr jung aus. „Tja, daran kann man nichts ändern."

Ich biß ein Stück von meinem Kuchen ab und kaute nachdenklich.

„Vielleicht doch", gab ich zurück. „Wenn hier alles wieder seinen gewohnten Gang geht und ich so richtig gut eingearbeitet bin, kannst du doch sicherlich mal ein paar Tage freinehmen und Robert begleiten."

Anna lächelte unbestimmt. „Das hört sich gut an. Ich werde bestimmt darauf zurückkommen."

Ich schob den Teller zurück. „Und wie sieht es mit euren Hochzeitsplänen aus? Hast du dich inzwischen entschieden?"

Annas Lächeln bekam eine amüsierte Note. „Das fragt Robert mich auch andauernd."

„Und was antwortest du ihm? Oder bin ich jetzt zu indiskret?"

Sie winkte ab und seufzte. „Aber nein, du bist nicht indiskret. Weißt du, ich finde, wir sollten noch ein wenig warten."

Ich kicherte. „Natürlich, eine solche Entscheidung will wohldurchdacht sein."

„Selbstverständlich", sagte Anna nachdrücklich. „Wir haben ja noch nicht mal zusammen gelebt." Plötzlich wurde sie ernst. „Robert bedeutet mir sehr viel. Ich glaube, ich befürchte, daß uns eine Ehe einengen und unserer Beziehung schaden könnte. Vielleicht sind solche Ängste auch einfach nur albern", sie blickte mir direkt in die Augen, „doch solange ich diesen kleinen Piekser in mir spüre, lasse ich die Hände davon. Heiraten kann man schließlich auch noch mit siebzig. Auf jeden Fall wollen wir aber in näherer Zukunft mehr Zeit miteinander verbringen. Vielleicht stellen wir dabei fest, daß wir beide vollkommen eheuntauglich sind, weil Robert doch zum Schnarchen neigt und ich die Zahnpastatube nicht richtig zuschraube. Ausschließen kann man so was nun wirklich nicht."

Da gab ich ihr recht. Im Zusammenleben türmten sich oftmals so unerwartete Hürden auf, daß man schon einen großen Anlauf nehmen mußte, um sie gemeinsam überspringen zu können. Und blaue Flecken gab es dabei jede Menge.

Eine Kundin unterbrach schließlich unser Gespräch. Anna ging nach vorn, und ich wandte mich wieder meiner Arbeit zu. Als wir abends gemeinsam das Geschäft verließen, trug mir Anna Grüße für Claudia und die Kinder auf.

„Du kannst selbstverständlich jederzeit zu Katharina fahren", fügte sie unvermittelt hinzu und steckte den Ladenschlüssel in ihre Handtasche. „Das weißt du hoffentlich."

„Das weiß ich, Anna."

Sie umarmte mich kurz, und wir gingen gemeinsam zum Parkplatz.

Manchmal denke ich, jetzt hat sie gelächelt, schrieb ich an diesem Abend in mein Tagebuch. *Ich starre ihr ins Gesicht, bis ihr Ausdruck sich zu verändern scheint, und dann bin ich für Sekunden zufrieden, fast glücklich. Ein schwereloser Moment, den ich tief in mich hineinsauge.*

Ich höre dem leisen Stöhnen und Zischen der Atmungsmaschine fast ehrfürchtig zu. Und ich weiß, daß es ein ganz besonderer Augenblick sein wird, wenn Dr. Steffen auf die Schalter drückt, um den Rhythmus zu ändern. Ich verberge meine zitternden Hände in den Hosentaschen und lächle Katharina aufmunternd zu. Als ich ihr aus der Zeitung einen Artikel über Kunst vorlese, ist meine Stimme leise und rauh.

Dr. Steffen hat mir gesagt, daß sie mich informieren werden, wenn es losgeht.

Bis zum Ende der Woche stellte sich fast so etwas wie ein normaler Tagesablauf ein. Nadine ging wieder in die Schule, Erik in den Kindergarten. Ich schmierte frühmorgens Pausenbrote und fuhr zeitig ins Geschäft. Mittags holte ich die beiden ab, und zwei Stunden später waren sie entweder bei Bettina oder bei Corinna, die regelmäßig morgens um sieben Uhr ihren Dienst antrat, um früh Feierabend machen und mir helfen zu können, wenn es nötig sein sollte. Ich kochte Essen vor, und abends lief die Waschmaschine. Ich war rund um die Uhr eingespannt, aber ich geriet nicht in Hektik. Ich arbeitete viel, aber ich suchte nicht nach Ablenkung oder zwanghafter Beschäftigung. Wenn ich den Blick nach innen wandte, spürte ich ein seltsames Gemisch aus Aufregung und Beklemmung, gedämpfter Vorfreude und zaghaftem Optimismus. Wenn sich erschreckende Bilder einstellen wollten, schob ich sie behutsam beiseite.

Am Freitagabend schaffte ich es nicht, noch ein zweites Mal ins Krankenhaus zu fahren. Bettina rief mich in der Buchhandlung an, als Anna gerade gegangen war und ich zuschließen wollte.

„Deine Herzblätter sind ein bißchen mies gelaunt“, informierte sie mich fröhlich. „Und Erik hat darauf bestanden, daß ich dich anrufe.“

„Aha. Was gibt’s denn?“

„Ich habe ihnen verboten, im Klo Surfen zu üben – nein, war nur ’n Scherz. Also, Corinna wollte sie ja abholen, aber der ist was dazwischen gekommen. Sie konnte dich nicht mehr erreichen, weil vorhin dauernd besetzt war, und nun sind die beiden stinkig, weil sie nicht mehr hierbleiben wollen.“

„Gut, ich beeile mich und hole sie gleich ab.“

„Nun überstürz mal nichts“, riet Bettina. „Auf eine halbe Stunde mehr oder weniger kommt es jetzt auch nicht mehr an.“

Ich fuhr rasch einkaufen und holte die beiden dann ab. Sie waren in den letzten Wochen ständig von einem zum anderen weitergereicht worden, und ich konnte verstehen, daß sie mittlerweile die Nase voll davon hatten. Nadine fragte jeden Tag mehrmals nach ihrer Mutter, und obwohl sie Katharina vermißte und mich verdrossen anblickte, wenn ich ihr ein ums andere Mal erklären mußte, daß Kinder nicht auf die Intensivstation dürften, hielt sie sich ausgesprochen wacker. Und Erik reagierte zwar allmählich unwirsch, weil ich zu wenig Zeit für ihn hatte, aber als besonders belastend empfand ich sein Verhalten nicht. Die beiden hatten in meinen Augen eine kleine Belohnung verdient. Wir besorgten auf dem Heimweg McDonald’s Juniortüten, und vor dem Schlafengehen spielten wir zwei Runden *Memory* – ich hatte nicht den Hauch einer Chance und verlor haushoch. Um halb neun verschwanden die Kinder in ihren Betten, und es kehrte Ruhe ein.

Ich rief Corinna an und lud sie für den nächsten Morgen zum Frühstück ein. Dann öffnete ich die Terrassentür. Ich wollte gerade mein Tagebuch aus dem Arbeitszimmer holen und mich damit nach draußen setzen, als ich einen Wagen vorfahren hörte. Das Motorgeräusch erstarb. Ich blieb im Flur stehen und wartete mit gespitzten Ohren, daß die Autotür geöffnet und wieder zugeschlagen wurde. Jetzt! Eine Tür knarrte, dann schnappte das Schloß ein. Das klang weder nach Bettina noch nach Claudia oder Tom, denn alle drei knallten die Wagentür eher schwungvoll zu. Ich huschte zur Haustür und spähte durch den Spion, konnte aber niemanden entdecken, dafür hörte ich deutlich Schritte auf dem Kopfsteinpflaster. Langsame und feste Schritte. Als würde jemand am Haus entlanggehen und die Vorderfront betrachten. Allmählich wurde mir die Sache unheimlich. Ich atmete tief durch und öffnete die Tür vorsichtig einen Spalt breit. Eine Frau stand im Hof und blickte am Haus empor. Sie war elegant gekleidet, und ihre Haltung war aufrecht. Ich öffnete die Tür noch ein Stück, und plötzlich senkte die Frau den Kopf und schaute mich an. Es war Elisabeth. Meine Mutter.

Für einen Moment schien vollkommene Stille zu herrschen. Ich hatte das Gefühl, daß mir meine Gesichtszüge entglitten. Regungslos starrte ich meine Mutter an und zuckte zusammen, als sie zwei, drei Schritte in meine Richtung machte. Hühnerbrühe, dachte ich und schüttelte innerlich den Kopf über diesen verrückten Gedanken. Was willst du hier? Das ist mein Leben. Ich brauche deine Verachtung nicht, deinen Ekel auch nicht und dein Mitleid schon gar nicht! Die Erinnerung an ihre verletzenden Worte und Blicke stieg wie eine giftige, tiefschwarze Wolke in mir hoch, und ich war verblüfft über die Heftigkeit meiner Gefühle. Als hätte ich sie mir für diesen besonderen Moment aufgespart.

Sie blieb vier, fünf Schritte vor mir stehen, und ich spürte an meinen verkrampften Fingern, daß ich immer noch die Türklinke umklammert hielt.

„Ich weiß nicht, ob es eine gute Idee war, herzukommen", sagte sie behutsam, und ihre Stimme klang spröde.

Ich schloß für einen Moment die Augen. Mir war bisher nicht bewußt gewesen, wie viele Emotionen und Bilder mit dem Klang einer Stimme verbunden sein konnten. Ihr Tonfall, ihre Melodie drangen in mich ein, störten mich auf, und ich wußte nicht, wie ich mich dagegen wehren sollte.

„Wenn du möchtest, gehe ich sofort wieder", fuhr sie fort und verlagerte ihr Gewicht von einem Bein aufs andere.

Sie war schmaler geworden. Ihre Wangen wirkten fast hager und verliehen ihrem Gesicht noch mehr Strenge. Die Haare trug sie kürzer als bei unserer letzten Begegnung vor anderthalb Jahren, aber die blaßblauen Augen waren noch dieselben.

Ich griff mir kurz an den Hals und betete, daß meine Stimme mich nicht verließ. „Warum bist gekommen?" Ein winziges Zittern begleitete diesen Satz.

Meine Mutter zog die Mundwinkel hoch, und ich begriff erst einen Augenblick später, daß sie sich um ein Lächeln bemühte. Die maskenhaft starre Mimik hatte so wenig mit echter Zuwendung zu tun, daß ich betroffen wegschaute. Als wäre es mir peinlich, Zeugin dieser vergeblichen Bemühung zu sein.

„Dein Vater und deine Schwester haben mir erzählt, was geschehen ist. Ich möchte dir sagen, wie leid mir das tut", antwortete sie.

Wollte ich das? Ein Wiedersehen, vielleicht sogar eine breitangelegte Aussprache, weil Katharina einen Unfall hatte und meine Mutter annahm, daß es ihre Pflicht sei, sich um mich zu kümmern? Versöhnung? Plötzlich mütterliche Zuwendung, auf die ich so lange vergeblich gewartet hatte, daß die Sehnsucht danach längst vergessen war? Oder ein Aufwärmen unseres ohnehin nie herzlichen Verhältnisses, das aus kühlen Vorhaltungen und Moralpredigten ihrerseits und Rechtfertigungen und Abwehr meinerseits bestand?

Auf einmal begriff ich, daß ich nichts von ihr erwarten durfte, was sie nicht in der Lage war zu geben, und daß mich niemand zu Gefühlen und Einsichten zwingen konnte, gegen die ich mich sträubte. Meine Mutter hatte sich entschlossen, die einst verstoßene, weil aus dem Rahmen fallende Tochter aufzusuchen, weil sie von dem Unfall der Lebensgefährtin gehört hatte. Das sollte ich zunächst einfach mal so hinnehmen. Und wenn es uns beiden nicht gelang, unsere Befangenheit abzulegen, oder unsere unterschiedlichen Anschauungen ein friedfertiges Gespräch unmöglich machten, konnte ich sie jederzeit bitten, wieder zu gehen.

Ich atmete tief durch und trat einen Schritt zurück. „Möchtest du hereinkommen?"

Sie nickte, und ich sah, daß sie erleichtert war. Vor der Haustür abgefertigt zu werden gehörte mit Sicherheit zu den schlimmsten Befürchtungen, die meiner Mutter im Vorfeld dieses Besuches durch den Kopf gegangen waren. Ich hielt ihr die Tür auf, und sie ging mit steif nach vorn gerichtetem Kopf an mir vorbei in den Flur. Tosca, dachte ich, sie benutzt immer noch Tosca. Es gibt Dinge, die sich nie ändern. Dazu gehörte auch, daß mein Vater seiner Frau seit ewigen Zeiten immer mal wieder ein neues Parfum schenkte, das sie regelmäßig in ihren Toilettenschrank stellte und bei der nächstbesten Gelegenheit weiterverschenkte. Ob er das wußte? Und wenn ja, verletzte es ihn?

An der Garderobe trat sie zur Seite, und ich ging vor in Richtung Wohnzimmer. Ich bot ihr einen Platz in der Sitzecke an, und sie warf einen interessierten Blick in die Runde, bevor sie ihren Rock glattstrich und sich setzte. Es war mäßig aufgeräumt und relativ sauber, doch meine Mutter legte einen strengeren Maßstab an als ich und die meisten anderen Frauen, vor allen Dingen, wenn sie berufstätig waren. In den Augen meiner Mutter sah es wahrscheinlich schlampig aus, und ich fühlte förmlich, daß es in ihren Fingerspitzen zu kribbeln begann, als sie das Memoryspiel herumliegen sah und Eriks Sandalen unter dem Tisch entdeckte. Schließlich war es noch nicht allzu lange her, daß ich einen ähnlich ausgeprägten Ordnungsfimmel hatte wie sie.

„Kann ich dir etwas zu trinken anbieten? Einen Tee vielleicht? Oder lieber einen Saft?"

Sie legte die Hände in den Schoß und faltete sie.

„Ich würde gerne einen Tee trinken, wenn es nicht zuviel Mühe bereitet", entgegnete sie so förmlich, daß es vor Steifheit zu knistern schien, und nickte mir zu.

Ich ging in die Küche hinüber und setzte Wasser auf. Wenn das so weitergeht, dachte ich, ersticken wir beide gleich vor lauter Höflichkeit und allgemeinen Floskeln. Andererseits tat mir die kühle Distanz gut – ich konnte mich von der Überraschung erholen und meine aufgewühlten Empfindungen wieder unter Kontrolle bekommen. Und ihr ging es wahrscheinlich ganz ähnlich.

Eine Viertelstunde später saßen wir vor unseren dampfenden Teetassen, und meine Mutter nahm mit gespitzten Lippen einige kleine Schlucke. Kurz bevor die Stille unangenehm wurde, setzte sie ihre Tasse vorsichtig ab.

„Wie geht es Erik?" fragte sie. „Das letzte Mal habe ich ihn vor einigen Monaten gesehen, als Siegfried mit ihm unterwegs war."

Ich wußte, daß mein Vater, wenn er den Jungen abholte, auch zu meiner Mutter nach Hause fuhr, obwohl wir beide dieses Thema mieden. Ich nahm es stillschweigend hin, denn Erik sah beide Großeltern eher selten und hatte offenbar nichts gegen diese Besuche einzuwenden.

„Er kann es kaum abwarten, in die Schule zu kommen", antwortete ich und lehnte mich in den Sessel zurück.

„Und hier fühlt er sich wohl?"

„Ja – er scheint ein richtiges Dorfkind zu werden."

Sie nickte schnell, als hätte sie nichts anderes erwartet und nur der Höflichkeit halber nachgefragt.

„Er scheint sich gut umstellen und anpassen zu können", fügte sie hinzu. „Ich meine den Umzug und die neue Umgebung", versicherte sie rasch, und ich konnte mir ein winziges amüsiertes Lächeln nicht verkneifen.

„Natürlich", stimmte ich ihr zu.

Es trat eine Pause ein. Plötzlich wirkte meine Mutter erschöpft. Erschöpft und alt. Es war ihr nicht leichtgefallen, mich zu besuchen, und auf ihre Art war sie über ihren Schatten gesprungen. Ihr Gesicht spiegelte für einen Moment den inneren Kampf wider, den sie ausgefochten hatte. Einen von vielen. Meine Augen huschten über ihre Züge, und sie deckte schnell ein glättendes Lächeln darüber, das ihr diesmal besser gelang als bei der Begrüßung.

„Ich habe es vorhin schon gesagt", hob sie an. „Das mit dem Unfall tut mir sehr leid. Wie geht es ihr denn?"

„Katharina", erinnerte ich meine Mutter, die normalerweise ein Gedächtnis wie ein Elefant hatte. „Sie heißt Katharina. Und es geht ihr nach anfänglichen Komplikationen von Tag zu Tag besser."

„Das freut mich zu hören." Ihr rechtes Augenlid zuckte. „Du hast jetzt sicherlich viel zu tun mit zwei Kindern. Und dann noch die Arbeit in der Buchhandlung."

„Es geht. In der letzten Woche habe ich nicht gearbeitet. Außerdem bekomme ich sehr viel Unterstützung."

Sie nickte. „Das hat Claudia erzählt. Trotzdem ist das alles natürlich eine große Belastung für dich."

Ich hob den Kopf. „Nun, die Arbeit belastet mich gar nicht so sehr."

„Es sind mehr die Sorgen um deine Freundin, ich verstehe", beeilte sie sich zu versichern.

Wenn meine Mutter diesmal Katharinas Namen ausgesprochen und nicht nur die mit einem leichten Zögern unterlegte Bezeichnung *Freundin* gewählt hätte, wäre das nachfolgende Gespräch sicherlich anders verlaufen. Im Grunde steckte hinter ihrer Wortwahl die Hilflosigkeit einer Frau, die Angst hatte, auch nur einen einzigen Blick neben ihre konventionellen Vorstellungen zu werfen. Und wenn sie es schon tat, mußte man es ja nicht auch noch laut aussprechen. Doch das mochte ich ihr nicht ersparen.

Es lag mir fern, meine Mutter zu provozieren oder mich wie ein Habicht auf jedes Wort und jede Geste zu stürzen und eine Auseinandersetzung vom Zaun zu brechen. Schließlich war mir klar, daß sie ihre Einstellung meiner Lebensweise gegenüber nicht geändert hatte, und ich war trotzdem bereit gewesen, mich mit ihr zusammenzusetzen und mit ihr zu reden. Aber ich fand, daß eine klare Grenzziehung in diesem Augenblick unausweichlich war. Katharina war meine Geliebte und meine Lebensgefährtin, und das hatte meine Mutter in angemessener Form zu respektieren, ob ihr das nun paßte oder nicht.

„Sie heißt Katharina", wiederholte ich. „Und sie ist nicht irgendeine Freundin."

Meine Mutter blickte mich an, und ich sah, daß sie nach den richtigen Worten suchte. Sie wollte mich nicht verletzen, aber wären wir unter anderen Umständen zusammengekommen, hätte sie meinen Einwand sicherlich scharfzüngiger kommentiert.

„Das weiß ich, aber ich halte es für überflüssig, ständig darauf hinzuweisen, welcher Art eure Beziehung ist", erwiderte sie schließlich knapp.

Ich beugte mich vor. „Dann benutze doch bitte einfach ihren Namen."

Sie zog kurz die Augenbrauen hoch und kniff dann die Lippen zusammen. „Ich werde mir Mühe geben."

Das war – für ihre Verhältnisse und trotz der leichten Gereiztheit, die in ihrer Mimik zum Ausdruck kam – ein klarer Rückzug. Sie bemühte sich um einen ruhigen Ton und wollte es nicht zur Konfrontation kommen lassen. Einen Moment schaute sie zum Garten hinaus, dann blickte sie auf ihre Hände im Schoß, bevor sie sich wieder mir zuwandte. Ihre Miene wirkte beherrscht.

„Es hat sich so vieles verändert", sagte sie unvermittelt und straffte ihre Schultern. „Eigentlich alles. Vom Familienleben ist nur noch ein karger Rest übriggeblieben. Wir haben keinen Kontakt mehr zueinander. Du bist geschieden, du lebst anders, du hast einen anderen Beruf und sogar eine neue Frisur. Ich erkenne dich kaum wieder. Und doch bist du meine Tochter und wirst es immer bleiben."

Ich spürte einen kratzigen Kloß im Hals, während sie mich fast erstaunt musterte und offensichtlich nach Merkmalen suchte, die einen Wiedererkennungswert besaßen. Der plötzliche Themenumschwung gefiel mir nicht. Ich verschränkte die Arme vor der Brust und atmete tief durch.

„Was willst du mir damit eigentlich sagen?" fragte ich, und meine Stimme klang ungehalten. „Soll ich mich jetzt rechtfertigen? Dazu habe ich aber gar keine Lust." Sie wollte etwas erwidern, doch ich stützte die Hände auf die Oberschenkel und schüttelte den Kopf. „Nein, warte. Ich sag' dir was: Wenn du tatsächlich gekommen bist, um zu sehen, wie es mir geht, dann rechne ich dir das hoch an. Wenn du aber erwartest, daß ich jetzt mit dir gemeinsam einen sehnsüchtigen Blick auf vergangene Zeiten werfe oder händeringend versuche, dir meine Lebensweise näherzubringen, dann muß ich dich enttäuschen. Beides wird nicht geschehen. Ich bin gerne geschieden, furchtbar gerne sogar, meine neue Frisur gefällt mir sehr, und ich finde das Leben hier wundervoll, sieht man einmal davon ab, daß meine Lebensgefährtin einen schweren Unfall hatte und ich darauf warte, daß sie wieder anfängt, alleine zu atmen!"

Mir schossen die Tränen in die Augen, ohne daß ich es verhindern konnte, und mein Herz schlug einen schmerzhaften Salto. Ich preßte die Zähne aufeinander und schaute zur Seite.

„Wirst du dabeisein?"

Ich sah sie verblüfft an. „Bitte?"

„Wirst du dabeisein, wenn sie aufwacht?"

Ihre konkrete Frage überraschte mich. Offensichtlich war sie mit Katharinas Zustand vertrauter, als ich angenommen hatte.

„Ich hoffe, daß ich im richtigen Moment da bin", entgegnete ich langsam.

Sie nickte. „Das ist sicherlich sehr wichtig für sie."

Einen Moment war es still zwischen uns. Ich horchte in mich hinein, und meine Mutter wirkte sehr nachdenklich. Plötzlich stand sie auf und ging zur Terrassentür.

„Ja, es stimmt schon, manchmal werfe ich einen sehnsüchtigen Blick zurück auf vergangene Zeiten", knüpfte sie an meine Worte an und schaute nach draußen. „Vieles war einfacher, selbstverständlicher. Aber mir ist natürlich klar, daß ich die Zeit nicht zurückdrehen kann. Weißt du", sie drehte kurz den Kopf zu mir um, und ich sah, daß ihre Mundwinkel herabgezogen waren, „du hast vorhin von Erwartungen gesprochen. Von falschen Erwartungen. Als ich hierher fuhr, schoß mir dauernd durch den Kopf, daß du mich entweder abweisen oder aber eine Entschuldigung von mir erwarten würdest." Sie knetete ihre Finger und wandte sich wieder dem Garten zu. „Meine Ansichten haben sich nicht geändert, und da unser Gespräch nun schon mal diese Wendung genommen hat, denke ich, dir das sagen zu müssen – auch auf die Gefahr hin, dich nie wiederzusehen. Ich sehe, wie mitgenommen du bist, und das tut mir sehr leid. Und ich bin natürlich auch bereit, Katharina bei ihrem Namen zu nennen. Nur: Eure Beziehung ist mir fremd und wird mir immer fremd bleiben. Ich bin nicht Anna."

Ich starrte eine Weile auf ihren Rücken. Als sie sich langsam umdrehte, lag ein bitterer Ausdruck auf ihrem Gesicht. Sie kam zum Sofa zurück und setzte sich.

„Was meinst du damit?" fragte ich.

„Anna ist fortschrittlich, modern, gebildet", antwortete sie schnell. „Sie hat Esprit und ist für alles offen. Wer sie nicht mag, ist von gestern und kann ihr meistens nicht das Wasser reichen, nicht wahr?"

Der Ausbruch verblüffte mich.

„Ich bin immer mit ihr verglichen worden, und ich habe meistens den kürzeren gezogen – auch bei dir." Sie schüttelte den

Kopf, um nicht unterbrochen zu werden. „Ich mache dir keine Vorwürfe, ich will nur etwas klarstellen! Ich bin nicht wie sie, ich empfinde und denke nicht wie sie. Und ich bin nicht so tolerant wie sie."

Ich schwieg betroffen. Diese Verletzung war uralt. Wir hatten beide mit unseren Enttäuschungen und unerfüllten Erwartungen zu kämpfen, aber meine Mutter sprach zum ersten Mal aus, wie tief getroffen und verbittert sie war. Ich blickte sie an und empfand Mitgefühl. Gleichzeitig begriff ich, daß damit nicht jedes Verhalten gerechtfertigt werden konnte, schon gar nicht eines, das von Vorurteilen und Standesdünkel bestimmt war.

„Ich weiß", gab ich behutsam zurück. „Aber damit läßt sich nicht alles erklären und entschuldigen."

Sie zog wieder die Augenbrauen hoch, dann tauschten wir ein zaghaftes Lächeln, von dem ich nicht wußte, ob es das Signal für eine Annäherung war oder lediglich der pointierte Abschluß eines intensiven Gesprächs. Wir hatten uns beide ein Stückchen für die andere geöffnet – ob daraus etwas Neues erwachsen würde, wußte ich nicht. Es war auch nicht wichtig. Viel wichtiger war, daß wir einander mit Respekt begegnet waren, obwohl wir die Anschauungen und die Lebensweise der anderen nicht nachvollziehen konnten.

Sie stand auf, und wir gingen schweigend zur Tür. Draußen gab sie mir die Hand und drückte sie kurz und fest.

„Du wirst im richtigen Moment dasein, da bin ich ganz sicher", sagte sie.

Damit drehte sie sich um und ging zu ihrem Wagen. Als sie vom Hof gefahren war, wurde mir bewußt, daß ich nicht ein einziges Mal Mama zu ihr gesagt hatte, und ich fragte mich, ob ihr das aufgefallen war.

Sie hat mich noch nicht wieder besucht, aber hin und wieder hören wir voneinander. Manchmal denke ich, daß unser Konflikt ganz banal ist: Wir passen als Mutter und Tochter nicht zusammen, und vielleicht sollten wir uns das einfach mal ganz offen eingestehen, ohne uns etwas nachzutragen oder vorzuwerfen.

18

Es war so ruhig im Haus, daß ich mir einbildete, das gleichmäßige Atmen der Kinder zu hören, als ich frühmorgens an ihren Zimmern vorbeiging und die Treppe hinunterschlich. Es war kurz nach sieben Uhr. Ich genoß die Stille und trank einen Milchkaffee, während ich am Fenster stand und Sonnenflecken über mein Gesicht wanderten. Als es kurz darauf klingelte, setzte ich erstaunt die Tasse ab und ging zögernd zur Tür.

„Ich bin's nur", sagte Corinna und kam mit einer großen Tüte Brötchen herein. „Guten Morgen." Sie gab mir einen Kuß und lachte in mein verwirrtes Gesicht hinein. „Wir waren doch zum Frühstück verabredet, oder?"

Ich schaute auf die Uhr. „Um viertel nach sieben?"

„Ich konnte nicht mehr schlafen und hatte das Gefühl, daß es dir ähnlich geht." Sie lächelte vage. „Laß uns auf der Terrasse frühstücken, okay?"

Eine Weile später saßen wir draußen, und ich erzählte Corinna von dem Besuch meiner Mutter.

„Das hört sich sehr gut an", sagte sie, als ich geendet hatte und einen Moment schwieg.

„Ja", gab ich zurück.

Meine Stimmung an diesem Morgen war ungewöhnlich – ein buntes Gemisch aus verschiedenen, zum Teil widersprüchlichen Empfindungen, die abwechselnd oder sogar gleichzeitig in mir rumorten. In einem Augenblick fühlte ich mich gelassen und fast melancholisch, im nächsten aufgekratzt und kribbelig, dann wieder heiter und zufrieden. Es war schön, daß Corinna neben mir saß, aber ich hätte mich allein nicht einsam gefühlt.

Als die Kinder herunterkamen, kochte ich Kakao, während Corinna Nutellabrötchen schmierte. Erik mochte Corinna sehr, er wich ihr kaum von der Seite, wenn sie da war, und es gefiel mir, wie sie mit dem Jungen umging. Sie vermied es, irgendeine Form von Kleinkindersprache zu verwenden, und nahm ihn als Gesprächspartner ernst.

„Was machen wir heute?“ fragte Nadine, als wir gemeinsam den Tisch abgeräumt hatten. „Fahrrad fahren?“

„Heute nicht, Schatz. Ich möchte zu Hause bleiben“, entgegnete ich.

Corinna nickte. „Wir könnten zusammen eine Burg bauen. Ihr habt doch so einen riesigen Sandkasten.“

„Ist doch albern“, wandte Erik ein und zog die Nase hoch. „Babykram! Dann können wir ja gleich mit Bauklötzchen spielen.“

„Hast du einen anderen Vorschlag?“ fragte Corinna ihn, während ich mir das Lachen verbeißen mußte. Erik verbrachte neuerdings viel Zeit mit einem ungefähr zwei Jahre älteren Jungen aus der Nachbarschaft, und seitdem kamen für ihn einige bis dahin heißgeliebte Spiele nicht mehr in Frage, sehr zu Nadines Verdruß.

Mein Sohn verschränkte die Arme vor der Brust. „Batman könnte man spielen und das Haus auskundschaften.“

Nadine zeigte ihm einen Vogel. „Ist ja blöd – ein Haus auskundschaften, das du längst kennst. Typisch!“

Ich hätte gern gewußt, was jetzt schon wieder typisch war, doch die Kinder waren schneller als ich – sie beschimpften sich von einer Sekunde zur nächsten in einer Lautstärke, gegen die ich mit einer einfachen Frage nicht ankommen konnte.

Corinna unterbrach das Gezänk der beiden, indem sie lauthals loslachte und mich dann augenzwinkernd anschaute. „War es nicht eine tolle Idee, so früh herzukommen? So hatten wir wenigstens eine ruhige halbe Stunde.“

„Stimmt!“ gab ich zurück.

„Ich will aber Batman spielen und dann auf den Dachboden klettern“, maulte Erik und streckte Nadine die Zunge raus, weil sie ihm eine lange Nase gezeigt hatte.

Ich winkte ärgerlich ab. „Jetzt hört auf mit dem Theater!“ Dann stutzte ich. „Warum willst du eigentlich unbedingt auf den Dachboden klettern, Erik?“

Der Junge verdrehte die Augen, als sei ich begriffsstutzig.

„Na, warum wohl?“ erwiderte er genervt. Als ich ihm einen warnenden Blick zuwarf, zog er kurz eine Schnute und trat von einem Bein aufs andere. „Man kann da oben prima spielen.“

Ich schaute fragend zu Corinna, die nur mit den Schultern zuckte. Dann sah ich Nadine an. Sie nickte langsam.

„Ja, das stimmt“, bestätigte sie und stellte sich neben Erik, als hätte der Streit vor weniger als einer Minute überhaupt nicht stattgefunden oder wäre völlig bedeutungslos. War er wahrscheinlich auch.

Ich konnte mich nicht erinnern, jemals mit den Kindern auf dem Dachboden gewesen zu sein. Katharina und ich hatten kurz vor Weihnachten die Geschenke aus Kassel dort oben verstaut und benutzten ihn sonst als Rumpelkammer für tausenderlei Sachen, für die im Keller kein Platz mehr war. Dinge, für die man keine Verwendung mehr hatte und von denen man sich dennoch nicht trennen mochte – alte Taschen, aussortiertes Spielzeug, Kartons, überzählige Regalböden, ein alter Staubsauger und dergleichen.

„Ihr wart schon mal da oben?“ fragte ich.

„Mit Claudia“, nickte Nadine unbekümmert. „Wir haben da Verstecken gespielt, und es war sehr lustig. Und ziemlich gruselig.“ Sie schüttelte sich kichernd, während Erik einen lauten Seufzer von sich gab.

„Ja, sie hat sich fast in die Hosen gemacht vor Angst“, sagte er verächtlich. „Typisch Mäd...“

„Sag es nicht!“ unterbrach ich meinen Sohn. „Sag es bitte nicht, ich kann es nicht ausstehen, wenn du so redest!“

Corinna lächelte amüsiert. Daß ausgerechnet Katharinas Tochter viele der sogenannten mädchenhaften Eigenschaften aufwies, die eine ganze Frauenbewegung als dumme Vorurteile entlarvt hatte, und daß ausgerechnet mein Sohn so ziemlich alles an Charaktermerkmalen besaß, die man gemeinhin mit jungenhaft, Lausbube und Frechdachs verband, konnte durchaus als Ironie des Schicksals aufgefaßt werden. Ich fand es nicht immer lustig.

„Wie auch immer – der Dachboden interessiert mich jetzt auch. Laßt uns doch mal hochgehen“, schlug Corinna vor, und die Kinder rannten los, ohne meine Antwort abzuwarten.

Zwei Minuten später hatte ich die Leiter heruntergezogen und die Luke geöffnet. Eine Staubwolke rieselte auf mich herab, und ich mußte heftig niesen. Ich kletterte nach oben und half den Kindern. Corinna kam als letzte und verschloß die Bodenklappe.

„Jede Menge Dreck und Gerümpel“, stellte ich fest, blickte mich aber interessiert um, nachdem ich eine alte Lampe angeschlossen und das Licht eingeschaltet hatte.

Erik und Nadine schienen sich hier bestens auszukennen. Sie kletterten über einen Haufen Bretter und spielten Spurensuche.

„Das war wohl früher mal der Trockenboden“, sagte Corinna und zeigte nach oben auf einzelne undichte Stellen im Dach. „Wenn's hier durchregnet, kann man das natürlich vergessen.“

Ich nickte. „Es ist ein sehr altes Haus, und wer braucht heute schon noch einen Trockenboden? Es gibt Trockner, oder man stellt den Wäscheständer im Garten oder irgendwo in der Wohnung auf.“

Wir gingen langsam von einem Ende zum anderen. Es war warm hier oben, und durch zwei kleine schmutzige Fenster fiel dämmriges Licht herein. Irgendwo raschelte es, und Nadine kreischte erschrocken auf – sie hatte Angst vor Mäusen. Erik fuhr sie ruppig an, beruhigte sie aber einen Moment später und nahm ritterlich ihre Hand. Ich lächelte. Wahrscheinlich hatte er sich genauso erschrocken wie sie und fand es sehr tröstlich, ihre Hand zu spüren.

„Hier ist ja wirklich viel Platz", staunte Corinna. „Stell dir mal vor, dieser ganze Kram wäre nicht da."

Das tat ich, und plötzlich begann mein Herz heftig zu klopfen. Ein riesiges Dachatelier könnte hier entstehen. Ich setzte mich auf einen alten Schemel und blickte nach oben.

„Woran denkst du?" fragte Corinna.

„An Katharina."

„Kann ich etwas für dich tun?"

Ich hob den Kopf. „Könnt ihr mich einen Moment hier oben allein lassen?"

Corinna nickte und rief nach den Kindern, die sich nach anfänglichem Sträuben überreden ließen, wieder nach unten zu gehen.

Zwei Minuten später herrschte absolute Ruhe, und ich saß in der staubigen Stille und ließ meine Gedanken wandern. Zurück zu den letzten Tagen, Monaten und Jahren, die sich in buntem Durcheinander in mir ausbreiteten, ohne sich an chronologische Gesetzmäßigkeiten zu halten. Einzelne Bilder tauchten nur für Augenblicke auf, andere wurden schärfer in den Konturen und lösten eine Vielzahl von Gefühlen in mir aus: Katharina im Krankenhaus, an Schläuchen und Kabeln, das lange glänzende Haar, Katharina, als ich sie das erste Mal vor dem Lehrerzimmer traf und mich sofort zu ihr hingezogen fühlte, unsere erste gemeinsame Nacht und meine panikartige Flucht am frühen Morgen, ihr Mund, ihr Lachen, Sehnsucht, Streit, der Umzug, Katharina im Garten und am Schreibtisch. Vor der Staffelei.

Ich schaute wieder nach oben. Ein großes Dachfenster würde wundervolles Licht hereinlassen. Katharina in ihrem eigenen Atelier. Ich stand auf und öffnete eine der kleinen Dachluken. Wärme und Helligkeit strömten mir entgegen, und ich blickte über die Dächer in die Ferne. Als ich mich umwandte, mußten meine Augen sich erst wieder an die schummrige Dunkelheit gewöhnen.

Es gibt viel zu tun, dachte ich und drehte mich lachend einmal um mich selbst. Aber Entrümpeln und Renovieren gehört zu meinen Stärken. Katharina wird Augen machen, wenn sie nach Hause kommt und ihr eigenes Atelier hat! Mein Herz klopfte plötzlich ungestüm, und ich setzte mich mitten in den Dreck. Dann schlang ich die Arme um die Knie und saß mit geschlossenen Augen einfach nur da. Minutenlang. Zeitlos. Ganz nah bei mir selbst. Voller Frieden und Zuversicht.

Ich öffnete die Bodenklappe und kletterte hinunter. Ich ging mir die Hände waschen. Als ich aus dem Badezimmer kam, stand Corinna mit dem Telefon vor mir. Sie hielt den Hörer mit einer Hand zu und schaute mich an.

„Das Krankenhaus", sagte sie leise. „Dr. Steffen möchte dich sprechen."

Ich nahm den Hörer entgegen und strich Corinna mit der anderen Hand über die Wange. „Danke. Für alles."

Sie lächelte wortlos.

„Dr. Steffen?" fragte ich und drückte den Hörer ans Ohr.

„Ja. Schön, daß ich Sie erreiche. Wir haben heute früh angefangen, die Medikamentendosis herabzusetzen."

„Gut. Ich fahre sofort los", sagte ich nur und legte auf.

„Es ist soweit", wandte ich mich an Corinna, und ein leises Zittern lag in meiner Stimme.

„Ja", antwortete sie, nahm meine Hände und drückte sie fest. „Es war ein langer Weg bis hierher."

Die Deutsche Bibliothek – CIP-Einheitsaufnahme
Kuck, Manuela:
Neue Zeiten für Linda : Roman / Manuela Kuck.
Berlin : Krug & Schadenberg, 1998
ISBN 3-930041-13-8

Heimstraße 19, 10965 Berlin

Originalausgabe
1. Auflage 1998

Lektorat, Satz und Gestaltung: Types, Berlin
Umschlagillustration: Mirta Domacinovic
Druck: Clausen & Bosse